Der Fluch der sechs Prinzessinnen – 4

Der Fluch der sechs Prinzessinnen (Band 4): Eispalast

*Zwei Seelen, getrennt und verirrt. Der Weg durchs ewige Eis wird von Federn getragen …*
*So beginnen die Flüche der Zwillingsschwestern Penelopé und Genevieve, welche die beiden Prinzessinnen in ewige Kälte verbannt haben. Während Genevieve auf eigene Faust versucht, einen Weg durch die eisige Einöde zu finden und ihren Fluch zu brechen, erhält Penelopé eine Gelegenheit, die ihr helfen könnte, ihr Rätsel zu lösen. Oder ist es Zufall, dass ausgerechnet sie vom Schneekönig in den Eispalast eingeladen wird, der normalerweise keinem Menschen zugänglich ist?*

Die Autorin

Regina Meißner wurde am 30.03.1993 in einer Kleinstadt in Hessen geboren, in der sie noch heute lebt. Als Autorin für Fantasy und Contemporary hat sie bereits viele Romane veröffentlicht. Weitere Projekte befinden sich in Arbeit.
Regina Meißner studiert Englisch und Deutsch auf Lehramt in Gießen. In ihrer Freizeit liebt sie neben dem Schreiben das Lesen, Nähen und ihren Dackel Frodo.

REGINA MEISSNER

Märchen

www.sternensand-verlag.ch
info@sternensand-verlag.ch

1. Auflage, März 2019

Umschlaggestaltung: Alexander Kopainski | Kopainski Artwork
Illustrationen : Melis Art | redbubble.com/de/people/melisart
Kapitelillustration: Fotolia.de | pipochka
Lektorat: Martina König | Sternensand Verlag GmbH
Korrektorat: Jennifer Papendick | Sternensand Verlag GmbH
Satz: Sternensand Verlag GmbH
Druck und Bindung: Smilkov Print Ltd.



ISBN-13: 978-3-03896-038-6
ISBN-10: 3-03896-038-6

Für Annika.

Ich freue mich so sehr, dass du durch meine Bücher
wieder zum Lesen gefunden hast.
Diese Geschichte ist für dich.

# 1

## Genevieve

Sie war das einsamste Mädchen auf der ganzen Welt. Zumindest fühlte sie sich so, umgeben von Schneemassen, die sie niederdrückten und ihr die Luft zum Atmen nahmen. Früher hatte sie die weiße Pracht geliebt und in Büchern von ihr gelesen – immer in der Hoffnung, sie selbst einmal zu erleben. Doch jetzt, wo ein Dasein aus Kälte und Eis zu ihrer Realität geworden war, sehnte sie sich nach warmen Temperaturen und lauen Sommertagen. Manchmal kam es ihr so vor, als wäre ihr Herz genauso kalt geworden wie der Winter, der sie umgab.

»Bedauerst du dich wieder selbst?«, erklang eine neckende Stimme neben ihr.

Die Prinzessin mit dem feuerroten Haar drehte sich um und blickte auf die weiße Schneeeule, die rechts von ihr auf einer Stange saß, die mit einer Eisenkette an der Decke befestigt war, und sie missbilligend betrachtete.

»Wolltest du heute nicht weiter in den Norden ziehen, um an deinem Rätsel zu arbeiten?«, schickte die Eule hinterher und trieb Genevieve damit nur noch mehr in den Wahnsinn.

Die Prinzessin schnaubte und schaffte es nicht, ihre Wut zu unterdrücken. Zornig sah sie das Tier an und verharrte vor der Stange. »Was soll ich denn noch tun, Libella?«, fauchte die Siebzehnjährige und taxierte das majestätische Tier, das seine schwarzen Augen auf sie richtete.

Gleich, wie wütend Genevieve wurde, Libella blieb ruhig. Vielleicht hatte sie sie aus diesem Grund noch nicht weggeschickt.

»Wir hatten einen Plan. Der bestand auch darin, dass wir kein Trübsal mehr blasen, sondern langsam aktiv werden«, erinnerte Libella Genevieve, doch erntete nicht mehr als ein weiteres Schnauben von der Prinzessin.

»Was soll ich denn noch finden? Ich habe doch schon alles abgesucht«, zeterte Genevieve und ballte die Hand so fest zur Faust, dass die Adern sichtbar wurden. »Da draußen gibt es nichts weiter als Massen aus Schnee und Eis! Niemand weiß etwas mit dem Rätsel anzufangen und …«

»Das kannst du nicht behaupten, bevor du nicht alle gefragt hast«, hielt die Schneeeule dagegen.

Aus dem Augenwinkel erkannte Genevieve, wie das Tier die Flügel ausbreitete, und spürte es schließlich, als es auf ihrer Schulter landete. An das Gefühl, das seine spitzen Krallen verursachten, hatte sie sich längst gewöhnt.

»Du wolltest zu den Naturvölkern gehen. Dass dir niemand im Dorf helfen kann, wissen wir mittlerweile. Aber da draußen gibt es noch eine ganze Welt, von der du keine Ahnung hast. Wenn du sie nicht kennenlernst, kannst du nur scheitern.«

»Du hast leicht reden«, meinte Genevieve. »Du bist ein Vogel und hast keinerlei Pflichten.«

»Falsch. Meine Pflicht besteht darin, dich an deine zu erinnern. Ich mag es nicht, dich den ganzen Tag hier drinnen zu sehen.«

Bevor Genevieve etwas erwidern konnte, schmiegte sich Libella an ihre Wange. Die Wärme ihres Vogelkörpers – das war etwas, das sie zu beruhigen vermochte. Und auch jetzt seufzte Genevieve, ließ für einen kurzen Moment die Berührung zu und straffte dann die Schultern.

»Heute ist es zu spät«, erkannte sie, als sie durch die Fensterscheiben ihrer kleinen Hütte spähte, hinter denen die Nacht Einzug gehalten hatte. Wirklich dunkel wurde es in Prunaea allerdings nie. Der Schnee sorgte dafür, dass ein bisschen der Helligkeit immer erhalten blieb.

Genevieve stupste Libella an, sodass diese wieder auf ihre Stange flog. Die Prinzessin trat an das Fenster. Wohin sie auch schaute, sie sah nichts als Eis und Schnee. Das nächste Dorf, Frigus, in dem sie einst gewohnt hatte, lag einen zweistündigen Fußmarsch entfernt. Ihre Besuche waren immer seltener geworden und schließlich ganz ausgeblieben. In Frigus konnte ihr niemand helfen und deswegen gab es keinen Grund für sie, sich dort aufzuhalten. Stattdessen wohnte sie nun in einem kleinen Häuschen, das aus nicht mehr als zwei winzigen Räumen bestand, die gerade groß genug waren, um sich in ihnen eine Existenz aufzubauen.

Genevieve wischte sich eine Strähne ihres roten Haares aus der Stirn und drehte sich schwungvoll um. Libella saß nicht wie erwartet auf ihrer Stange, sondern hatte es sich auf dem Tisch gemütlich gemacht, wo sie neugierig auf den Pergamentschnipsel starrte, der Genevieves Schicksal erklärte.

»Irgendwelche neuen Erkenntnisse?«, frotzelte die Prinzessin und sank auf einen der beiden Stühle.

Libella antwortete nicht, sondern las sich den Wortlaut des Rätsels durch, dabei musste auch sie – genauso wie Genevieve – es mittlerweile auswendig kennen.

»*Der Weg durchs ewige Eis*

*wird von Federn getragen.*

*Die Kraft, die in dir wohnt,*

*durchbohrt auch das kälteste Herz*«, rezitierte Genevieve, dann griff sie nach dem Pergament, zerknüllte es und warf es in den Kamin, in welchem sich das Feuer gierig darauf stürzte.

»Ich weiß nicht, ob das klug war«, kommentierte Libella. »Vielleicht vergisst du es.«

»Glaub mir, das wird nicht passieren«, meinte Genevieve und beobachtete, wie die Flammen das Stück Papier vernichteten, bis nur noch Asche übrig blieb. Mit den Fingern kraulte sie Libellas Kopf, der wie immer weich und flauschig war.

Damals, als die Schneeeule zu ihr geflogen war und sich geweigert hatte, wieder zu gehen, war in Genevieve eine große Hoffnung herangewachsen. Ihr Rätsel sprach von Federn – es schien offensichtlich, dass Libella etwas mit der Lösung zu tun hatte. Freudig war sie den Worten erneut auf den Grund gegangen, von Kraft erfüllt, von Entschlossenheit durchdrungen.

Aber im Nachhinein hatte Libellas Ankunft nur ein paar Fragen mehr hervorgerufen und nicht eine einzige beantwortet.

Nachdenklich schaute Genevieve auf die Eule mit dem weißen Gefieder, durch das sich graue Schlieren zogen. Jeder andere Mensch hätte ihre Worte nur als ein Krächzen verstanden und ihnen keine Bedeutung beigemessen, aber Genevieve verstand alles, was die Eule ihr sagte. Und genau darin lag das Problem. Das Problem, welches sie ihr Leben lang wie ihren größten Schatz gehütet hatte und das dabei war, an die Oberfläche zu dringen.

Über ihre eigenen Gedanken schüttelte Genevieve den Kopf. Es brachte ja doch nichts.

»In Ordnung«, sagte sie und klatschte in die Hände. »Morgen früh ziehe ich los. Falls es in diesem gottverdammten Land eine Menschenseele gibt, die mir helfen kann, werde ich sie finden.«

Libella sperrte den Schnabel auf. »Das klingt schon viel besser. Natürlich werde ich dich begleiten.«

Genevieve tat ihren Vorschlag als überflüssig ab, doch tief in ihrem Inneren dankte sie der Schneeeule, die einen Teil ihrer Einsamkeit vertrieb und sie immer wieder an das erinnerte, was wirklich wichtig war: das Rätsel lösen, den Fluch brechen, nach Hause kommen.

Nach Hause – das war Brahmenien. Das warme Land, in dem die Sonne hoch am Himmel stand, Regen eine Seltenheit und Schnee eine Unmöglichkeit waren. Zuhause – das war der König, ihr Vater, dem das Herz gleich zweimal hintereinander gebrochen worden war. Zuhause – das waren ihre fünf Schwestern Estelle, Tatjana, Penelopé, Valyra und Arabella, die sie mit jedem Tag in der Einsamkeit mehr vermisste. Sie würde alles tun, um sie wiederzusehen. Aber die Wahrheit war, dass ihr die Hände gebunden waren und jede neue Spur, der sie hinterherjagte, auch nur eine Art und Weise war, die Zeit totzuschlagen. Sie musste etwas tun, sonst würde sie durchdrehen.

»Was weißt du über die Naturvölker?«, fragte Genevieve Libella, die gurrend ihr Gefieder putzte.

Sie hielt in der Bewegung inne und schaute die Prinzessin an, was ihr etwas erschreckend Menschliches verlieh. Auf ihre Frage hin richtete die Eule sich auf und legte den Kopf schief. »Ich habe sie immer nur aus der Ferne gesehen und nie unter ihnen gelebt. Doch es gibt unzählige von ihnen, große und kleine, die sich die Natur zu eigen gemacht haben und sehr viel mehr wissen als die Dorfbewohner. Dein Rätsel sagt sowieso, dass der Weg dich durch Eis und Schnee führt, daher wird es nicht falsch sein, Kontakt zu den Völkern aufzunehmen.«

Genevieve nickte. »Ich werde es versuchen.«

Die Schneeeule sah sie liebevoll an. »Du bist sehr stark«, flüsterte sie und ihre Stimme war so samtig, dass sie sich wie ein warmer Mantel um Genevieves Schultern legte.

Die Prinzessin lächelte, auch wenn sie wusste, dass mehr Traurigkeit als Freude darin schlummerte. War sie stark? War man stark, wenn man jeden Tag aufstand und lebte? Denn viel mehr tat sie nicht.

Genevieves Unterlippe zitterte, als sie an ihre Anfangszeit in Prunaea zurückdachte. Rania, ihre Stiefmutter, hatte sie zusammen mit ihren Schwestern verflucht und jede Prinzessin an einen anderen Ort geschickt. Bis auf sie. Denn Genevieve war zusammen mit ihrer Zwillingsschwester Penelopé in dem Dorf Frigus angekommen. Dadurch war der Fluch beinahe zu einem Segen geworden und sie hatten Erleichterung verspürt. Erleichterung darüber, dass sie zusammen waren. Dass sie gemeinsam die Rätsel, die ihnen mit auf den Weg gegeben worden waren, lösen konnten.

In den ersten Wochen hatten sie alles getan, was nur irgendwie möglich gewesen war. Sie hatten mit den Dorfbewohnern gesprochen, weite Wanderungen unternommen und sich gegenseitig Mut gemacht. Aber jedes Feuer erlosch irgendwann, wenn es kein Holz mehr bekam und alle Gründe, zu brennen, nichtig wurden. Genauso wenig wie Genevieve konnte Penelopé etwas mit ihrem Rätsel anfangen. Es schien nur ein Mehrzeiler zu sein, der keine wahre Bedeutung in sich trug und sie lediglich in den Wahnsinn trieb.

Irgendwann hörten sie auf, über das Rätsel zu reden, und bauten sich stattdessen ein Leben in Frigus auf. Doch während Penelopé menschlichen Kontakt suchte und Freundschaften knüpfte, trieb es Genevieve immer tiefer in die Einsamkeit hinein, sodass sie die Ortschaft schließlich ganz verließ und sich eine Existenz im Nirgendwo aufbaute.

»Ich bin nicht stark«, sagte sie knapp und trat auf die einfache Holzpritsche zu, die ihr als Bett diente. Genevieve schlug das Kissen auf und die Decke zurück. Sie war nicht müde, aber sie wusste, dass die Zeit im Schlaf schneller verging. »Ich vegetiere nur vor mich hin. Ich mache jeden Tag das Gleiche. Penny …«

Libella stoppte Genevieves Worte mit einem aufgeregten Flügelschlagen. Binnen Sekunden war sie bei ihr und nahm neben ihr auf der Pritsche Platz. »Du weißt genau, dass ich das nicht meine«, flüsterte die Eule und stupste ihre menschliche Freundin an.

Vielleicht war es Zufall, dass in diesem Moment Genevieves Blick auf ihre Arme fiel, die durch die langen Ärmel des schwarzen Gewandes verdeckt waren. Doch sie musste nicht darunter blicken, um zu erkennen, welcher Schrecken dort lauerte. Sie hatte ihn sich schließlich selbst zugefügt.

»Es wird heilen«, sprach Libella und strich mit ihrem Schnabel über Genevieves rechten Arm.

Die Prinzessin zog die Schultern hoch. »Wenn es heilt, heißt es, dass ich nachgegeben habe, oder?«

Postwendend schüttelte Libella den Kopf. Seit sie bei Genevieve wohnte, hatte sie sich menschliches Verhalten angeeignet. »Das meine ich nicht«, sagte sie. »Du wirst dich irgendwann nicht mehr verletzen müssen, um dem Drang zu widerstehen.«

Wie gern hätte Genevieve ihr geglaubt. Aber die Wahrheit war, dass das Kribbeln in ihrem Körper jeden Tag größer wurde und sie nicht wusste, wie lange es ihr noch gelingen würde, ihren Schmerz auf ein anderes Ziel zu richten.

*»Ich habe heute Nachmittag drei Gläser zerschossen«,* wollte Genevieve sagen, aber sie brachte es nicht übers Herz. Aus unerfindlichen Gründen war es ihr wichtig, was Libella von ihr dachte. Dass sie nicht erkannte, wie schwach sie wirklich war.

Freudlos lachte Genevieve in sich hinein. Was war nur aus ihr geworden? Sie hatte einst ein luxuriöses Leben im Palast geführt, Kontakt zu anderen Adligen genossen und die beste Erziehung erhalten. Und jetzt? Lebte sie als Eigenbrötlerin im

Nirgendwo, redete mit keiner Menschenseele, aber hatte engen Kontakt zu einer Schneeeule, mit der sie Konversation trieb, und wusste nicht, welchen Sinn es hatte, weiterzumachen.

Aber war das Leben nicht immer so? Man stand jeden Tag auf, tat ein paar Dinge und ging schlafen, ohne wirklich zu wissen, wofür das gut war. Das Ende der Geschichte – das kannte niemand und daher machte man weiter, Stunde um Stunde, Tag um Tag. Und das würde auch sie tun.

»Lass uns schlafen gehen, Libella«, beschloss Genevieve und deutete ein Gähnen an.

Der Vogel verstand, hüpfte vom Bett und flog auf die Stange zu. Dort gurrte Libella einmal und steckte schließlich den Kopf in ihr Gefieder.

Genevieve lächelte mild und wartete auf den Moment, in dem Libella die Augen schloss. Dann stand sie noch einmal auf und holte ihren dicken Pelzmantel, der über dem Sessel hing. Die Nächte in Prunaea waren nicht zu unterschätzen und wenn man nicht vorsorgte, lief man Gefahr, am nächsten Morgen nicht mehr aufzuwachen.

Sie schlüpfte in die Ärmel des Mantels. Dabei blickte sie auf das Armband mit dem Smaragd, das ihre Mutter ihr vor ihrem Tod geschenkt hatte. Genevieve vermisste sie schmerzlich, weswegen ein Seufzen ihren Lippen entwich.

Die Prinzessin zog die Kapuze des Mantels auf, auch wenn sie diese während des Schlafens wahrscheinlich verlieren würde. Mit voller Montur stieg sie abermals auf die Holzpritsche, die mit zwei Eisenseilen an der Wand befestigt war, und deckte sich so zu, dass ihr ganzer Körper geschützt war.

Erst als sie bereit für die Nacht war, fiel ihr auf, dass das Feuer beinahe heruntergebrannt war und seine Wärme nur noch für eine Stunde reichen würde. Innerlich mit sich ringend, verlor Genevieve schließlich den Kampf gegen sich selbst. Weil sie nicht mehr aufstehen wollte, streckte sie eine Hand aus der Decke heraus, schnippte mit den Fingern und sah, wie drei dicke Holzscheite durch die Luft flogen und direkt im Kamin landeten, wo das Feuer sich um sie kümmern konnte.

Die Prinzessin blickte auf ihre Finger hinab. Fakt war: Sie wusste nicht, wie ihre Magie funktionierte, und sie konnte sie auch selten gewinnbringend einsetzen, aber ein paar Bewegungen beherrschte sie mittlerweile.

*Als sie in der Scheinwelt erwachte, war sie allein, weswegen der Ort fremd und seltsam auf sie wirkte. Genevieve zog ihr Kleid glatt, eine Mischung aus Duchesse-Linie und Reifrock, und sah sich neugierig um. Die Wände waren durchsichtig, ebenso wie die Decke über ihr – aber um sie herum gab es nichts. Zu mehr war sie nicht imstande gewesen.*

*Als Genevieve einen Windhauch spürte, drehte sie sich um und sah Penelopé, ihre Zwillingsschwester, die ihr glich wie ein Ei dem anderen und ein ähnliches Kleid trug. Mit gemischten Gefühlen sah Penny sie an und Genevieve hätte sie gern gefragt, welchen Kummer sie mit sich herumtrug, aber in der Scheinwelt durften sie nicht über ihre neuen Leben reden. Ebenso wenig über den Inhalt ihres Rätsels, auch wenn das zweitrangig war, denn das kannte Genevieve sowieso.*

*»Penny«, sprach sie und trat auf ihre Schwester zu, die das gleiche feuerrote Haar wie sie besaß. Wenn sie ihr in die Augen schaute, sah sie sich selbst – nur in einer anderen, besseren Version.*

*»Ginny«, antwortete Penny und erwiderte ihren Blick mit einer gewissen Scheu. Mehr sagte sie nicht, aber Genevieve konnte in ihrem Gesicht all die ungestellten Fragen lesen, die nur darauf warteten, beantwortet zu werden.*

Wieso hast du dich von mir abgewandt?

Wieso kommst du nicht mehr nach Frigus?

Wieso verbringst du keine Zeit mit mir?

Was ist aus dir geworden?

*Genevieves Hand ballte sich zur Faust. Unruhig sah sie sich um. Gleich würde Valyra auftauchen, ihre jüngste Schwester, und die Situation hoffentlich ein wenig auflockern. Angespannt sah Genevieve sich um und zählte im Geiste die Sekunden – aber nichts geschah. Stattdessen trat Penny auf sie zu und griff nach ihrer Hand.*

*»Wie geht es dir?«, fragte sie ihre Schwester aufrichtig.*

*Genevieve presste die Lippen aufeinander. »Ich komme zurecht«, log sie und wusste im selben Moment, dass Penny ihr nicht ein Wort glaubte. »Wie geht es dir?«, stellte sie die Gegenfrage.*

*»Ich komme zurecht«, wiederholte Penny, aber das Lächeln, das sich auf ihre Lippen schlich, war eiskalt.*

*Genevieve wollte nach ihrer Hand greifen, doch ihre Schwester drehte sich um und wich ihr aus.*

*»Ich bin gespannt, was Valyra zu erzählen hat«, sagte sie stattdessen.*

*Genevieve wusste, dass sie nur Konversation treiben wollte, denn in Wahrheit konnte Valyra ihnen gar nichts Relevantes mitteilen. Ihre Zungen wurden schwer wie Blei, sobald sie etwas Wichtiges erzählen wollten.*

*Vor einigen Monaten hatte es auch Estelle und Tatjana in dieser Scheinwelt gegeben, doch sie waren von einem auf den anderen Tag verschwunden. Arabella hatte sich nur ein einziges Mal gezeigt und dann nie wieder.*

*Genevieve fuhr sich durch die Haare und seufzte. Penny hatte ihr den Rücken zugedreht und machte deutlich, dass sie nicht mit ihr reden wollte. Wenn eine weitere Schwester anwesend war, riss sie sich für gewöhnlich zusammen und offenbarte nichts von ihrem Gram, aber Valyra hatte die Scheinwelt noch nicht betreten.*

Valyra hatte die Scheinwelt noch nicht betreten.

*»Penny …«, fing Genevieve an.*

*Noch bevor sie ihre Frage zu Ende stellen konnte, hatte sich die andere Prinzessin umgedreht und meinte: »Valyra kommt nicht.«*

*»So lange hat es noch nie gedauert«, stimmte Genevieve ihr zu und zupfte am Ärmel ihres Kleides. »Glaubst du …«*

*»Vielleicht ist sie dort, wo Estelle und Tatjana sind. Vielleicht auch dort, wo Arabella ist. Oder …« Penny stoppte und auch Genevieve führte ihren Gedanken nicht weiter. Denn an das* Oder *wollten sie beide nicht denken.*

# 2

## Penelopé

Ich brauche Muskatnuss, Zucker und ein bisschen Zimt«, zählte Penelopé auf und kratzte sich nachdenklich an der Stirn, weil ihr die letzte Zutat nicht einfallen wollte. »Nelken noch, wenn Ihr welche habt«, fügte sie schließlich hinzu.

Die dicke Frau mit der Pelzmütze murmelte etwas Unverständliches und griff nach Penelopés Korb, um die gewünschten Lebensmittel einzupacken. Ihr Stand war der einzige auf dem ganzen Marktplatz, der noch Essen anbot, und auch hier gab es nicht immer alles, was Penelopé suchte. Noch vor wenigen Wochen hatte die korpulente Marktfrau eine weitaus größere Auswahl besessen, nun war sie nur noch auf das Nötigste beschränkt.

Penny zog sich den Schal dichter um ihren Hals und holte die braune Geldbörse aus ihrer Manteltasche. »Wie viel macht das?«, fragte sie die Verkäuferin, die ihr im Gegenzug den voll bepackten Korb reichte.

Ihre Stirn legte sich in Falten. »Sechzehn Brozin«, murmelte sie.

Penelopé wäre beinahe die Kinnlade heruntergeklappt, doch im letzten Moment fing sie sich. Ihre Herrschaft mochte es nicht, wenn sie eine solch offensichtliche Reaktion zeigte. Immerhin durfte niemand wissen, dass auch ihre besten Zeiten der Vergangenheit angehörten und das Geld knapp wurde.

Noch vor einer Woche hatte Penelopé für die gleichen Zutaten vier Brozin weniger gezahlt und vor vierzehn Tagen hatten sie nur zehn der kostbaren Goldstücke gekostet.

Ungelenk öffnete die Prinzessin die Geldbörse mit der linken Hand und zählte den entsprechenden Betrag ab, den sie der Verkäuferin über die Markttheke hinweg reichte. Dann vergrub sie die freie Hand in der Manteltasche und huschte über den Marktplatz, der heute nur dürftig besucht war. Der andere Stand – eine Ansammlung von Teppichen, die ohnehin niemand brauchte – weckte nicht ihr Interesse. Kalt blies ihr der Wind ins Gesicht, sodass sie schützend die Arme um ihre Mitte schlang.

Penelopé hatte anfangs gedacht, sich an die kalten Temperaturen gewöhnen zu können, aber in Wahrheit traf der Schnee sie jeden Tag mit neuer Wucht. Seit gestern Nacht rieselten die Flocken vom Himmel und es sah nicht so aus, als ob sie je damit aufhören wollten. Penelopé versank tief im Schnee und war froh, dass ihre Stiefel die Kälte abhielten. Rania, ihre böse Stiefmutter, hatte sie in Sommerkleidung an diesen Ort geschickt.

Die Prinzessin wischte sich ein paar Flocken aus dem Gesicht und ging weiter durch die Winterlandschaft. Auf den ersten Blick war Frigus ihr wie ein pulsierendes kleines Dörfchen vorgekommen, doch jetzt, wo das Wetter immer unbarmherziger wurde und die Kälte ihren Tribut forderte, trauten sich nicht mehr viele Menschen nach draußen, saßen stattdessen in ihren Hütten und pressten sich die Nasen an den Scheiben platt. Auch Penelopé war auf dem Weg nach Hause und überglücklich, Väterchen Frost entkommen zu dürfen.

Sie beschleunigte ihre Schritte und ignorierte den kalten Wind, der auf sie einpeitschte. Durch das schnelle Gehen verrutschte ihre gestrickte Mütze immer wieder, doch irgendwann war es ihr egal. Sie wollte endlich ankommen und ihre eiskalten Finger aufwärmen.

Nach ein paar Minuten hatte Penelopé das Haus der wohlhabenden Familie erreicht, in deren Dienst sie stand. Natürlich war ihr Besitz nicht mit dem des Schneekönigs und Herrschers über Prunaea zu vergleichen, doch besaßen die Celtens im Gegensatz zu vielen anderen Familien ein großes Haus und Platz sowie Geld für eigene Angestellte.

Vor dem Dienstboteneingang blieb Penelopé stehen und klopfte sich die Stiefel ab. Ihre Finger glichen mittlerweile Eiszapfen – wieso war sie auch so beschränkt gewesen und hatte die Handschuhe zu Hause auf dem Tisch liegen gelassen? Penelopé kramte in ihren Manteltaschen nach dem Schlüssel, mit dem sie die Tür entsperrte, und stahl sich in die Wärme des Hauses.

Als sie den Kellerraum erreicht hatte, schälte sie sich aus der Jacke, legte Schal und Mütze ab und zog Pantoffeln über. Mit dem Korb in der Hand trat Penelopé in die Küche, die sich ein Stockwerk weiter oben befand und wo sie bereits erwartet wurde.

»Ich dachte schon, der Schnee hat dich verschluckt«, begrüßte ihre Freundin Marnie sie, eine junge Frau mit blondem Haar, deren Wangen mehlbestäubt waren und die gerade dabei war, einen Teig auf der Arbeitsfläche zu kneten.

Penelopé stellte den Korb neben ihr ab und richtete ihren Zopf, der sich draußen in Wohlgefallen aufgelöst hatte. »Ich bin so schnell gekommen, wie ich konnte. Die Lebensmittel sind wieder teurer geworden.«

Marnie nickte. »Das überrascht mich nicht. Die Ernte ist schlecht und die Handelsstraßen sind mittlerweile kaum noch passierbar.«

Penelopé stöhnte. »Ich frage mich, ob der Winter je enden wird. Hat in Frigus jemals die Sonne geschienen?«

Marnie zwirbelte eine Strähne ihres gelockten blonden Haares. »Ich erinnere mich kaum daran«, gab sie zu und formte kleine Brote aus dem Teig.

»Immerhin habe ich alles bekommen«, meinte Penelopé, während sie die Zutaten aus dem Korb holte und auf die Arbeitsfläche legte.

»Sehr gut. Die Brote sind fast fertig, dann schiebe ich sie in den Ofen. Du kannst schon mal mit dem Kuchen anfangen.« Mit dem Zeigefinger deutete Marnie auf eine große Schüssel, die sie bereits vorbereitet hatte.

Penelopé band sich eine Schürze um und versteckte ihre Haare unter einer weißen Haube. Essen kochen, Kuchen backen – all das ging ihr mittlerweile leicht von der Hand. Es war zur Routine geworden und so tief in ihr verankert, dass sie über die Abläufe gar nicht mehr nachdenken musste. Anders am Anfang, als sie nicht einmal gewusst hatte, aus welchen Zutaten ein Hefeteig bestand oder wie man eine Suppe würzte. Doch wen wunderte es? Als Prinzessin hatte sie sich in ihrem früheren Leben nie mit solchen Dingen beschäftigen müssen und je älter man wurde, desto schlechter lernte man.

Penelopé wog das Mehl ab und vermischte es mit dem Zucker, bevor sie drei Eier aufschlug. Die Herrschaft hatte sich einen weihnachtlichen Kuchen gewünscht.

»Was wird das, wenn es fertig ist?«, fragte Marnie, die an Penelopé herangetreten war. Neugierig blickte sie auf die Mischung, die die Prinzessin gerade mit den Händen vermengte und zu der sie anschließend etwas Zimt dazugab.

»Ich möchte einen Kranz flechten und ihn mit Nüssen garnieren«, sagte Penelopé, in deren Gedanken sich längst ein fertiges Bild des Kuchens geformt hatte.

Marnie steckte den Finger in den Teig und probierte. »Du brauchst definitiv mehr Zucker«, kommentierte sie, griff nach dem Sack und süßte auf Gutdünken.

Unter anderen Umständen wäre Penelopé ihr vielleicht böse gewesen, aber Marnie kannte sich aus und war unschlagbar in der Küche. Gern ließ sie sich von ihr helfen.

Nachdem sich alle Zutaten miteinander vermengt hatten, holte sie den Teig aus der Schüssel, knetete ihn mit den Händen durch und streute Mehl auf die Arbeitsfläche. Mit geschickten Bewegungen rollte sie drei lange Stränge aus, verflocht sie miteinander und formte einen Kranz, in den sie Nüsse steckte.

»Du bist sehr viel besser geworden«, merkte Marnie an und schenkte Penelopé ein Lächeln. »Wenn ich an deine Anfänge denke …«

»Denk einfach nicht dran«, meinte die Prinzessin, schob sich an ihrer Freundin vorbei und kleidete ein Blech mit Backpapier aus. »Das ist lange her.«

»Du hast dich gut eingelebt und deinen Platz in Frigus gefunden«, sagte Marnie.

Sie klang positiv und mutmachend. Ihr Satz war als Kompliment gemeint und doch zog er Penelopé in eine Welt, die sie nicht betreten wollte. In eine Welt, die voller Dunkelheit und grässlicher Erinnerungen war.

Denn wenn Penelopé an ihre Anfänge dachte, musste sie automatisch an Ginny denken. An den Fluch, das Rätsel und den kindlichen Optimismus, den sie an den Tag gelegt hatten. An die Blauäugigkeit, mit der sie das Rätsel lösen wollten, und die Euphorie, an der sie schließlich zugrunde gegangen waren. Letztlich hatte Penelopé das Einzige getan, was ihr übrig geblieben war. Sie hatte den Fluch als ihre neue Existenz angenommen und sich ein Leben in Frigus aufgebaut. Zwar war es nicht im Entferntesten mit dem in Brahmenien zu vergleichen, aber immerhin hatte sie ein Dach über dem Kopf und genügend zu essen und zu trinken.

»Du wirkst in den letzten Tagen sehr verbissen, Pen«, holte Marnie sie in das Hier und Jetzt zurück. Ihre aufmerksamen grünen Augen ruhten auf ihr.

Penelopé jedoch zuckte mit den Schultern, legte den Kranz auf das Backblech und schob es in den Ofen, wo die Brote bereits hochbackten. »Ich bin nur konzentriert, das ist alles«, sagte sie schließlich und rauschte an Marnie vorbei, die sich ihr in den Weg gestellt hatte. Die Prinzessin wusch die Schüssel aus, trocknete sie ab und stellte sie zurück in den Schrank.

»Wenn du mit jemandem reden willst, bin ich für dich da. Das weißt du doch, oder?«, erinnerte Marnie sie.

Penelopé nickte abwesend und hoffte, ihr damit entkommen zu können.

Doch die Köchin gab nicht nach. »Bist du glücklich hier?«

Wie vom Donner gerührt blieb Penelopé stehen und hielt in der Bewegung inne. »Wieso stellst du solche Fragen?«, herrschte sie Marnie an, die ob des rauen Tonfalls zusammenzuckte. Dennoch trat sie einen Schritt auf ihre Freundin zu.

»Seit Wochen schon redest du nicht mehr über deine Vergangenheit. Du sagst, dass du mit ihr abgeschlossen hast, aber so ganz glaube ich dir das nicht …« Nervös nestelte Marnie an ihrer Schürze herum und wagte es nicht, Penelopé anzuschauen.

Diese atmete tief ein und aus, dann meinte sie: »So ist es aber. Ich habe verstanden, dass dies hier nun mein Leben ist. Es hätte mich weitaus schlimmer treffen können.«

»Das stimmt.« Marnie trat auf sie zu und ergriff ihre Hand. »Der Herr und seine Frau sind herzensgute Menschen und wir alle sollten dankbar sein, dass sie uns unter ihre Fittiche genommen haben. Außerdem bin ich glücklich, dass du nun hier bist und mir in der Küche hilfst. Vor dir hat es immer nur Jungen gegeben, mit denen ich nicht klargekommen bin. Und dennoch …«

»Dennoch *was*?«, rutschte es Penelopé heraus, auch wenn sie keine Nachfragen hatte stellen wollen. Daran, dass Marnie von einem Fuß auf den anderen trat, sah sie ihr die Anspannung an.

»Du bist nicht hier geboren. Nicht hier aufgewachsen. Du bist noch nicht lange in Frigus und hast ein ganzes Leben, das hinter dir liegt. Hast … du es wirklich schon aufgegeben?«

Penelopés Seufzen hätte Steine erweichen können. »Kannst du dich daran erinnern, wie traurig ich geworden bin? Wie die Hoffnung mich immer mehr verlassen hat und ich nicht mehr klarkam?« Sie sah Marnie tief in die Augen und legte alle Überzeugung in ihre Stimme, die sie aufbringen konnte. »Ich will mich nie mehr so fühlen. Nie wieder. Ich komme mit meinem neuen Leben klar. Meine Existenz ist nicht gefährdet, ich habe es warm und in dir eine Freundin gefunden. Wirklich, ich bin zufrieden.« Um ihre Aussage zu unterstreichen, nickte Penny.

Marnie drückte ihre Hand fest, dann ließ sie sie los. »Ich habe bloß gedacht, dass wir … Jetzt, wo so viel Zeit vergangen ist, können wir vielleicht einen neuen Blick auf das Ganze werfen und …«

Penelopé spürte, wie der Zorn in ihr wütete. »Ein neuer Blick?

*Zwei Seelen,*
*getrennt und verirrt,*
*müssen sich erst finden –*
*im Schloss, das über die Kälte herrscht.*
*So entsteht Feuer im Schnee –*
*durch Liebe und das Band der Ewigkeit.*

Was soll sich daran geändert haben? Hast du auf einmal einen Weg gefunden, der mich in das Schloss führt? Denn genau da muss ich doch hin und genau das …«

Penelopé fuchtelte beim Sprechen wild mit den Händen in der Luft herum, sodass Marnie nach ihnen griff und sie festhielt.

»Ich wollte dich nicht wütend machen, Pen, das lag nie in meiner Absicht. Vielleicht hätte ich das Thema nicht ansprechen sollen …«

»Ganz genau«, stimmte die Prinzessin ihr zu und kämpfte sich frei. »Ich will nicht mehr darüber reden. Nicht mit dir und mit keinem sonst. Mein Leben als Prinzessin gehört der Vergangenheit an. Ich bin nun eine Küchengehilfin und sehr zufrieden.«

Es war offensichtlich, dass Marnie ihr nicht glaubte, aber für den Moment reichte es Penelopé, dass sie zumindest keine Widerworte gab.

Wütend wandte sie sich den Zutaten zu, die sie eingekauft hatte, und stellte sie in das Vorratsregal. Marnies Worte hatten eine Wahrheit in ihr wachgerüttelt, die sie schlafen lassen wollte.

Und jetzt, wo sie mit zitternden Fingern auf die Muskatnuss hinabblickte, wurde ihr noch etwas anderes klar: In zwei Tagen war Weihnachten. Das Fest, das man im Kreise seiner Liebsten und mit der Familie verbringen sollte. Marnie würde Frigus morgen früh verlassen, um in das benachbarte Dorf Kalehn zu gehen. Dort wohnte ihr Vater, mit dem sie die Feiertage verleben wollte.

Penelopé hätte ihr diese Entscheidung niemals zum Vorwurf gemacht und doch war es, als würde sich eine eiskalte Hand um ihr Herz schließen, wenn sie an die Tage in Einsamkeit dachte, die vor ihr lagen. Zu Hause war Weihnachten immer etwas Besonderes gewesen, auch wenn kein Schnee Brahmeniens Grund bedeckt hatte. Mit feuchten Augen dachte Penelopé an den geschmückten Baum, die festliche Stimmung und das gute Essen. Aber über allem schwebten die Gesichter ihrer Familie, die ihrer Eltern und die ihrer Schwestern.

Sie konzentrierte sich auf den Ärger in sich, damit die Tränen sich keinen Weg nach draußen bahnen konnten. Mit Wut umzugehen war so viel leichter, als sich Kummer einzugestehen.

Penelopé blinzelte und sah Marnie durch den Tränenschleier. Ihr Mund stand ein Stück offen, so als wollte sie etwas sagen, aber stattdessen breitete sie ihre Arme aus und schloss Penny in ihnen ein. Die Prinzessin vergrub ihren Kopf an der Schulter der Köchin und atmete ihren unverkennbaren Duft nach Zimt und getaner Arbeit ein. Immerhin hatte ihr dieser Fluch eine gute Freundin beschert.

Melis ♥ Art

# 3

## Genevieve

Sie konnte sich nicht daran erinnern, wann sie zuletzt eine Nacht durchgeschlafen hatte. Wann sie am Morgen aufgewacht war, ohne von Albträumen heimgesucht zu werden oder ohne dass die Gänsehaut sich wie eine zweite Schicht auf ihren Körper legte.

So ging es ihr auch heute. Klappernd schlugen ihre Zähne aufeinander, während sie sich frierend weiter unter der Decke vergrub. Sie hatte sie schon zweimal gegen eine dickere ausgetauscht und dennoch kam sie nicht gegen die Kälte an, die sich jede Nacht in ihre Seele schlich.

Genevieve hob den Kopf und warf einen Blick aus dem Fenster, das sie die Tageszeit erkennen ließ, da sie es nicht mit Vorhängen verhangen hatte.

Die Welt war nicht mehr dunkel, aber die Nacht noch nicht vorbei. Ob Genevieve wieder Schlaf finden würde? Ihr Körper war müde, doch ihr Geist zu wach, um die vielen Gedanken, die in ihr tobten, zum Schweigen zu bringen. Albträume hatten sie immer wieder wach gemacht und wenn das Grauen erst Einzug gehalten hatte, war es schwer, es abzuschütteln.

Entschlossen schob Genevieve die Decke von sich, stand auf und schlüpfte in die warmen Fellpantoffeln, die sie sich auf dem Markt in Frigus gekauft hatte. Ihr Rücken schmerzte und ihre Augen waren noch müde, dennoch ging sie auf die Kochzeile zu und schnitt sich eine dünne Scheibe des Brotes ab, das eigentlich schon viel zu hart war, um noch genießbar zu sein.

Bis vor ein paar Tagen hatte sie Marmelade besessen, doch die war mittlerweile zur Neige gegangen, was hauptsächlich an einer verfressenen Schneeeule lag, die Zuckerzeug jeglicher Art nicht widerstehen konnte.

Genevieves Blick wanderte zu der Stange, auf der Libella noch friedlich schlummerte. Im Gegensatz zu ihren Artgenossen hatte sie einen sehr tiefen Schlaf und wurde nur durch laute Geräusche oder direkte Berührungen wach. Wie sie bisher in der Natur überlebt hatte, war Genevieve schleierhaft.

Die Prinzessin tauchte das steinharte Brot in den Rest der Milch, um es weicher zu machen. Sie musste dringend einkaufen gehen. Obwohl das Brot die Flüssigkeit dankend aufnahm, schmeckte es hart und bitter.

Genevieve schlang den Mantel dichter um ihren frierenden Körper. Die Bilder des Albtraums huschten wie Erinnerungen durch ihren Kopf. Einen Teil der Nacht hatte sie in der Scheinwelt verbracht, aber das war es nicht, was ihr Sorgen bereitete.

Als Genevieve ein Pochen spürte, zog sie die Ärmel des Mantels und die ihres Nachtkleides hoch. Sie sog scharf die Luft ein, als sie die offenen Wunden auf ihren Armen entdeckte, die sie sich in der Nacht zugefügt haben musste.

Tränen schossen in ihre Augen, während sie wiederholt den Kopf schüttelte. Genevieve erinnerte sich an das Trümmerfeld, an die letzten Schreie und flehenden Stimmen. Sie sah die Leiche vor sich, den toten Körper ihrer Zwillingsschwester. Und über all dem, über all dem Leid und Schrecken, erkannte sie sich – triumphierend, wie eine Amazone unter den Opfern, die durch ihre Hand gestorben waren.

Genevieve erinnerte sich an das wallende schwarze Kleid, das sie getragen hatte, das sich um ihren Körper schmiegte wie eine zweite Haut und ihr eine Aura des Bösen verlieh. Nie würde sie die dunklen Schwaden vergessen, die aus ihren Händen gewichen waren, die Feuerbälle, die sie aus Angst erschaffen und schließlich direkt auf ihre Schwester geschleudert hatte. Sie konnte gegen die schwarze Magie nichts ausrichten und war elendig zugrunde gegangen.

»Gut, mein Kind«, hatte Rania gesagt, die auf das Schlachtfeld getreten war, als der Kampf schon nicht mehr andauerte. »Ich habe mich bereits gefragt, wann du dich endlich entscheiden wirst, und bin froh, dass du deine Wahl getroffen hast.«

Rania hatte mild gelächelt und Genevieve hatte es mit einer Selbstsicherheit erwidert, die ihr Angst bereitete. Sie sah sich, wie sie die Hand ihrer Stiefmutter ergriff, mit ihr über Pennys toten Körper stieg und auf einer Welle aus Finsternis verschwand.

Das Brot zitterte in ihren Händen. Sie konnte nicht mehr schlucken, so eng fühlte sich ihre Kehle an.

*Warum?*, dachte sie, und das nicht zum ersten Mal. Warum war sie die Einzige? Warum musste sie sich mit diesem Fluch herumschlagen? Wieso hatte ihre Mutter sie erwählt und nicht

Tatjana? Sie hätte besser mit dem Ganzen umgehen können und aus der Schwäche eine Stärke gemacht.

Hasserfüllt schaute Genevieve auf ihre Hände hinab. Ihre Hände, die menschlich und gewöhnlich aussahen, mit schlanken Fingern daherkamen und doch alles andere als ungefährlich waren. Sie hätte nicht ahnen können, welche Macht in ihnen lauerte.

Als sich das altbekannte Prickeln in ihren Fingerspitzen zeigte, biss sie sich so fest auf die Lippe, dass der eine Schmerz vom anderen überdeckt wurde. Aber dadurch wurde das Prickeln nicht weniger – ganz im Gegenteil: Es strömte durch ihren ganzen Körper und lähmte all ihre Gedanken, bis sie einen gequälten Laut ausstieß, ihre rechte Hand zur Faust ballte, sie auf die kleine Schwanenfigur richtete, die ihr auf dem Markt geschenkt worden war, und sie mit einem lauten Knall zerbersten ließ.

Erst als sie die Scherben auf dem Boden sah und die Zerstörung verstand, die sie angerichtet hatte, konnte sie durchatmen und sich wieder auf ihre Gedanken besinnen. Genevieve schlang das Brot herunter und löschte ihren Durst mit der Milch. Von nun an würde sie Wasser trinken müssen.

Libella, die durch den Lärm aufgeschreckt worden war, streckte ihre Flügel aus und flog auf Genevieve zu. Auf der Tischplatte blieb sie sitzen und deutete mit ihrem Schnabel auf die frischen Verletzungen, aus denen vereinzelt Blut tropfte.

»Eine harte Nacht liegt hinter dir«, stellte die Schneeeule fest.

Genevieve musste nicht antworten. Es war offensichtlich, dass sie recht hatte. »Es hilft mir, widerstehen zu können«, sagte sie dennoch, woraufhin Libella ihren schneeweißen Kopf schief legte und sie traurig ansah.

»Ich bewundere dich, dass du immer noch dagegen ankämpfst. Andere hätten schon längst aufgegeben.«

Genevieve setzte sich aufrecht hin. »Penny hat mir mal gesagt, dass Aufgeben nie eine Option ist. Dass es nicht erlaubt ist, nachzugeben. Daran halte ich mich.«

»War der Drang schon immer so schlimm?«, fragte Libella.

Genevieve schenkte ihr einen langen Blick, dann schüttelte sie den Kopf. »In meiner Kindheit hat es ihn überhaupt nicht gegeben. Ich wusste schon früh, dass ich in der Lage bin, Magie zu wirken, aber die Aussicht auf Zaubersprüche hat mich immer positiv gestimmt. Auch als ich älter wurde, wollte ich mehr über meine Kräfte wissen und darüber, wie ich sie einsetze. Natürlich durfte ich niemandem davon erzählen. Aber meine Mutter hat mir schon früh deutlich gemacht, dass es nicht immer so einfach sein würde. Und damit … hatte sie leider Gottes recht.«

Mit den Fingerspitzen strich sich Genevieve über die Striemen, die ihre Haut wie ein Spinnennetz bedeckten.

Libella schenkte ihr einen aufmerksamen Blick, dann plusterte sie sich auf. »Beschreibe mir den Drang genauer, Genevieve«, fordertet sie die Prinzessin auf, die nur traurig an ihr vorbeisah.

»Es ist, als wollte er mich von innen auffressen. Als ließe er mich nie ganz los, auch wenn er manchmal weniger wird. Dennoch spüre ich ihn die ganze Zeit und weiß, dass er mich nie verlassen wird.«

Für einen Moment sah es so aus, als wollte Libella etwas erwidern, aber Genevieve gab ihr nicht die Gelegenheit dazu. Stattdessen stand sie auf, ging zu der Stange, auf der die Schneeeule geschlafen hatte, und holte ihren Rucksack herunter, der daneben hing.

Ablenkung half ihr. Immer wenn sie etwas zu tun hatte, war keine Zeit dafür, ihren dunklen Gedanken nachzuhängen, die wie schwarze Regenwolken über ihr lauerten.

Genevieve löste die Bänder des grünen Rucksacks und stellte sich vor das Fach ihrer Vorratskammer, welches schon bessere Zeiten gesehen hatte. Um ehrlich zu sein, besaß sie nur noch einen Kanten hartes Brot, vier schrumpelige Äpfel und einige getrocknete Fische, die zu jeder Jahreszeit zu bekommen waren und genauso widerlich schmeckten, wie sie aussahen.

Kurzerhand verstaute Genevieve alle Vorräte in ihrem Rucksack. Sie wusste nicht, wie lange ihre Reise dauern würde, und wollte auf alle Eventualitäten vorbereitet sein. Außerdem griff sie nach einer stabilen Flasche mit Korkenverschluss, die sie schon gestern mit Wasser befüllt hatte. Ihr Weg würde sie sicherlich an Flüssen vorbeiführen, sodass eine Ration Flüssigkeit genügen sollte. Zuletzt verstaute sie eine Decke im Rucksack.

Aus den Augenwinkeln nahm Genevieve wahr, dass Libella sich auf die Stange gesetzt hatte und sie musterte.

»Du willst also immer noch losziehen«, kommentierte die Schneeeule, woraufhin sich die Prinzessin ihr zuwandte.

»Ich habe es versprochen und ich werde es versuchen. Vielleicht gibt es ja dort draußen eine Lösung, die ich bisher nicht in Betracht gezogen habe, und vielleicht finde ich unter den Naturmenschen jemanden, der sich mit Flüchen und dunkler Magie auskennt.«

Sie rauschte an Libella vorbei und ging auf den schlichten Schrank zu, in dem sie ihre Garderobe aufbewahrte. Viel war über die Zeit nicht zusammengekommen, und das, was sie hatte, wirkte schäbig und getragen. Doch der Winter war so kalt, dass Äußerlichkeiten nichts mehr zählten und jede Eitelkeit unter einer dicken Schicht Schnee versteckt wurde.

Genevieve griff nach einer weiten braunen Hose, die mit Schafsfell gefüttert war, und schlüpfte in einen Wollpullover, der neben einem Rollkragen extralange Ärmel hatte, sodass auch ein Teil der Finger vor der Kälte verborgen war. Ihre Füße schützte sie mit drei Paar Socken, die sie übereinander zog und schließlich in ihren Winterstiefeln versteckte.

Libella kam zu Genevieve geflogen, im Schnabel den roten Schal, den die Prinzessin in einsamen Abendstunden selbst gestrickt hatte. Dankend schlang sie ihn sich dreifach um den Hals und zog sich die Pelzmütze tief ins Gesicht. Sie war weit geschnitten und bot Platz für all ihre Haare, die sie darunter verschwinden lassen konnte. Auf ihrem Bett lag das Paar Handschuhe, das sie mitnehmen würde. Fehlte nur noch der Mantel, der sie hoffentlich vor der Kälte schützen würde.

Skeptisch warf Genevieve einen Blick aus dem Fenster. Immerhin hatte es aufgehört, zu schneien, auch wenn die weiße Masse gewiss einen Meter hoch war.

»Du kannst dir nicht vorstellen, wie sehr ich die Wärme Brahmeniens vermisse«, murmelte sie missmutig, schulterte ihren Rucksack und warf Libella einen langen Blick zu. »Du kannst froh sein, dass dir die Kälte nichts ausmacht und du wie gemacht für den Winter bist.«

Libella nahm auf der Schulter der Prinzessin Platz und blinzelte. »Es mag sein, dass ich da draußen nicht friere, aber ich mache mir dennoch Gedanken. Dieser Winter ist härter als alle zuvor und langsam, aber sicher stiehlt er die Lebensfreude der Menschen. Sie fangen an, sich vor dem Schnee zu fürchten und ihn als ihren Feind anzusehen.« Bedauernd schüttelte sie ihren flauschigen Kopf.

Gedankenverloren kraulte Genevieve ihr Gefieder. »Ich habe zwar keine Angst vor dem Schnee, aber es bedeutet leider auch nicht, dass ich ihn mag«, gab sie offen zu und starrte in die Natur, die nur noch aus einer einzigen Farbe zu bestehen schien.

Ihre tierische Freundin gab ein zustimmendes Geräusch von sich. »Ich vermisse die guten Seiten des Winters«, sagte sie leise. »Die, die die Menschen langsam vergessen. Ich vermisse das gesellige Beisammensein, die gemütlichen Märkte, warme Getränke …«

»Du klingst wie ein alter Mann, der seiner Jugend nachtrauert«, witzelte Genevieve, aber in ihrer Stimme hatte sich die Trauer festgesetzt. »Du bist eine Eule.«

»Und dennoch habe ich die Menschen genau dabei gern beobachtet«, hielt Libella dagegen. »In zwei Tagen ist Weihnachten und …«

Genevieve hielt in der Bewegung inne und drehte ihren Kopf langsam der Eule zu. »In zwei Tagen schon?«, hauchte sie und erkannte, wie sehr diese kleine Wahrheit sie traf.

Sie hatte das Weihnachtsfest an den Rand ihrer Gedanken geschoben, um sich nicht weiter mit ihm befassen zu müssen, aber nun, wo Libella es zur Sprache gebracht hatte, spürte sie die kalte Hand, die sich um ihr Herz schloss.

»Das kann mir egal sein«, sagte sie, doch ihre Stimme strafte ihre Worte Lügen. »Ich werde es nicht feiern. Ohnehin gibt es keinen Grund mehr dazu.«

Und bevor Libella sie mit ihrem traurigen Blick durchbohren oder noch mehr sagen konnte, das sie tief traf, lief sie zur Tür und riss sie schwungvoll auf.

Noch vor wenigen Tagen hatte der Sturm sie zu Boden gerissen, doch heute war die Luft still, das Wetter klar. Was nicht bedeutete, dass sie nicht fror. Schon die ersten Schritte auf dem frisch gefallenen Schnee kamen einer immensen Überwindung gleich.

Genevieve hielt das Gesicht gesenkt, dennoch kam es ihr so vor, als würde die Kälte sie mit einem Schlag treffen. Libella spannte die Flügel, verließ ihre Schulter und flog voraus.

Um Genevieve herum gab es nichts als Weiß. Sie hatte sich ein Leben im Nirgendwo aufgebaut. Mit voller Wucht prasselte die Einsamkeit auf sie ein und machte sie für einen Moment bewegungsunfähig. Aber genau das durfte sie nicht sein. Sie musste laufen, durfte nicht stehen bleiben, weil sie sonst an Erfrierungen verenden würde. Mutig setzte sie einen Schritt vor den anderen und trotzte der Kälte, so gut es ihr möglich war.

»Wohin gehst du überhaupt?«, fragte Libella von oben herab.

Genevieve hob kurz den Blick. »Du hast mal gesagt, dass die Naturvölker nördlich von hier leben.«

»Nördlich ja, aber zu welchem Volk willst du? Es gibt unzählige.«

Genevieve schnaubte. Mit jedem Schritt versank sie tiefer im Schnee. »Ich weiß nichts über dieses Land, Libella. Ich habe mein Wissen aus deinen Erzählungen und …«

Die Prinzessin sah, wie die Schneeeule in der Luft anhielt und mehrmals mit den Flügeln schlug, um auf der Stelle verharren zu können. »Es gibt eine kleine Menschengruppe, etwa drei Tagesmärsche von hier entfernt. Ich habe sie auf meinen Reisen oft gesehen und weiß, dass sie sich *die wahren Beherrscher* nennen. Sie kennen sich nicht nur gut mit der Natur, sondern auch mit Zaubersprüchen und Magie aus.«

Genevieve nickte nachdenklich. »Vielleicht können sie mir helfen. Kennst du den Weg?«

Libella flog einen Kreis in der Luft, was Genevieve als Zustimmung deutete. »Wir dürfen aber nichts überstürzen und du musst regelmäßig Pausen machen. Wenn du dich zu lange in der Kälte aufhältst …«

»Ich weiß, was der Winter mit mir macht«, murmelte Genevieve. »Die Kälte hat sich in meinem Herzen festgesetzt wie ein Geschwür.«

Missmutig blickte sie auf den Schnee hinunter, den sie nicht mehr sehen konnte. Sie hatte eine tiefe Abneigung gegen die Farbe Weiß entwickelt.

»Du solltest am Tag nicht länger als sechs bis maximal acht Stunden unterwegs sein«, sagte Libella von oben. »Dein menschlicher Körper hat sich noch immer nicht an die hiesigen Temperaturen gewöhnt und das müssen wir akzeptieren. Du bist allein unterwegs und mit mir kann niemand außer dir sprechen. Daher käme es einem Selbstmordkommando gleich, wenn du plötzlich zusammenbrechen und auf dem Boden liegen bleiben würdest.«

Genevieve fröstelte angesichts der Vorstellung. Dadurch, dass sie sich zügig weiterbewegte, hatte sie vor allem aufgrund der Anstrengung ein bisschen der Kälte vertreiben können. Sie musste nur auf den Beinen bleiben.

»Ich kenne mich hier in der Gegend gut aus und weiß, wo man schlafen oder zumindest für ein paar Stunden rasten kann«, fuhr die Eule fort. »Du musst deinen Körper in regelmäßigen Abständen aufwärmen und unbedingt genug essen und trinken.«

Abwesend nickte Genevieve. Obwohl sie weiterging und so tat, als würde sie Libellas Worten Gehör zollen, war sie mit den Gedanken ganz woanders. Sie hatte sich die Frage, die in ihrem

Kopf festsaß, schon Dutzende Male gestellt und war doch nie zu einer zufriedenstellenden Antwort gekommen.

Hätte sie Rania stoppen können? Wäre es ihr gelungen, sie mit ihren magischen Kräften dingfest zu machen, bevor sie eine Chance gehabt hätte, den Fluch zu sprechen?

Genevieve biss sich auf die Unterlippe, die durch die Kälte spröde geworden war. Sie hatte nicht gewusst, dass Rania des dunklen Zaubers fähig war, aber sie war sich der schwarzen Aura bewusst gewesen, die sie umgab. Eine Aura, die nur Wesen besaßen, die einen Pakt mit der Finsternis geschlossen hatten. Vielleicht wäre es Genevieve gelungen, sie aufzuhalten. Sie zu besiegen, bevor sie das Unheil über ihre Familie bringen konnte. Vielleicht hatte sogar ihre Mutter ihr die Fähigkeiten und Kräfte mit auf den Weg gegeben, um Rania im Falle eines Falles zu stoppen.

Die Prinzessin seufzte. Sie hatte gar nichts geschafft, stattdessen Rania dabei zugesehen, wie sie aus ihrer bösen Macht einen Fluch schuf, der weitaus unheilvoller und endgültiger war als alle ihre kümmerlichen Fähigkeiten zusammen. Sie hatte zugelassen, dass ihre Schwestern alle an unterschiedliche Orte verbannt worden waren – mit einem Rätsel auf Pergamentpapier in der Hand, das doch niemand lösen konnte.

Rania hatte den Fluch gesprochen und auf ihrem Thron aus Dunkelheit triumphiert – und was hatte Genevieve stattdessen vollbracht? Eine Welt geschaffen, in der sich die Schwestern im Traum sehen konnten, um miteinander zu reden. Es sollte ein sicherer Ort werden, an dem sie sich unterhalten konnten, ohne von Rania beobachtet zu werden. Aber Genevieve, die zeit ihres Lebens immer gegen die Magie in ihr angekämpft und keine Ahnung hatte, wie man sie kontrollierte, wusste ihre Kräfte nicht richtig einzusetzen. Aus der Scheinwelt wurde also ein Ort, der das Sprechen über das einzig Wichtige – die Rätsel – verbot. Und das bedeutete, dass sie den Schmerz nur verlängert hatte. Denn nun sahen sich die Schwestern Nacht für Nacht, konnten nur rätseln, was mit der jeweils anderen geschehen war, und verstrickten sich tiefer in Trauer und Missgunst.

Wütend ballte Genevieve die Hände zu Fäusten.

Am Boden unter ihr lag ein Gerippe, welches entfernt an einen Hund erinnerte. Vielleicht sollte sie ihm einfach folgen, am schneebedeckten Grund liegen bleiben und die Augen schließen.

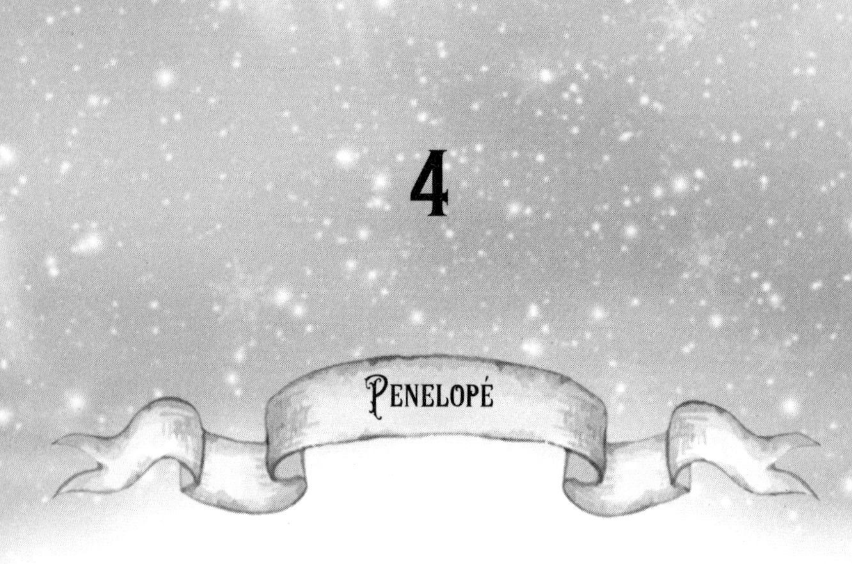

# 4

## Penelopé

Der Tannenbaum war groß gewachsen und seine Nadeln von einem saftigen Grün. Cebast, der Gärtner, hatte ihn heute Morgen im Wald gefällt und eine Weile gebraucht, um ihn von den Schneemassen zu befreien. Nun stand er im Salon und wartete darauf, geschmückt zu werden. Im Kamin prasselte ein Feuer, das die Kälte nach draußen bannte und dem Raum etwas Gemütliches verlieh.

Penelopé blickte auf die zahlreichen Schachteln und Verpackungen, in denen Kugeln, Lametta und Sterne auf ihren Gebrauch warteten. Sie wollte nicht an ihr Zuhause denken, aber sie kam nicht umhin, denn zusammen mit Valyra hatte sie immer darauf bestanden, den Baum zu schmücken, auch wenn solches Gehabe normalerweise der Dienerschaft vorbehalten war.

Die Prinzessin erinnerte sich daran, wie sie zwei Stühle gestapelt hatten, um den goldenen Stern an der Spitze anbringen zu können. In einem Jahr war Valyra heruntergefallen und hatte sich den Arm so unglücklich verletzt, dass die Wunde genäht werden musste. Und obwohl die Schreie ihrer kleinen Schwester in Penelopés Ohren widerhallten, löste sich ein Lächeln von ihren Lippen.

Vielleicht sollte sie sich nicht grämen und der Vergangenheit nachtrauern. Vielleicht sollte sie dankbar sein, dass sie auf schöne Erinnerungen zurückschauen durfte und in ihrem Leben schon so viel Gutes gesehen, gespürt und geträumt hatte.

Penelopé bückte sich und holte eine dunkelblaue Kugel aus dem Karton, die mit Goldstaub bedeckt war und edel anmutete. Diese sollte ihre erste sein und den Baum vor allen anderen bedecken.

Die Prinzessin lächelte, als die Tannennadeln sie stachen, und wurde erneut sehnsüchtig, als sie den Geruch nach Wald wahrnahm, der den Baum umgab. Wie die Dinge auch standen: Sie wollte ihrer neuen Familie einen schönen Baum ermöglichen und ihn mit so viel Liebe, Kugeln und Hingabe schmücken, wie ihr möglich war.

Als Nächstes nahm sie ein rosafarbenes Geschenk aus dem Karton, welches ein silbernes Bändchen zum Aufhängen besaß. Penelopé platzierte es nicht weit von der dunkelblauen Kugel und spürte, dass die Arbeit ihr Freude bereitete. Zudem war sie eine Entlastung für ihren Rücken, der aufgrund der Aufgaben in der Küche oftmals schmerzte.

Als an der Tür geklopft wurde, drehte Penelopé sich um und murmelte ein leises »Herein«. Sie sah, wie ein älterer Mann den Raum betrat, und lächelte, sobald sie Herrn Celten in ihm erkannte. Die Celtens hatten sie aufgenommen, ganz ohne Eigennutz, und ihr ein Zuhause geboten, das sie sonst vielleicht nicht gefunden hätte.

»Ich wusste, dass ich dich hier finden würde, Penelopé«, sagte er mit seiner warmen Stimme und ging langsam auf sie zu. Herr Celten war ein alter Mann, der die besten Jahre seines Lebens schon hinter sich hatte. Dennoch zeigte er die Gebrechen seines Körpers ungern, war immer zuversichtlich und freundlich seiner Dienerschaft gegenüber. Nicht zum ersten Mal erinnerten seine sanften Augen Penelopé an ihren Vater.

»Setzt Euch doch«, sagte die Prinzessin und schob den Stuhl zurecht, der vor dem Kamin stand.

Herr Celten verzog zunächst den Mund, nahm dann aber dankend den Platz an, ließ sich auf den roten Sessel sinken und warf seinen Krückstock auf den Boden.

»Ich habe gerade mit dem Schmücken des Baumes begonnen«, erklärte Penelopé und deutete auf die Tanne. »Ihr habt wunderschönen Baumschmuck, ich würde am liebsten jeder Kugel einen Platz bieten.«

Herr Celten grinste. »Das hat meine Tochter auch immer gesagt. Sie hatte Angst, dass die Kugeln es ihr übel nehmen würden, wenn sie keinen Platz am Baum bekämen.« Er schmunzelte, doch es lag auch etwas Trauriges um seine Mundwinkel.

Von Marnie hatte Penelopé erfahren, dass sein einziges Kind einer tückischen Krankheit erlegen und seine Frau nicht in der Lage gewesen war, ihm weitere Nachkommen zu schenken.

»Ich bin mir sicher, dass der Baum zauberhaft aussehen wird, wenn er fertig ist«, sagte der Hausherr und fuhr sich über seine grauen, nur noch vereinzelt wachsenden Haare. »Aber sag, mein Kind, schon morgen ist das Weihnachtsfest. Marnie meinte, dass du hierbleiben willst, ist das richtig?« Seine grauen Augen schauten sie ungläubig an.

Ohne Aufforderung nahm sie auf dem Sessel neben ihm Platz und verschränkte die Hände im Schoß. »Ich stehe gern in Euren Diensten und würde mich freuen, wenn ich Euch auch an den Feiertagen helfen kann«, setzte sie zu ihrer Erklärung an, die Herr Celten ihr nicht abkaufte.

»Hast du denn niemanden, zu dem du gehen kannst? Keine Freunde oder Familie?«

So offensichtlich wie er es aussprach, tat es ihr weh. Penelopé schluckte gegen den Kloß in ihrer Kehle an.

Als sie nach Frigus gekommen war, hatte sie Marnie alles erzählt – ihre Gönner wussten jedoch nichts über ihre Vergangenheit. Zu groß war die Angst, als Verrückte gebrandmarkt zu werden, die erzählte, dass sie von einer Magierin verflucht und mit einem kryptischen Rätsel in dieses Land verbannt worden war. Die Menschen in Frigus galten als bodenständig und dachten nicht weiter als bis zu ihrer eigenen Nasenspitze. Magie war für sie ein Fremdwort, ebenso wie Zauber, Hexen oder die dunkle Seite. Deshalb hatte Penelopé beschlossen, ihre Geschichte ruhen zu lassen – zumindest den Menschen gegenüber, bei denen sie sich unsicher war, ob sie sie ernst nehmen würden.

»Du siehst traurig aus, Penelopé. Was ist es, das dich bedrückt?«

Herrn Celtens Stimme brachte sie in die Realität zurück, die ihr ein Seufzen entlockte. Sie blinzelte die aufsteigenden Tränen in ihren Augen weg und log: »Bei uns wird Weihnachten nicht groß gefeiert. Mein Vater ist wahrscheinlich auf der Arbeit. Ich bin mir sicher, dass meine Eltern es gutheißen würden, wenn ich stattdessen ein bisschen Geld verdiene und ehrwürdigen Menschen wie Euch helfe.«

Herr Celten lächelte, was kleine Fältchen um seine Augen legte. »Du verrichtest gute Arbeit, wir sind sehr zufrieden mit dir. Natürlich lassen wir dich auch an Weihnachten helfen, wenn dies dein ausdrücklicher Wunsch ist.«

Penelopé nickte eifrig. »Ich danke Euch, Herr.«

»Ich werde dir für die zusätzliche Arbeit einen Obolus auszahlen«, beschloss er und ignorierte die Beteuerungen der Prinzessin, dass dies nicht nötig war. Er legte seine Hand auf Penelopés Unterarm und drückte ihn sacht. »Würde es dir etwas ausmachen, wenn ich hierbleibe und dir dabei zusehe, wie du den Baum schmückst? Diese Prozedur hat so etwas Heiliges an sich, das …«

»Natürlich«, nickte Penelopé und stand so heftig auf, dass sie fast über ihre eigenen Füße gestolpert wäre. Bald stand sie vor den Kugeln, nahm eine rote aus der Schachtel und hielt sie vor einen der Tannenzweige. »Ist das ein guter Platz?«, fragte sie in Richtung des Hausherrn, doch der schenkte ihr nur eine wegwerfende Handbewegung.

»Ordne sie so an, wie du denkst, mein Kind. Ich bin mir sicher, dass es wundervoll aussehen wird.«

Penelopé nickte dankbar. In regelmäßigen Abständen griff sie in die Kartons, holte Kugeln heraus und hing diese an die Zweige. In einer Schachtel entdeckte sie kleine Schneemänner, die man direkt auf die Nadeln stecken konnte.

Während der Arbeit ruhte Herrn Celtens Blick auf ihr, aber er war nicht wertend, weswegen Penelopé sich entspannen und das Baumschmücken genießen konnte. Bald schon strahlte der

Christbaum in einem Meer aus Farben und die noch anzubringenden Kerzen würden es noch schöner machen.

Penelopé bückte sich, um die letzte Schachtel zu öffnen, und entdeckte eine große Schneekugel darin, die nicht als Baumschmuck gedacht war, sich aber als weihnachtliche Dekoration eignen würde. Vorsichtig hob Penelopé das gläserne Gebilde an, überrascht darüber, wie schwer es war. Die Schneekugel hatte einen hellblauen Sockel, der eine Winterlandschaft zeigte, auf der Kinder Schlitten fuhren und sich mit Schneebällen bewarfen. Auch innerhalb der Kugel hatte der Winter Einzug gehalten. Penelopé erkannte die hohen Berge, auf denen der Palast zu Prunaea stand. Der Palast, den niemand erreichen konnte und der doch der Ort war, den sie aufsuchen musste, um ihr Rätsel zu lösen.

»Herr Celten«, sagte sie kurzerhand und drehte sich um, die Schneekugel in der Hand. »Hat es einmal einen Weg nach Prunaea gegeben? Zum Schloss?«

Es wirkte, als würde der Hausherr aus tiefen Gedanken hochschrecken, doch als er die Schneekugel erkannte, lächelte er mild. »Ein wunderschönes Exemplar. Ich habe sie für meine Frau in Auftrag gegeben, als Weihnachtsgeschenk vor über zehn Jahren. Die Anfertigung hat mehrere Wochen gedauert und auch wenn sie nicht perfekt ist, liebe ich jeden Fehler an ihr.« Nostalgie schimmerte in seinen alten Augen. Dann besann er sich Penelopés Frage. »Der Eispalast stand schon immer abgeschieden, es gab für uns nie einen Weg dorthin. Seit meine Familie in Frigus lebt – und das ist seit über einhundertzwanzig Jahren der Fall –, hat es nie ein Mensch geschafft, zum Palast vorzudringen. Genau so wünscht es der Schneekönig.«

*Der Schneekönig.* Sein Name bereitete Penelopé eine Gänsehaut, wann immer sie ihn vernahm. Auf einmal erschien es ihr, als würde die Kugel in ihren Händen zu Eis gefrieren. Schnell verstaute sie sie wieder im Karton und klappte den Deckel zu. »Was weiß man über ihn?«, kam es ihr über die Lippen.

Herr Celten änderte seine Sitzposition und legte die Stirn in Falten. »Niemand weiß Genaues, aber es ranken sich viele Gerüchte und Sagen um ihn. Die einen meinen, er wäre gar kein richtiger Mensch, sondern ein geflügeltes Wesen, das sich von den Prunaeanern abwenden musste, weil sie seinen Anblick nicht ertrugen. Andere meinen, er ist ein alter Mann, der sich in die Einsamkeit zurückgezogen hat und keinen anderen Menschen um sich herum erträgt.« Herr Celten räusperte sich, was Penelopé als Möglichkeit nutzte, um ihr eigenes Wissen einzustreuen.

»Marnie meinte, dass er ein Tyrann ist. Dass sein Herz aus Eis besteht und er nicht eine gute Minute in seinem Leben erträgt. Daher hat er sich einen Palast ausgesucht, den niemand je erreichen kann.« Fröstelnd schlang sie die Arme um ihren Oberkörper.

»Wie gesagt, es wird viel erzählt, getuschelt und gemurmelt. Doch das ist ganz normal, denn die Menschen neigen dazu, Geschichten zu erfinden, wenn sie sich über etwas nicht ganz sicher sind. Unsere Fantasie ist grenzenlos, vor allem wenn es darum geht, verrückte Intrigen zu spinnen.« Sein Lachen ging in einem Husten unter.

Penelopé dachte angestrengt nach und näherte sich ihm, bis sie vor seinem Sessel stehen blieb. »Das bedeutet, man weiß gar nichts Konkretes über ihn? Nichts, das Hand und Fuß hat?«

Der Hausherr massierte sich die Schläfen. »Wir wissen nur, dass das Amt des Herrschers über Prunaea immer von einem Mann besetzt wird. Sie selbst bezeichnen sich wohl kaum als *Schneekönige*. Ich denke, das ist einer der Namen, die ihnen die Bevölkerung zugeschrieben hat. Über den momentanen Herrscher weiß ich nichts, weder einen Namen noch ein Alter.«

Penelopé nickte und ließ sich auf den Sessel fallen, auf dem sie eben schon gesessen hatte. »Wenn man den Palast aufsuchen wollte …«, druckste sie, »wie müsste man vorgehen?«

Herrn Celtens väterliches Gesicht verzog sich schmerzhaft. »Niemand, der den Palast erreichen wollte, hat dies je geschafft. Es gab viele Männer, die das Rätsel um das eisige Schloss lüften wollten, aber sie sind alle mit leeren Händen wiedergekommen … oder gar nicht.« Der Hausherr drehte sich von Penelopé weg und wärmte seine Finger am Feuer. »Um den Palast zu erreichen, müsste man zunächst zu den Bergen kommen, was mehr als drei Wochen dauern würde. Diesen Schritt haben einige der Wanderer geschafft, aber es ist schlichtweg unmöglich, das Gebirge zu erklimmen. Doch genau das muss man tun, wenn man den Palast finden will. Er steht am höchsten Punkt dieses Landes. Um ihn zu erreichen, muss man nicht nur über das Klettern Bescheid wissen, sondern auch der Kälte trotzen können, die in einer solchen Höhenlage tödlich ist – immer.«

Obwohl Penelopé einen Großteil dessen schon gewusst hatte, verkrampfte sich ihr Herz. Sie hatte sich vorgenommen, nicht mehr an ihrem Rätsel zu arbeiten und die Dinge als gegeben hinzunehmen, aber immer wieder wurde sie an den Wortlaut erinnert, und war es nur durch eine Schneekugel.

Weil sie das Gespräch nicht fortführen wollte, stand sie wieder auf und hing die letzten Kugeln an den Tannenbaum.

Für Herrn Celten war das Thema jedoch noch nicht abgehakt. Aus den Augenwinkeln sah Penelopé, wie er seinen Krückstock aufhob und zu ihr gehumpelt kam. Mit der freien Hand öffnete er die Schachtel, in der sich die Schneekugel befand, und strich andächtig über die blank geputzte Oberfläche. »Ela, mein kleines Mädchen, war von den Geschichten rund um Prunaea und seinen eisigen Herrscher fasziniert. Sie selbst hat sich viele Theorien und Legenden ausgedacht und war sich sicher, dass man das Schloss erreichen kann.«

»Und wie?« Penelopé brachte die erste Kerze am Tannenbaum an und sah den Hausherrn neugierig an.

Der jedoch zuckte mit den Schultern. »Sie war ein kleines Kind mit einer großen Fantasie. In ihren Puppen ist der Schneekönig lebendig geworden – und eine Burg aus Eis, gebaut in unserem Garten, war sein Schloss. Einmal sagte sie, sie könnte ihn nachts sehen, wenn Frigus bereits schlief und nur sie draußen unterwegs war.«

»Kann das möglich sein?«, hauchte Penelopé, wie gebannt von der Vorstellungskraft des kleinen Mädchens.

Herr Celten lachte nur. »Ich weiß, wo Ela ihre Nächte verbracht hat: in ihrem Bett. Und ich kann mit Sicherheit sagen, dass es da keinen Schneekönig gab, den sie auf den Straßen entdeckt hat.«

»Vielleicht hat sie ihn von ihrem Zimmer aus gesehen«, mutmaßte Penelopé, auch wenn sie hatte schweigen wollen. »Vielleicht musste sie sich nur ans Fenster stellen und hat ihn in seinem Palast gesehen.«

»Vielleicht«, wiederholte Herr Celten. Schwungvoll schlug er den Karton zu, sodass die Schneekugel verschwand. »Vielleicht hat sie geglaubt, ihn zu sehen. Vielleicht hat aber auch ihre

Krankheit dazu beigetragen, dass sie den Verstand verloren hat.«

Aufgrund der plötzlichen Kälte in seinen Worten zuckte Penelopé zusammen. Sie griff nach der zweiten Kerze und brachte sie auf einem Zweig an.

»Es war eine schwere Zeit«, fuhr Herr Celten fort. »Ihr Tod hat uns beinahe auch umgebracht.«

Penelopé wusste nicht, ob sie es durfte – aber sie drehte sich zu ihm um und fragte: »Woran ist sie gestorben?«

Der Hausherr sah die Prinzessin nachdenklich an. Dann legte er den Kopf in den Nacken, schloss die Augen und flüsterte: »Der Wahnsinn hatte von ihr Besitz ergriffen.«

»Wahnsinn?«, wiederholte Penelopé atemlos und trat einen Schritt näher an Herrn Celten heran.

Dieser schaute nun an ihr vorbei, direkt in das Feuer des Kamins. »Sie war schon immer sehr schwach und kränklich. Die kleinste Sache hat sie härter getroffen als unsereins eine Grippe. Hinzu kam, dass sie die Kälte nicht vertragen hat und ständig fror. Trotz allem ... war meine Ela ein fröhliches Kind, das immer sein Lächeln bewahren konnte. Doch irgendwann kam eins zum anderen.«

Penelopé wagte es nicht, ihn länger anzusehen. Da stand ein Schmerz auf seinem Gesicht, der ihr Herz verkrampfen ließ. Bedrückt steckte sie die letzten Kerzen an den Baum und schloss die Verpackungen.

»An manchen Tagen war sie so schwach, dass sie kaum auf stehen konnte und stundenlang im Bett geblieben ist«, fuhr er fort. »Sie hatte all ihren Appetit verloren, und das, was sie essen konnte, behielt sie nicht bei sich. Außerdem erzählte sie ständig von Wesen, die sie bedrängten und daran hinderten, gesund zu werden.« Seine Stimme brach. »Wir haben alles versucht, um sie wieder aufzupäppeln, doch auch die besten Ärzte wussten sich keinen Rat. Elas letzte Monate waren ein ständiges Auf und Ab, mal war es besser, dann wurde es wieder schlechter. Meine Frau und ich litten sehr darunter und noch heute zucke ich zusammen, wenn ich jemanden husten höre, weil ich damit an ihren kleinen kranken Körper erinnert werde.« Er holte rasselnd Luft. Penelopé verstaute die Kisten in der Schublade des dunkelbraunen Eichenschranks und sah, wie Herr Celten den Blick traurig nach unten gerichtet hatte. »Sie hat den Kampf gegen die Geister in ihrem Kopf verloren … aber in unserer Erinnerung wird sie für immer leben.«

Dieser Satz war es, der etwas in Penelopé brach. Der sie dazu veranlasste, zu ihrem Gönner zu gehen und ihm die Hand auf die Schulter zu legen. Überrascht sah Herr Celten zu ihr auf. »Es wäre übertrieben, wenn ich sagte, dass ich Euren Schmerz nachempfinden kann, aber auch ich weiß, wie es sich anfühlt, jemanden zu verlieren.« Sie spürte, wie ihre Lippen bebten und ihr Herz sich immer mehr zusammenzog.

»Wen hast du verloren, mein Kind?«, erkundigte sich der Hausherr mit einem aufmerksamen Blick.

Penelopé nahm ihre Hand zurück, verschränkte sie mit der anderen und flüsterte: »Meine Schwestern. Ich vermisse sie jeden Tag, aber ich glaube nicht, dass ich sie je wiedersehen werde.«

# 5

## Genevieve

Mit dem Wandern verhielt es sich meistens so: Während der ersten zwei Stunden war man euphorisch, motiviert und freute sich auf das, was vor einem lag. Der Mittelteil brachte ein kleines Tief mit sich und am Ende wollte man es einfach nur hinter sich haben. Genevieve selbst befand sich noch am Anfang und hatte schon kein Durchhaltevermögen mehr.

Es hatte wieder zu schneien begonnen, die Flocken waren ein dichtes Gestöber vor ihren Augen, das ihr nicht nur das Sehen, sondern auch das Vorankommen erschwerte. Ihr Gesicht war mittlerweile so kalt, dass sie es bereute, nicht noch einen Schutz für ihre Haut mitgenommen zu haben.

Am Anfang hatte sie sich noch mit Libella unterhalten, aber jegliche Versuche der Konversation wurden vom Schnee begraben. Genevieve keuchte bei jedem Schritt, den sie tat, und wurde mit jedem zurückgelegten Meter missmutiger.

Vor etwa einer Stunde hatte ihre Schneeeule sie zu einem kleinen Haus geführt, das ebenso wie ihres mitten im Wald lag, aber unbewohnt war. Dort konnte sie sich eine Weile ausruhen, die Füße hochlegen und sogar ein kleines Feuer entfachen, das ihren kalten Körper wärmte. Sie hatte etwas Brot gegessen und Wasser getrunken und war danach von Libella wieder nach draußen gescheucht worden.

Prunaea war ein vielfach aufgespaltetes Land, das über unzählige Provinzen, aber noch viel mehr freie Völker verfügte. Der Schneekönig regierte seine Gefilde von einem Palast aus, der für niemand sonst zu erreichen war. Die Bewohner Prunaeas bildeten kein gemeinsames Ganzes, sondern hatten sich aufgesplittet und ihre eigenen Städte und Dörfer gegründet. Frigus war nur eines davon.

Genevieve hob den Kopf und blickte nach oben. Unfassbar, wie Libella sich an einem Ort orientieren konnte, der aus nichts als Schnee bestand. Dennoch hatte die Eule nicht ein Mal gezögert, denn sie kannte den Weg, den sie zurücklegen mussten, genau.

Die Beine der Prinzessin brannten mittlerweile und jeder Schritt verursachte ein schmerzhaftes Ziehen in ihren Waden. Nicht zum ersten Mal wünschte sie sich, in ihrer Hütte zu sein. Längst hatte sie das Gefühl für Raum und Zeit verloren. Im Geiste zählte sie ihre Schritte, gab aber nach einer Weile auf, weil die Zahl zu groß wurde, um von ihren Gedanken umgesetzt zu werden.

In Momenten wie diesen fühlte sie sich wie eine ganz normale junge Frau, die mit der Anstrengung zu kämpfen hatte. Ihre zweite Identität – das Wesen mit den magischen Kräften – war hier draußen in Eis und Kälte stumm. In ihren Fingern kribbelte es nicht und auch die Gedanken an ihre Mutter blieben aus.

»Nun bin ich schon mit diesem Fluch belastet, da würde es mir helfen, wenn ich wenigstens etwas Sinnvolles zaubern könnte. Ein bisschen grünes Gras zum Beispiel. Oder einen kürzeren Weg.«

Genervt sah sie zu Boden. Das Weiß schien sie zu verachten, über sie zu spotten.

Libella flog auf Genevieve zu und setzte sich für einen Moment auf ihre Schulter. »Ich bin mir sicher, dass auch dir deine Kräfte irgendwann helfen werden. Sie sind groß, du hast sie nur noch nicht unter Kontrolle. Du weißt nicht, was du alles tun kannst.«

»Genau das ist es, was mir Angst bereitet«, flüsterte Genevieve und schaute auf ihre weichen Handschuhe hinab. »Ich fürchte mich vor dem, was ich tun könnte. Vor der Macht, die in mir lauert.«

»Ich bin mir sicher, dass du auch eine Menge Gutes vollbringen kannst«, widersprach Libella ihr und setzte zum Flug an. »Du stehst auf der hellen Seite, Ginny.«

Das Reden strengte die Prinzessin an. Also hielt sie ihren Blick wieder gesenkt und kämpfte sich durch das Land des ewigen Eises.

Die Sonne war lange untergegangen, als Libella langsamer wurde und vor einem Höhleneingang anhielt. Sie schlug zweimal mit den Flügeln in der Luft, dann setzte sie sich auf Genevieves ausgestreckten Arm. »Heute Nacht wirst du hiermit vorliebnehmen müssen«, sagte sie und legte den Kopf schief.

Die Prinzessin betrachtete die Höhle, die vom Schnee beinahe zugeschüttet war.

»Es ist kein Palast, aber tief im Inneren gibt es eine Ecke, die vom Schnee geschützt ist und …«

»Schon gut«, beteuerte Genevieve und bückte sich, um den Höhleneingang vom Schnee freizuschaufeln. Bald lag eine dunkle Öffnung vor ihr, die unheimlich anmutete.

Bevor die Prinzessin ihr Nachtlager genauer untersuchen konnte, sah sie sich nach einem Ast um und fand ein dünnes Stöckchen im Schnee. Sie nahm es in die Hand, schnippte mit den Fingern und betrachtete, wie es zu brennen begann.

»Das wird dir nicht helfen, es ist im Nu heruntergebrannt und ...«, wusste Libella, aber Genevieve schüttelte den Kopf.

»Mutter hat mir gezeigt, wie ich das Feuer so lange brennen lassen kann, wie es mir beliebt.« Sie betrachtete die Flamme, die dünn und klein war, aber immerhin etwas Wärme verbreiten würde. »Was kann sich im schlimmsten Fall in der Höhle befinden?«, äußerte Genevieve ihre Bedenken und tauschte einen Blick mit der Schneeeule, die die Flügel hochzog.

»Bisher habe ich sie jedes Mal leer vorgefunden«, antwortete das Tier. »Aber ich schaue gern für dich nach.«

Erleichtert nickte Genevieve. Es entsprach zwar nicht ihrer Natur, übermäßig Angst zu haben, aber sie hatte wenig Lust, einem Bären zwischen die Tatzen zu laufen. Sie kniete sich auf den Boden und starrte in das dunkle Loch hinein, in dem ihre tierische Freundin verschwand. Genevieves Körper spannte sich an – sie atmete erst wieder aus, als Libella unbeschadet zurückkam.

»Die Luft ist rein«, verkündete sie. »Überhaupt ist diese Gegend so verlassen, dass sich selbst ein Tier nur selten hierher verirrt. Wir dürften eine ruhige Nacht haben.«

Die Prinzessin nickte befangen und kroch in die Höhle. Das Licht, das vom Ast in ihrer Hand kam, erhellte sie nur spärlich, sie sah nicht viel mehr als steinerne Wände und einen staubigen

Boden. Dafür schlug der Geruch umso deutlicher auf sie ein – eine abgestandene Note schlich sich in ihre Nase und brachte sie zum Würgen.

Libella flog vor ihr weg, denn die Höhle war so schmal, dass sie unmöglich nebeneinander gepasst hätten. Genevieve musste den Kopf einziehen, um nicht an die Decke zu stoßen. Mit ihrem Rucksack kam sie sich wie ein Riese vor.

Das Ende der Höhle war schnell erreicht. So wie sie es gewohnt war, leuchtete die Prinzessin alle Ecken ab, um auch versteckte Eindringlinge ausmachen zu können, aber Libella behielt recht. Außer ihnen beiden hielt sich niemand in diesem Unterschlupf auf.

Vorsichtig lehnte Genevieve den Ast an die Höhlenmauer, sodass sie ein wenig Licht besaßen, löste den Rucksack von ihren Schultern und setzte sich auf den Boden. »Immerhin gibt es hier drinnen keinen Schnee«, meinte sie.

Der Blick nach draußen genügte ihr, denn obwohl die Nacht Einzug gehalten hatte, schimmerte der Schnee noch immer hell.

Libella setzte sich neben sie und wartete, bis Genevieve die Bänder des Rucksacks löste und die Decke herausholte, die sie ordentlich auf dem Boden der Höhle auslegte. »Zieh Mantel, Handschuhe und den Schal aus«, riet sie ihr. »Sonst wirst du morgen früh draußen erfrieren.«

Genevieve tat, wie ihr geheißen, auch wenn der Gedanke daran, ihre wärmende Hülle ablegen zu müssen, ihr widerstrebte. Aus dem Mantel formte sie ein Kissen und legte sich auf einen Teil des Plaids, mit dem anderen deckte sie sich zu. Libella hatte recht: Diese Ecke der Höhle schirmte den Schneesturm ab, sodass sie nicht jämmerlich fror und ihr nur in einem gesunden

Maß kalt war. Dennoch schlang sie die Arme um den Oberkörper.

Die Schneeeule sprang in die Kuhle, die Genevieves Hände bildeten, und schmiegte ihr Gefieder an die kalte Haut der Prinzessin, die dankbar für die Wärme war.

»Manchmal macht mich der Blick in deine traurigen Augen verrückt«, sagte Libella und pickte mit ihrem Schnabel so lange in Genevieves Wangen, bis diese zumindest ein Lächeln zustande brachte. »Dabei gibt es gar keinen Grund, traurig zu sein. Der erste Teil unserer Reise war erfolgreich, wir haben genau das geschafft, was wir uns vorgenommen haben. Und auch den morgigen Tag werden wir überstehen.«

Genevieve nickte und schmiegte sich noch enger an ihre gefiederte Freundin. Auch wenn sie es nicht aussprach, war sie froh, sie dabeizuhaben. Es tat gut, die Nähe eines anderen zu wissen, dann fiel es nicht so sehr auf, wie sehr sie ihre Schwestern vermisste – allen voran Penny, ihre bessere Hälfte.

*»Sie ist schon wieder nicht da!«, sagte Penny nervös und ging in der Scheinwelt auf und ab. »Ich habe im Gefühl, dass auch sie verschwunden ist. Erst Estelle, dann Tatjana und nun auch noch Valyra. Arabella ist ja nur ein einziges Mal erschienen.«*

*Genevieves Zwillingsschwester fuhr sich durch das feuerrote Haar, das ihren Rücken wie einen Wasserfall bedeckte. Auf ihrem Gesicht stand die Sorge geschrieben, die sie tief im Herzen verankert trug.*

*»Wir können nur hoffen, dass sie es geschafft hat. Genau wie alle anderen«, sprach Genevieve, die den Ängsten ihrer Schwester nicht nachhängen wollte, weil sie sie in ein Tief ziehen würden, aus dem sie allein nicht herauskäme. »Solange wir nichts anderes wissen, glauben wir daran, dass sie den Fluch gebrochen hat.« Zuversicht mischte sich*

*in ihre Stimme, die von einem Blick seitens Penny zunichte gemacht wurde.*

*»Dein Optimismus prallt an mir ab, Genevieve«, spie sie ihr entgegen.*

*Es tat weh, von ihr mit vollem Namen angesprochen zu werden. Es vermittelte eine Distanz, die ihr nicht gefiel. Obwohl Genevieve den Blick in Penelopés Augen scheute, schaute sie genau dorthin. Und was sie sah, traf sie mit voller Wucht. Ihre Schwester war noch nie gut darin gewesen, ihre Gefühle zu verstecken und hinter einem Schleier der Freude zu verbergen. Sie trug zwar nicht ihr Herz auf der Zunge, aber ihre Empfindungen im Gesicht.*

*Genevieve erkannte, wie enttäuscht Penelopé war. Wie sehr sie ihr immer noch vorwarf, dass sie Frigus und sie verlassen hatte, um ein Leben in der Einsamkeit zu führen.*

*»Penny, nun, wo wir beide allein sind …«, fing sie an und trat einen Schritt auf ihre Schwester zu, die die Arme vor der Brust verschränkt hatte und sich von ihr abwandte.*

*»Ich will nicht mit dir reden«, sagte sie.*

*»Vielleicht ist das aber genau der Moment, den wir nutzen sollten.«*

*Genevieve drehte sich so zu ihr, dass Penny sie direkt anschaute. Doch wieder lag nichts als Abscheu in ihrem Blick.*

*»Wir können doch sowieso nicht über das Rätsel sprechen«, meinte sie abfällig und schenkte ihrer Schwester einen Blick, der kälter war als ganz Prunaea.*

*Genevieve brauchte eine Weile, um sich zu fangen, dann aber sagte sie: »Ich will nicht mit dir über das Rätsel sprechen. Ich will über uns reden. Über das, was passiert ist.«*

*Penelopé schüttelte den Kopf. »Nicht jetzt und nicht heute. Nicht hier und überhaupt … Nein, ich will nicht mit dir reden.«*

*Diese Worte zogen sie aus der Scheinwelt.*

*Wenige Sekunden später war Genevieve allein, sank auf den Boden und zog die Knie an, auf die sie ihren Kopf bettete. Welchen Sinn hatte diese Welt noch, wenn sie ihr doch nicht weiterhalf? Wenn ihre Schwester keinen Kontakt mehr zu ihr haben wollte und jeden Annäherungsversuch abblockte?*

*Die Scheinwelt hatte nur Schaden gebracht, Dinge angerichtet, die sie nicht wahrhaben wollte. Mit einem Schaudern dachte Genevieve daran zurück, wie sie an diesem sonderbaren Ort auf ihre älteste Schwester Estelle losgegangen war und sich ihre Hände um deren Kehle gelegt hatten. Damals war ihre Magie so stark gewesen, dass sie sie noch weniger zu kontrollieren gewusst hatte als jetzt.*

*Genevieve weinte stumme Tränen, bevor sie sich aufrichtete und das einzig Sinnvolle tat: Sie klatschte in die Hände und ließ die Scheinwelt und alles, was mit ihr zusammenhing, verschwinden.*

# 6

## Penelopé

Sie hasste sich dafür, dass sie es tat.

Und dennoch konnte sie es nicht lassen.

Mitten in der Nacht hörte sie das Klappern einer Kutsche auf der Straße, das sie aus einem Schlaf riss, der alles andere als tief gewesen war. Müde blinzelte Penelopé und brauchte eine Weile, um sich zu orientieren und sich an ihren wahnwitzigen Plan zu erinnern, für den sie sich am liebsten ohrfeigen würde.

Eine geschlagene Minute dachte sie darüber nach, ob sie sich wieder die Decke über den Kopf ziehen und liegen bleiben sollte, aber die Neugier und der Drang nach Antworten waren größer.

Also schüttelte sie ihre Müdigkeit ab, stand auf, schlüpfte in ihre Pantoffeln und griff nach dem Morgenmantel, den sie um ihren Körper schlang. Auf ihrem Nachttisch fand Penelopé einen Kerzenstumpf, den sie entzündete. Mit dem Licht in der

Hand verließ sie ihre kleine Kammer und schlich den Dienstbotenflur entlang, der zu dieser Zeit wie ausgestorben wirkte.

Das Haus von Herrn und Frau Celten war nicht sonderlich verwinkelt, weswegen Penelopé nur eine Treppe hochgehen musste, um ihr Ziel zu erreichen. Dennoch schlug ihr Herz wild gegen ihre Brust und ihre Gedanken fuhren Karussell. Sie tat etwas Unerlaubtes, dessen war sie sich bewusst. Daher durfte sie sich unter keinen Umständen erwischen lassen.

Penelopé presste die Kerze an ihr Herz und erklomm die Treppe. Sie hatte sie oft genug benutzt, um zu wissen, welche Stufen knarrten und auf welche sie ihr gesamtes Gewicht verlagern konnte. Im Nu war sie in der ersten Etage angekommen. Hier oben befanden sich die Gemächer der Herrschaften, unter anderem das Schlafzimmer des Ehepaars Celten.

Die Prinzessin hielt die Luft an, als sie die Eichentür passierte, hinter der regelmäßiges Schnarchen zu hören war. Ein Zimmer weiter blieb sie stehen. Ihre Hand schwebte schon über der Türklinke, aber etwas in ihr hielt sie zurück. Niemandem war es erlaubt, diesen Raum zu betreten, das hatte Herr Celten schon zu Anfang ihres Arbeitsverhältnisses deutlich gemacht. Penelopé wollte eine gute Angestellte sein und sich nichts zuschulden kommen lassen – dennoch ging die Neugier mit ihr durch.

Entschlossen drückte sie die Klinke herunter und vernahm ein Quietschen, mit dem die Tür aufsprang. Sie fühlte sich schon wie eine Verräterin, bevor sie den ersten Fuß in Elas Zimmer gesetzt hatte. Schnell schloss sie die Tür hinter sich, sodass niemand sie offen stehen sah. Muffige, abgestandene Luft schlug ihr entgegen – seit dem Tod des kleinen Mädchens war hier nicht oft gelüftet worden.

Der Raum lag in völliger Dunkelheit und als Penelopé ihre Kerze hochhielt, um das Licht zu verteilen, erkannte sie ein kleines Kinderbett, eine Kiste mit Spielzeug, einen rosafarbenen Kleiderschrank und vereinzelte Bücher. Beim Anblick dessen, was Ela hinterlassen hatte, zog sich ihr Herz schmerzhaft zusammen. Das Leben war ungerecht, dass es ein kleines Mädchen tötete und Bestien wie Rania weiterhin existieren ließ.

Penelopé tat ihr Bestes, um gegen ihre aufsteigenden Gefühle anzukämpfen, und trat an das breite Fenster heran, das ohnehin ihr Ziel gewesen war. Gleichzeitig schalt sie sich eine Närrin: Sie jagte den Fantasien eines todkranken Mädchens hinterher, das diese aus kindlichen Spielen gezogen hatte. Natürlich würde sie den Schneekönig nicht sehen, das wäre schlichtweg unlogisch. Und doch konnte sie nichts unversucht lassen. Wenn Ela den Monarchen tatsächlich erkannt hatte, gab es vielleicht eine Möglichkeit, Kontakt zu ihm aufzunehmen und um Einlass in sein kaltes Reich zu bitten.

Während Penelopé das Fenster öffnete und die Nachtluft sie zum Frieren brachte, erschien Tatjanas Gesicht vor ihrem inneren Auge. Wie sehr würde ihre Schwester sie auslachen, wie sehr würde sie sie für diese Aktion rügen. Doch Tatjana war nicht hier.

Penelopé streckte ihren Kopf aus dem Fenster und starrte in die Dunkelheit, die leicht vom Schnee erhellt wurde. Das Licht ihrer Kerze erlosch, sobald sie vom nächtlichen Wind getroffen wurde. Angestrengt kniff Penelopé die Augen zusammen und starrte in die Finsternis. Irgendwo dort hinten, am höchsten Punkt, den ihr Sichtfeld zuließ, lag der Palast des Schneekönigs. Allerdings konnte sie ihn weder sehen, noch zeigte sich der Herrscher über Prunaea.

Seufzend zog sie ihren Kopf zurück und schloss das Fenster. Die ganze Aktion war eine Schnapsidee gewesen, ein Hirngespinst, dem sie sich hingegeben hatte, weil ihre Verzweiflung zu groß geworden war. Zornig auf sich selbst durchquerte sie Elas Zimmer, schloss die Tür hinter sich, rannte die Treppe hinunter und verzog sich in ihre Kammer, wo sie die ganze Zeit hätte bleiben sollen.

»Du wirst es nicht glauben!«, drang ein Schrei an ihre Ohren. Für einen Moment wusste Penelopé nicht, ob sie noch träumte oder schon in der Realität angekommen war. Sie blinzelte und aus Schemen ergab sich Marnies Gesicht.

»Marnie? Du bist wieder hier?«, fragte die Prinzessin perplex, während sie sich die Müdigkeit aus den Augen rieb und sich aufsetzte.

Ihre Freundin nickte aufgeregt und nahm auf ihrer Pritsche Platz.

Wie spät es wohl war?

»Ich war nur an Heiligabend zu Hause«, erklärte Marnie schnell, dann streckte sie Penelopé einen Zettel entgegen. »Hier, lies das.«

Die Prinzessin blickte desinteressiert auf das braune Pergament, das Marnie festhielt. Ihre Augen überflogen die Zeilen, die in schwarzer Schrift geschrieben waren, aber es schien zu früh, um irgendetwas zu verstehen.

»Ein Mann hat die Neuigkeit auf dem Marktplatz vorgelesen und an jeden ein Exemplar verteilt«, sagte Marnie und klang so aufgeregt, dass sie sich verhaspelte. »Ich habe sofort an dich gedacht.«

»An mich?« Penelopé schaute noch immer auf die schwarzen Lettern, die keinen Sinn ergaben. »Wie kommt es eigentlich, dass du schon wach bist?«, fragte sie Marnie wenig geistreich.

Ihre Freundin seufzte theatralisch. »Was tut das denn jetzt zur Sache? Ich habe mich gestern Nacht auf den Heimweg begeben und die Kutsche war heute Morgen hier. Aber das ist doch völlig unwichtig, Pen!« Unruhig rutschte sie auf der Pritsche hin und her, sodass ihr graues Kleid Falten schlug. »Verstehst du es denn nicht? Du hast endlich eine Chance, in den Palast zu kommen und dein Rätsel zu lösen.«

Penelopés Körper spannte sich an. »Was?«, stieß sie hervor und sah zuerst Marnie, dann den Zettel fassungslos an.

»Hast du denn nicht gelesen, was dort geschrieben steht? Alles muss man selbst machen!« Marnie las mit lauter Stimme vor: »*Schneekönigin gesucht! Kjell Hiemas, König über Prunaea, alle Provinzen und freien Völker, sucht eine Frau, die gleichberechtigt an seiner Seite regieren wird. Am 31. Dezember, pünktlich zur Jahreswende, erscheint ab 2 Uhr nachmittags der magische Schlitten in allen Dörfern und Städten, um potenzielle Heiratskandidatinnen einzusammeln und sie direkt in den Palast von Prunaea zu bringen. Dort wird König Kjell sich nach einer längeren Wettbewerbsphase für eine der Frauen entscheiden.* Penelopé, das ist deine Chance!« Aufgeregt klatschte Marnie in die Hände, Freude stand in ihren Augen.

Penelopé klappte den Mund auf und zu, brauchte Zeit, bis sie verstand, was ihre Freundin vorgelesen hatte.

»Was sagst du?«, fragte Marnie und stupste sie in die Seite.

Penelopé riss ihr den Zettel aus der Hand und las den Text so oft, bis sie ihn beinahe auswendig kannte. »Ist das echt?«, hauchte sie dann.

»Natürlich ist das echt«, lachte Marnie und schüttelte ihre blonden Locken. »Das ganze Dorf ist in Aufruhr. Nie zuvor hat es eine Möglichkeit gegeben, in den Palast zu kommen und den Schneekönig zu sehen.«

»Aber das ist …«, stammelte Penelopé.

»Unwahrscheinlich? Unrealistisch? Ein Wunder? Ja, vielleicht all das, aber vielleicht steckt auch das Schicksal dahinter, das dir helfen möchte, deinen Fluch zu brechen.« Marnie lächelte breit, Grübchen erschienen auf ihrem Gesicht.

»Das heißt … ich kann vielleicht wirklich zum Schloss? Aber … ich habe kein Interesse am Schneekönig, ich will nur …« Penelopé wrang ihre Hände.

»Das musst du ja auch nicht. Wichtig ist, dass du in die nähere Auswahl kommst und der Schlitten dich in das Schloss bringt. Von dort kannst du dich selbst auf die Suche begeben.«

Nachdenklich nickte die Prinzessin. »Aber … was ist, wenn der König ein Mädchen von blauem Blut haben möchte? Wenn er alle Bediensteten schon vorher ausschließt?«

Zu ihrer Überraschung lachte Marnie. »Erstens gibt es in Prunaea so viel Adel wie Sonnenstrahlen. Die meisten Menschen sind arm, und die, die Geld besitzen, haben oft keinen Titel. Zweitens kann ich mich daran erinnern, dass du eine Prinzessin bist.«

Penelopé senkte den Blick. Das war ein Detail, das sie selbst von Zeit zu Zeit vergaß.

Marnie griff nach ihrer Hand und drückte sie fest. »Du musst es unbedingt versuchen. Nicht, weil du Schneekönigin werden willst, sondern weil es eine echte Chance ist, den Fluch zu brechen und wieder nach Hause zu kommen.«

*Nach Hause.* Ein warmes Gefühl durchflutete Penelopé. In ihrem Kopf ging sie das Prozedere mit all seinen Tücken und Hindernissen durch, aber sie konnte Marnie nicht absprechen, dass sie recht hatte. »Ich werde es versuchen«, beschloss sie und wurde von einem Gefühl erfasst, das sie beinahe aufgegeben hatte – Hoffnung. Penelopé blickte in Marnies grüne Augen. »Kommst du mit?«, fragte sie schüchtern.

Ihre Freundin schaute sie erst ungläubig an, dann lachte sie. »Ich? Im königlichen Palast? Nein danke, ich fühle mich in der Küche wohler.« Penelopés Mundwinkel sackten nach unten, doch Marnie legte ihr den Arm um die Schultern. »Nimm es mir nicht übel, aber ich passe nicht in diese Welt. Wobei es mich natürlich interessiert, wie der Schneekönig wirklich ist und ob die Gerüchte über sein boshaftes Wesen stimmen. Vielleicht kannst du mir ja einen Brief schreiben und berichten.«

Auch wenn Penelopé enttäuscht war, tat das ihrer Aufregung keinen Abbruch. Entschlossen sprang sie aus ihrem Bett und riss die Türen des kleinen Kleiderschranks auf, den sie ihr Eigen nannte.

Marnie war in wenigen Sekunden an ihrer Seite. »Was suchst du?«, fragte sie und betrachtete Penelopés kritisches Gesicht.

»Irgendetwas, das ich anziehen kann«, antwortete diese. »Ich will nicht wie ein Bettelmädchen aussehen, wenn ich am Tag der Auswahl auf dem Markplatz erscheine.« Prüfend fuhr sie mit dem Zeigefinger über ihre Kleider, die ordentlich an Bügeln nebeneinanderhingen. Keines von ihnen besaß Farbe oder war für einen königlichen Anlass geschneidert worden. Enttäuscht drehte sie sich zu Marnie um. »Ich werde schrecklich aussehen.«

Ihre Freundin ließ sich nicht von Penelopés Missmut anstecken. »Du kannst gar nicht schrecklich aussehen«, erklärte sie. »Dein rotes Haar hat die Farbe von Feuer und deine grünen Augen erinnern an eine saftige Wiese im Sommer … du selbst hast schon so viel Farbe an dir, dass du kein festliches Kleid brauchst, um zu strahlen.«

Penelopé schoss die Röte in die Wangen. Dankbar sah sie Marnie an, deren Blick aufrichtig war. »Weißt du, dass du die Gabe hast, immer das Richtige zur richtigen Zeit zu sagen?«, hauchte sie.

Das Lächeln ihrer Freundin wurde breiter. »Du bist eine Erscheinung, Pen. Das habe ich schon gemerkt, als ich dich zum ersten Mal gesehen habe. Auch Lumpen können deine Gestalt nicht verschleiern. Aber«, sie hob den Zeigefinger, »vielleicht musst du gar keines dieser Kleider anziehen.«

»Ich kann schlecht nackt gehen«, scherzte Penelopé.

Marnie ging nicht auf ihren Einwand ein. »Meine Großmutter hat mir vor vielen Jahren ein Kleid genäht. Es ist nicht sonderlich exquisit, hebt sich aber von den Gewändern ab, die wir zur täglichen Arbeit tragen. Es ist hellblau und unten etwas ausgestellt …«

»Marnie, ich nehme dir sicher nicht dein bestes Kleid weg«, beteuerte Penelopé und schüttelte den Kopf.

»Du nimmst es mir nicht weg, wenn ich es dir schenke«, hielt ihre Freundin dagegen und ignorierte Penelopés Widerworte. »Außerdem passt es mir schon lange nicht mehr. Meine Hüften sind breiter geworden, meine Taille ist nicht mehr so schmal wie noch vor einigen Jahren und das Kleid war mir immer etwas lang. Du hingegen«, sie musterte Penelopé mit einem prüfenden Blick, »bist größer als ich, hast einen schlanken, wundervollen Körper und würdest in Eisblau sicherlich fabelhaft aussehen.«

Marnie strahlte und Penelopé wusste, dass nichts und niemand sie von ihrem Vorhaben abbringen konnte.

»Ich bin froh, dass ich dich habe«, flüsterte sie. »Und falls man mich wirklich auswählt und ich in den Palast komme, werde ich dich schrecklich vermissen.«

»Darüber reden wir, wenn es so weit ist, in Ordnung? Ich beschäftige mich ungern schon vorher mit Abschieden.«

Penelopé wischte sich die Tränen aus den Augen und nickte. Ihr Herz klopfte noch immer wie verrückt und würde wahrscheinlich nicht damit aufhören, denn endlich gab es wieder etwas, auf das sie hinarbeiten konnte.

# 7

## Genevieve

Als Genevieve sich sicher war, dass ihr Weg kein Ende nehmen würde, und ihre Augen durch den vielen Schnee beinahe blind geworden waren, sagte Libella: »Wir sind da.«

Der Kopf der Prinzessin schoss herum. »Wir sind da?«, wiederholte sie ungläubig und sah sich um. Sie befanden sich in einem Wald, in dem die Tannen dicht bei dicht standen und der Schnee nur noch vereinzelt fiel.

»Siehst du den Rauch dort hinten?« Libella schlug aufgeregt mit den Flügeln. »Das ist ihr Lager.«

Genevieve stellte sich auf die Zehenspitzen, und tatsächlich, sie sah Rauchschwaden am Horizont. Unweigerlich wurde sie schneller, aber Libella flog vor sie und schnitt ihr den Weg ab.

»Du darfst nicht so hineinplatzen, damit würden wir es uns mit ihnen nur verscherzen«, krächzte sie.

»Und wieso?« Genevieve zollte dem Vogel nur einen Teil ihrer Aufmerksamkeit. Längst war sie an Libella vorbeigegangen und lief zielsicher auf die Rauchschwaden zu.

»Die Naturvölker stehen Eindringlingen meist skeptisch gegenüber, vor allem wenn sie aus der Stadt oder einem Dorf kommen. Es ist möglich, dass sie dich abweisen und dir ihre Hilfe verweigern.«

»Gibt es etwas, was ich dagegen tun kann?« Genevieve blickte zu der Schneeeule, die nun neben ihr herflog.

»Sei geduldig. Falle nicht mit der Tür ins Haus. Lerne sie kennen und … mache ihnen am besten ein Geschenk.«

»Ein Geschenk?«, hakte die Prinzessin ungläubig nach. »Was soll ich ihnen denn schenken? Ich besitze nicht viel mehr als die Kleider, die ich am Leib trage.«

»Der Handel mit den Naturvölkern ist ein Geben und Nehmen«, erklärte Libella. »Sie werden dir nichts verraten, wenn du nichts im Gegenzug für sie hast.«

»Aber … ich habe nichts«, beteuerte Genevieve.

Libella flog einen Kreis neben ihr, wahrscheinlich weil ihr das langsame Tempo zu schaffen machte. »Es muss nichts Großes sein. Vielleicht reichen die beiden Äpfel, die du noch hast. Im Notfall deine Decke. Naturvölker sind einfache Menschen, die sich auch über Kleinigkeiten freuen.«

»Die Decke soll ihnen gehören, wenn sie mir als Dank dafür etwas verraten können«, murmelte Genevieve.

Als sie den Blick hob, sah sie, dass der Wald hinter ihnen lag und sie sich auf einer zugeschneiten Ebene befanden, die auf eine Anhöhe führte. Bereitwillig erklomm die Prinzessin den Berg, in der Hoffnung, vom Hügel aus mehr sehen zu können.

Libella war vor ihr da und schlug aufgeregt mit den Flügeln. »Ich hatte recht«, schrie sie, »wir haben es geschafft.«

Genevieve wischte sich den Schweiß von der Stirn, als sie am höchsten Punkt angekommen war. Von dort konnte sie das Zuhause der *wahren Beherrscher* überblicken, das aus mehreren Zelten, einer kleinen Hütte und einer Feuerstelle bestand.

»Sie schlafen in Zelten?«, fragte Genevieve fassungslos.

»Diese Menschen sind es gewohnt, ein Teil des Winters zu sein. Sie haben sich jahrelang an die Kälte angepasst, sodass sie ihnen fast nichts mehr ausmacht«, wusste Libella.

»Das wird mir nie gelingen«, beteuerte die Prinzessin und schüttelte den Kopf.

»Vielleicht muss es das nicht. Vielleicht liegt dort unten die Lösung deines Rätsels begraben.«

Obwohl Genevieve genau dies insgeheim infrage stellte, folgte sie Libella, die zügig den Berg herunterflog. Abwechselnd schaute die Prinzessin auf den Boden unter sich und auf die kleine Ansammlung von Zelten, die im ewigen Winter grotesk wirkten. Das Feuer flackerte fröhlich vor sich hin, als wollte es der Kälte trotzen.

Als Genevieve im Tal angekommen war, warf sie der Schneeeule einen zweifelnden Blick zu.

»Es ist einen Versuch wert«, sagte diese. »Wenn wir hier kein Glück haben, kenne ich noch weitere Völker, bei denen wir es versuchen können.«

Sie klang optimistisch und Genevieve versuchte, sich davon anstecken zu lassen, doch ihre positiven Gefühle verschwanden, als sie einen grimmigen Mann entdeckte, der von einem der Zelte direkt auf sie zukam. Er war mit dicken Fellen behangen, hatte einen langen Bart und etwas Unnahbares an sich, das Genevieve den Eindruck vermittelte, nicht willkommen zu sein.

»Komm schon, lass dich nicht einschüchtern«, flüsterte Libella, dann stob sie davon und suchte sich einen Platz auf einem Baum.

Genevieve, die sich von jetzt auf gleich einsam fühlte, schlang die Arme um die Brust. Immerhin schaffte sie es, dem Blick des Fremden standzuhalten.

»Wer bist du?«, fragte dieser. Seine Stimme erinnerte die Prinzessin an Reibeisenpapier und passte zu seinem rauen Äußeren.

»Seid Ihr das Volk der *wahren Beherrscher*?«, eröffnete Genevieve das Gespräch, erkannte aber sogleich, dass dies nicht die richtige Frage gewesen war.

»Wer will das wissen?«, keifte der Unbekannte.

»Mein Name ist Genevieve, ich bin selbst …« Sie suchte in ihrem Kopf nach den richtigen Wörtern, doch das einzige, das sie fand, war: »einsam.«

Der Mann mit dem langen Bart legte die Stirn in Falten. »Hast du dich verlaufen?«

»Nein.« Genevieve sah ihm selbstbewusst in die Augen. Wenn man seine zusammengepressten Lippen ausblendete, sah er gar nicht mehr so unfreundlich aus. »Ich … Man hat mir gesagt, dass es in Euren Reihen jemanden gibt, der mir bei meinem Problem helfen kann.«

»Welches Problem denn?«, hakte der Mann nach. Er hatte sich so aufgestellt, dass er Genevieve die Sicht und den Eingang in das Dorf versperrte.

»Ich komme nicht mit leeren Händen«, fiel es der Prinzessin ein. »Ich habe Essen dabei und auch eine warme Decke, die …«

Als der Mann ihr seine Hand entgegenstreckte, wusste sie erst nicht, worauf er hinauswollte. Dann deutete er ungeduldig auf ihren Rucksack und sie verstand, dass er die Bezahlung im Voraus mustern wollte. Überrumpelt ließ Genevieve den Rucksack von ihrer Schulter gleiten und löste die Bänder. Die beiden Äpfel lagen zuoberst, weswegen sie diese dem Mann als Erstes gab.

Gespannt nahm die Prinzessin wahr, wie der Fremde die Früchte in seinen Händen drehte und wendete … und schließlich einen davon mit wenigen Bissen verschlang. Ihr Proviant, den sie sich sorgsam eingeteilt hatte, lebte in den Fingern des Unbekannten nicht länger als ein paar Minuten.

»Sonderlich saftig sind die nicht«, kommentierte der Fremde, als er auch den zweiten Apfel hinuntergeschlungen hatte und die Stiele in den Schnee schleuderte. »Aber das ist nicht deine Schuld, sondern die des Wetters.« Abschätzig blickte er auf die weiße Masse, die die Natur dominierte. »Wo ist die Decke?«

Genevieve, die ihn bisher nur verwirrt gemustert hatte, besann sich wieder ihrer Mission und holte das dicke Plaid aus ihrem Rucksack. Einerseits war sie froh, das Gewicht loszuwerden, andererseits schwante ihr jetzt schon Übles, wenn sie an den Heimweg dachte. Sie hätte sich besser auf die Reise vorbereiten sollen.

In den groben Händen des Mannes wirkte die Decke filigran und klein. Eine Weile musterte er sie, dann zuckte er mit den Schultern. »Was ist dein Problem?«

Genevieve atmete aus. Die Feuerprobe schien sie bestanden zu haben. »Ich brauche Hilfe bei einem … Rätsel … Gedicht, das ich nicht lösen kann. Ich habe bereits viele Menschen befragt und bin an viele Orte gereist, aber niemand konnte mir helfen.«

»Ein Rätsel?« Die Augenbrauen des Mannes wanderten zweifelnd nach oben. »Und was ist an diesem Rätsel so wichtig, dass du es unbedingt lösen musst?«

Genevieve betrachtete ihn misstrauisch, nicht sicher, wie viel sie ihm verraten durfte.

»Wie auch immer«, meinte er, bevor sie zu einer Erwiderung ansetzen konnte. »Geht mich ja nichts an. Na los, komm mit.«

Erleichterung durchströmte die Prinzessin, als der Mann ihr Platz machte, sich umdrehte und in gemächlichem Tempo auf die Zelte zu trottete.

Genevieve blieb ihm dicht auf den Fersen und sah sich neugierig um. Kein Angehöriger des Volkes hielt sich draußen auf, nur ein kleiner Junge spähte gespannt aus einem Zelt und bekam kreisrunde Augen, als er sie sah.

Vor dem letzten Zelt hielt der Fremde an. Die Decke trug er noch immer auf seinen Armen. »Dies ist die Behausung der alten Waga«, sagte er an Genevieve gewandt. »Sie ist sehr weise und hat schon ein langes Leben hinter sich. Wenn dir jemand helfen kann, dann sie.«

»Danke«, beteuerte die Prinzessin, aber der Fremde hatte sich bereits abgewandt und ging seiner Wege. Sie schaute ihm hinterher, bis er selbst in einem der Zelte verschwunden war. Dann atmete sie tief durch, zählte im Geiste bis fünf und schob die grünen Stoffbahnen des Zeltes zur Seite.

Überraschend warme Luft schlug ihr entgegen, begleitet von einem Aufschrei: »Komm rein, sonst wird es kalt!«

Genevieve tat, wie ihr geheißen, und schlüpfte in das Zelt, das mit Laternen beleuchtet war. Der Boden war mit bunten Teppichen und Decken ausgelegt, die Wände mit Stoffbordüren behangen. In der Mitte des Zeltes saß eine alte Frau mit langen weißen Zöpfen, die Genevieve aufmerksam musterte.

»Ich möchte nicht stören«, sagte die Prinzessin, »aber …«

»Setz dich doch.« Die alte Frau deutete auf einen freien Platz vor sich. Ihr Gesicht war von Falten durchdrungen, sodass die Augen hinter einem Meer aus Runzeln beinahe verschwanden. Ihr Blick jedoch war freundlich.

Genevieve sank auf den Boden und stellte den Rucksack neben sich ab. »Ich wurde von einem Mann zu Euch geschickt und … bezahlt habe ich …«

Zu ihrer Überraschung reichte Waga, wie der Fremde sie genannt hatte, Genevieve die Hände und strich über ihre Arme. »Ich sehe, dass dir etwas auf dem Herzen liegt«, sagte sie mit warmer Stimme. »Wie kann ich dir helfen?«

Die alte Frau strahlte etwas Beruhigendes aus, das dafür sorgte, dass ein Teil der Anstrengung, die Genevieve befallen hatte, verschwand. »Ich muss ein Rätsel lösen«, verriet sie und wartete, bis sie sich Wagas Aufmerksamkeit bewusst war. »Ich habe bereits viel getan, um es zu verstehen, aber nichts hat mir geholfen.«

»Wie lautet dieses Rätsel?«, fragte Waga und atmete zischend aus.

Wie alt sie wohl sein mochte? Auch ihr Hals war ein Faltenmeer.

Während Genevieve Ranias Zeilen rezitierte, hatte Waga die Augen geschlossen.

*»Der Weg durchs ewige Eis*
*wird von Federn getragen.*
*Die Kraft, die in dir wohnt,*

*durchbohrt auch das kälteste Herz.«*

Noch lange nachdem sie schon geendet hatte, zeigte die Alte keinerlei Regung. Ihre Lippen bewegten sich leicht, so als wollte sie etwas sagen, das sie aber noch nicht aussprechen konnte.

Endlich öffnete Waga die Augen. Ihr erster Blick war verschleiert, der zweite trug eine nachdenkliche Note mit sich. Mittlerweile hatte sie Genevieves Hände losgelassen und ihre Arme vor der Brust verschränkt. »Es steckt ungeheure Macht in diesen Zeilen«, wisperte sie. »Eine mächtige Zauberin hat sie geschrieben.«

Genevieve fröstelte. »Wisst Ihr, was sie zu bedeuten haben?«

Als die alte Frau den Kopf schüttelte, starb ein Teil ihrer Hoffnung. »Nicht meine Aufgabe ist es, diese Zeilen zu lösen, sondern deine. Sie wurden speziell für dich geschrieben und können auch nur von dir umgesetzt werden. Aber … ich sehe ein Bild vor mir.«

»Ein Bild?« Genevieve setzte sich aufrechter hin und starrte Waga an.

Die weise Frau nickte und schloss abermals die Augen. »Das kälteste Herz …«, rezitierte sie und legte den Kopf in den Nacken. »Das kälteste Herz gehört nur dem, der über die Kälte herrscht. Seine Macht ist groß und sein Schloss steht am höchsten Punkt dieses gottverdammten Landes …«

»Der Schneekönig?«, flüsterte Genevieve, woraufhin Waga die Augen öffnete.

»Er ist der Beherrscher des Winters, der Regent über Eis und Schnee.«

»Das heißt, ich muss zu ihm?«, schlussfolgerte die Prinzessin.

»Niemand kann zu ihm«, eröffnete Waga ihr das, was sie schon längst wusste. »Sein Schloss ist unerreichbar für Menschen wie uns.«

*Menschen.*

Vielleicht war es das eine Wort, das den Auslöser gab. Genevieve sog scharf die Luft ein, als sie das altbekannte Prickeln spürte, das in ihrem Körper tobte und durch ihre Adern schoss. Sie biss sich fest auf die Unterlippe, um die Magie, die in ihr wohnte und mit aller Macht versuchte, herauszukommen, in Schach zu halten. Hektisch atmete sie ein und aus und kniff die Augen so fest zusammen, dass sie alles nur noch verschwommen sah. Sie verfluchte ihre Kräfte und alles, was mit ihnen zusammenhing.

»Mädchen, was hast du?«, fragte Waga panisch, aber ihre Stimme drang nur gedämpft an Genevieves Ohren.

Die Prinzessin spürte, wie ihr Körper zu zittern begann und sich das Prickeln in ein regelrechtes Beben verwandelte. Schmerz loderte heiß in ihr, machte jegliches Denken zunichte. Es war, als würden sich tausend Messer in ihr Herz bohren und ihren Körper von innen zerstören.

»Was geschieht mit dir?«, brüllte Waga. »Mädchen, was machst du da? Ich sehe Dunkelheit in dir!«

Dieser Satz war es, der Genevieve die Augen öffnen und glasklar sehen ließ. Ihre Lippen legten sich in ein boshaftes Lächeln, eine unbekannte Macht durchströmte sie. Sie hob ihre rechte Hand, spannte die Finger an und richtete sie direkt auf Waga, die erschrocken nach hinten sprang, aber keine Möglichkeit zur Flucht hatte.

»Es wird Zeit«, flüsterte die Prinzessin und grinste diabolisch.

Schwarze Flammen stoben aus ihren Händen, sammelten sich in der Luft zu einem Feuerball und schossen direkt auf Waga zu, die zu einem gellenden Schrei ansetzte. Genüsslich nahm die Prinzessin wahr, wie sich das schwarze Feuer in ihre Haut fraß, sie verätzte und zum Brennen brachte.

Wagas Gesicht war schon bald nicht mehr zu erkennen, während ihr Körper noch immer kämpfte. Wild schlug sie mit Armen und Beinen um sich, versuchte, das Feuer zu löschen, auch wenn es dafür längst zu spät war.

Genevieve legte den Kopf in den Nacken und lachte. Nie zuvor hatte sie sich so stark gefühlt, so unbesiegbar, wunderschön und kühn. Sie breitete die Arme aus, um alles ihrer schwarzen Magie auszukosten, und genoss das Gefühl des Triumphes, das sie warm durchströmte.

Mit einem Klatschen holte sie die schwarzen Schwaden in ihre Hand zurück und sah voller Genuss, wie Waga, die man als menschliches Wesen nicht mehr erkennen konnte, auf dem Boden des Zeltes in sich zusammensank. Sie stieß ein letztes Geräusch aus, das an ein Zischen erinnerte, und bewegte sich nicht mehr.

Genevieve erhob sich und blickte auf die tote Frau hinab. Das Kribbeln in ihren Armen hatte nachgelassen, nur noch ein dumpfer Nachhall war geblieben. Sie spürte keinen Drang mehr, zu zaubern oder etwas zu zerstören. Zum ersten Mal seit langer Zeit war sie mit sich im Reinen. Und die Erkenntnis über das, was sie getan hatte, raubte ihr den Boden unter den Füßen.

# 8

## Penelopé

Schon Tage bevor der Schlitten nach Frigus kommen sollte, konnte Penelopé nicht schlafen. Unruhig wälzte sie sich im Bett umher und ging jedes mögliche Szenario durch, das eintreten könnte. Sie wusste nicht, wie viele Mädchen ausgewählt würden oder ob sie überhaupt den Anforderungen genügte.

Herrn Celten selbst hatte sie von ihrem aberwitzigen Plan noch nichts erzählt, zu groß war die Wahrscheinlichkeit, dass sie abgewiesen und vom Marktplatz vertrieben wurde. Andererseits gab es in Frigus wenige Mädchen im heiratsfähigen Alter und einige von ihnen hatten bereits einen Partner gefunden, mit dem sie die Ehe eingehen wollten.

Bedeutete das für Penelopé, dass ihre Chancen stiegen? Am liebsten würde sie dem Zuständigen des Wettbewerbs sagen, dass sie keinerlei Interesse am Schneekönig hegte, der wahrscheinlich ohnehin ein gewissenloser Barbar war, sondern lediglich den Palast von innen sehen wollte. Aber welchen Eindruck würde das erwecken? Wie würde sie wirken? Wie ein Eindringling, ein neugieriger Spion, ein Späher.

Am Silvestermorgen dachte Penelopé, ihr Herz hätte sich in eine nervöse Maschine verwandelt, die dauerhaft am Arbeiten war und bald an Erschöpfung sterben würde. Ihre Schritte waren unsicher, ihre Arbeit vollführte sie wie im Delirium und wurde mehrmals von anderen Dienern zur Räson gerufen.

Lächelnd tat Penelopé ihr Verhalten mit der Ausrede ab, dass sie nicht genug geschlafen hatte, und teilweise stimmte dies sogar. Aber als sie einen Blick in Marnies Richtung warf, die gerade Sauerteig herstellte, wurde sie an den wahren Grund erinnert. Immer wieder schaute sie bang zur großen weißen Küchenuhr, deren Zeiger stillzustehen schienen.

Nachdenklich formte sie Zuckerkringel aus dem Teig vor ihr und platzierte diese auf einem Backblech.

»Na, die haben aber auch schon mal besser ausgesehen«, spottete Teo, der Kochgehilfe, und stupste Penelopé in die Seite.

Die Prinzessin betrachtete ihr Werk argwöhnisch und konnte ihm nicht widersprechen. »Ich bin heute nicht ganz bei der Sache«, murmelte sie und wandte sich von ihm ab.

Vielleicht sollte sie einfach nicht zum Marktplatz gehen, dann musste sie sich jetzt nicht mit ihrer Aufregung auseinandersetzen. Vielleicht ersparte es ihr eine Menge Scherereien, wenn sie einfach in der Küche blieb und ihren täglichen Pflichten nachging. Aber Penelopé wusste, dass sie es ewig bereuen würde, wenn sie es nicht wenigstens versuchte.

Entschieden schob sie die Silvesterkringel in den Ofen, der schon vorgeheizt war. Dann säuberte sie ihren Arbeitsplatz und wischte sich die mehlbestäubten Hände an der Schürze ab. Damit ihr Fehlen heute nicht auffiel, hatte sie gestern bis tief in die Nacht gekocht und gebacken. Am Silvesterabend fand jedes Jahr ein großes Fest statt und für den unwahrscheinlichen Fall, dass sie diesem nicht beiwohnen konnte, wollte sie vorgesorgt haben.

In einer stillen Sekunde stahl sich Penelopé aus der Küche, eilte die Treppe hinauf und verschwand in ihrer Kammer, in der sie bereits alles vorbereitet hatte. In zwei Stunden würde der Schlitten erscheinen und bis dahin musste alles fertig sein.

Ein Stich drang durch Penelopés Herz, als sie das prächtige Kleid erspähte, das auf ihrem Bett auf sie wartete. Früher war es keine Besonderheit für sie gewesen, exklusive Roben zu tragen, nun sehnte sie sich regelrecht danach, sich wieder einmal hübsch zu machen.

Ein Klopfen an der Tür riss sie aus ihren Gedanken. Penelopé wirbelte herum, versteckte das Kleid hinter ihrem Rücken und atmete erleichtert aus, als es nur Marnie war, die sich in das Zimmer schob.

»Keine Panik«, sagte diese grinsend. »Aber wenn du glaubst, dass du dich einfach so davonstehlen kannst, ohne mir Auf Wiedersehen zu sagen, hast du dich geschnitten.« Ihre Freundin stemmte die Hände in die Hüfte.

»Ich hätte Auf Wiedersehen gesagt«, beteuerte Penelopé, »aber dafür wollte ich schon fertig sein.«

»Und wie willst du das hinbekommen? Du bist eine Prinzessin. Hast du je gelernt, wie man sich die Haare macht, damit sie zu dem Kleid passen? Nein? Dann sei froh, dass ich hier bin.« Marnies Grinsen war so breit, dass es kaum auf ihr Gesicht passte.

Seufzend gab Penelopé nach und war insgeheim froh, dass ihre Freundin ihr zu Hilfe gekommen war.

Marnie schob einen Stuhl vor den schmalen Spiegel und legte die Bürste sowie einige Spangen und Bänder bereit, die Penelopé im Schrank aufbewahrte. Diese Zeit nutzte die Prinzessin, um aus dem beigefarbenen Kleid zu schlüpfen, das sie immer in der Küche trug und das ihr etwas Blasses, Unscheinbares verlieh. Zuletzt löste sie die Haube, die ihre Haare versteckte, und genoss den Moment, in dem die dunkelroten Locken ihre Schultern herabfielen.

»Deine Haare sind wirklich ein Traum«, meinte Marnie sehnsüchtig und strich über die rote Mähne. »Bevor du nach Frigus gekommen bist, wusste ich nicht einmal, dass es eine solche Farbe gibt. Geschweige denn, dass man sie auf dem Kopf tragen kann.«

»Meine Mutter hat sie mir und Ginny vererbt. Wir sind die Einzigen, die rote Haare haben. Estelle und Valyra sind blond, Tati und Ari brünett.«

Marnie blickte noch eine Weile auf die rote Lockenpracht, dann drehte sie sich um und hob das Kleid vom Bett. »Es ist jammerschade, dass es mir nicht mehr passt«, kommentierte sie und sah den Traum aus hellblauer Seide an. »Dafür wird es dir umso besser stehen.«

Penelopé strich voller Genugtuung über den feinen Stoff. Es hatte eine Zeit gegeben, in der sie solche Dinge als gegeben hingenommen hatte, doch nun schätzte sie jeden kleinen Moment des Luxus.

Marnie löste die Bänder des Kleides und hielt es Penelopé so hin, dass diese hineinschlüpfen konnte. »Es ist zwar kein Prinzessinnenkleid«, sagte ihre Freundin, »aber um Welten besser als die schlichte Tracht, die wir in der Küche tragen müssen.«

Das eisblaue Winterkleid passte Penelopé wie angegossen. Sanft schmiegte es sich an ihre schmale Taille und ließ sie durch die Betonung der Hüfte weiblich aussehen. Der Rock war mit kleinen Schneebällen bedeckt, der Kragen nach oben ausgestellt und etwas dunkler als der Rest des Gewands. Das Amethystarmband, das Penelopé von ihrer Mutter kurz vor deren Tod erhalten hatte, verschwand unter den weit geschnittenen Ärmeln.

Die Prinzessin stellte sich vor den Spiegel, während Marnie das Kleid so eng schnürte, dass sie für einen Moment nicht mehr atmen konnte.

»Soll ich es lockerer lassen?«, fragte ihre Freundin, doch Penelopé schüttelte den Kopf.

»Nein, das sind immer nur die ersten Minuten, daran gewöhnt man sich im Nu.«

Nachdem Marnie der Prinzessin das Kleid angezogen hatte, nahm diese auf dem Stuhl Platz, sodass die Küchengehilfin sich um ihre Haare kümmern konnte.

»Leider habe ich keinen Schmuck, den ich dir geben kann, und auch keine Perlen, um sie in deine Locken zu flechten. Aber ich habe eine hübsche Frisur im Sinn, die dir gewiss gut zu Gesicht stehen wird.«

Marnie griff nach der Bürste und fuhr durch Penelopés rotes Haar. Entzückt sah die Prinzessin, wie sie zuerst einige Strähnen flocht, sie am Hinterkopf hochsteckte und schließlich eine Partie offen ließ, die ihr sanft über die Schultern fiel. Zuletzt puderte Marnie Penelopés Gesicht ab und drehte den Stuhl so, dass sie sich besser im Spiegel anschauen konnte.

»Was sagst du?«, fragte sie.

Penelopé, die bisher auf die Prozedur fokussiert gewesen war, beäugte das Ergebnis zum ersten Mal. Es war lange her, dass sie ein solch feines Kleid getragen und man ihre Haare zurechtgemacht hatte. Mit den Händen fuhr sie sich über die Frisur und lächelte selig.

»Selbst wenn der Schlitten mich nicht in das Schloss bringt, hast du mich doch sehr glücklich gemacht«, sagte sie, drehte sich um und ergriff Marnies Hände. »Insgeheim habe ich es vermisst, schöne Kleider zu tragen und hübsch gemacht zu werden.«

»Oh, wer vermisst das nicht?«, lachte Marnie und wischte sich ein Haar von der Hand. »Ich glaube, im Grund unseres Herzens sind wir alle Prinzessinnen.«

Dieser Gedanke gefiel Penelopé. Sie strich sich durch die Haare und beäugte ihr Äußeres. Ein Fremder würde sie und Ginny niemals voneinander unterscheiden können, aber Penelopé wusste, dass ihre Schwester weichere Züge hatte, einen volleren Mund und zwei Zentimeter kleiner war.

Der Gedanke an ihren verlorenen Zwilling stimmte sie traurig, aber sie wollte sich nicht in dieses Loch begeben, weswegen sie aufstand und Marnie in den Arm nahm. »Ich danke dir«, flüsterte sie, »für alles. Dieser Fluch ist grauenhaft, aber ich habe dich kennenlernen dürfen und das bedeutet mir viel.«

»Werde nicht so sentimental«, scherzte Marnie und knuffte Penelopé in die Nase. »Und jetzt konzentriere dich auf das, was vor dir liegt.«

Als Penelopé auf dem Marktplatz erschien, fühlte sie sich schrecklich deplatziert. Fast alle Menschen in Frigus hatten von der Suche nach der Schneekönigin Wind bekommen, weswegen viele neugierige Gaffer anwesend waren und noch viel mehr Menschen aus ihren Fenstern starrten und das Treiben beobachteten.

Penelopé hielt sich zunächst im Hintergrund und musterte das Prozedere aus sicherer Entfernung. Es war nicht leicht, zwischen all den Zuschauern die Mädchen auszumachen, die als potenzielle Schneekönigin infrage kamen. In der Menge entdeckte sie eine zierliche, blonde junge Frau in einem hellen Kleid, die mit ihrer Mutter gekommen war und deren Blick ebenso unstet hin und her wanderte. In der Mitte des Platzes, direkt vor dem großen Plakat, das aufgestellt worden war, um für die Brautschau zu werben, stand eine weitere Kandidatin mit rabenschwarzem Haar, das sie auf ihrem Kopf aufgetürmt hatte. Ihr Kleid war dunkel, ebenso wie ihr Blick. Selbstbewusst stemmte sie die Hände in die Hüfte und sah sich um. Nicht weit von ihr wartete ein dunkelblondes Mädchen, das von einer Freundin oder ihrer Schwester begleitet wurde.

Wie gern hätte Penelopé Marnie dabeigehabt, aber sie hatte in der Küche Aufgaben zu erledigen und konnte so kurz vor der Silvesterfeier nicht fehlen. Nervös spielte sie an ihren Fingern herum. Manche der Anwesenden hatten sie bereits wahrgenommen und sahen sie unverhohlen an. Andere tuschelten hinter vorgehaltener Hand über sie, was ihre innere Unruhe nur verstärkte. Penelopé und Genevieve war oft nachgesagt worden, dass sie die hübschesten der Schwestern waren und durch ihr Feuerhaar eine echte Erscheinung. Gerade wünschte sich Penelopé aber nichts anderes, als unsichtbar zu sein.

Es war Glockenläuten, das sie aus den Gedanken riss und ihre Konzentration auf ein neues Ziel richtete. Die Blicke der Menschen schossen nach oben, sie hoben die Köpfe und wandten sie dem Himmel zu. Hufgetrappel erfüllte die Luft, das Klingeln der Glocken wurde zunehmend lauter.

Penelopé riss die Augen auf, als sie einen gigantischen Schlitten erspähte, der durch die Luft flog und von zwei majestätischen Rentieren gezogen wurde. Die Anwesenden stoben auseinander, sodass die Mitte des Marktplatzes frei wurde. Geschickt wendeten die Rentiere in der Luft und setzten zum Landeanflug an. Sie waren große weiß-braune Tiere mit spitzen Ohren und schwarzen Augen. Mit den Hufen scharrend kamen sie zum Stehen und blähten die Nüstern.

Wie Besessene stürzten sich die Menschen auf den fremden Schlitten, der große beigefarbene Kufen hatte und mit warmen Decken und Pelzen ausgelegt war. Die Rentiere wurden von einem einzelnen Mann gesteuert, der nun die Zügel beiseitelegte und sich erhob.

Penelopé staunte ob seiner Erscheinung: Sein Gesicht war alt – dennoch wirkte er jugendlich, aber weise. Im Gegensatz zu den Menschen in Frigus schien ihm die Kälte nichts auszumachen, er trug ein locker geschnittenes silberfarbenes Oberteil mit kurzen Ärmeln und eine Stoffhose. Seine Haut war – und das brachte Penelopé zum Schaudern – schneeweiß und auch seine Haare trugen diese Farbe zur Schau.

Behände sprang er vom Schlitten. Es war nicht nötig, dass er sich Respekt verschaffte, die Frigurianer waren wie gebannt von seiner Anwesenheit. Der fremde Mann ließ seinen Blick durch die Menge gleiten und räusperte sich. »Liebe Menschen aus Frigus«, sagte er mit einer überraschend sanften Stimme, »mein Name ist Vyris und ich lenke den magischen Schlitten, der in unzählige Städte und Dörfer Prunaeas fliegen wird, um eine Ehefrau für unseren starken und mächtigen Herrscher Kjell Hiemas zu finden. Der Weg hierher war lang und beschwerlich, weswegen es wichtig ist, dass wir nun keine Zeit verschwenden.« Vyris klatschte in die Hände. »All die Frauen, die sich geeignet sehen, an König Kjells Seite zu regieren, mögen vortreten.«

Die letzte Hoffnung, unbemerkt auf den Schlitten zu gelangen, starb in Penelopé. Ihr Herz schlug wild und ihre Beine waren wie festgefroren. Der Weg zum Schlitten kam ihr unendlich weit vor, auch wenn er nur einige Meter von ihr entfernt stand. Sie wollte sich nicht den Blicken der Anwesenden aussetzen, wollte nicht zum Gespött der Leute werden, wenn der fremde Mann sie schon in der ersten Runde aussortierte.

Sie sah, wie die Mädchen nacheinander vor den Schlitten traten. Es waren mehr, als sie in der Menge ausgemacht hatte, und weitere gesellten sich zu ihnen. Das war der Moment, in dem sich Penelopé einen imaginären Ruck gab. Immerhin musste sie nicht allein vor dem Schlitten stehen.

Möglichst unbemerkt stahl sie sich durch die Menge, den Blick gesenkt. Erst als sie bei den beiden Rentieren angekommen war, sah sie sich um. Vyris betrachtete sie kurz und nickte, woraufhin Penelopé zwischen zwei Bewerberinnen verschwand.

»Natürlich werden wir nicht alle von euch in das Schloss mitnehmen«, sagte der Kutscher und sah abwechselnd die Mädchen und das Publikum an. Anscheinend mochte er es, Spannung zu erzeugen. »Das Leben im Eispalast ist anders und nicht jeder eignet sich als zukünftige Schneekönigin. Um herauszufinden, wer von euch es in die zweite Runde schafft, werden wir einen magischen Spiegel befragen.«

Penelopé's Stirn legte sich in Falten und auch die anderen Mädchen drehten ihre Köpfe, als Vyris einen schmalen Silberspiegel vom Schlitten holte. Er zeigte ihn zuerst den Mädchen und hielt ihn dann in die Höhe, sodass das Publikum ihn sich ebenfalls anschauen konnte.

»König Kjell Hiemas ist es gleich, welcher Herkunft seine zukünftige Braut ist oder ob sie Reichtum mit sich bringt. Ihm sind andere Qualitäten wichtiger«, erklärte der Kutscher. »Ebenfalls möchte er von Anfang an dabei sein. Die Kandidatinnen werden nun nacheinander in den Spiegel schauen. Einen solchen besitzt auch der König im Eispalast, so kann er einen ersten Blick auf die jungen Frauen werfen.«

Penelopé schauderte. So schnell würde es gehen – schon jetzt könnte sie einen Blick auf den Mann werfen, um den sich so viele Geschichten rankten.

Vyris strich sich durch das schneeweiße Haar und reichte den Spiegel der ersten Frau – dem blonden Mädchen, das mit seiner Freundin oder Schwester gekommen war. Skeptisch nahm sie ihn entgegen. »Was soll ich tun?«, fragte sie und blickte in das Silberglas.

»Du hast schon alles getan«, erklärte der Kutscher. »Ihr alle müsst nur einen Blick in den Spiegel werfen, das genügt.«

»Aber … ich habe gar nichts gesehen … nur mich selbst«, beteuerte das blonde Mädchen. Trotz der Kälte hatten sich feine Sommersprossen auf seiner Haut gebildet.

»Es geht auch nicht darum, dass *du ihn* siehst«, erklärte Vyris gedehnt, so als wäre das mehr als offensichtlich. »Es geht darum, dass er dich sieht, und da reicht ein einzelner Blick. Reiche nun den Spiegel weiter.«

Verwirrt leistete das Mädchen dem Befehl Folge.

Penelopé zählte die Anwesenden durch, es waren insgesamt zehn Kandidatinnen. Sie selbst würde als vorletzte drankommen.

Gespannt beobachtete sie die anderen, wie sie den magischen Spiegel ergriffen und einen Blick hineinwarfen. Offensichtlich ging es in der ersten Runde nur um oberflächliche Aspekte. Die Optik entschied, wer den Palast betreten durfte und wer in Frigus bleiben musste.

Penelopé beobachtete die Mädchen, die ihre Lippen in ein Lächeln legten, noch schnell die Haare richteten oder die Augen aufrissen, um sie zum Leuchten zu bringen. Eine Frau machte sogar einen Kussmund, was Penelopé unweigerlich zum Lachen brachte. Sie war noch am Grinsen, als sie selbst einen Blick in das Silberglas warf, das sie anschließend an die letzte Kandidatin, die Schwarzhaarige, weiterreichte.

Als der Spiegel wieder in Vyris' Händen lag, sagte er: »Der König hat eine grobe Vorstellung von seiner zukünftigen Braut, daher wird seine Vorauswahl schnell vonstattengehen. Innerhalb weniger Minuten werden wir wissen …«

»Wie wird er seine Auswahl mitteilen?«, meldete sich die Schwarzhaarige neben Penelopé zu Wort. »Werden wir ihn sehen? Wird er mit uns sprechen?«

Vyris schüttelte den Kopf. »Das ist nicht nötig. Dieser Spiegel ist mit Magie geschmiedet, weswegen er mehr kann als gewöhnliches Silberglas. Der König wird uns seine Auswahl mitteilen und die Gesichter der Mädchen, für die er sich entschieden hat, direkt auf das Glas projizieren.«

Penelopé betrachtete ihre Konkurrentinnen, die allesamt unterschiedlich aussahen. Ohne Zweifel hatte der Schneekönig eine große Auswahl und in anderen Städten war es gewiss ähnlich.

Wie viele Mädchen am Ende zusammenkommen würden? Sie konnte nur mutmaßen, ob sie den ersten Test bestehen würde, aber genau der war es, auf den es ankam. Hätte sie erst den Palast erreicht, könnte sie sich um das Rätsel kümmern.

»Es ist so weit«, drang Vyris' Stimme durch das Gemurmel, das sich im Publikum gebildet hatte. »König Kjell möchte uns seine Auswahl mitteilen. Von den zehn anwesenden Kandidatinnen hat er sich für zwei entschieden, die er kennenlernen möchte.«

Zwei aus zehn. Das waren gerade einmal zwanzig Prozent. Wenn Penelopé optisch also nicht dem Bild entsprach, nach dem er suchte, hatte sie schlechte Chancen.

Der Kutscher genoss die angespannte Stimmung sichtlich, dann lächelte er und hob den Spiegel so hoch, dass er sowohl vom Publikum als auch von den potenziellen Schneeköniginnen betrachtet werden konnte. Zunächst blieb das Glas leer, dann sah Penelopé zwei Gesichter – ein blondes und ein schwarzhaariges Mädchen – und ließ die Schultern sinken.

Das war es also. Die Entscheidung des Königs stand fest und sie hatte nicht in sein Schema gepasst. Wut und Enttäuschung durchfluteten Penelopé gleichermaßen. Dieses Mal würde sie es endgültig aufgeben. Das Rätsel zerreißen, seinen Wortlaut vergessen und ihr einfaches Leben in Frigus akzeptieren.

Traurig wandte sie sich ab und war schon auf dem Weg zu den Celtens, als Vyris' Stimme erneut über den Marktplatz schallte.

»Moment, Moment!«, rief er und brachte Penelopé dazu, sich umzudrehen. »König Kjell hat sich noch für eine dritte Kandidatin entschieden ... eine spontane Auswahl sozusagen.«

Wieder hob er den Spiegel in die Höhe, vor allem aber in Penelopés Richtung, die er im Gewühl der Menge gefunden hatte.

Die Prinzessin spürte das Blut in ihrem Körper kochen, als sie ihr ebenmäßiges Gesicht im Silberglas entdeckte. Sie blinzelte zweimal, um sich zu vergewissern, aber es bestand kein Zweifel.

»Komm zu mir, Mädchen.« Vyris machte eine auffordernde Handbewegung und winkte Penelopé zu sich heran.

Die Prinzessin, noch immer überrumpelt von der Wendung der Dinge, trat auf den weißhaarigen Mann zu und stellte sich neben die beiden anderen Auserwählten.

»Steigt auf den Schlitten«, trug der Kutscher ihnen auf. Dann verabschiedete er sich von den Frigurianern und verbeugte sich tief. »Ich danke für eure Unterstützung und dafür, dass ihr alle da gewesen seid. Da wir keine Zeit verlieren dürfen, muss ich nun schon Lebewohl sagen!« Anschließend wandte er sich den drei Mädchen zu, die auf dem Schlitten saßen und ihn mit großen Augen musterten. »Ich brauche eure Namen«, sagte er und zog ein Stück Pergamentpapier und eine Feder mit Tintenfässchen aus einer Tasche, die auf dem Schlitten gelegen hatte. »Schreibt ihn darauf.«

Die Schwarzhaarige griff zuerst nach dem Federkiel und schrieb *Katlin* auf das Papier. Das blonde Mädchen tat es ihr gleich, es hörte auf den Namen *Inessa*. Zuletzt unterschrieb Penelopé und gab dem Kutscher das Pergamentpapier und die Feder zurück.

»Sehr schön. Dann kann es ja jetzt losgehen«, sagte er, steckte die Utensilien in die Tasche und griff nach den Zügeln.

»Was meint Ihr damit?«, empörte sich Katlin und stand auf. »Ich kann noch nicht los, ich habe meine Sachen nicht gepackt und …« Wild fuchtelte sie mit den Händen in der Luft herum.

»Ihr braucht nichts. Es wird alles gestellt. Kleidung, Verpflegung … all das gibt es im Eispalast.«

»Und … meine Familie? Ich hatte gar keine Zeit, mich von ihr zu verabschieden«, schaltete sich Inessa ein. Ihre Stimme klang leise und unscheinbar und passte zu ihrer kleinen, schmalen Statur.

»Auch dafür ist es zu spät. Es ist wichtig, dass die zukünftige Schneekönigin ihre Pflichten kennt.« Obwohl der Kutscher lächelte, war seine Stimme kalt wie Eis.

Sehnsüchtig blickte Penelopé zum Haus der Celtens. Wann würde sie Marnie wiedersehen? Ihre positive Art fehlte ihr jetzt schon. Einsamkeit breitete sich in ihr aus und brachte sie dazu, den Blick nach unten zu richten.

»Ihr benötigt weder materielle Dinge noch eure Verwandten«, erklärte Vyris. »Für euch beginnt nun ein neues Leben.« Er wandte sich ab und setzte sich auf den Kutschbock, wo er nach den Zügeln griff.

»Das kann er doch nicht machen«, stammelte Inessa und auch Katlin verzog missmutig das Gesicht.

»Als ob es auf die paar Minuten angekommen wäre«, beschwerte sie sich und verschränkte die Arme vor der Brust.

Penelopés Blick ruhte auf dem Rücken des Kutschers, der die Zügel nun anhob, mit der Zunge ein schnalzendes Geräusch machte und die Rentiere zur Eile antrieb. Die Prinzessin lehnte sich über den Rand des Schlittens und sah, wie sie den Boden verließen. Die Luft wurde merklich kühler, sie gewannen zunehmend an Höhe.

»Unfassbar«, murmelte Penelopé und starrte auf die Welt unter ihr, die klein und unendlich weit weg wirkte.

»Wie es aussieht, gibt es doch einen Weg in den Eispalast«, stellte Inessa fest und schlang die Arme um den Oberkörper.

»Ich bin sehr gespannt«, sagte Katlin, »auf den König, den Palast, das Land, einfach alles.«

Das war Penelopé auch. Doch vor allem war sie gespannt, ob sie ihr Rätsel lösen konnte – endlich, nach so langer Zeit.

# 9

## Genevieve

Genevieve japste, als sie auf den Körper der toten Frau hinabblickte. Panisch schaute sie ihre Hände an und schüttelte wiederholt den Kopf.

Was war geschehen? Was hatte sie getan?

Ein Schrei steckte in ihrer Kehle fest, der sich nicht hinaustraute. Der Schock lähmte Genevieves Körper derart, dass sie nicht in der Lage war, sich zu bewegen, geschweige denn, die Flucht zu ergreifen. Deshalb war es für den Mann, der die Stoffbahn des Zeltes zur Seite riss, eine Leichtigkeit, Genevieve von hinten zu packen und sie aus der Behausung zu schleifen. Sein Arm schlang sich unnachgiebig um ihre Mitte. Die Prinzessin wollte protestieren, wollte weglaufen, sich wehren, aber sie war wie erstarrt. Ein riesiger Kloß saß in ihrer Kehle, der einfach nicht verschwand – ebenso wenig wie das Bild der toten Waga, die ihr hatte helfen wollen und nun nicht mehr am Leben war.

»Hexe!«, schrie der Mann. Es hallte unangenehm in Genevieves Ohren wider. »Ich wusste, dass dein rotes Haar dem Teufel gehört! Ausgeburt der Hölle!«, schrie er und schlang seinen freien Arm um ihre Kehle, sodass die Prinzessin verzweifelt nach Luft rang und ihr schwarz vor Augen wurde.

Dumpf bekam Genevieve mit, wie der Fremde ihr die Mütze vom Kopf riss und ihr schmerzhaft an den Haaren zog. Die Prinzessin wimmerte und schaffte es endlich, sich in seinem Griff zu winden, aber der Mann war zu stark. Unnachgiebig zerrte er sie über den großen Platz.

Aus den Augenwinkeln sah Genevieve, dass immer mehr Menschen aus ihren Zelten traten und Augenzeuge dessen wurden, was ihr widerfuhr. Verzweifelt sah sie sich nach Rettung um, aber wer sollte ihr aus der Patsche helfen? Sie war allein – allein hier, allein in diesem Land, allein auf dieser gottverdammten Welt.

»Waga ist tot!«, schrie der Fremde, der Genevieve im Klammergriff hielt. »Diese Hexe hat sie getötet und dafür wird sie büßen!«

Unsanft ließ er die Prinzessin auf den Boden fallen und trat ihr in den Rücken. Genevieve schnaufte, als der Schmerz durch ihren Körper jagte.

»Waga ist tot?«, brüllte jemand und auch andere Stimmen wurden laut. Wildes Geflüster war zu hören, das in chaotischen Schreien gipfelte.

»Sie hat ihre schwarze Magie eingesetzt, um Waga umzubringen«, fuhr der Mann fort. Seine Stimme war kälter als der eisige Untergrund, auf dem Genevieve lag. »Sie ist in unser Dorf eingedrungen, um die Saat des Teufels zu pflanzen!« Noch einmal trat er gegen Genevieves Rücken.

»Töte sie!«, schrie jemand aus der Menge.

»Sie muss büßen«, verlangte eine Frau.

»Ich hole mein Messer!«, entschied ein Mann.

Genevieve wimmerte und wusste nicht, was überwog: die Angst vor dem, was die Fremden mit ihr vorhatten, oder der Schmerz in ihrem Rücken, der ihr Schwindel bereitete. Sie krümmte sich am Boden zusammen und verfluchte sich dafür, dass sie Magie wirken konnte, wenn sie nicht wollte, aber keine Ahnung hatte, wie sie sich aus dieser Situation befreien sollte.

Vielleicht hätte sie sich in den letzten Jahren mehr mit ihren Kräften auseinandersetzen sollen. Wütend biss sie die Zähne aufeinander, dann packte der Mann sie erneut am Kragen ihrer Jacke und zog sie weiter über den Platz.

»Wir sind eine Gemeinschaft«, polterte er, »also werden wir gemeinsam entscheiden, was mit der Hexe passieren wird! Jute, Kal, ihr kümmert euch um Wagas Leichnam. In einer Viertelstunde treffen wir uns am Lagerfeuer.«

Im Delirium nahm Genevieve wahr, wie der Fremde sie weiter mit sich schleifte und dann unachtsam fallen ließ. Gefährlich langsam beugte er sich zu ihr herab und flüsterte: »Du bist tot, wenn du dich auch nur einen Zentimeter von der Stelle bewegst.«

Der alleinige Gedanke an eine Regung brachte Genevieve beinahe um. Am liebsten wäre sie liegen geblieben und hätte die Augen geschlossen, um sich ihren Schmerzen hinzugeben, aber sie wusste, dass sie mit einem solchen Verhalten ganz sicher sterben würde. Sie musste etwas tun.

Vorsichtig hob Genevieve den Kopf und sah sich im Lager des Naturvolkes um, das nicht mehr so friedlich und verlassen wirkte, wie sie es vorgefunden hatte. Menschen huschten zwischen den Zelten umher, redeten miteinander und schrien Worte, die sie nicht verstand. Immer mehr Männer versammelten sich um das Lagerfeuer, in dessen unmittelbarer Nähe sie lag.

Eine Weile glitt ihr Blick orientierungslos über die Meute, dann blieb er an zwei Männern hängen, die die tote Waga aus dem Zelt schleppten. Von ihrem Körper war nicht mehr viel übrig, Genevieve hatte ihn bis zur Unkenntlichkeit geschändet. Die Prinzessin presste sich die Hand vor den Mund, aber es war zu spät. Die Galle stieg in ihr hoch und sie übergab sich auf den Schnee.

»Waga ist tot«, verkündete der Anführer, der sie über den Platz geschleift hatte. Er drehte Runden um das Feuer und sah die Anwesenden in unregelmäßigen Abständen an. »Ich weiß nicht, zu wie viel Magie diese Hexe in der Lage ist, aber wir sollten schnell handeln, um kein Risiko einzugehen.« Er hob den Kopf und bedachte seine Sippe mit einem nachdenklichen Blick. »Wir werden gemeinsam die Entscheidung treffen«, sprach er, »so wie wir es immer tun.«

»Was gibt es da für eine Entscheidung zu treffen?«, empörte sich ein rothaariger Mann mit langem Bart. »Gleiches wird mit Gleichem vergolten! Das Biest verdient es nicht, zu leben!«

Zustimmendes Gemurmel erreichte Genevieves Ohren, das ihr Todesurteil besiegelte. Mittlerweile zitterte sie am ganzen Körper – ob aus Kälte, Angst oder Schrecken, wusste sie nicht.

»Wir sollten sie in die Einöde führen und sie jämmerlich verhungern lassen!«, schlug eine Frau vor, deren linkes Auge mit einer Klappe bedeckt war.

»Mir wäre es lieber, wenn wir sie hier und jetzt erstechen. Dann hat sie keine Chance mehr, ihre schwarze Aura weiter zu verbreiten!«, fiel einer anderen ein.

»Wie wäre es, wenn wir sie zu Tode prügeln?«

»Oder sie in Flammen stecken? Ein bisschen Wärme würde uns guttun!«

»Ruhe jetzt!«, rief der Anführer und hob beschwichtigend die Hände. »Lasst uns vernünftig darüber reden. Ihr kommt alle der Reihe nach zu Wort und danach entscheiden wir gemeinsam ...«

Genevieve schloss die Augen. Sie wollte es nicht hören. Schlimm genug war, dass sie es fühlen würde, und das schon sehr bald. Heiße Tränen rannen ihre Wangen hinab und ließen den Schnee schmelzen, dort, wo sie ihn trafen.

Eine unerwartete Hitze ergriff Besitz von Genevieve, die sie die Stirn runzeln ließ. Woher kam das Feuer im Schnee? Sie brauchte eine Weile, um es zu lokalisieren, dann begriff sie, dass es ihr Handgelenk war, das brannte.

Panisch öffnete Genevieve die Augen und schob erst ihren Mantel, dann den dicken Pullover hoch, sodass sie freie Sicht auf ihren Arm hatte. Sie sog scharf die Luft ein, als sie erkannte, dass ihr Smaragdarmband leuchtete und stetig wärmer wurde.

Verwirrt blickte die Prinzessin auf das Schmuckstück herab, das sein Aussehen und seine Temperatur nie zuvor gewechselt hatte. Dann sah sie, wie Libella auf sie zuflog. Gigantische Flügel bewegten sich auf sie zu und ließen Genevieve blinzeln.

Trogen ihre Augen sie? Wieso war Libella auf einmal so riesig? Als der Vogel vor ihr im Schnee landete, überragte er die Prinzessin um mehrere Köpfe.

»Was ...«, stammelte sie, aber Libella gab ihr mit einer Schnabelbewegung zu verstehen, dass sie schweigen sollte. Sie legte den Kopf schief, dann neigte sie sich nach unten, sodass ihr Körper beinahe auf dem Boden aufkam.

»Steig auf meinen Rücken«, flüsterte sie.

Die Prinzessin legte die Stirn in Falten. Wie sollte sie …? Aber Libella gab ihrem Zweifel keinen Raum und robbte näher an sie heran.

»Sei leise und steig auf«, zischte sie ihr zu.

Genevieve war zu perplex, um ihrem Befehl nachzukommen, verstand nicht, wieso ihre Eule auf einmal die Größe eines Riesen hatte. Und … es war nicht nur die Eule. Kraftlos blickte Genevieve zum Lagerfeuer, das um ein Dutzendfaches größer geworden war … ebenso wie die Menschen des Naturvolkes, die noch immer hitzig miteinander diskutierten.

»Du musst jetzt die Zähne zusammenbeißen und auf meinen Rücken steigen«, sagte Libella ungehalten und stupste sie mit dem Schnabel an. »Die Zeit ist kostbar.«

»Aber … wie willst du mich tragen?«, fragte Genevieve mit zerbrechlicher Stimme.

Als sie keine Anstalten machte, dem Befehl der Schneeeule nachzukommen, öffnete Libella den Schnabel, nahm Genevieves Körper in ihm auf und warf ihn schwungvoll auf ihren Rücken. Die Prinzessin keuchte, konnte einen Aufschrei nicht unterdrücken. Aus bangen Augen sah sie, wie Libella die Flügel ausbreitete und der Boden unter ihnen immer kleiner wurde.

»Ich lasse nicht zu, dass sie dich töten«, flüsterte die Schneeeule. »Du hast noch eine Aufgabe zu erledigen.«

Als Genevieve die Augen öffnete, kam es ihr vor, als hätte sie ein Leben lang geschlafen. Müde reckte sie die Arme und gähnte ausgiebig. Ihr Bett war warm und bequem, sodass sie sich tiefer hineinkuschelte. Noch nie im Leben hatte sie eine solch warme Decke besessen, die ihren ganzen Körper mit Hitze erfüllte und sie endlich die Kälte vergessen ließ, die so tief in ihrem Herzen wohnte. Zufrieden lächelte Genevieve und kroch tiefer unter das Federkleid.

*Moment.*

*Federkleid?*

Von jetzt auf gleich war sie hellwach und setzte sich auf. Sie lag nicht in einem Bett, sondern in einem gigantischen Nest, das – wie ihr ein Blick hinaus bewies – auf einem Baum gebaut worden war, der sich viele Meter in die Höhe erstreckte.

»Verflixt«, flüsterte Genevieve und kratzte sich am Kopf. »Wie soll ich hier je wieder herunterkommen?«

»Mach dir darüber mal keine Gedanken«, erklang eine Stimme von oben.

Die Prinzessin hob den Kopf und wurde von schwarzen Knopfaugen gemustert. »Libella, wohin hast du mich gebracht?«, fragte sie verwirrt. »Wo sind wir und wieso ist alles … so groß?«

Träumte sie? Hatte man sie unter Drogen gesetzt und ihrer Sinne beraubt? War sie tot und das riesige Vogelnest der Übergang in den Himmel?

»Nicht die Dinge haben ihre Größe verändert, sondern du«, erklärte Libella sanft.

»Ich?« Genevieve blickte an sich hinunter. Betrachtete man ihren Körper unabhängig vom Rest der Welt, sah er aus wie immer. Aber im direkten Vergleich zu Libella … »Wie habe ich das gemacht?«, schrie die Prinzessin panisch. »Habe ich wieder etwas gezaubert und es selbst nicht verstanden? Ich weiß nicht, wie ich es rückgängig machen soll!« Angsterfüllt blickte sie Libella an, die sich nicht von ihrem Aufruhr anstecken ließ.

»Ganz ruhig«, gurrte sie. »Ich bin mir selbst nicht sicher, aber dein Armband war der Auslöser für die seltsame Verwandlung.«

»Mein Armband?« Dunkel erinnerte sich Genevieve daran, wie es geleuchtet und seine Temperatur verändert hatte. »Wie soll ein Armband mich in einen Zwerg verwandeln?«

»Es ist nicht nur irgendein Armband«, wusste Libella und strich mit dem Schnabel über den schimmernden Smaragd. »Die Königin hat es dir geschenkt und ich glaube, dass eine tiefere Bedeutung dahintersteckt.«

»Meine Mutter hat mir also ein Schmuckstück geschenkt, das mich in einen Zwerg verwandelt? Das ist … beeindruckend«, frotzelte Genevieve, konnte aber den Gedanken der Schneeeule nicht abschütteln.

»Sie hat dir etwas mit auf den Weg gegeben, das dich beschützt«, wusste das weise Tier. »Vielleicht will sie, dass du den Fluch brichst, und hilft dir auf ihre Art.«

»Mutter ist tot«, sprach Genevieve mit eisiger Stimme.

»Ach, ist sie das? Fühlst du sie nicht mehr?«

Missmutig verzog die Prinzessin das Gesicht. Sie wollte dieses Gespräch nicht weiterführen, weswegen sie es in eine andere Richtung lenkte. »Davon abgesehen … wie soll ich jemals meine frühere Größe zurückerlangen?«

»Das Armband hat dich geschrumpft, vielleicht lässt es dich auch wieder wachsen«, riet Libella und rückte ein Stück zur Seite, sodass Genevieve sich aufrichten konnte. »Aber versuch es nicht jetzt, sondern erst, wenn wir wieder Boden unter den Füßen haben.«

»Ich bin kein Dummkopf, Libella«, beschwerte sich Genevieve. Dann sah sie sich um. »Wo sind wir überhaupt?«

»Weit genug weg, damit das Naturvolk dich nicht finden kann.«

Die Erwähnung rief etwas in Genevieve wach, das sie erstarren ließ. Von jetzt auf gleich ergriffen die Erinnerungen von ihr Besitz.

»Ich bin eine Mörderin«, hauchte sie und das Eingeständnis brachte sie in einen seltsamen Gefühlszustand, der irgendwo zwischen Verzweiflung und Taubheit angesiedelt war.

»Es war ein Unfall«, sagte Libella, aber Genevieve wusste es besser.

»Es war kein Unfall«, beteuerte sie. »Es waren meine Hände. Es war meine Magie. Ich war es, weil ich meine Kräfte noch immer nicht unter Kontrolle habe und die Dunkelheit mich von innen auffrisst.«

»Wie hat es sich angefühlt?«, fragte Libella nach einem Moment des Schweigens. »Wie … war es, sie zu töten?«

Ihre Stimme wurde leiser und Genevieve merkte, wie sich die Luft um sie herum auflud. Was sollte sie sagen? Welche Version durfte sie ihr zumuten? Nach einem schweren Moment entschied sie sich für die Wahrheit.

»Es hat sich … mächtig angefühlt. So als könnte ich die ganze Welt beherrschen. Ich … habe aufgehört, gegen mich anzukämpfen, und mich ganz meinem Instinkt hingegeben.« Traurig schüttelte sie den Kopf. »Mutter hat mich vor diesem Moment gewarnt. Sie hat gesagt, dass die Magie versuchen wird, mich auf die falsche Seite zu ziehen … und genau das ist passiert.« Genevieve sah Libella traurig an.

Die weise Eule legte den Kopf schief. »Weißt du, was ich mir immer sage, wenn etwas Schlimmes passiert?« Sie wartete Genevieves Antwort nicht ab, sondern verkündete: »Dass nichts in dieser Welt umsonst ist und alles aus einem Grund geschieht. Oft verstehen wir diesen erst im Nachhinein, manchmal auch gar nicht, aber ich bin mir sicher, dass nichts auf dieser Welt sinnlos ist.«

»Das dachte ich auch einmal«, erwiderte Genevieve bekümmert. »Es war leicht, optimistisch zu sein, als ich noch ein Dach über dem Kopf und fünf Schwestern um mich herum hatte. Manchmal fällt es mir schwer, die Hoffnung nicht aufzugeben.« Sie wich Libellas Blick aus.

»Ich schlage vor, dass wir das Beste aus der Situation machen, denn einen Vorteil hat sie.«

»Und welchen?« Kraftlos blickte Genevieve zu Libella hinauf, die an ihr vorbei auf die Winterlandschaft schaute.

»Wir kommen schneller voran. Du kannst weiterhin auf mir fliegen und wir suchen das nächste Naturvolk. Oder hast du von der Frau etwas über das Rätsel erfahren?«

*Das Rätsel.*

Je mehr passiert war, desto unwichtiger schien es. Genevieve kaute auf ihrer Unterlippe herum und versuchte, sich an Wagas Worte zu erinnern, auch wenn die Erinnerung an sie durch den Anblick ihrer Leiche überschattet wurde.

»Sie hat gesagt, dass ich zum Schneekönig muss, um das Rätsel zu lösen«, besann sich Genevieve. »Damit hat sie alles nur noch schlimmer gemacht.«

Libella dachte einen Moment nach. »Es führt kein offizieller Weg zum Eispalast, das stimmt, aber es ist immerhin ein neuer Hinweis, mit dem wir arbeiten können.«

»So wie ich es sehe, können wir überhaupt nichts tun. Waga hat mir nur das bestätigt, was ich die ganze Zeit schon geahnt habe: dass es keinen Weg aus diesem gottverdammten Fluch gibt und ich auf ewig in der Einöde bleiben werde.«

»Oder der Fluch verlangt von dir, das Unmögliche möglich zu machen«, hielt Libella dagegen und stupste Genevieve an, die durch die Berührung Zorn in sich wallen spürte.

»Wieso gibst du mir andauernd Widerworte?«, fauchte sie.

»Weil du dir selbst keine gibst. Weil du jemanden brauchst, der dich anstachelt. Jemanden, dessen Federn dich durch das ewige Eis führen.«

Genevieve merkte, wie sich ihr Mund wie von selbst öffnete. »Sag das noch mal«, forderte sie die Schneeeule auf.

»Was meinst du?«

Genevieve stand auf und trat auf sie zu. »Das, was du eben gesagt hast. Das mit den Federn und dem Eis.«

»Ich habe keine Ahnung, wovon du …«

»Du hast gesagt, dass deine Federn mich durch das ewige Eis tragen würden«, half Genevieve ihr auf die Sprünge.

»Nun, ich habe das eher im übertragenen Sinne gemeint und nicht …«

Die Prinzessin hob die Hand und begann, im Federnest auf und ab zu laufen, soweit dies möglich war. Allzu schnell stieß sie an den Rand der Behausung. »Genau so heißt es im Rätsel. Dass mich Federn durch das ewige Eis tragen werden. Es ist nicht unmöglich, dass du damit gemeint bist. Und wenn Waga recht hat und ich wirklich zum Schneekönig muss, bedeutet das, dass der Weg zu ihm über dich führt.« Genevieve blinzelte und sah Libella an. »Es klingt verrückt«, fügte die Prinzessin hinzu, »aber wenn wir ehrlich sind, ist dies die erste Spur seit … überhaupt.«

Libella schwieg so lange, dass Genevieve glaubte, sie würde sich einer Antwort vollständig entziehen, bis sie ein Grummeln von sich gab. »Wenn ich mir das alles durch den Kopf gehen lasse, klingt es sehr logisch. Zumindest theoretisch.«

»Und praktisch?« Genevieves Angst vor der Antwort wuchs mit jeder Sekunde, die Libella nichts erwiderte.

»Du kennst die Realität«, meinte sie dann und schüttelte sich. »Kein Mensch hat den Palast je erreicht …«

»Aber du bist kein Mensch«, griff Genevieve nach dem letzten Strohhalm, der sich ihr bot. »Du bist ein Vogel und musst nicht das Eis durchkämmen, sondern kannst es überfliegen.«

»Das ist richtig. Ich kann fliegen. Aber das bedeutet nicht, dass ich den Eispalast erreichen könnte. Dort oben ist es so eiskalt, dass ich den Temperaturen niemals standhalten werde. Und du erst recht nicht.«

»Aber hast du es je versucht?« Genevieve wurde zunehmend unruhiger. Flehend sah sie die einzige Freundin an, die ihr geblieben war. »Libella, bitte rede mit mir!«

»Nein, versucht habe ich es nicht«, gab die Schneeeule zu.

»Und würdest du …«

»Es hat keinen Sinn, Genevieve.«

»Vielleicht … brauchst du jemanden, der dich anstupst. Und der dir Widerworte gibt.« Die Prinzessin schluckte schwer.

»Dieser Ausflug bringt uns um«, sagte Libella ohne den kleinsten Zweifel in der Stimme. »Damit unterschreiben wir unser eigenes Todesurteil.«

»Heißt das, du bist dabei?«, hauchte Genevieve und wagte es kaum, ihr in die pechschwarzen Augen zu blicken.

»Du hältst mich ganz schön auf Trab, Kleines«, zeterte Libella, aber daran, dass sie sich kleiner machte und den Rücken wölbte, erkannte Genevieve, dass ihre Antwort eigentlich eine Zustimmung war. Und sie spürte, wie sich ein warmes Gefühl in ihr ausbreitete, das sie in Euphorie versetzte.

»Wir schaffen das«, sagte sie, zuerst leise und zaghaft, dann immer lauter.

Sie sprach ihr Mantra noch, als sie schon auf Libellas Rücken saß und ihre kleinen Hände in dem weichen Fell vergrub, um sich festzuhalten. Die Eule spreizte die Flügel, verließ das Nest mit einem Satz und schwang sich in die Lüfte.

# 10

## Penelopé

Mittlerweile waren sie seit vielen Stunden unterwegs. Die Rentiere führten den Schlitten zügig durch die Luft, dennoch schien die Reise kein Ende zu nehmen. Wie gebannt blickte die Prinzessin hinab auf die Schneelandschaft und nahm die unzähligen Dörfer und Städte zur Kenntnis, die sie innerhalb weniger Sekunden hinter sich ließen. Obwohl es so weit oben schrecklich kalt war, fror Penelopé kaum, da ihre ganze Aufmerksamkeit dem Spektakel galt, das sich unter ihr ergab. Schon als Kind hatte sie sich gewünscht, fliegen zu können, aber die Illusion als Träumerei abgetan, da der menschliche Körper nicht zu solchen Dingen fähig war. Doch ihr Aufenthalt in Prunaea machte das Unmögliche möglich.

Vyris saß entspannt auf dem Kutschbock und hielt die Zügel nur locker fest, da die Rentiere den Weg ausreichend kannten und kaum Führung benötigten. Inessa und Katlin, die beiden anderen Auserwählten, sprachen während des Flugs aufgeregt miteinander.

Irgendwo in diesen Schneemassen lebte Genevieve. Auch wenn Penelopé nicht an sie denken wollte, schob sich ihr Bild immer wieder in ihr Bewusstsein. Ob es ihr gut ging? Ob sie einen Weg gefunden hatte, das Rätsel zu lösen?

»Wie er wohl ist?«, durchbrach Katlin ihre Gedanken und zwirbelte ihr schwarzes Haar. »Ich wette, er ist unnahbar und kalt.«

»Ja, er soll ein richtiger Tyrann sein«, ereiferte sich Inessa, deren Mütze etwas schief hing.

»Wenn ihr ihn für einen so schrecklichen Menschen haltet, wieso wollt ihr ihn dann kennenlernen?«, erkundigte sich Penelopé. Es war das erste Mal, dass sie sich an dem Gespräch der beiden beteiligte, weswegen sie mit Argwohn gemustert wurde.

»Der Posten der Schneekönigin bringt enormes Ansehen mit sich«, sagte Katlin. »Es ist nicht nur der Titel, es geht auch um Reichtum und Unnahbarkeit.«

»Es ist eine Möglichkeit, dem tristen Leben in Frigus zu entfliehen«, flüsterte Inessa. Penelopé erkannte, wie sich ihr Blick verdunkelte und sie für einen Moment abwesend wirkte.

»Aber … ihr würdet eure Familien nie wiedersehen, wenn sich König Kjell für euch entscheidet. Ein Leben als Schneekönigin kommt völliger Isolation gleich. Wollt ihr das wirklich?«

Katlin lachte auf. »Falls du auf diese Weise versuchst, mich loszuwerden, muss ich dich leider enttäuschen. Da musst du dir schon mehr einfallen lassen.« Ihre Stimme war kalt wie Eis.

»Darum geht es mir doch gar nicht«, ruderte Penelopé zurück und spielte an ihrem Unterrock herum. »Ich wollte nur eure Gründe verstehen. Eure Motivation.«

»Was ist denn deine … Motivation?«, erkundigte sich Katlin spitz. Ihr Gesicht hatte etwas Strenges, Entschiedenes, das Penelopé entfernt an ihre Schwester Tatjana erinnerte.

»Ich … möchte den Palast sehen«, verriet sie schließlich und bediente sich dabei nur einer halben Lüge. »Ich bin gespannt auf das, was so lange geheim gehalten wurde. Und ich möchte herausfinden, wieso sich auf einmal alles ändern soll.«

»Den optischen Test haben wir schon einmal bestanden«, wusste Katlin, ohne auf Penelopés Antwort einzugehen. »Wobei es mir schwerfällt, den Geschmack des Königs einzuschätzen, wenn ich euch anschaue. Wir sehen alle vollkommen unterschiedlich aus. Dennoch haben wir dem König gefallen … so oder so.«

»Wie schnell wohl jemand rausfliegen wird?«, fragte sich Inessa. »Ob es schon bald passiert?«

»Das hängt davon ab, wie viele Mädchen er eingeladen hat.«

Das fragte sich Penelopé auch. Sehr wahrscheinlich hatte der König nicht nur in Frigus, sondern im ganzen Land nach einer potenziellen Ehefrau gesucht. Die erste Hürde war genommen, aber wie würde es weitergehen? Der Schneekönig war ihr gleichgültig, doch sie brauchte Zeit, um sich im Palast umzusehen und sich einen Eindruck von den Hallen zu verschaffen. Was passierte mit den Mädchen, die die Auswahl des Königs nicht bestanden? Wurden sie augenblicklich in einen magischen Schlitten gesetzt und nach Hause geschickt? Oder durften sie eine Weile im Eispalast residieren? Der alleinige Gedanke brachte Penelopé zum Lachen. Bisher hatte es nicht so gewirkt, als wäre der König sonderlich gastfreundlich.

»Ich werde es jedenfalls nicht auf die leichte Schulter nehmen«, beschloss Katlin und zog ihre Handschuhe aus. »Wenn ich mir etwas in den Kopf gesetzt habe, bekomme ich es auch. Warum lachst du?«

Penelopés Lächeln lag noch auf ihren Lippen. »Du erinnerst mich an meine Schwester«, sagte sie, woraufhin die Schwarzhaarige unbeeindruckt die Augenbrauen hob.

»Ich bin aber nicht wie sie. Ich bin ein Unikat.«

»Genau das hätte Tatjana auch gesagt«, meinte Penelopé und verlor sich für einen Moment in einer Welt, die aus der Zuflucht ihrer Familie bestand. Es schien eine Ewigkeit, seit sie das letzte Mal zusammen gewesen waren.

Um nicht weiter mit der eingebildeten Katlin reden zu müssen, beugte sich Penelopé über den Rand des Schlittens und schaute auf den dichten Tannenwald, über den die Rentiere mühelos hinwegflogen. Noch immer gewannen sie an Höhe. Penelopé hatte tausend Fragen, die es ihr schwer machten, sich auf die Reise zu konzentrieren. Gern hätte sie mit Vyris gesprochen, aber er wirkte zu gedankenverloren, um sich mit ihren Problemen abzugeben. Es blieb ihr also wohl oder übel nichts anderes übrig, als geduldig abzuwarten. Dennoch erwischte sie sich dabei, wie sie nervös mit den Fingern auf ihre Oberschenkel trommelte.

Die anderen Mädchen wollten nur in den Eispalast, um sich zu verlieben. Um den Schneekönig von sich zu überzeugen und eine gute Partie zu machen. Aber ihr ging es um so viel mehr und sie hoffte, dass sie es nicht vermasselte, bevor sie überhaupt eine Chance bekam.

Penelopés Gedanken wurden von einem Aufschrei seitens Inessa unterbrochen.

»Seht ihr das?«, rief sie und ihre Wangen färbten sich rot. »Da vorn … da ist der Palast!« Sie deutete mit dem Zeigefinger auf einen Punkt in nördlicher Richtung.

Penelopé und Katlin drehten gleichzeitig die Köpfe. Während Katlin mit offenem Mund staunte, kniff Penelopé die Augen zusammen, um besser sehen zu können.

Der Eispalast, den sie bisher nur aus weiter Ferne betrachtet hatte, lag nun direkt vor ihr. Immer näher kamen die Rentiere dem beeindruckenden Gebäude, das aus silbernen Steinwänden und graublauen Türmen bestand. An der Schlossfassade wuchs Schneeefeu, dem die Kälte nichts ausmachte. Das Herzstück des Palasts schien ein großer Balkon zu sein, von dem man weite Teile des Landes überblicken konnte.

»Es ist ein Traum«, schwärmte Inessa und lehnte sich über den Rand des Schlittens.

»Mein zukünftiges Zuhause«, flüsterte Katlin, doch Penelopé hatte sie verstanden und verdrehte die Augen.

Dennoch konnte sie nicht leugnen, was ihre Begleiterinnen angesprochen hatten: Der Eispalast sah aus, als wäre er einem Märchen entsprungen und nicht von dieser Welt. In Frigus hatte sie nie seine ganze Pracht in sich aufnehmen können. Die silbernen Wände, die im Licht des Schnees schimmerten. Die eisblauen Gardinen, die hinter den Fenstern hingen. Die graue Flagge auf dem höchsten Punkt des Turms, auf der ein Schneeglöckchen zu sehen war. Und während Penelopé das Zuhause des Königs in sich aufnahm, wurde sie schmerzlich an das erinnert, was sie verloren hatte. Das Schloss in Brahmenien glich dem Palast nicht im Entferntesten und doch war es der erste Vergleich, den sie zog. Penelopé spürte, wie sich eine kalte Hand um ihr Herz legte, und wartete, bis das Gefühl der Beklemmung sich wieder legte.

»Haltet euch gut fest!«, rief Vyris in diesem Moment und zog an den Zügeln.

Die Rentiere verstanden den Befehl, indem sie zum Sinkflug ansetzten, der nicht so sanft wie erwartet verlief. Inessa schrie, als der Schlitten sich nach unten neigte und sie nach vorn geschleudert wurde. Sie konnte sich gerade noch so am Rand festhalten.

Vyris brummte etwas Unverständliches, schaute sich aber nicht um. Penelopé krallte sich an die Außenseite des Schlittens und hielt die Luft an. Sie kam sich vor wie auf der Achterbahn, die sie als Kind auf einem Jahrmarkt in Brahmenien gefahren war. Nur dass sie sich damals sicherer gefühlt hatte. Ängstlich presste sie die Lippen aufeinander und betrachtete Inessa, die sich wieder aufgekämpft hatte und sich nun ebenfalls an der Holzseite festhielt.

Glücklicherweise dauerte der Sturzflug nicht lange und bald stellten die Rentiere den Schlitten auf einem großen Platz direkt vor dem Palast ab. Der Aufprall drang Penelopé durch Mark und Bein und auch ihre beiden Begleiterinnen schauten ängstlich drein – nur Vyris schien unbeeindruckt. Er ließ die Zügel los und schwang sich leichtfüßig über den Schlitten, bis er auf dem schneebedeckten Boden ankam.

Erst als Penelopé die Massen der weißen Pracht in Augenschein nahm, fiel ihr auf, wie viel kälter als in Frigus es war. Fröstelnd schlang sie die Arme um ihre Mitte. Hoffentlich hatte man den Palast vorgeheizt. Neugierig sah sie sich um, entdeckte aber keine einzige Menschenseele.

Vyris reichte den Mädchen nacheinander seine Hand, sodass sie aus dem Schlitten springen konnten.

»Wo ist König Kjell?«, fragte Katlin, sobald sie am Boden angekommen war. In ihrem Blick lag etwas Getriebenes.

»Den König werdet ihr heute nicht mehr sehen«, erklärte Vyris und strich sich über seinen langen Bart. »Ebenso wenig wie eure Konkurrenz, denn die trifft später ein und muss erst abgeholt werden.«

Missmutig verzog Katlin das Gesicht. »Dann ist es auch nicht möglich, allein mit dem König zu reden?«

»Möglich schon«, meinte Vyris schulterzuckend. »Allerdings nicht für dich.«

Inessa kicherte, was ihr einen bösen Seitenblick von Katlin einbrachte. Während die beiden sich ein stummes Blickduell lieferten, hatte sich Penelopé bereits vom Schlitten entfernt. Zu ihrer linken Seite lag der Eispalast, rechts von ihr befand sich ein beeindruckender Schlossgarten. Dadurch, dass Prunaea seit vielen Jahrzehnten von Schnee bedeckt war, hatten sich die Blumen und Pflanzen den Temperaturen angepasst, sodass sie in einer Welt aus Eis und Kälte gedeihen konnten.

Penelopé trat auf eines der kleinen Beete zu, dessen Erde mit Schnee bedeckt war. Dennoch kämpften sich kleine Pflänzchen durch die gefrorene Oberfläche. Andächtig strich sie über die Blätter einer filigranen Blume, die sie an ein Gänseblümchen erinnerte.

»Folgt mir bitte«, riss Vyris' Stimme sie aus ihrer Betrachtung.

Penelopé erhob sich und sah sich nach ihren Begleiterinnen um, die dem Kutscher bereits in den Eispalast folgten. Die Prinzessin beeilte sich, die weiße Treppe zu erklimmen. Wie von selbst öffneten sich die Türen vor ihnen, Menschen waren dazu anscheinend nicht vonnöten.

Kaum hatte die kleine Gruppe das Schloss betreten, merkte Penelopé, dass sie die ersehnte Wärme hier drinnen nicht finden würde. Zwar war es nicht so kalt wie draußen unter freiem

Himmel, doch kam es ihr noch immer kühl vor. Sie vergrub die Hände in den Taschen ihres Mantels und sah, wie Inessa und Katlin auseinanderstoben, um sich umzusehen. Vyris seufzte, tat aber nichts, um die Mädchen daran zu hindern.

Penelopé nahm den langen Gang vor sich in Augenschein, der mit einem Schachbrettmuster ausgelegt war und außer zwei Glasstatuen weder Möbel noch sonstige Gegenstände beherbergte. Von zu Hause war sie es gewohnt, dass Bilder an den Wänden hingen, die von der Familiendynastie berichteten, aber hier zierte nicht ein Gemälde den Flur.

Die Prinzessin hob den Kopf und betrachtete die Decke, die in einem hellen Silberton gestrichen, aber ganz und gar unspektakulär war. Dieser Flur würde ihr beim Lösen des Rätsels sicher nicht helfen. Also lief sie zurück zu Vyris, wo sich schon die anderen beiden Mädchen versammelt hatten. Sie tuschelten aufgeregt miteinander.

Obwohl das Schloss von außen nicht so groß gewirkt hatte, schien der Gang kein Ende zu nehmen. Über viele Meter hinweg erstreckte sich das blau-weiße Schachbrettmuster, sodass es Penelopé so vorkam, als würde sie auf der Stelle treten.

Endlich erreichten sie eine kleine, verwinkelte Treppe, vor der Vyris stehen blieb. Bedeutungsschwer drehte er sich zu den Mädchen um. »Dort oben liegt euer Zimmer, in dem ihr die erste Nacht und eventuell weitere verbringen werdet. Euer Gemach hat ein Stern als Symbol. Es ist euch nur erlaubt, dieses Zimmer zu betreten, alle anderen entziehen sich eurem Zutritt. Verstanden?«

Während Inessa nickte, fragte Katlin: »Was ist mit den anderen Zimmern?«

»Die gehören den Mädchen, die ihr morgen kennenlernen werdet. Eure Aufgabe für den ersten Abend lautet lediglich, dass ihr euer Zimmer nicht verlasst, bis es morgen früh ein gemeinsames Frühstück gibt.« Streng sah Vyris die Kandidatinnen an und erst als er ihre ungeteilte Aufmerksamkeit genoss, fuhr er fort: »Auf eurem Zimmer habt ihr die Möglichkeit, euch frisch zu machen und ein Abendessen einzunehmen. Ihr könnt die Silvesternacht zu dritt verbringen. Näheres erfahrt ihr morgen früh.«

Aus seiner Hosentasche holte er einen Eisenring, an dem unterschiedliche Schlüssel hingen. Einen davon nahm er ab und reichte ihn Inessa.

»Dieser Schlüssel gewährt euch Zugang zu eurem Zimmer. Schließt die Tür von innen ab.«

»Wieso?«, erkundigte sich Katlin, aber Vyris schüttelte nur den Kopf.

»Leistet meinem Befehl Folge und stellt keine Fragen. Morgen früh werdet ihr abgeholt.« Mit diesen Worten drehte er sich um und verschwand.

Penelopé schaute ihm noch eine Weile hinterher.

»Es ist uns also verboten, uns umzusehen?«, schnaubte Katlin und riss Inessa den Schlüssel aus der Hand. »Wenn er glaubt, dass ich mich so leicht abspeisen lasse, hat er sich geschnitten.« Sie stemmte die freie Hand in die Hüfte und blies sich eine Strähne aus dem Gesicht. Vor den anderen rannte sie die Treppe hinauf.

»Sie hat ein sehr … einnehmendes Wesen«, kommentierte Inessa, was Penelopé zum Lachen brachte. Ja, Katlin war nicht einfach und Tatjana so ähnlich, dass es ihr wehtat.

»Folgen wir ihr. Wer weiß, wohin sie sonst verschwindet«, schlug sie vor.

Die Treppe führte in die erste Etage des Schlosses. Sie wirkte genauso leer und verlassen wie der erste Korridor. Auch hier war der Boden mit Schachbrettmuster ausgelegt. Auf der rechten Seite befand sich eine Reihe von Türen, die, wie Penelopé erkannte, alle unterschiedliche Symbole hatten, die auf das Holz gemalt waren. Sie sah eine Schneeflocke, einen Schlitten, eine Sonne und schließlich einen Stern. Inessa war bereits vor der Tür stehen geblieben und Katlin schon dabei, sie zu entsperren. Ungeduldig drückte sie die Klinke herunter.

Schon bald fand sich Penelopé in einem kleinen, eng geschnittenen Raum wieder, der ebenso minimalistisch eingerichtet war wie der Rest des Schlosses. Drei Betten fanden ihren Platz darin, zwei davon waren übereinander angebracht. In der Mitte stand ein Tisch, auf dem Essen aufgetragen worden war. Außerdem gab es einen Kleiderschrank, ein Regal und ein großes Fenster, an das Penelopé trat, um den Schlossgarten zu betrachten, der direkt unter ihnen lag.

»Für ein Königshaus ist diese Einrichtung sehr gewöhnlich«, beschwerte sich Katlin, die auf dem freien einzelnen Bett Platz nahm und die Beine verschränkte. »Ich hoffe sehr, dass es ab morgen besser wird.«

»Die Einrichtung ist mir gleich, mich stört es viel mehr, dass es so kalt ist«, meinte Inessa und schlang die Arme um ihren Körper.

»Ich friere auch«, stimmte Penelopé zu, die vom Fenster weggetreten war und sich zu den anderen gesellte. »Es ist nicht so kalt wie draußen, aber gegen ein prasselndes Feuer im Kamin hätte ich nichts einzuwenden.«

Doch das Einzige, was die Mädchen besaßen, um die Kälte zu vertreiben, waren dicke Decken und Kissen.

»Immerhin haben sie an unser leibliches Wohl gedacht«, sagte Inessa, die vor dem Tisch stand und die Speisen beäugte, die ihnen als Abendessen serviert worden waren.

Penelopé nahm auf einem der drei Stühle Platz und betrachtete die Auswahl ebenfalls. Die Speisen waren auf vier Platten aufgetischt, auf den ersten Blick kam ihr nichts davon bekannt vor. Es gab eine Art Brot, auf das eine hellblaue Paste geschmiert war. Inessa griff nach einer weißen Frucht, die von der Form her an einen Apfel erinnerte.

»Ich habe darüber gelesen«, meinte sie, »sie werden Ebelin genannt und sollen sehr süß schmecken. Sie wachsen unter der Erde und können auch im Winter ausgegraben werden.« Sie drehte die Frucht in ihren Händen und biss hinein. Inessa kaute eine Weile, dann verzog sie genießerisch das Gesicht. »Unglaublich«, meinte sie.

Da Penelopés letzte Mahlzeit schon einige Stunden zurücklag, griff sie ebenfalls nach einer Ebelin. Nie zuvor hatte sie weißes Obst gesehen. Es wirkte beinahe elegant. Hungrig vergrub sie ihre Zähne in dem weichen Fruchtfleisch und wurde von einem Geschmack überrascht, der mit nichts zu vergleichen war, was sie kannte. Die Frucht war zuckersüß, im Abgang jedoch eher herb. Sie schmeckte nach Zuckerwatte und Kinderträumen, sodass auch Penelopé einen genießerischen Laut ausstieß. »Wirklich gut! Dass so etwas im Winter wachsen kann.«

»Bei uns nicht«, meinte Inessa. »Das liegt aber daran, dass die Frigurianer sich noch nicht gut mit dem Anbau im Schnee auskennen. Ich habe gelesen, dass in Prunaea …«

»Ich habe gelesen ...«, äffte Katlin Inessa nach und stand vom Bett auf. »Weißt du, indem du liest, lernst du gar nichts.« Sie ging zum Tisch, griff nach dem Brot und biss hinein. »Ich bevorzuge es, Dinge selbst herauszufinden. Deshalb werde ich nun das Schloss erkunden. Kommt jemand mit?« Mit einem kühlen Blick sah sie zuerst das blonde Mädchen, dann Penelopé an.

»Der Kutscher hat doch gesagt ...«, meinte Inessa.

»Siehst du hier irgendwo einen Kutscher?« Katlin verzog das Gesicht und legte den Rest des Brots zurück auf die Platte. »Das schmeckt ja widerlich! Hoffentlich gibt es morgen beim Frühstück etwas Besseres. Also, was ist? Kommt ihr mit oder findet ihr das Zimmer interessanter?«

Penelopé musterte Inessa von der Seite und entdeckte Angst auf ihren ebenmäßigen Gesichtszügen. Es sah nicht so aus, als ob sie sich über den Befehl des Kutschers hinwegsetzen wollte.

»Ich denke, wir sehen morgen noch genug vom Palast. Vielleicht bekommen wir sogar eine Führung«, murmelte sie, um ihre Besorgnis zu überspielen.

»Wieso verwundert mich das nicht?«, fragte Katlin von oben herab. »Was ist mit dir?«

Penelopé spürte ihren hochnäsigen Blick auf sich. Ihre Sympathie für Katlin war gering, allerdings bot sie ihr eine Möglichkeit, den Palast zu erkunden, die sie nicht ausschlagen konnte.

»Ich komme mit«, beschloss die Prinzessin, klopfte sich auf die Oberschenkel und stand auf.

Für den Bruchteil einer Sekunde wirkte Katlin überrascht, dann schob sich wieder die erhabene Gleichgültigkeit auf ihre Züge.

»Lasst euch nicht erwischen«, raunte Inessa.

»Keine Angst, ich bin nicht dumm.« Katlin steckte den Schlüssel in ihre Kleidtasche und hielt die Tür für Penelopé auf.

»Dann schauen wir uns doch mal an, wo wir gelandet sind«, flüsterte sie.

Genevieve und Libella flogen seit Stunden durch die Schneelandschaft. Die Nacht hatte mittlerweile Einzug gehalten und war so dunkel, dass man die Hand vor Augen kaum sehen konnte.

Immer wieder merkte Genevieve, wie sie müde wurde und ihr Griff um Libellas Federn sich lockerte, aber die alleinige Angst, aus vielen hundert Metern Höhe herunterzufallen, hielt sie wach. So weit oben war die Luft unbarmherzig kalt, der Wind peitschte ihr hart ins Gesicht.

»Alles in Ordnung dort oben?«, erkundigte sich Libella immer wieder.

Dann presste Genevieve die Zähne zusammen und versicherte der Eule, dass sie klarkam. In Wahrheit merkte sie jedoch, dass die zunehmende Kälte langsam, aber sicher zum Problem für sie wurde.

»Wie lange sind wir noch unterwegs?«, fragte die Prinzessin und kuschelte sich tiefer in Libellas Fell, das noch immer Wärme besaß.

Die Eule warf ihr einen Blick über die Schulter zu. »Wird es dir zu kalt?«, erriet sie, was Genevieve in sich verborgen trug.

»Nein, gar nicht«, beteuerte die Prinzessin und lächelte unverfänglich. »Ich wollte nur Konversation treiben.«

»Aber sicher. Weil du das ja immer tust«, spottete Libella und steigerte ihre Geschwindigkeit. »Ich kann dir nicht genau sagen, wo wir sind, aber wir haben noch lange nicht die Höhenlage erreicht, die nötig ist, um auf einer Ebene mit dem Schloss zu sein.«

»Was heißt *noch lange nicht*?«, fragte Genevieve ängstlich nach und schaffte es nicht mehr, ihre Sorgen für sich zu behalten.

»Bisher sind wir zwar gut vorangekommen, aber ich glaube nicht, dass wir schon die Hälfte geschafft haben.«

*Noch nicht einmal die Hälfte.*

Genevieve war es, als hätte man ihr vom Tod ihres Vaters berichtet. Jegliche Hoffnung, die sie heimlich gehegt hatte, verschwand auf einen Schlag. Ihr ging es schon jetzt nicht mehr gut, ihr Körper war ein einziger Eiszapfen und ihre Lippen so taub, dass sie sie kaum noch spürte. Wie sollte sie in der wirklichen Kälte überleben, wenn sie schon jetzt mit sich kämpfte? Auch wenn sie magische Fähigkeiten besaß, war sie ein gewöhnlicher Mensch, der an Kälte ebenso wie an Hitze oder Hunger sterben konnte.

»Wie geht es dir, Ginny?«, wollte Libella wissen. Ihre mütterliche Stimme schnürte der Prinzessin die Kehle zu.

»Es ist etwas kalt«, gestand sie sich nach einem Moment des Schweigens ein. »Aber ich schaffe das. Wie geht es dir?«

»Bisher habe ich keine Schwierigkeiten mit der Temperatur, aber noch sind wir nicht sonderlich weit oben. Die Probleme werden noch kommen.«

»Du glaubst nicht daran, dass wir es schaffen können, oder?«, hauchte Genevieve, deren Mund so kalt war, dass er beim Sprechen wehtat.

Libella senkte den Kopf. »Ich würde dir gern Erfreulicheres mitteilen, aber ich bin nach wie vor der Überzeugung, dass wir es nicht schaffen können. Aber ich habe dir versprochen, dass wir es versuchen. Ich fliege so lange, bis du mir befiehlst, umzukehren.« Der Wind verschluckte einen Teil ihrer Stimme.

»Ich habe deine Loyalität nicht verdient«, erkannte Genevieve. Ihr Atem zeigte sich in dicken Wolken. »Ich war so oft ungerecht zu dir und habe dich zum Teufel gewünscht. Doch du hast mir immer die Treue gehalten.«

Auch wenn sie Libellas Gesicht nicht sehen konnte, wusste sie, dass der Eule gefiel, was sie gesagt hatte.

»Ich komme mit deinen Launen zurecht, Ginny. Ich weiß ja, dass du es nicht immer leicht hast. Und die Treue musst du mir nicht hoch anrechnen, die wurde uns Schneeeulen sozusagen in die Wiege gelegt. Wir sind nicht gern allein, wir suchen dauerhaft nach einem Begleiter. Haben wir diesen gefunden, lassen wir ihn nicht mehr gehen.«

Genevieve wurde warm ums Herz. »Ich danke dir, Libella. Für alles. Und ganz besonders für das.« Sie hielt inne, dann fügte sie hinzu: »Aber ich will, dass es dir gut geht. Und wenn du nicht mehr weiterkannst, verlange ich nicht von dir, zu kämpfen.«

Libella ließ ihre Aussage unkommentiert, woraus Genevieve schloss, dass sie bis ans Äußerste gehen würde, um ihr ihren

Wunsch zu erfüllen. Aber – war Wünschen überhaupt genug? Oder würde sich der Weg in den Eispalast wirklich als eine Unmöglichkeit herausstellen?

Genevieve zog ihren Schal höher in ihr Gesicht, sodass nur noch ihre Augen frei lagen. Gerade sorgte sie sich wenig um ihre Größe. Nun bestand ihre größte Angst darin, das Schloss niemals zu erreichen.

Verzweifelt versuche sie, gegen die Kälte anzukämpfen und sich warme Gedanken zu machen, aber es wollte nicht klappen. Sie dachte an die Wüstenlandschaft, aus der Brahmenien entstanden war, an die warmen Tage und lauen Nächte. Sie dachte an prasselndes Kaminfeuer, an eine Sonne, die im Zenit stand. An Flammen.

Doch alles, was sie sah und spürte, war die unbarmherzige Kälte eines Winters, der schon viel zu lange dauerte. Konnte sie diese Reise überleben? Oder würde ihr Körper irgendwann seinen Tribut fordern? Vielleicht gelänge es ihr, wenigstens den Palast zu erreichen. Dort würde man sich schon um sie kümmern.

Entschlossen nickte Genevieve. Sie würde es schaffen.

In ihrer Erinnerung suchte sie nach einem Zauberspruch, der die Kälte vertrieb, gleichzeitig wusste sie, dass sie keinen kannte. Genevieve hatte sich viel zu wenig mit Magie auseinandergesetzt und das war nun ihre gerechte Bezahlung. Es war bestimmt nicht schwer, etwas Wärme heraufzubeschwören, und ein Feuer konnte sie sogar entfachen, aber hier und jetzt half ihr eine Flamme nicht weiter. Immerhin hatte sie der Drang, schwarze Magie zu wirken, seit Wagas Tod nicht mehr befallen.

Um ihren Körper warm zu halten, blinzelte Genevieve in regelmäßigen Abständen und bewegte ihre Finger und Füße, sodass diese nicht einfroren. Ab und an warf sie einen Blick von Libellas Rücken, nur um festzustellen, dass der Boden unter ihnen schon lange nicht mehr zu sehen war.

Stundenlang flogen sie über weißes Gefilde. Genevieves Zähne klapperten und ihre Lippen wurden taub. Verzweifelt versuchte sie, sich tiefer in Libellas Fell zu graben, aber die Kälte hatte sich in ihr festgesetzt und begrub sie unter sich. Wie lange konnte es noch dauern? Müssten sie nicht langsam da sein?

Die Schneeeule flog hochkonzentriert, Genevieve konnte sich voll und ganz auf sie verlassen. Dennoch beschlich sie eine Angst, die sie nicht ablegen konnte und die, je kälter es ihr wurde, an Größe gewann. Als Genevieve der Schwindel befiel, konzentrierte sie sich auf einen gleichmäßigen Atem. Sie schob es auf die Höhe, dass ihr Kreislauf verrücktspielte, aber in Wahrheit lag es an den Temperaturen, die ihren Tribut forderten. Sie merkte, wie ihr Körper schläfrig wurde und sie gegen den immensen Drang, die Augen zu schließen, nicht mehr lange ankämpfen konnte. Kraftlos rappelte sie sich auf und setzte sich aufrecht hin. Vielleicht würde es ihr helfen, wenn sie sich mit Libella unterhielt.

»Erzähl mir mehr von den Naturvölkern«, bat sie. Das Sprechen kam mit einer immensen Anstrengung daher, sodass sie es am liebsten unterlassen wollte. »Erzähl mir einfach alles, was du weißt. Ich will dieses Land kennenlernen.«

Falls Libella verwundert war, ließ sie es sich nicht anmerken. Sie flog eine Kurve und über einen Berg hinweg, auf dem der Schnee meterhoch lag.

»Ich bin selbst keine Expertin auf diesem Gebiet. Ich habe viele Völker nur gesehen und keinen Kontakt zu ihnen. Ich weiß, dass es die *Sonnenmänner* gibt, eine Gruppe von Menschen, die es sich zum Ziel gesetzt haben, den Winter ein für alle Mal aus Prunaea zu vertreiben und stattdessen …«

Libellas Stimme war so leise und zart, dass sie sich wie ein warmer Mantel um Genevieves kalten Körper legte. Vor ihrem inneren Auge sah die Prinzessin die fremden Männer, die sich irgendwo im Winterland niedergelassen hatten und für wärmere Zeiten kämpften. Ihr Körper entspannte sich, der Schwindel ebbte ab und auf einmal kam es ihr gar nicht mehr so kalt vor. Eher so, als hätte sie inmitten des Schnees ihre eigene Sonne gefunden.

Lächelnd schlief Genevieve ein.

»Das ist viel zu gefährlich, hörst du? Ginny, bist du wahnsinnig geworden? Wach auf!«

Der Körper der Eule drehte sich zunächst nach links, dann ruckartig nach rechts. Genevieve stöhnte, woraufhin Libella das Gleiche noch mal tat.

»Du riskierst dein Leben, wenn du bei diesen Temperaturen einschläfst! Du wirst erfrieren!«

Libellas Stimme drang nur dumpf an ihre Ohren. Genevieve war noch immer in einem schlafähnlichen Zustand gefangen.

»Wir können leider keine Pause machen – und das weißt du. Umdrehen kommt ebenfalls nicht infrage, denn so weit bis nach oben habe ich es noch nie geschafft und das würde allen Fortschritt zunichtemachen.«

Genevieve krallte ihre Hände tiefer in Libellas Federkleid und atmete leise.

»Ich würde dich ja gern von meinem Rücken werfen, damit du endlich wach wirst, aber wenn du fällst, stirbst du! Also sag mir, wie bekomme ich dich wach?«

Obwohl Genevieve das, was Libella sagte, hörte, ging sie nicht darauf ein. Ein sonderbares Lächeln benetzte ihre Lippen, das dafür sorgte, dass die reale Welt vor ihren Augen verschwand. In ihren Träumen spürte sie die Sonne, sah warmes, weites Land vor sich und genoss das Gefühl, barfuß über den Strand zu laufen. Sie drehte den Kopf dem Licht zu und tanzte unter den Strahlen des hellen Balls, der am Himmel stand. Wohlig summte sie – und wurde von einem Kreischen aus dem Schlaf gerissen.

Dieses Mal schlug Genevieve die Augen auf. Zumindest versuchte sie es, aber immer wenn sie die Lider öffnen wollte, schoss ein Schmerz durch ihre obere Gesichtspartie. Was war das? Sie nahm die Hände zu Hilfe, die trotz der Handschuhe ganz klamm und kalt waren, und betastete ihre Augen.

Genevieve zuckte zusammen, als sie eine dichte Schicht Eis um ihren Wimpernkranz herum ertastete. »Libella!«, klagte sie und auch ihr Mund tat beim Sprechen weh. »Was ist … mit meinen Augen?« Blind versuchte sie, sich zu orientieren.

»Ich habe dir gesagt, dass du nicht einschlafen darfst. Das ist viel zu gefährlich. Deine Augen sind zugefroren. Sie müssen auftauen, damit du sie wieder benutzen kannst.«

»Zugefroren?«, wiederholte Genevieve verwirrt. »Aber … ich war doch die ganze Zeit wach!«

»Das warst du nicht«, hielt Libella dagegen. Ihrer Stimme haftete etwas Strenges an. »Außerdem reicht es schon, für wenige Minuten in einen Schlummer zu fallen. Die Kälte ist unberechenbar!«

Noch immer war die Prinzessin damit beschäftigt, ihre Augen aufzuklappen. Zwar schmolz das Eis unter ihren Fingern, aber die Lider weigerten sich, ihren Dienst zu verrichten

»Verflixt!«, fluchte sie.

Die Wärme, die sie eben noch verspürt hatte, war verschwunden, nun peitschte wieder der kalte Wind auf sie ein. Sie schlotterte am ganzen Körper und merkte, wie ihre Kraft zunehmend schwand.

»Vielleicht ist es an der Zeit, umzudrehen«, mutmaßte Libella, was Genevieve mit einem entrüsteten Schnauben quittierte.

»Auf gar keinen Fall«, erboste sie sich. »Mir geht es gut.«

»Das tut es nicht.« Libella flog eine Schleife. »Wenn du stirbst, hilft das niemandem von uns.«

»Ich sterbe nicht!«, hielt Genevieve dagegen und legte alle Überzeugungskraft, die sie besaß, in ihre Stimme.

Endlich schaffte sie es, die Augen zu öffnen, und obwohl sie unheimlich schmerzten, war sie glücklich, sie wieder gebrauchen zu können. Sie festigte ihren Griff um Libellas Federn und wandte den Blick gen Himmel, der eine dunkelgraue Masse aus Wolken war. Bis zum nächsten Schneefall würde es sicher nicht mehr lange dauern.

»Ich schaffe das.« Genevieve reckte das Kinn. »Wenn ich im Eispalast bin, kann ich mich immer noch ausruhen.«

»Ich werde nicht mit deinem Leben spielen, Ginny. Wenn wir es so nicht schaffen, wird es einen anderen Weg geben.« Libellas Stimme war sanft, aber entschieden.

»Nicht du spielst mit meinem Leben, sondern ich«, argumentierte die Prinzessin, auch wenn ihr nicht der Sinn nach Reden stand. »Und das bedeutet, dass ich über mich selbst entscheiden kann.«

Eine Schneeflocke traf Genevieves Nasenspitze und wurde schnell von einer zweiten begleitet, bis es immer mehr wurden und der Himmel voll von ihnen war. Genervt wischte sich die

Prinzessin den Schnee aus den Augen. Als Libella den Kopf nach hinten legte und sie besorgt anschaute, meinte Genevieve schnell: »Das sind nur ein paar Flocken. Es wird sicherlich keinen Schneesturm geben.«

Doch die Natur stand nicht auf ihrer Seite, sondern zeigte ihr, wie grausam sie sein konnte. Der Schneefall wurde binnen Sekunden dichter und verwandelte sich in einen heftigen Sturm, der Genevieves kleinen Körper von links nach rechts schleuderte. Auf einmal war nicht mehr die Temperatur ihr größtes Problem, sondern die Tatsache, dass sie sich nicht mehr richtig festhalten konnte.

»Schling deine Arme um meinen Hals«, schrie Libella, deren Stimme im Sturm gedämpft klang. »Lass mich nicht los!«

Wenn das so einfach wäre! Verzweifelt versuchte Genevieve, den Hals des Vogels zu erreichen, aber immer wieder wurde sie von einer Böe getroffen, die sie weiter nach hinten katapultierte. Ein Schrei kam über ihre Lippen, als sie für eine Sekunde jeglichen Halt verlor. Libella, die die Gefahrensituation richtig einschätzte, wurde langsamer, sodass Genevieve sich in letzter Sekunde an ihrem Schwanz festhalten konnte.

»Schluss jetzt!«, schrie die Schneeeule. »Das mache ich nicht länger mit! Es ist viel zu gefährlich, wir müssen umdrehen.«

»Nein!«, rief Genevieve, die noch immer nicht aufgegeben hatte. »Wir sind so weit gekommen, es ist bestimmt nur noch ein Katzensprung.«

»Wir sind lange unterwegs, das mag stimmen, aber der schwere Teil liegt noch vor uns. Es war schon immer unwahrscheinlich, dass wir es schaffen, aber jetzt … ist es unmöglich.« Libella senkte den Kopf.

Immerhin war es Genevieve gelungen, sich wieder im Fell festzukrallen. In der Aufregung vergaß sie, wie kalt es war.

»Ich werde nicht für deinen Tod verantwortlich sein!«, brüskierte sich Libella.

Noch flog sie durch den Sturm, aber Genevieve ahnte, dass sie bald kapitulieren würde. Wie könnte sie sie überzeugen? Was könnte sie tun? Gab es Worte, die sie umstimmen würden, die ihr einfach noch nicht eingefallen waren? Eine Windböe brachte ihre Augen zum Brennen und riss ihr die Mütze vom Kopf.

»Libella«, flehte sie, »dies ist meine letzte Chance. Wenn ich sie nicht ergreife, wird es mir nie gelingen, das Rätsel zu lösen.«

Doch ihre Bitte blieb ungehört. Libella flog einen ausschweifenden Kreis und drehte um. »Wir haben unser Möglichstes getan«, sagte sie.

»Das stimmt doch gar nicht!«, schrie Genevieve, die nicht einsehen wollte, dass sie verloren hatten. »Wir waren auf einem guten Weg, aber dir fällt nichts anderes ein, als umzudrehen! Wie kannst du es wagen?«

»Wie ich es wagen kann, dich vor dem sicheren Tod zu bewahren?« Es war beinahe, als würde die Schneeeule lachen. »Tut mir leid, dass ich mich um dein Leben sorge.«

»Aber was ist das denn für ein Leben?« Tränen des Schmerzes rannen Genevieves kalte Wangen hinab. »Ich habe doch nichts mehr, was mir noch bleibt! Nichts, was mich glücklich macht! Vielleicht wäre es besser, zu sterben.«

»Sag so etwas nie wieder!« Libella flog aufgebracht zweimal im Kreis. »Du hast ja keine Vorstellung davon, wie es ist, nicht mehr am Leben zu sein!«

*Du auch nicht,* wollte Genevieve ihr entgegensetzen, aber sie wagte es nicht, weil die Schneeeule so aufgebracht klang, dass sie sie nicht noch mehr verärgern wollte.

Mittlerweile hatten sie schon an Höhe eingebüßt, dennoch gab die Prinzessin nicht auf. Ihre Schwester Tatjana hatte sie gelehrt, dass ein Kampf erst verloren war, wenn man am Boden lag. Und wie es aussah, befanden sie sich noch immer in vielen hundert Metern Höhe.

»Ich werde dich reich belohnen, wenn du mich ins Schloss bringst«, sprach sie gegen den Sturm an. »Ich biete dir ein warmes Heim, wenn ich wieder zu Hause bin. Du kannst mitkommen nach Brahmenien und ...«

»Ich. Werde. Nicht. Zum. Palast. Fliegen.« Libella klang so entschlossen, dass jeder Widerspruch von ihr abprallte. Zügig flog sie zurück, sodass der Schneesturm schon bald weniger wurde.

Genevieve, die allmählich einsah, dass sie verloren hatte, seufzte tief. Womit sie dabei nicht rechnete, war der heftige Windstoß, der ihren schwachen Moment ausnutzte, um sie vom Rücken des Vogels zu fegen.

Die Prinzessin schrie, als sie erkannte, dass es nichts mehr gab, woran sie sich festhalten konnte. Libella krächzte erschrocken – für den Bruchteil einer Sekunde trafen sich ihre Blicke. Genevieve sah noch, wie die Eule zum Sturzflug ansetzte, aber sie war nicht schnell genug. Sie erreichte sie nicht mehr.

Genevieve riss die Arme in die Luft, brüllte und kämpfte, aber gegen die Schwerkraft war sie machtlos. Es war unmöglich, einen Sturz aus dieser Höhe zu überleben. Der Boden unter ihr kam immer näher, ihre Angst gipfelte – und irgendwann gab es gar nichts mehr.

# 12

## Penelopé

Penelopé wusste, dass sie etwas Verbotenes tat, als sie sich hinter Katlin aus der Tür schlich und den Flur in Augenschein nahm, der leer und verlassen dalag. Obwohl sie erst wenige Schritte gegangen waren, schlug ihr Herz unregelmäßig und Schweiß brach ihr aus. Im Herumspionieren war sie noch nie gut gewesen, aber sie musste ihre Chance einfach nutzen.

Aus den Augenwinkeln musterte sie Katlin, die selbstbewusst geradeaus schritt und sich ihres Vertrauensbruchs nicht bewusst schien. Ihr schwarzes Haar erinnerte die Prinzessin an Teer. Katlins Gang war aufrecht und entschlossen, nicht der kleinste Zweifel begleitete ihre Schritte.

Wieso konnte Penelopé nicht so selbstsicher sein? Sie folgte ihr auf leisen Sohlen.

Katlin rüttelte nacheinander an allen Türen, die vom Gang abgingen, und versuchte, diese mit ihrem Schlüssel zu entsperren, doch vergeblich. »Ich glaube nicht, dass es hier etwas zu entdecken gibt«, meinte sie an Penelopé gewandt. »Aber da vorn ist wieder eine Treppe, die uns weiter nach oben führt. Vielleicht finden wir dort etwas Interessantes.«

Penelopé nickte, auch wenn ihr nicht wohl dabei war, das Schloss eines Fremden zu durchkämmen. In Gedanken rezitierte sie ihr Rätsel, das von Seelen sprach, die sich erst finden mussten – im Schloss, das über die Kälte herrscht.

Missmutig schüttelte die Prinzessin den Kopf, weil sie noch keine Ahnung hatte, was wirklich von ihr verlangt wurde.

Hinter Katlin ging sie die Treppe hoch, die sie in einen Korridor führte, der dem ersten nicht unähnlich war. Er zeugte von Leere und Ungemütlichkeit, die Penelopé dazu veranlasste, die Arme vor ihrer Brust zu verschränken. Gleichzeitig hatte sie Mühe, mit Katlin Schritt zu halten, denn die preschte voran, rüttelte erneut an sämtlichen Türen und stieß einen Schrei der Freude aus, als sie endlich eine fand, die nicht abgeschlossen war.

»Ich dachte schon, dieses Schloss ist das langweiligste auf der Welt«, frotzelte sie und öffnete die Tür. Dafür, dass sie in geheimer Mission unterwegs waren und nicht erwischt werden durften, sprach sie ziemlich laut. »Was haben wir denn da?«, murmelte sie, als sie sich in den Raum schob.

Penelopé warf einen prüfenden Blick über ihre Schulter, bevor sie das Zimmer ebenfalls betrat. Es handelte sich um einen weitläufigen Saal, der an einen Ort zum Tanzen erinnerte, aber bis auf unzählige Statuen verlassen dalag.

»Irgendwie habe ich mir mehr vom Palast erhofft«, kommentierte Katlin und durchquerte das Zimmer mit schnellen Schritten. »Ich glaube, wir sind im falschen Teil des Schlosses gelandet. Hier gibt es absolut nichts.«

Enttäuscht schaute sie Penelopé an, die das blau-weiße Schachbrettmuster unter ihr betrachtete, das sich wie ein roter Faden durch das gesamte Schloss zog. Dann hob sie den Blick. Was hatte es mit den Statuen auf sich, die in unregelmäßigen Abständen auf dem Parkett platziert waren? Obwohl sie aus Marmor bestanden, hatten sie etwas erschreckend Menschliches an sich, das Penelopé für einen Augenblick den Atem raubte. Vor einer Frau mit Duttfrisur und stechendem Blick blieb sie stehen.

»Ganz schön schaurig, was?«, meinte Katlin, die sich neben die Prinzessin gestellt hatte.

»Sie sieht so echt aus«, flüsterte Penelopé und streckte die Hand aus, um über den Körper der steinernen Frau zu fahren. Kaum hatten ihre Finger den Marmor berührt, zuckte sie zusammen. »Sie ist eiskalt«, stellte sie fest.

»Kein Wunder«, sagte Katlin. »Wenn ich auf ewig in diesem verlassenen Zimmer stehen müsste, wäre mir auch kalt. Lass uns wieder gehen, hier gibt es ja doch nichts zu sehen.«

Aber Penelopé war noch nicht bereit, den sonderbaren Saal zu verlassen. Sie lief von einer Statue zur anderen, unwissend, wieso die starren Menschen sie so faszinierten. Vor einem Gebilde, das kleiner war als der Rest, blieb sie abermals stehen und legte die Stirn in Falten. Im Gegensatz zu den anderen Statuen war diese filigraner ausgearbeitet und rief etwas in Penelopé wach, das sie nicht einordnen konnte.

Verwirrt kniff sie die Augen zusammen und betrachtete das Mädchen genauer, das langes Haar hatte, das ihm den steinernen Körper hinabfiel, und das auf eine Art und Weise lächelte, die Penelopé traurig stimmte. Aus großen Kinderaugen starrte das Mädchen sie an – und obwohl der Blick steinern war, wirkte er seltsam real.

Penelopé wandte sich ab, als sie eine Gänsehaut bekam. Dieser Saal richtete etwas mit ihren Emotionen an, das sie nicht verstand. Selten zuvor hatte sie sich so aufgewühlt gefühlt, so getrieben und unstet. Als sie sah, dass Katlin gerade durch die Tür nach draußen ging, beeilte sie sich.

»Da hinten ist wieder eine Treppe«, sagte diese sogleich. »Vielleicht finden wir da oben etwas.«

»Was willst du eigentlich finden?«, erkundigte sich Penelopé und strich sich eine Strähne ihres feuerroten Haares aus dem Gesicht. »Suchst du etwas Bestimmtes?«

Katlin zuckte die Schultern. »Ich bin nie zuvor in einem Schloss gewesen. Mich reizen seine Räumlichkeiten. Die ganze Ausstattung. Außerdem schadet es nicht, sich in seinem zukünftigen Zuhause umzuschauen, oder?« Zweideutig zog sie die Brauen hoch, aber Penelopé verdrehte nur die Augen.

*Du kannst den Schneekönig haben, ich will ihn nicht,* hätte sie Katlin gern entgegengeschleudert, um ihr Konkurrenzdenken im Keim zu ersticken, aber sie wollte ihr wahres Motiv verschleiern, so lange es ging.

Die Treppe war länger und steiler als die vorherigen, außerdem wirkte es, als wären die Stufen vor vielen Jahren das letzte Mal genutzt worden. Sie ächzten verräterisch unter Penelopés Gewicht.

Je höher sie kamen, desto deutlicher veränderte sich die Luft, verlor ihre Klarheit und ließ eine abgestandene Note zurück, die die Prinzessin an die Speicherräume in Brahmenien denken ließ, in denen sie sich als Kind oftmals versteckt hatte. Auch Katlin presste sich die Hand vor die Nase.

Das Schachbrettmuster hörte hier oben auf, stattdessen war der Boden mit dunkelbraunem Holz ausgelegt. Die Mädchen fanden sich in einem Raum wieder, der an einen Dachboden erinnerte und dessen Decke so niedrig war, dass sie sich ducken mussten.

»Scheint ein Speicher zu sein«, meinte Penelopé und erblickte ein dichtes Netz in der Ecke, auf dem eine schwarze Spinne saß. Angeekelt verzog sie das Gesicht. »Lass uns wieder runtergehen«, schlug sie vor.

Katlin jedoch machte keine Anstalten, den Dachboden zu verlassen. Ihre Schritte hallten dumpf wider, als sie den Raum durchquerte.

»Hier oben gibt es doch nicht mehr als Kartons und Staub«, sagte Penelopé.

»Aber willst du denn nicht wissen, was sich in den Kartons befindet?«, fragte Katlin und drehte sich zu der rothaarigen Prinzessin um. »Landläufig sagt man, dass Speicher all das beherbergen, das man nicht mehr haben möchte, aber nicht weggeben kann. Also Dinge, die irgendwann einmal eine Bedeutung besessen haben. Vielleicht lernen wir dadurch mehr über den Schneekönig.«

»Aber lernen wir den nicht ohnehin morgen kennen?«, fragte Penelopé gedehnt und stützte sich auf der Lehne eines Stuhls ab.

»Wir lernen nur das kennen, was er uns zeigen will. Vielleicht offenbart sich in den Kartons eine ganz andere Wahrheit.«

Ein Lächeln voller Vorfreude lag auf Katlins Lippen, von dem sich Penelopé nur schwer beeindrucken ließ. Sie selbst hatte keine Lust, sich durch staubige Kartons zu wühlen und möglicherweise altes Spielzeug des Königs zu finden. Dass ihr das bei der Lösung des Rätsels helfen würde, glaubte sie nicht. Dennoch blieb sie vorerst auf dem Dachboden und sah Katlin dabei zu, wie sie eine Kiste nach der anderen öffnete und den Inhalt inspizierte. Penelopé schenkte dem ganzen nur einen Teil ihrer Aufmerksamkeit. Der andere galt den Schritten, die auf einmal laut in ihren Ohren erklangen und schnell lauter wurden.

»Da ist jemand«, zischte sie in Katlins Richtung, die wie erstarrt innehielt und den Gegenstand, den sie in der Hand gehalten hatte – eine goldene Spieluhr –, ertappt auf den Boden fallen ließ, wo sie mit einem scheppernden Geräusch in alle Einzelteile zersprang.

Penelopé presste sich die Hand vor den Mund, Katlin entwich ein kleiner Entsetzensschrei. Die Schritte waren nun ganz nah und bewegten sich zweifellos auf sie zu. In der Tür, die noch immer offen stand, zeigte sich kurz darauf ein unförmiger Schatten. Erst als dieser den Raum betrat, erkannten Penelopé und Katlin den Kutscher Vyris. Seine sonstige Gleichgültigkeit war vollends aus seinem Gesicht verschwunden, stattdessen erzählte es von Wut und Enttäuschung. Stampfenden Schrittes trat er auf Katlin zu, die mittlerweile auf dem staubigen Boden hockte, die Überreste der Spieluhr an ihre Brust gepresst. Penelopé wollte etwas sagen, aber ihr Mund klappte auf, ohne dass Worte den Weg über ihre Lippen fanden.

»Es gab eine Regel«, donnerte Vyris und hob den rechten Zeigefinger. »Eine einzige Regel, und die konntet ihr nicht befolgen?« Zornesfalten bildeten sich auf seiner Stirn.

»Wir haben nichts gemacht!«, schoss es aus Katlin heraus. Sie ließ die kaputte Spieluhr fallen und trat auf den Kutscher zu.

»Wir haben nichts gesehen. Die Gänge waren leer, die Türen abgeschlossen …« Nervös gestikulierte sie.

Vyris' Blick verfinsterte sich zunehmend. »Es geht nicht darum, was ihr gesehen habt, sondern darum, dass ihr euch meinem Befehl widersetzen musstet!«

»Wir …«, begann Penelopé, aber Katlin kam ihr zuvor.

»Es tut mir leid und es wird nicht mehr vorkommen«, sagte sie reuevoll.

»Nein, es wird nicht mehr vorkommen«, versprach Vyris, woraufhin Katlin erleichtert ausatmete.

Lächelnd drehte sie sich zu Penelopé um.

»Es wird nicht mehr vorkommen, weil du nach Hause fliegst. Jetzt sofort.«

Es dauerte eine Weile, bis Vyris' Aussage zu Katlin durchgedrungen war. Zunächst legte sie die Stirn in Falten, dann sah sie den Kutscher an. »Das ist doch ein Scherz, oder?«, fragte sie. Nervosität schwang in ihrer Stimme mit.

Penelopé, die sich im Hintergrund hielt, beobachtete das Wortgefecht der beiden.

»König Kjell legt Wert darauf, dass er sich auf seine zukünftige Frau verlassen kann.«

»Aber das kann er!«, ereiferte sich Katlin und nickte, um ihre Aussage zu unterstützen. »Ich werde ihm gern zeigen, dass er mir vertrauen kann und …«

»Dafür ist es zu spät«, erwiderte Vyris kalt. Penelopé sah, wie er Katlin entschieden am Arm packte, die unter seinem Griff aufschrie. »Sobald der Schlitten frei ist, wirst du zurück nach Frigus fliegen.«

»Aber … was wird König Kjell dazu sagen? Es wird ihm sicher nicht gefallen, wenn ich einfach so verschwinde!« Katlin zappelte, doch Vyris hielt ihren Arm fest umschlungen. »Er hat sich für mich entschieden. Ist es nicht anmaßend von dir …«

»Anmaßend von *mir*?«, wiederholte Vyris. »Es ist anmaßend, dass eine Bauernfrau denkt, die Welt hätte nur auf sie gewartet. Und jetzt komm!« Entschieden zerrte er Katlin hinter sich her, die aufgebracht vor sich hin zeterte.

Penelopé blieb erstarrt stehen und wartete auf den Moment, in dem Vyris sich daran erinnerte, dass sie noch hier war und dieselbe Straftat wie ihre Konkurrentin begangen hatte. War es das gewesen? Ein kurzer Ausflug in den Eispalast, der ihr keine Antworten, sondern noch viel mehr Fragen offenbart hatte?

Im Türrahmen blieb Vyris stehen und drehte sich zu Penelopé um. Seine grauen Augen trafen ihre nur für einen Moment, dann wandte er sich ab und führte Katlin die Treppe hinunter.

Mit offenem Mund blieb Penelopé im Speicherraum stehen. Würde er wiederkommen, um sie zu holen? Stand ihre Strafpredigt noch aus? Oder … hatte er sie tatsächlich vergessen?

Unverrichteter Dinge hielt sie sich noch eine Weile auf dem Dachboden auf, dann nutzte sie die Gunst der Stunde, lief die Treppen hinab bis in die erste Etage und verschanzte sich in ihrem Zimmer, wo Inessa nachdenklich auf dem Bett saß.

»Wo hast du Katlin gelassen?«, wollte sie wissen.

Penelopé erzählte ihr, was geschehen war. »Ich weiß nicht, was mit mir passiert«, sagte sie schließlich. »Vryis könnte jede Minute kommen und mich holen.«

Aber er kam nicht. Und zum ersten Mal beschlich Penelopé der Gedanke, dass mehr dahintersteckte.

Ihre Träume waren eine Abfolge von kurzen Sequenzen, die ihre Schwestern an Orten zeigten, die sie zuvor noch nie gesehen hatte. Zuerst traf sie Estelle, die Älteste mit der alabasterfarbenen Haut und dem langen hellblonden Haar, an einem See, in dem Schwäne ihre Kreise zogen. Tatjana fand sie in einem Schloss, das von einer grausamen Bestie beherrscht wurde. Valyra lebte und litt in einem Turm und Arabella war in einem goldenen Käfig gefangen. Penelopés Unterbewusstsein wartete darauf, dass sie auch ihre Zwillingsschwester sah, doch kein Traum zeigte Genevieve.

Als Penelopé die Augen aufschlug, stach ihr Kopf. Schon als kleines Mädchen hatte sie sehr lebhaft geträumt und daher wusste sie, dass man dem Ganzen keine allzu große Bedeutung beimessen durfte. Und doch gab es eine Sache, die sie verwirrte und die ihr, je länger sie darüber nachdachte, Angst bereitete.

Schon seit einigen Nächten hatte sie Genevieve nicht mehr gesehen. Sie war überhaupt nicht mehr in der Scheinwelt gewesen. War Ginny etwa auf demselben Weg verschwunden wie Estelle, Tatjana und Valyra zuvor?

Sie hatte gehofft, dass das Fehlen ihrer Schwestern als Zeichen dafür stand, dass sie den Fluch gebrochen hatten. Doch nun war es Penelopé, die die Scheinwelt nicht mehr fand, und das Rätsel konnte sie noch lange nicht lösen. Es war also wahrscheinlich, dass auch ihre Schwestern sich noch irgendwo auf der Suche befanden und nicht klüger waren als sie selbst.

Penelopé bettete den Kopf auf ihren Händen und seufzte.

»Warum bist du so betrübt?«, drang Inessas Stimme zu ihr herüber.

Penelopé sah sie aus müden Augen an.

»Sei lieber froh, dass Vyris die ganze Nacht nicht gekommen ist, um dich zu holen. Wie es aussieht, will er dich im Wettbewerb behalten.«

Der Gedanke an Vyris stimmte Penelopé kurz freudig. Anscheinend hatte sie wirklich eine zweite Chance bekommen. Sie reckte ihre müden Glieder, dann blieb ihr Blick an Inessas Kleid hängen. »Gehört das dir?«, fragte sie mit Verwunderung in der Stimme. Das Mädchen war in einen Traum aus hellblauer Seide gehüllt, der ihr nicht nur gut zu Gesicht stand, sondern auch edel und exquisit wirkte.

»Oh nein«, lachte Inessa, »so etwas Teures könnte ich mir niemals leisten. Als ich heute Morgen aufgestanden bin, lagen zwei Kleider auf dem Tisch, eines für dich und eines für mich.«

Neugierig reckte Penelopé den Kopf und erblickte ein dunkelgrünes Gewand und darauf einen Zettel, auf dem ihr Name stand. Die Müdigkeit abschüttelnd, stand sie vom Bett auf.

»Warte, ich helfe dir hinein«, bot Inessa an. »Auf dem Nachttisch steht eine Schüssel mit Wasser. Damit kannst du dich frisch machen. Leider ist es eiskalt, muss aber für den Moment genügen.«

Penelopé nickte abwesend und strich mit den Händen über den Stoff des Kleides. Es fühlte sich unheimlich schwer an.

»Es passt perfekt zu deinen Haaren«, kommentierte Inessa und half der Prinzessin aus ihrem Nachtkleid, welches sie gestern Abend im Schrank gefunden hatte. »Allerdings ist es wirklich keine Freude, diese Kleider anzuziehen. Du kannst dir nicht vorstellen, wie umständlich und eng sie sind.«

Doch, das konnte sie. Aber Penelopé ließ Inessas Aussage unkommentiert, weil sie ihre wahren Motive noch nicht offenbaren wollte.

Sie wusch sich notdürftig mit dem Wasser und schlüpfte schließlich in das dunkelgrüne Kleid, das sich wie eine zweite Haut an sie schmiegte. Kritisch beäugte sie sich im matten Glas des schmalen Spiegels, der vor dem Schrank stand. Ihre Haare waren wie immer ein heilloses Durcheinander, aber das Kleid stand ihr wirklich gut.

Inessa schnürte die Bänder auf ihrem Rücken. »Wenn es zu fest ist, gib mir Bescheid.«

»Alles in Ordnung.« Penelopé hielt die Luft an und spürte, wie ihre Organe zusammengepresst wurden.

Im Schrank fand sie eine Bürste, mit der sie ihre Locken sporadisch entwirrte. Wirklich gut war sie darin noch nie gewesen.

»Ich wünschte, ich hätte lockiges Haar«, beschwerte sich Inessa. Ihres war aschblond und glatt.

»Das sagst du nur so lange, bis du es selbst hast«, wusste Penelopé und drehte sich zu dem Mädchen um. »Du kannst dir nicht vorstellen, wie nervig es ist, diese Mähne unter Kontrolle zu bringen.«

Inessa lachte, als hätte Penelopé einen Scherz gemacht. Dann reichte sie ihr ein graues Band, das die Prinzessin nutzte, um sich einen Zopf zu flechten. Mehr Zeit für Äußerlichkeiten blieb nicht, denn die Tür wurde schwungvoll aufgerissen.

»Guten Morgen, die Damen«, polterte Vyris und deutete eine Verbeugung an. Im Gegensatz zu gestern Abend war er fein gekleidet, trug ein silbergraues Sakko und eine schwarze Hose. Sein Bart war gestutzt. »Wie ich sehe, habt ihr die Kleider gefunden«, sagte er und nickte.

Penelopé sah ihn neugierig an. War er zornig auf sie? Versteckte er womöglich seinen Gram? Doch keine derartige Regung zeigte sich auf seinem Gesicht. Er wirkte eher glücklich.

»Der erste Punkt des Tages besteht aus einem Frühstück«, erklärte Vyris, »das ihr zusammen mit den anderen Mädchen einnehmen werdet. Folgt mir.« Mit diesen Worten ging er in den Korridor.

Inessa und Penelopé tauschten einen aufgeregten Blick.

»Gleich werden wir den König sehen«, hauchte das blonde Mädchen.

Penelopé nickte, doch ihre Aufmerksamkeit galt den Geräuschen, die vom Flur zu kommen schienen. Als sie durch die Tür trat, sah sie zum ersten Mal ihre Konkurrentinnen. Penelopé wusste selbst nicht, mit wie vielen Mädchen sie gerechnet hatte, aber diese Menge, die sich auf dem Korridor aufhielt, verschlug ihr die Sprache.

»Unglaublich«, flüsterte auch Inessa. »Das sind bestimmt fünfundzwanzig. Wie sollen wir da eine Chance haben?«

Penelopé ließ ihren Blick über die anderen Mädchen schweifen, die aufgeregt umherliefen, miteinander tuschelten und lachten. Alle trugen hübsche Kleider in gedeckten Farben.

Für wen sich der Schneekönig wohl entscheiden würde?

»Meine Damen, beruhigt euch!«, sagte Vyris, als die Lautstärke immer weiter anschwoll. »Wir sind mit neunundzwanzig Auserwählten nun vollzählig. Euer Frühstück wurde unten im Speisesaal bereits aufgetragen. Folgt mir, aber macht keinen solchen Krach!«

Mahnend hob er den Zeigefinger, woraufhin die Gespräche für ein paar Sekunden verstummten. Kaum hatte er sich umgedreht, wurden die Stimmen wieder laut.

»Sehen wir den König?«, schrie ein Mädchen mit hellbraunem Haar und großen Augen.

»Wann wird er seine Entscheidung fällen?«, wollte eine kleine Frau mit breiten Hüften wissen.

»Dich nimmt er gewiss nicht!«, spottete ein drittes Mädchen, das ebenso helle Haut besaß wie Penelopés Schwester Estelle.

Inessa sah die Prinzessin vielsagend an. »Ich war noch nie mit so vielen Frauen auf einem Fleck«, sagte sie.

»Ich habe fünf Schwestern«, verriet Penelopé, als sie als eine der Letzten die Treppe hinabstiegen. »Ich weiß, wie es ist, von vielen Mädchen umgeben zu sein. Aber eine solche Situation ist auch mir neu.« Verlegen lächelte sie Inessa an.

»Fünf Schwestern?«, hakte diese ungläubig nach. »Kommen sie alle aus Frigus? Wieso habe ich euch nie …«

Penelopé schüttelte den Kopf, bevor sie weitersprechen konnte. »Ich bin von zu Hause fortgegangen, vor einer Weile schon. Meine Schwestern wohnen weiter weg.«

Zunächst sah es so aus, als wollte Inessa Nachfragen stellen, besann sich aber eines Besseren.

Unten angekommen, winkte Vyris die Mädchen durch den Flur. Es war heute etwas wärmer als am vorherigen Abend, aber Penelopé saß die Kälte noch immer in den Gliedern. Vielleicht gab es zum Frühstück etwas, das sie aufwärmen würde.

# 13

## Genevieve

Konnte man ewig fallen? Genevieve kam es zumindest so vor. Seit sie von Libellas Rücken hinuntergestürzt war, befand sie sich im freien Fall. Das Gefühl, das eine Mischung aus Adrenalin und Todesangst in ihr freisetzte, wollte nicht mehr von ihr weichen.

Wie hoch war Libella geflogen? Wie konnte es möglich sein, dass der Weg nach unten länger dauerte als der über die Berge?

Genevieve riss die Augen auf, aber da war nichts. Schwärze umfing sie wie ein dichter Vorhang, der ihren Körper bedeckte. Sie streckte die Arme aus, um auf Hindernisse zu stoßen, aber auch mit den Füßen konnte sie nichts ertasten.

Sie befand sich im luftleeren Raum.

Und sie fiel.

Ihr Mund war noch immer zu einem Schrei geöffnet, der dennoch nicht über ihre Lippen kam, sondern in ihrer Kehle feststeckte. Ächzend legte sie ihre Hände um den Hals, der wie Feuer brannte. Wann hörte dieser Albtraum endlich auf?

Ihre Zwillingsschwester Penelopé war nicht für ihre Ausdauer bekannt. Schon Kleinigkeiten konnten sie zur Weißglut und zum Aufgeben treiben. In der Vergangenheit hatte sie oft darüber gesprochen, wie es wäre, sich eine Schlucht hinunterzustürzen und allem Irdischen ein Ende zu bereiten.

*»Es ist eine schnelle und sichere Methode«*, hatte sie mit Überzeugung in der Stimme gesagt. *»Bevor man es sich versieht, schlägt man am Boden auf. Der Sturz ist so kurz, dass man gar keine Zeit hat, sich Gedanken zu machen. Man hat keine Zeit, Angst zu bekommen.«*

Oh, wie falsch sie lag. Wie verkehrt sie es sich vorgestellt hatte! Man fiel mindestens so lange, wie man für den Aufstieg brauchte.

Genevieve wollte, dass es aufhörte. Sie wollte, dass es ein Ende nahm – ein schnelles. Doch sie fiel weiter, schutzlos, wehrlos und von einer tiefen Angst erfüllt.

Und auf einmal.

War alles weiß.

Weiß, weißer, viel zu weiß.

Da war Kälte. Und ein Licht.

Und obwohl Genevieve die Augen geöffnet hatte, konnte sie doch nicht viel sehen. Eher *spüren.*

*Hände. Menschliche Hände.*

*Eine Berührung, so zart wie ein Windhauch. Heißer Atem auf ihrem Gesicht. Ein Lächeln im Nichts.*

*»Du bist noch nicht so weit.«*

Genevieve drehte den Kopf.

*Die Stimme.*

*Diese Stimme!*

Woher kam sie? Wem gehörte sie?

Doch so angestrengt sie sich auch umsah, sie erkannte ja doch nichts.

Außer Farben.

So viele Farben.

Weiß war gar nicht immer nur weiß.

»Hab keine Angst, ich bringe dich zu mir ins Haus.«

Sie schloss die Augen.

In ihrem Leben war Genevieve schon weit über sechstausend Mal wach geworden, aber nichts glich dem Moment, in dem sie ihre Augen aufschlug und nach Atem rang. Es war ihr, als hätte sich ein zentnerschweres Gewicht auf ihre Brust gelegt, das sie daran hinderte, Luft zu holen. Genevieves Kehle brannte wie Feuer und ein unsichtbarer Hammer schlug auf ihren Kopf ein. Sie schwitzte und fror gleichzeitig, wusste nicht, ob sie die Decke von sich reißen oder unter ihr verschwinden sollte.

Wo war sie? Wer hatte sie hierhergebracht?

Da ihre Augen noch immer nicht arbeiten wollten, tastete sie ihre Umgebung ab. Dass sie auf einer Art Bett lag, wusste sie mittlerweile, und das neben ihr könnte ein Nachtschränkchen sein. Aber um was handelte es sich bei dem warmen Gegenstand direkt vor ihr? Genevieve presste die Lippen aufeinander.

»Das ist meine Hand«, sagte die fremde Stimme eines Mannes, die sie zusammenzucken ließ.

Die Prinzessin schreckte nach hinten und stieß sich prompt den Kopf an der Wand. »Verflixt«, murmelte sie.

Das »Pass auf« kam zu spät.

»Wo bin ich hier?«, fragte sie panisch. »Wer bist du? Was mache ich hier?« Ihre Stimme überschlug sich regelrecht. Als sie

Luft geholt hatte, schob sie ein verzweifeltes »Wieso kann ich nichts sehen?« hinterher.

Es dauerte lange, bis sie eine Antwort erhielt, und diese Zeitspanne war es, die sie beinahe zur Weißglut trieb. Sie presste sich so nah an die Wand, wie es möglich war. Dennoch spürte sie, wie der fremde Mann sich auf ihr Bett setzte und die Matratze unter seinem Gewicht nachgab. Genevieve spannte ihren Körper an. Hoffentlich berührte er sie nicht!

»Ich habe dich draußen im Schnee gefunden«, begann der Fremde schließlich.

Seine Stimme war, das konnte die Prinzessin nicht abstreiten, angenehm. Rauchig, aber nicht kalt.

»Ich weiß nicht, was mit dir geschehen ist, aber ich habe dich mit zu mir in meine Hütte genommen, um mich um dich zu kümmern.«

»Wieso … Was … Wo?«, stammelte Genevieve.

Als der Fremde nun wirklich nach ihrer Hand griff, zog sie sie schnell zurück.

»Sind wir in Frigus?«, fragte sie und fuhr sich über die Augen.

Warum konnte sie nichts sehen? Sie fühlte sich schrecklich hilflos – wie ein Neugeborenes, das man unter Wölfen ausgesetzt hatte.

»Wir sind nicht weit entfernt vom Eispalast«, holte die fremde Stimme sie zurück.

»Eispalast?«, hauchte sie, sicher, sich verhört zu haben. »Aber das ist unmöglich.«

»Ich weiß auch nicht, wie du es hierhergeschafft hast. Besuch bekommen wir eher selten.«

Da lag ein Lächeln in seiner Stimme, das ihr gefiel. Mutig richtete Genevieve sich auf und rückte etwas näher an ihn heran. »Wer bist du?«, fragte sie.

»Ich bin niemand.«

»Niemand ist niemand. Wie ist dein Name? Ich heiße Genevieve.« Dieses Mal reichte sie ihm ihre Hand, die er nach einem Zögern ergriff.

»Namen sind unwichtig«, meinte der Fremde. »Woher kommst du?«

»Ich …«, stammelte die Prinzessin. »Wieso sollte ich dir etwas über mich erzählen, wenn du mir nichts verrätst?«

Sie konnte sein Seufzen hören.

»Wieso kann ich nichts sehen?«, platzte es aus ihr heraus.

Das Bild vor ihren Augen hatte sich verändert, es waren nun hauptsächlich Grautöne, die sie erkannte, aber nichts besaß eine Kontur.

»Du lagst eine Weile draußen im Schnee. Nirgendwo in ganz Prunaea ist es so kalt wie hier. Es ist ein Wunder, dass du überlebt hast.«

»Heißt das …« Genevieves Kehle schnürte sich zusammen. »Hat der Schnee mir mein Augenlicht geraubt?«

In diesem Moment war sie froh, seine Reaktion nicht sehen zu können. Doch die Zeit, in der er nicht antwortete, trieb sie in den Wahnsinn.

»Ich denke, dass es nur vorübergehend ist«, sagte er schließlich und ließ sie erleichtert ausatmen. »So etwas kann schon mal vorkommen, wenn man sich zu lange in der Kälte aufhält und sie nicht gewohnt ist.«

Genevieve blinzelte mehrmals, aber die Schemen, die sie erkannte, wurden dadurch nicht klarer. Wie es aussah, war sie vorerst auf die Hilfe dieses Mannes angewiesen.

»Wir sind wirklich in der Nähe des Eispalasts?«, hakte sie noch einmal nach, um sich zu vergewissern.

»Wolltest du nicht hier hin?«, war seine kryptische Erwiderung.

»Doch – aber es verwundert mich, dass ich es hierhergeschafft habe.« Genevieve strich ihre Haare nach hinten.

»Wie bist du denn hergekommen?«, wollte ihr Gegenüber wissen, aber Genevieve schüttelte den Kopf. Sie war nicht so naiv, dass sie einem Fremden ihr ganzes Leben unterbreitete.

Als sie nichts sagte, schnaubte er. Die Prinzessin überlegte, wie alt er wohl war. Seine Stimme klang dunkel und gedämpft, aber sie hatte auch etwas Frisches, Lebhaftes an sich. Er lebte sicherlich schon einige Jahre länger als sie, aber wirklich alt schien er nicht zu sein. In ihrem Kopf stellte Genevieve sich einen dunkelhaarigen Mann mit Vollbart vor, groß und muskulös, der sich ebenfalls wie sie in die Einöde geflüchtet hatte.

»Worüber denkst du nach?«, fragte er sie just in diesem Moment.

»Ich versuche, mir ein Bild von dir zu machen«, gestand Genevieve.

»Wie kommst du voran?«, erkundigte er sich und war ihr plötzlich so nah, dass sie seinen warmen Atem auf ihrer Wange spürte.

Erschrocken zuckte sie zurück. Sie wollte gewiss nicht mit ihm auf Tuchfühlung gehen!

»Kannst du mir sagen, wie du aussiehst?«, bat sie.

»Ist das denn so wichtig?«, hielt er dagegen.

Obwohl seine Gegenfrage ihr ein Stöhnen entlockte, spürte sie, wie ihr Bild von ihm mit jedem Wort vollständiger wurde.

Die Matratze quietschte, als er aufstand. Genevieve versuchte zu lokalisieren, wohin er sich bewegte, aber seine Schritte waren in der Stille schnell verklungen. Je länger er fort war, desto größer wurde das beklemmende Gefühl in ihrer Brust. Er hatte ihr immerhin einen Anhaltspunkt in dem Nichts gegeben, in dem sie sich befand.

Gründlich massierte Genevieve sich die Schläfen und dachte an das, was vor dem Fall geschehen war. Ob es Libella gut ging? Ob sie sich auf der Suche nach ihr befand oder bereits ihren Tod beweinte?

Genevieve runzelte die Stirn, dann tastete sie zuerst ihren Körper ab und anschließend das Bett, in dem sie lag. Sie war kein Zwerg mehr – irgendetwas hatte dafür gesorgt, dass sie ihre alte Größe wiedererlangt hatte. Ein kurzes Glücksgefühl durchströmte sie. Zumindest dieses Problem konnte sie aus ihrem Kopf streichen.

Als Schritte laut wurden, blinzelte die Prinzessin abermals, aber es hatte ja doch keinen Zweck.

»Ich habe Wasser aufgesetzt und dir einen Tee gebraut. Hier, nimm das.«

Nach einem Moment des Zögerns streckte Genevieve die Hand aus und suchte nach einer Tasse. Was sie fand, war ein warmes Tuch.

»Es ist mit Malindenerde getränkt und sollte deinen Augen helfen«, brummte der Fremde.

Die Prinzessin merkte, wie kalt ihre Hände noch immer waren und wie gut sich die Wärme auf ihrer Haut anfühlte. Sie faltete das Tuch einmal in der Mitte und legte es sich schließlich über die Augenpartie.

»Was willst du im Eispalast? Wieso bist du hergekommen?«, drängte der Fremde. Seine Präsenz schien mit jedem Wort zu wachsen. Genevieve hatte nicht gewusst, dass eine Stimme so einnehmend sein konnte.

»Ich …«, stammelte sie und ordnete ihre Gedanken, die ihr doch nicht halfen. »Ich wollte mir das Schloss ansehen.«

Genevieve hörte ein Röcheln, das sich zu einem Prusten entwickelte und schließlich in einem schallenden Lachen endete.

»Du wolltest dir das Schloss ansehen?«, wiederholte er fassungslos. »Das kann doch nicht dein Ernst sein.«

Genevieve, die es nicht mochte, nicht ernst genommen zu werden, straffte die Schultern. »Doch, genau das war mein Plan. Hast du etwas dagegen?«

»Du bist seltsam«, erwiderte er nur.

»Und du hast mir noch immer nicht deinen Namen verraten.«

Es war ihr egal, dass sie wie eine vorlaute Göre klang. Trotzig verschränkte sie die Arme vor der Brust.

»Du scheinst aus einem Land zu kommen, in dem Namen alles sind«, sinnierte er. »Ich selbst halte nicht viel von ihnen.«

»Dann … erzähl mir etwas über dich. Und etwas über den Raum, in dem ich mich aufhalte. Es macht mich wahnsinnig, nichts sehen zu können.« Auf einmal klang sie unsicher und klein.

Der Fremde räusperte sich. »Dieses Haus ist nicht sehr groß«, sagte er schließlich. »Eigentlich besteht es nur aus zwei Räumen, der Küche und meinem Schlafzimmer. Wir sind, wie du dir wahrscheinlich denken kannst, im Schlafzimmer und du belagerst seit zwei Tagen mein Bett.«

Genevieves Körper spannte sich an. Es war nicht nur die Tatsache, dass sie in seinem Bett geschlafen hatte, sondern eher der Umstand, dass sie sich schon seit achtundvierzig Stunden hier befand.

»Außer dem Bett gibt es hier einen Nachttisch, einen Kleiderschrank und einen kleinen Tisch. Die Wände sind nicht mehr gut in Schuss und irgendjemand müsste den Boden fegen, aber ich bin meistens zu faul dafür. Die Küche ist ebenfalls klein, beherbergt nur das Nötigste, einen Vorratsschrank und eine Feuerstelle, auf der ein Kessel mit heißem Wasser steht. Zufrieden?«

Genevieve nickte. Immerhin hatte sie nun Anhaltspunkte. »Und … du? Wie siehst du aus?«

Sie ahnte schon, dass seine Antwort dieses Mal weniger ausführlich ausfallen würde.

»Überzeuge dich selbst«, sagte er zu ihrer Überraschung. »Die Tinktur hilft normalerweise schnell.«

Vorsichtig nahm Genevieve das Tuch von ihren Augen und blinzelte mehrmals. Zunächst sah sie nur die ihr schon vertrauten Schemen, doch nach und nach wurden die Umrisse deutlicher. Als Erstes erkannte sie ein eng geschnittenes Zimmer, das noch viel kleiner war als in ihrer Vorstellung. Sie lag unter einer grauen Decke auf einem blauen Kissen. Der Schrank am Ende des Raumes war brüchig und drohte in sich zusammenzufallen. Der Mann, der dieses Haus bewohnte, musste arm sein.

*Der Mann.*

Aus irgendeinem Grund hatte Genevieve ihn sich für den Schluss aufgehoben und ihr Herz pochte, als sie sich ihm zuwandte. Sogleich erkannte sie, dass der Fremde, der vor ihr auf einem Stuhl saß, nichts mit dem Bild gemein hatte, das in ihren Vorstellungen entstanden war. Sein schmaler Kopf wurde von kurzem weißsilbernen Haar bedeckt, das an den Spitzen leicht schimmerte. Im Gegensatz zu Genevieves Vorstellung trug er keinen Bart. Seine Haut war gespenstisch blass. Aus grauweißen Augen sah er die Prinzessin aufmerksam an.

Obwohl Genevieve wusste, dass es unverschämt war, einen Menschen so lange anzustarren, schaffte sie es nicht, den Blick abzuwenden.

Die Wimpern des Fremden waren dicht und schwarz, die Wangenknochen hoch, die Augenbrauen ein wenig zu buschig. Der Fremde hatte dünne Lippen, die er so fest aufeinanderpresste, dass man sie kaum sehen konnte. Neben einer grauen Weste trug er eine dunkelblaue Leinenhose. Er schien nicht viel älter zu sein als sie.

»Du starrst mich an, als hättest du einen Geist gesehen«, brummte der Fremde und holte Genevieve in das Hier und Jetzt zurück.

Röte besiedelte ihre Wangen, so sehr schämte sie sich für ihr Verhalten. »Es … tut mir … leid«, stammelte sie. »Ich … wollte nicht starren.«

»Immerhin funktionieren deine Augen wieder.«

Taten sie das? Nie zuvor hatte Genevieve einen Menschen gesehen, der so *farblos* aussah. So wenig lebendig, beinahe gespenstisch. Seine Stimme passte nicht zu seinem Äußeren, in ihr lag so viel Wärme.

»Alles in Ordnung mit dir?«, hakte der Fremde nach.

»Oh, natürlich«, beteuerte die Prinzessin und riss sich erneut am Riemen. Sie verhielt sich wie ein ungezogener Bauerntölpel! »Es ist nur seltsam, wieder sehen zu können.«

Ihr Gesprächspartner grummelte etwas Unverständliches.

Für einen Moment sahen sie sich schweigend an, dann war ein Kratzen zu hören, das von draußen kam. Genevieve reckte den Kopf und sah zur Tür. »Besuch?«, erkundigte sie sich.

»Wie man es nimmt«, entgegnete der weißhaarige Mann, stand vom Stuhl auf und drehte den Schlüssel im Schloss.

Schwungvoll riss er die Tür auf und zuckte ob der Schneewehe, die ihn mitten im Gesicht traf, nicht einmal zusammen. Stattdessen war er fixiert auf etwas, das sich außerhalb des Hauses befand. Zunächst wusste Genevieve nicht, um was es sich handelte, dann hörte sie das Bellen. Offensichtlich hielt sich der blasse Mann einen Hund.

Vorsichtig erhob sie sich und ging auf wackeligen Beinen auf die Tür zu. Sie spürte, dass sie ihre Füße länger nicht mehr gebraucht hatte.

Der Hund, den der Fremde eben noch gestreichelt hatte, entdeckte Genevieve und sprang schwanzwedelnd auf sie zu.

»Huch!«, rief sie, als er aufgeregte Kreise um sie drehte, wild hechelte und sie schließlich aus schwarzen Kulleraugen ansah. Er war groß gewachsen und hatte einen stattlichen Körper, über den sich dichtes weißes Fell zog.

»Mercy!«, schrie der Fremde, aber der Hund reagierte nicht auf seinen Befehl, sondern wartete, bis Genevieve sich auf den Boden gesetzt und ihm über den Kopf gestrichen hatte.

»Welch wunderschöner Hund«, sagte sie und merkte, wie sehr ihr Libellas Gesellschaft fehlte. Hoffentlich ging es der Schneeeule gut.

»Das ist kein Hund«, knurrte der weißhaarige Mann und trat auf Genevieve zu. »Es ist ein Wolf. Und es ist auch kein Er, sondern eine Sie. Ihr Name lautet Mercy.«

»Wieso hast du ihr einen Namen gegeben, wenn dir diese offensichtlich nicht wichtig sind?«, erkundigte sich die Prinzessin.

»Weil ich irgendetwas brauche, nach dem ich rufen kann, wenn sie wegläuft«, brummte er.

»Mercy also«, nickte Genevieve und strich dem Wolf über den Rücken. »Ich wusste gar nicht, dass Wölfe so zutraulich sind.«

»Das ist sie auch nicht«, lenkte der Unbekannte ein. »Zumindest normalerweise nicht.«

Genevieve hob den Kopf und erkannte Missfallen in seinen grauweißen Augen.

»Mercy und ich leben allein hier und normalerweise sorgt sie dafür, dass es auch so bleibt.«

Aufgrund seines missmutigen Gesichtsausdrucks musste Genevieve grinsen. »Sieht ganz so aus, als wollte sie mich hier haben«, sagte sie selbstbewusst.

»Vielleicht erlangt sie ihren Verstand zurück«, meinte der Fremde nur und stand auf. »Wie geht es dir? Klappt das Laufen?«, fragte er dann.

Genevieve nickte. »Ich fühle mich noch etwas schwach, aber das wird schon wieder.« Sie kraulte Mercy an den Ohren und wurde von ihrer rauen Zunge belohnt, die sich einmal quer über ihr Gesicht zog. Genevieve lachte, der junge Mann neben ihr verzog den Mund.

»Mercy, bei Fuß«, zischte er, woraufhin die Wolfsdame den Schwanz einzog und zu ihm trottete. »Geht es dir gut genug, um die Hütte zu verlassen?«, fragte der Unbekannte Genevieve.

»Ähm …«, druckste sie. »Ja, ich denke schon.«

In Wahrheit war sie sich nicht sicher, ob sie sich schon gut genug fühlte, um ihre Reise fortzusetzen. Andererseits wollte sie die Geduld des Fremden nicht noch länger strapazieren. Es war freundlich von ihm gewesen, sie bei sich aufzunehmen, und alles andere als selbstverständlich.

Unter einem Ächzen stand Genevieve auf und klopfte sich den Staub von dem einfachen Kleid, das sie trug. Sie wollte gar nicht wissen, wie sie da hineingekommen war. Nervös trat sie von einem Fuß auf den anderen und sah den Fremden unverwandt an.

»Kann ich dir noch bei etwas helfen?«, erkundigte sich dieser, als sie den Blick nicht abwandte.

»Ich … muss zum Eispalast«, sagte Genevieve. »Kannst du mir den Weg dorthin zeigen?«

Er verzog den Mund, nickte aber. »Unter einer Bedingung.«

»Und die wäre?« Genevieve richtete sich auf und sah ihn unverwandt an.

Der Fremde bückte sich und streichelte Mercy gedankenverloren über den Rücken. »Du verrätst mir, was du dort suchst.«

Genevieve schnaubte. »Dann schaffe ich es allein, danke.«

Sie wollte sich umdrehen, aber er war schneller. Wie eine Statue stand er vor ihr, dunkel und unheilverkündend.

»Du wirst es nicht allein bis ins Schloss schaffen«, sagte er mit rauer Stimme. Genevieve spürte seinen kalten Atem auf ihrer Haut.

»Und wieso nicht?« Sie reckte das Kinn, um ihm entgegenzublicken. Leider überragte er sie um mehr als einen Kopf.

»Weil du den Weg dorthin niemals finden würdest. Dieser Teil des Landes mag nicht sonderlich groß sein, aber er ist wie ein Labyrinth aufgebaut. Ohne Hilfe schaffst du es nicht.«

»Ein Labyrinth? Wieso das denn? Hier kommt doch ohnehin niemand hin.« Neugierig sah Genevieve den groß gewachsenen Mann an, dessen Gesicht sich für den Bruchteil einer Sekunde verdunkelte.

»Normalerweise kommt niemand, das stimmt. Dennoch bist du hier. Für solche Fälle müssen wir vorbereitet sein.«

»Solche Fälle?« Die Prinzessin runzelte die Stirn. »Und wer ist *wir*?«

»Fragen über Fragen«, sagte der Fremde. »Was ist nun, soll ich dir den Weg zum Eispalast zeigen?«

»Aber … hast du nicht gerade angedeutet, dass der Palast dafür da ist, Eindringlinge abzuhalten? Menschen wie mich?« Genevieve verschränkte die Arme vor der Brust.

Der Fremde kratzte sich am Hals und schaute sie eine Weile so entschuldigend an, als ob er selbst nicht wüsste, was er gerade gesagt hatte. »Daher habe ich dich nach deinem Motiv gefragt. Wenn du es mir verrätst, helfe ich dir gern weiter.«

Genevieve blickte auf Mercy hinab. Im Gegensatz zu ihrer Schwester Arabella war sie nicht dafür bekannt, ihr Herz auf der Zunge zu tragen. Bevor sie sich jemandem anvertraute, wog sie gründlich ab, ob derjenige es wert war. Aber die Situation schien dringlich und entlockte ihr schließlich ein Nicken.

»Möchtest du die kurze oder die lange Version?«, fragte sie, woraufhin der Fremde mit den Schultern zuckte.

»Eine, die ich verstehe«, sagte er.

»Nun gut.« Genevieve fuhr sich durch die roten Haare. »Meine Stiefmutter war eifersüchtig auf mich und meine fünf Schwestern, daher hat sie uns verflucht. Wir sind alle an unterschiedlichen Orten gelandet und müssen ein Rätsel lösen, um nach Hause zu kommen. Mein Rätsel kann ich nur im Eispalast lösen.«

Sie war auf vieles gefasst gewesen. Auf verständnislose Blicke, Nachfragen und ein abfälliges Lachen. An Magie hatte schon in Frigus niemand geglaubt. Aber der Fremde mit dem weißen Haar nickte nur, so als würde das, was sie erzählt hatte, einen Sinn ergeben.

»Ich bringe dich in den Palast«, beschloss er ohne Umschweife. »Zieh dir meinen Mantel über, er hängt dort hinten.«

Verdutzt schaute Genevieve zum Kleiderschrank, dessen Türen offen standen. »Danke«, murmelte sie, aber der Fremde hörte sie nicht. Er zog sich schwere Stiefel an und schlang einen Schal um seinen Hals.

Genevieve beobachtete ihn neugierig. Welche Entscheidungen in seinem Leben hatten ihn in diese Einsamkeit getrieben?

# 14

## Penelopé

Das Frühstück fand in einem riesigen Raum statt, der Penelopé an den Ballsaal in Brahmenien erinnerte. In der Mitte stand eine lange Tafel mit erlesenen Kostbarkeiten, um die sich unzählige Stühle reihten. Eine Sitzordnung gab es nicht, die Mädchen schwirrten aufgeregt um den Tisch und kämpften um die Plätze neben dem goldenen Thron, der vor der Fensterreihe stand und das Herzstück des Raumes darstellte. Offenbar sollte dort der König sitzen.

Penelopé selbst hielt sich im Hintergrund, wählte einen beliebigen Stuhl und wartete, bis Inessa sich zu ihr gesellte. Ihrer neu gewonnenen Freundin standen Schweißperlen auf der Stirn – und das, obwohl die Kälte wie eine dicke Schicht Nebel in der Luft lag.

»Nervös?«, fragte Penelopé.

Inessa nickte. »Mehr als das. Ich … war nie in einer solchen Situation, das ist völliges Neuland für mich.«

»Uns geht es nicht anders«, erkannte Penelopé und beobachtete die Kandidatinnen, die unruhig auf ihrem Stuhl umherrutschten, sich durch die Haare fuhren und ihr Äußeres in der Oberfläche eines Metalltellers überprüften.

»So viel Aufwand für einen einzigen Mann«, kommentierte Penelopé.

Das Mädchen, das neben ihr saß, sah sie entgeistert an.

»Es ist ja nicht nur der Mann«, meinte Inessa. »Es ist eine echte Chance, seinem armen Leben zu entfliehen und sich eine neue Existenz aufzubauen, fernab von Armut und dem täglichen Kampf.« Sie schluckte und griff nach ihrem Löffel, den sie auf der schneeweißen Tischdecke von links nach rechts schob. »Meine Eltern konnten kaum für mich und meine Geschwister sorgen. Meine Schwester ist mittlerweile verheiratet – nicht wohlhabend, aber immerhin muss sie nicht mehr um ihr Leben bangen. Wenn ich den Schneekönig von mir überzeugen könnte …«

»Das wirst du nicht«, kam es von Penelopés rechter Seite.

Die Prinzessin drehte sich zu einer jungen Frau mit spitzer Nase und dünnen Lippen um. Ihre Augen waren zu Schlitzen verzogen und verliehen ihrem Antlitz etwas Diabolisches.

»Du bist viel zu gewöhnlich, um eine Reaktion in ihm hervorzurufen. König Kjell kann jede haben, da wird er sich gewiss nicht für den Durchschnitt entscheiden.«

Penelopé merkte, wie Inessa neben ihr zusammenzuckte und auf ihrem Stuhl immer kleiner wurde. Sie wartete, ob sie sich selbst verteidigen wollte, aber als nichts kam, richtete sie sich in ihrem Stuhl auf und wandte sich an die junge Frau neben sich.

»Du scheinst den Geschmack des Königs ja gut zu kennen«, fing sie an und blickte herablassend auf sie hinunter. »Dann weißt du sicher auch, dass er mit herzlosen Frauen ebenso wenig anfangen kann wie …«

»Penelopé!«, schallte die Stimme des Kutschers zu ihr herüber. Er hatte sich auf den goldenen Thron gesetzt und sah sie streng an.

Die Prinzessin zuckte zusammen und schluckte den Rest ihres Satzes herunter.

Als Ruhe im Saal eingekehrt war, verschränkte Vyris die Hände über seinem Knie. »Ich wünsche euch einen guten Appetit«, sprach er und machte keine Anstalten, den Stuhl zu verlassen.

Ein Teil der Mädchen griff nach den Speisen, die auf der Tafel aufgetragen waren, viele aber schauten Vyris weiterhin an. Eine Braunhaarige war es schließlich, die das aussprach, was allen auf der Zunge lag.

»Wann wird König Kjell kommen?«, wollte sie wissen.

Alle Augenpaare richteten sich auf den Kutscher, der den edlen Stuhl weiterhin für sich beanspruchte.

»Er nimmt sein Frühstück immer allein ein«, war die einzige Antwort, die die Prinzessinnen bekamen. Vyris ließ seinen Blick durch die Menge gleiten, dann stand er auf und verließ den Saal.

»Das heißt, wir sehen ihn immer noch nicht?«, rief ein Mädchen mit herzförmigem Gesicht und taupefarbenem Kleid.

»Ich habe mich extra schick gemacht«, klagte ein anderes sein Leid.

Auch Penelopé runzelte die Stirn, schenkte aber den Mutmaßungen der anderen Kandidatinnen keine Aufmerksamkeit. Ihr Blick hing an den fremden Speisen, die ihr das Wasser im Mund zusammenlaufen ließen. Beherzt griff sie in eine Schüssel, in der sich sternförmiges Gebäck befand, das aufwendig verziert war. Penelopé hatte sich schon immer für Süßigkeiten begeistern können.

»Weißt du was?«, sagte sie an Inessa gewandt und kaute. »Mir ist der König egal. Das Essen ist ein Traum.«

Inessa kicherte. Auf ihrem Teller lag ein eisblaues Törtchen mit einer roten Kirsche in der Mitte. »Das Essen war auch ein Grund, wieso ich mein Glück versuchen wollte«, lachte die Blondine. »Es ist ewig her, seit ich mich das letzte Mal satt gegessen habe.« Sie nahm den kleinen Kuchen in ihre Hände und steckte ihn sich auf einmal in den Mund. Genüsslich verdrehte sie die Augen. »Falls ich rausfliegen sollte, müssen sie mir unbedingt das Rezept verraten«, meinte sie, was Penelopé ein Lachen entlockte.

Die Prinzessin schenkte sich etwas von der blauen Flüssigkeit ein, die in einer Karaffe schwamm. Zu ihrer Überraschung war das Getränk warm, erinnerte an Tee, aber trug einen herben Geschmack davon, der sie an Bier denken ließ.

Aus den Augenwinkeln beobachtete Penelopé die anderen Mädchen, die dem Festmahl nur zaghaft beiwohnten. Sie aßen sehr wenig, teilweise waren ihre Teller nur zu einem Drittel gefüllt. Immer wieder wanderten ihre Blicke zu der großen silbernen Tür, die verschlossen blieb. Enttäuschung stand auf ihre Gesichter geschrieben und wahrscheinlich war sie es, die ihnen den Appetit verdarb.

Penelopé verschwendete keine Gedanken an den König, der sich nicht zeigen wollte, und aß so viel, bis ihr Bauch sich aufblähte. In Brahmenien war sie für ihren großen Magen bekannt gewesen und ebenso wie bei Inessa lag ihre letzte große Mahlzeit schon einige Monate zurück.

Als die Tür aufgestoßen wurde und Vyris den Raum betrat, wischte sie sich mit der Serviette über die Mundwinkel und nahm einen letzten Schluck.

»Habt Ihr den König gesehen?«, schrie eine Kandidatin, deren Teller leer geblieben war.

Vyris ignorierte sie geflissentlich. Erst jetzt sah Penelopé, dass er eine weiße Tasche bei sich trug, die er auf die Tafel wuchtete.

»Was ist das? Was ist da drin?«, wollte ein Mädchen mit goldenen Locken wissen. »Eine Nachricht von König Kjell?« Ihre Stimme klang erstickt und war von Nervosität durchdrungen.

Vyris löste die Bänder der Tasche und holte mehrere kleine Schachteln aus ihr hervor, die er auf dem Tisch abstellte. Penelopé zählte zehn Stück.

Der Kutscher hob den Blick und sah die Anwesenden an. »Der König hat eine Entscheidung getroffen«, sagte er und ordnete die Schachteln so an, dass sie eine kleine Mauer ergaben. »Esmana, Inessa, Liva, Feodore, Malaika, Penelopé, Undine, Mariella, Luna und Aurora, ihr seid eine Runde weiter. Die anderen Kandidatinnen haben es leider nicht geschafft. Geht auf eure Zimmer, macht euch reisefertig, der Schlitten wartet in einer halben Stunde auf euch.«

Während den Mädchen nacheinander die Kinnlade herunterklappte, sie verwirrt den Kopf schüttelten und aufgeregt miteinander debattierten, verteilte Vyris die weißen Schachteln an die Mädchen, die es in die nächste Runde geschafft hatten. Ohne einen weiteren Kommentar verließ er danach den Ballsaal.

Penelopé schaute auf das kleine Kästchen, das vor ihr lag, während tausend Fragen durch ihren Kopf spukten. Sie hatte es in die nächste Runde geschafft, aber nach welchen Kriterien ging die Auswahl vonstatten? Hatte der König sie heimlich beobachtet und dann eine Entscheidung getroffen? Die alleinige Vorstellung erschien der Prinzessin grotesk, weil sie in der Zeitspanne, innerhalb der entschieden worden war, wer nach Hause fahren musste und wer nicht, lediglich gegessen hatte.

»Vielleicht schätzt er Frauen mit einem großen Appetit«, mutmaßte Inessa.

»Ich habe … absolut keine Ahnung«, stammelte die Prinzessin und nestelte an der weißen Schleife herum, die das Kästchen zusammenhielt. »Aber ich bin froh, dass du noch hier bist.« Dankbar lächelte sie Inessa an, die ihren Blick freundlich erwiderte.

Die Diskussionen zwischen den anderen Mädchen wurden immer lauter. Penelopé hörte Beschwerden, Mitleidsbekundungen und Äußerungen von Erstaunen. Hier und da wurde ein Stuhl nach hinten geschoben und nach und nach verließen die Mädchen, die die nächste Runde nicht erreicht hatten, den Speisesaal.

Als sich der Raum geleert hatte, staunte Penelopé nicht schlecht. Die Anwesenden waren auf ein Drittel zusammengeschrumpft. Es fühlte sich beinahe wie ein Privileg an, an der Tafel sitzen zu dürfen.

Sie musterte die verbliebenen Mädchen, die abwartend vor ihren Schachteln saßen und kein Wort mehr sprachen. Wie schnell würde es gehen, bis die nächsten den Traum von der Schneekönigin aufgeben mussten? Kam Vyris womöglich schon gleich wieder in den Raum und verkündete die nächste Entscheidung?

Penelopé schüttelte über ihre eigenen Gedanken den Kopf. Das konnte sie sich nicht vorstellen. »Dann schauen wir mal, was sich in diesem Kästchen befindet«, sagte sie so laut, dass auch die anderen es hören konnten, und zog an einem Band der weißen Schleife.

Inessa neben ihr versteifte sich und Penelopé spürte, wie neun Augenpaare auf ihr lagen. Nachdem sie die Schleife gelockert hatte, ließ sich das Kästchen einfach öffnen.

»Ein Schlüssel«, erkannte Inessa und griff nach dem filigranen Gegenstand, der auf einem Samtkissen gelegen hatte. Er war nicht größer als ein Daumen und schimmerte in eisblauen Farben.

»Was sollen wir mit einem Schlüssel?«, fragte eine Kandidatin mit blonden Haaren und schürzte die Lippen. »Noch dazu sieht es nicht so aus, als würde er in ein Schloss passen, dazu ist er viel zu klein.«

»Vielleicht habe nur ich einen Schlüssel bekommen«, mutmaßte Penelopé, »und in euren Schachteln versteckt sich etwas anderes.«

Ihre Äußerung war es, die die Mädchen dazu trieb, die Schleifen ihrer Schachteln ebenfalls zu lockern und in das Kästchen zu schauen. Penelopé erkannte schnell, dass sie mit ihrem Gedanken falschgelegen hatte. Jedes der Mädchen erhielt einen Schlüssel, ebenso klein wie ihrer, aber in je einer anderen Farbe. Inessas Exemplar war hellgrün.

»Vielleicht ist damit der Schlüssel zu König Kjells Herz gemeint«, mutmaßte eine Kandidatin, die Penelopé direkt gegenübersaß und deren Gesicht etwas Kindliches, Unverbrauchtes hatte. In ihren Augen schimmerte ein Funke, der die Prinzessin an ihre Kindheit denken ließ und sie traurig stimmte.

»Ob wir ihn endlich sehen, jetzt, wo wir nur noch zehn sind?«, erkundigte sich eine Kandidatin mit schokoladenbrauner Haut und krausem Haar. Normalerweise waren die Menschen aus

Frigus blass und sahen teilweise gar kränklich aus. Dieses Mädchen jedoch wirkte, als hätte es über Monate hinweg Sonne getankt und die Schönheit des Meeres in sich aufgenommen.

Penelopé drehte den kleinen Schlüssel in ihren Händen. Wahrscheinlich war er nur ein Sinnbild dafür, dass sie die nächste Runde erreicht hatte. Bei ihrem Rätsel würde er ihr sicherlich nicht weiterhelfen.

»Irgendwann musst du mir erzählen, was die Traurigkeit in deinen Augen bedeutet«, riss Inessa sie aus ihrer Lethargie.

Ertappt blinzelte Penelopé zweimal und sah ihre Freundin an. »Was?«, hauchte sie.

Inessa richtete sich in ihrem Stuhl auf. »Ich sehe, dass dich irgendetwas bedrückt. Ich weiß, dass wir uns noch nicht lange kennen, aber du darfst immer mit mir reden, wenn du willst.«

»Ich danke dir«, meinte Penelopé aufrichtig und verlor sich kurz in der Vorstellung, eine Vertraute zu haben. Vielleicht könnte sie Inessa wirklich irgendwann ihre Geschichte erzählen.

Vyris kam in den Raum gestürmt und lächelte die Mädchen warmherzig an.

»Langsam kann ich ihn nicht mehr sehen«, beschwerte sich eine Kandidatin mit bleicher Haut und rosa Lippen. »Jedes Mal, wenn ich die Hoffnung habe, dass wir den Schneekönig sehen, erscheint dieser Kutscher.« Sie schnaubte und blies sich eine Strähne ihres Haares aus der Stirn.

»Vielleicht gibt es ihn ja gar nicht«, meinte die Kandidatin, die neben ihr saß. Ihre eingefallenen Wangen und die Krähenfüße um die Augen verliehen ihr etwas Altes, Gelebtes. »Vielleicht ist das Ganze eine Farce, eine Falle, in die wir getappt sind. Wer weiß, wer der Kutscher wirklich ist und was er vorhat. Möglicherweise …«

Vyris strafte sie mit einem strengen Blick, dann verschränkte er die Arme vor der Brust. »Eine Sache kann ich euch verraten: Wenn König Kjell etwas nicht mag, sind es vorlaute Mädchen, die nicht wissen, wo ihr Platz ist.«

Die angesprochene Kandidatin zuckte zusammen und hielt sich fortan mit ihren Äußerungen zurück.

»Um weitere Gerüchte im Keim zu ersticken, werde ich euch versichern, dass der König ebenso real ist wie ich. Aber bisher hat er es nicht für nötig gehalten, sich zu zeigen, und das wird noch eine Weile so bleiben.«

Genervtes Stöhnen war zu vernehmen.

»Es sei denn«, warf Vyris ein und hob den Zeigefinger, »es wird euch gelingen, ihn zu finden.«

Penelopé legte den Kopf schief. »Wir dürfen das Schloss erkunden?«, fragte sie geradeheraus.

»Jede von euch zehn hat einen Schlüssel gefunden, der in jede Tür dieses Palasts passt. Weil ihr es in diese Runde geschafft habt, dürft ihr euch im Schloss frei umsehen und euch einen Einblick in König Kjells Leben verschaffen. Und wer weiß … vielleicht findet ihr ihn ja sogar.«

Vyris' Zwinkern nahmen einige der Mädchen als Anlass, von ihren Stühlen aufzuspringen und zur Tür zu hechten. Der Kutscher quittierte ihr Verhalten mit einem genervten Blick, sah aber nicht wütend aus.

Außer Penelopé und Inessa waren nur zwei Mädchen sitzen geblieben.

»Nutzt den Vormittag, um euch einzuleben«, riet Vyris ihnen. »Am Nachmittag treffen wir uns erneut in diesem Saal, damit ihr euch besser kennenlernen könnt.«

Anscheinend war König Kjell auch für diese Veranstaltung nicht eingeplant. Doch das berührte Penelopé lediglich am Rande. Sie hatte etwas viel Wertvolleres erhalten: den Schlüssel zu ihrem Rätsel. Wenn es eine Möglichkeit gab, den Bann zu brechen, würde sie sie finden. Hoffnung breitete sich in ihr aus, während ihr Lächeln immer größer wurde.

»Wollen wir uns zusammen auf die Suche begeben?«, schlug Inessa vor, woraufhin die Prinzessin nickte.

»Eine fabelhafte Idee«, erwiderte sie.

Vielleicht würde nun alles gut werden. Vielleicht hatte sie endlich eine reale Chance, zurück nach Brahmenien zu kommen. Aufregung durchflutete sie, trieb sie in die Höhe.

»Ich bin neugierig, was der König alles versteckt«, sagte sie und zog Inessa vom Stuhl hoch.

»Wir werden es herausfinden«, verkündete diese.

# 15

## Genevieve

Erst als Genevieve in die Kälte trat, merkte sie, wie warm es in der Hütte gewesen war. Eisig schlug ihr der Wind ins Gesicht und weckte in ihr den Wunsch, kehrtzumachen und die Suche nach dem Eispalast auf einen anderen Tag zu verschieben.

Ihrem Begleiter schienen die Temperaturen nichts auszumachen, er kommentierte den Schneesturm nicht einmal, sondern winkte Mercy zu sich heran, die in der weißen Pracht optisch beinahe unterging.

Genevieve war froh, dass er ihr neue Handschuhe, einen Schal und eine Mütze gegeben hatte. Ihre eigene Ausrüstung war beim Sturz verloren gegangen.

»Jetzt verstehe ich, wieso dieser Teil als der kälteste in ganz Prunaea gilt«, seufzte sie und senkte den Kopf, um den Schneeflocken auszuweichen.

»Müsstest du nicht längst an die Temperaturen gewöhnt sein?«, erkundigte sich der Fremde.

»Wie gesagt, ich bin noch nicht lange hier«, erinnerte Genevieve ihn. »In meinem Heimatland scheint den ganzen Tag die Sonne. Es ist teilweise so warm, dass ich mich kaum aus meinem Schloss traue.«

Etwas an ihrer Aussage weckte ein Stirnrunzeln auf seinem Gesicht. Genevieve merkte, wie ihr Begleiter langsamer wurde.

»Du wohnst in einem Schloss?«, hakte er nach. »Bist du … adlig?«

»Ich bin eine Prinzessin«, gestand Genevieve. »Aber mein Titel hilft mir hier auch nicht.«

Er kommentierte ihre Antwort nicht, sondern wechselte das Thema. »Seit ich ein kleiner Junge war, lebe ich in diesem Teil des Landes. Ich bin die Kälte gewohnt und über die Jahre ist sie zu einem Teil von mir geworden.« Er räusperte sich. »Und doch … ertappe ich mich manchmal dabei, wie ich mir ein Leben außerhalb von Frost und Eis wünsche. Manchmal frage ich mich, wie sich die Sonne auf meiner Haut anfühlen würde.« Finster sah er Genevieve an.

»Die Sonne war es, die ich an Brahmenien immer besonders geschätzt habe«, fing die Prinzessin an und verlor sich in einer Welt aus bittersüßen Erinnerungen. »Ich habe es geliebt, unter ihren Strahlen zu tanzen und mich von ihr wärmen zu lassen.« Sie lächelte ihren Begleiter von der Seite an, aber er hatte den Blick weiterhin zu Boden gerichtet.

»Die Temperaturen haben sich in diesem Teil des Landes schon seit einer langen Zeit nicht mehr geändert. Ab und an zeigt sich die Sonne, aber sie steht wie ein kalter Ball am Himmel, der keine Wärme spenden kann.«

»Hast du schon einmal darüber nachgedacht, das Land zu verlassen?«, fragte Genevieve geradeheraus.

Der Blick des Fremden war flehend. »Jeden Tag denke ich darüber nach. Aber das ist nicht möglich.«

»Das heißt, die Grenze gilt auch für dich? Es kommen keine Menschen hierher und …«

Bevor sie zu Ende sprechen konnte, schüttelte er den Kopf. »Daran liegt es nicht. Ich könnte so viel herumreisen, wie ich mag, aber ich mache es dennoch nicht.«

Die Frage nach dem Wieso lauerte auf Genevieves Lippen, aber sie traute sich nicht, sie auszusprechen, weil ihr Begleiter sich mit jeder Minute mehr in sich selbst zurückzog und sie Angst hatte, dass sie ihn irgendwann gar nicht mehr erreichen würde.

Also zügelte sie ihre Neugier und konzentrierte sich auf den Weg, der vor ihr lag und ihr einiges abverlangte. Ihre Stiefel versanken tief im Schnee, sie hatte Mühe, die Füße zu heben. Mercy ging es nicht anders. Von ihr war nur noch der Rücken zu sehen, der übrige Körper versank in der weißen Masse.

»Auch wenn es nicht so aussieht, sie liebt dieses Wetter«, sagte der Fremde, der Genevieves Blick aufgefangen hatte. »Sie ist ein Schneewolf und fühlt sich im ewigen Winter pudelwohl.«

»Vielleicht ist der ewige Winter für ein Tier wie sie erschaffen worden«, mutmaßte die Prinzessin und fuhr mit der Zunge über ihre Lippen, damit sie nicht einfroren. »Aber ein Mensch kann hier unmöglich sein ganzes Leben lang glücklich sein.«

»Glücklich sein vielleicht nicht«, brummte ihr Begleiter, »aber überleben kann man.«

Er steigerte sein Tempo und zog an ihr vorbei. Genevieve überlegte kurz, ihn zu bremsen, entschied sich aber dafür, ihm den Freiraum zu gewähren, den er brauchte.

Etwa eine halbe Stunde stapften sie schweigend durch den Schnee, dann sah die Prinzessin aus den Augenwinkeln ein riesiges Gebilde, das sich viele Meter über den Horizont zog. Auch der Fremde war stehen geblieben.

»Das ist es, wovon ich dir erzählt habe. Das Labyrinth.« Er machte eine ausholende Handbewegung. »Es wurde lange vor meiner Zeit erbaut und nur die Erfahrensten finden einen Weg hindurch.«

»Warum wurde es erbaut?«, flüsterte Genevieve, die ihren Kopf in den Nacken legen musste, um das Ende der Mauer ausmachen zu können.

»Wir mögen keine Eindringlinge«, sagte ihr Begleiter knapp und ging auf den Eingang des Labyrinths zu.

Genevieve hatte Mühe, ihn und sein Handeln zu verstehen. Wieso benötigte man ein Labyrinth, wenn andere Menschen ja doch nicht zum Eispalast kamen? Wieso wollte man Eindringlinge fernhalten, zeigte ihr aber bereitwillig den Weg zum Schloss?

Die Prinzessin war dabei, sich vollständig in ihren Gedanken zu verlieren, doch wurde im letzten Moment von einem altbekannten Kribbeln davon abgehalten. Sie sog scharf die Luft ein, um die Welle, die über sie hinwegschwappte, eindämmen zu können.

»Ist alles in Ordnung mit dir?«, wollte der Fremde wissen und sah sie von der Seite an.

Genevieve biss sich auf die Unterlippe und nickte entschieden. Sie durfte jetzt keinen Anfall bekommen, sie musste sich und ihre Kräfte bedeckt halten. Mit einem Schaudern dachte sie an die tote Waga zurück, bei der sie sich nicht hatte kontrollieren können. Nicht auszudenken, wenn ihr unterschwelliger

Hass auf den Fremden überging, der ihr bereitwillig helfen wollte.

»Erzähle mir etwas über das Labyrinth«, bat die Prinzessin, um auf andere Gedanken zu kommen.

Sie hatten das groß gewachsene Gebilde erreicht und schlüpften in einen Zwischenraum, der den Eingang markierte. Der Fremde streckte Genevieve seine Hand entgegen, um sie durch das kleine Loch zu ziehen, aber die Prinzessin kämpfte sich selbst durch den Eingang. Kurz darauf fand sie sich in einem schmalen Gang wieder, dessen Wände so hoch waren, dass sie sie mit Leichtigkeit überragten.

»Aus welchem Material besteht dieses Labyrinth?«, fragte sie ihren Begleiter, als er ihr bedeutete, ihm zu folgen.

Er runzelte die Stirn, als hätte er nie ernsthaft über die Frage nachgedacht. »Stein, würde ich vermuten. Wie gesagt, es war lange vor meiner Geburt da.«

»Wie alt bist du?«

Sie hatte kaum zu Ende gesprochen, da bereute sie es schon. Der Fremde sah nicht so aus, als wollte er schon jetzt aus seinem Schleier aus Geheimnissen treten. Umso überraschter war die Prinzessin, als sie tatsächlich eine Antwort von ihm erhielt.

»Ich bin dreiundzwanzig«, sagte er und sah sie unverwandt an. »Dieses Labyrinth erfordert höchste Konzentration. Ich bin als kleiner Junge so oft darin verloren gegangen, dass ich es irgendwann fürchten gelernt habe. Aber das ist nicht der Zweck der Sache, zumindest nicht für mich. Mein Lehrer hat nie aufgegeben und mir alle Gänge und Schlupfwinkel gezeigt, bis ich sie auswendig kannte.«

Während Genevieve überlegte, was für eine Art von Lehrer dies gewesen sein könnte, ging ihr Begleiter voran und bog nach rechts ab. Um nicht die Orientierung zu verlieren, folgte sie ihm.

Auch das Labyrinth blieb von den Schneemassen nicht verschont, dennoch kam es ihr so vor, als läge er hier nicht so tief. Sie konnte sich fortbewegen, ohne in der weißen Masse zu versinken.

»Am Anfang habe ich jedes Mal leuchtende Steine mitgenommen, um mich nicht zu verlaufen«, sagte der Fremde, als Genevieve ihn eingeholt hatte. Mercy lief voraus und war schon um die nächste Ecke gebogen. »Aber ich habe die falschen Gänge benutzt und bin irgendwann durchgedreht, weil überall die Steine lagen, aber kein Ausgang in Sicht war.« Er lachte, es sah jedoch traurig aus. »Mittlerweile kenne ich das Labyrinth wie meine Westentasche.«

»Bist du oft im Schloss?«, fragte Genevieve vorsichtig und schlug einen Weg ein, der nach Westen führte.

Der Fremde zuckte mit den Schultern. »Ab und an«, meinte er kryptisch.

Genevieve sah ihn neugierig an, wollte hinter seine Fassade blicken, aber er ließ es nicht zu. Bevor seine grauweißen Augen ihr Einlass gewähren konnten, senkte er den Blick und pfiff Mercy zu sich heran. Der Wolf bewegte sich sicher durch den Schnee und war seinem Herrchen ein solch treuer Begleiter, dass Genevieve schmerzhaft an Libella erinnert wurde, die irgendwo dort draußen herumirrte und nach ihr suchte. Von einer tiefen Trauer erfasst, schlang sie die Arme um ihre Mitte.

Schweigend folgte sie dem Fremden, dessen Haut so weiß war, dass sie im Schnee unterzugehen drohte. Er schien ein Teil der Kälte zu sein, war in Frost und Eis zu Hause.

Genevieve blickte gen Himmel, um auszumachen, wie groß das Labyrinth war, aber sie konnte nicht über die steinernen Wände sehen. Ein dumpfes Gefühl überkam sie. Sie wollte sich gar nicht vorstellen, wie es war, sich allein durch den Irrgarten zu bewegen.

Sie schloss die Augen, atmete tief durch, um ihre negativen Gedanken abzuschütteln – und als sie wieder sah, war es dunkel um sie herum. Genevieve stutzte, blinzelte zweimal und sah sich in der Dämmerung um. Wie konnte es von jetzt auf gleich so finster werden? Eben noch hatte die Sonne als kalter Ball am Himmel gestanden und jetzt war dieser nur ein schwarzes Firmament.

»Was … Was ist …«, stammelte sie, ohne einen gescheiten Satz zustande zu bekommen. »Wo … Was …?«

Ihre Stimme hallte von den Wänden wider und manifestierte sich als Echo in ihrer Brust. Eine tiefe Angst überkam sie, die sie orientierungslos in alle Richtungen laufen ließ und ihr ein Engegefühl in der Kehle bescherte. Als die Prinzessin gegen ein Hindernis stieß, keuchte sie.

»Ganz ruhig.« Die Stimme ihres Begleiters sorgte für etwas Ruhe in ihr. Immerhin war er noch da.

»Wieso ist es auf einmal so dunkel?«, fragte sie panisch. »Oder sind es meine Augen, die wieder verrücktspielen?«

Sie konnte die Reaktion des Fremden nicht sehen, seinen Gesichtsausdruck nur anhand dessen erahnen, was sie hörte. »Das ist ein Mechanismus des Labyrinths, um den Weg zu erschweren. Ungeübte Augen sehen in ihm fast nichts mehr.«

»Und du?« Genevieve drehte sich in die Richtung um, aus der sie die Stimme vermutete.

»Meine Augen sind gut. Ich sehe dasselbe wie noch vor ein paar Sekunden, allerdings gedämpfter und nicht so scharf.«

Die Prinzessin staunte. Zwar gewöhnten sich ihre Augen auch allmählich an die Dunkelheit, sodass sie zumindest Schatten erahnen konnte, aber darüber hinaus sah sie nichts.

»Dieses Labyrinth ist nicht nur ein endloser Irrgarten, es lauern auch Gefahren in den Schatten, die uns zu schaffen machen können.«

»Was für Gefahren?«, fragte Genevieve atemlos und stolperte hinter ihrem Begleiter her. Mercy hatte sie seit einer Weile nicht mehr gesehen, aber auch Wölfe besaßen ausgezeichnete Augen.

»Dieses Labyrinth spielt mit deinen Sinnen, ohne dir real greifbare Gefahren zu zeigen. Du wirst es gleich sehen.«

Obwohl Genevieve noch immer nicht wusste, was in den Schatten auf sie wartete, schlug ihr das Herz bis zum Hals. Immerhin war dadurch der Drang, ihre Kräfte zu benutzen, vollständig verschwunden.

Als sie ein Kreischen hörte, zuckte sie zusammen. »Was war das?«, fragte sie panisch und holte ihren Begleiter ein. »Hast du das auch gehört?«

Das Kreischen erklang erneut, länger dieses Mal und so laut, dass Genevieve sich die Hände auf die Ohren pressen musste. Kurz darauf spürte sie eine sanfte Berührung an ihrer Schulter.

»Das meinte ich eben«, sagte der Fremde, »das Labyrinth verwirrt dich. Alles, was du hier siehst und hörst, gibt es nicht wirklich. Es sind Streiche, die dein Kopf dir spielt und die deine Gedanken nicht rational einordnen können. Wir sind noch sehr nah am Anfang des Labyrinths, was bedeutet, dass wir alle Beeinflussungen noch vor uns haben. Bleib einfach dicht bei mir, dann kann dir nichts passieren.«

Genevieve nickte, doch das Engegefühl in ihrer Brust wurde sie dadurch nicht los. Der Schnee half ihr beim Sehen, doch die Orientierung hatte sie jetzt schon verloren.

»Wie lange braucht man, um das Labyrinth zu durchkämmen?«, fragte die Prinzessin den Fremden. Einerseits, um Konversation zu treiben, und andererseits, weil sie sich eine Antwort erhoffte, die gegen die Angst in ihrem Inneren ankam.

»Im Durchschnitt braucht man drei Stunden«, zerstörte ihr Begleiter ihre Hoffnung. »Manchmal schaffe ich es in zwei, aber da es dein erstes Mal ist, würde ich nicht darauf bauen.«

Missmutig presste Genevieve die Lippen aufeinander und hielt den Blick auf den Boden gerichtet. Das Kreischen war mittlerweile verklungen, aber es hallte immer noch in ihren Ohren nach.

»Wieso muss das Schloss so geschützt werden?«, erkundigte sie sich.

»Wegen Eindringlingen«, sagte der Fremde knapp.

»Was sind das für Menschen? Wieso …«

Bevor sie zu Ende sprechen konnte, sog sie scharf die Luft ein. Hinter einer Abzweigung auf der rechten Seite erblickte sie einen riesigen Schatten, der ein bedrohliches Knurren ausstieß. Wie festgefroren blieb Genevieve stehen, ihre Brust hob und senkte sich hektisch.

»Ist das ein Bär?«, japste sie und krallte sich am Mantel ihres Begleiters fest.

»Ja«, erwiderte dieser mit dunkler Stimme. »Aber es ist nur eine Silhouette, du darfst dich von ihr nicht verunsichern lassen.«

Genevieve schrie auf, als das Tier sich aufbäumte, bis es auf zwei Beinen stand und sie mit funkelnden Augen ansah. Instinktiv sprang die Prinzessin zurück und riss die Arme hoch, aber ihr Begleiter dachte nicht daran, die Flucht zu ergreifen, sondern ging direkt auf den gigantischen Bären zu.

»Was machst du da?«, schrie Genevieve, selbst überrascht darüber, wie schrill ihre Stimme klang.

Aus bangen Augen sah sie, wie nur noch wenige Zentimeter zwischen dem Fremden und dem Bären lagen. Schon hob das Tier seine Tatzen und holte zum Schlag aus, als der groß gewachsene Unbekannte durch das Tier hindurchlief.

Genevieve schluckte.

»Du darfst deiner Angst keinen Raum geben, sonst frisst sie dich auf!«, rief ihr Begleiter und winkte sie zu sich. »Komm her, wir müssen diesen Weg nehmen, einen anderen gibt es nicht.«

Genevieve merkte, wie ihre Zähne klapperten und sie sich vor Angst nicht mehr bewegen konnte. Gebannt starrte sie auf das Ungetüm, das im selben Moment seinen Kopf hob und ihren Blick wütend erwiderte. Die Prinzessin wollte sich hinter einer Wand des Labyrinths verstecken, aber dafür war es schon zu spät. Mit immenser Geschwindigkeit rannte der Bär auf sie zu, das Maul weit aufgerissen, die Augen zornig und kalt.

»Er ist nicht real!«, schrie ihr Begleiter, aber seine Worte drangen nicht an Genevieves Ohren.

Die Prinzessin schluchzte, fiel auf den Boden und vergrub ihren Kopf in ihren Armen. Als der Bär durch sie hindurchdrang, wurde sie von einem inneren Beben erfasst. Tränen rannen über ihre Wangen, auch wenn sich Genevieve dafür hasste. Seit wann war sie so ängstlich? Sie schluchzte haltlos.

»Er ist weg, Genevieve.« Der Fremde gebrauchte zum ersten Mal ihren Namen. »Er wird nicht wiederkommen. Die Gefahren sind einmalig und wiederholen sich nicht.«

Nach einigen tiefen Atemzügen traute die Prinzessin sich, nach der Hand ihres Begleiters zu greifen, die in einem weißen Handschuh steckte. Sanft zog er sie hoch.

»Ich muss ehrlich zu dir sein«, eröffnete er ihr, als sie sich beruhigt hatte. »Das war nur der Anfang. Die Gefahren werden schlimmer, je tiefer wir in das Labyrinth vordringen. Was ist deine größte Angst?«

Aufmerksam ruhten seine grauweißen Augen auf ihr. Genevieve, die noch immer zitterte, konnte keinen klaren Gedanken fassen.

»Du wirst es erfahren«, meinte ihr Begleiter unheilverkündend. »Jetzt lass uns weitergehen.«

*Es ist nicht real,* redete Genevieve sich ein. *All dies ist nur ein Fehler meines Gehirns, das Ängste heraufbeschwört, um mich in die Knie zu zwingen.*

Es war ihr recht, dass der Fremde das Labyrinth schnell durchkämmte und keine Pausen machte. Sie wollte diesen Ort voller Schatten und Schrecken hinter sich lassen. Nebel waberte vor ihr und immer wieder kam es ihr so vor, als würde etwas sie an der Schulter berühren. Die Prinzessin presste die Lippen zusammen und stellte sich vor, Scheuklappen zu tragen, die ihr nichts zeigten, was links und rechts von ihr geschah.

Ein spitzer Schrei drang an ihr Ohr. Ein Schrei, der dem ihrer Schwester Valyra so ähnlich war, dass es sie schauderte.

»Geh weiter. Bleib nicht stehen«, riet der Fremde ihr in unregelmäßigen Abständen.

Er selbst zuckte nicht ein Mal zusammen. Auch nicht, als ein ausgewachsener weißer Tiger ihren Weg kreuzte und die Zähne fletschte. Noch nie hatte sich eine Halluzination so echt angefühlt, noch nie war Genevieve so angespannt gewesen. Jederzeit bereit, zu reagieren. Bereit, wegzulaufen.

Eine unendlich lange Weile bewegten sie sich geradeaus fort, bevor der Fremde in einen schmalen Gang nach links einbog. Er war schweigsam, sprach nur das Nötigste. Ab und an pfiff er Mercy zu sich heran, die von all den Gefahren nichts zu spüren schien. Oh, wie gern hätte Genevieve ihren Geist besessen!

»Wie kommt es, dass du so ruhig bist?«, fragte sie ihren Begleiter. »Macht es dir überhaupt keine Angst mehr?«

»Oh doch«, entgegnete er zu ihrer Überraschung. »Ich erschrecke mich jedes Mal wieder, aber die Überzeugung in meinem Kopf, dass es nicht real ist, ist größer als die Furcht in meinem Herzen. Schau nicht nach unten.«

Dafür war es zu spät. Genevieves hellgrüne Augen richteten sich auf den Schnee unter ihr, der von roten Tropfen durchzogen war.

»Ist das Blut?«, hauchte sie.

»Nein, das ist kein Blut. Da ist gar nichts. Weißt du was? Mach die Augen zu.« Die Hand des Fremden legte sich auf ihren Rücken. Entschieden schob er sie nach vorn. »Schließ die Augen, ich führe dich.«

Doch ihre Lider flackerten unregelmäßig, sprangen jedes Mal wieder auf, wenn sie sie schließen wollte. Die einzelnen Tropfen Blut wurden schon bald mehr, bis aus ihnen eine Lache entstand.

Genevieve atmete tief durch. Sie hatten eine Abzweigung erreicht und alles in ihr kämpfte dagegen an, um die Ecke zu schauen.

»Es ist nicht real, ich bilde es mir nur ein«, flüsterte sie, aber ein Mantra war selten effektiv, wenn man es aus der Angst heraus erschuf.

Kühn bog Genevieve um die Ecke … und presste sich die Hand vor den Mund, als sie eine junge Frau auf dem Boden liegen sah.

»Oh mein Gott!«, stieß sie aus, sank nach unten und strich Penelopé die roten Haare, die im Schnee wie Feuer aussahen, aus der Stirn. Ihre Zwillingsschwester hatte eine riesige Wunde am Bauch, aus der sie blutete. Ihre Augen waren blickleer und aufgerissen, der Mund stand gespenstisch offen.

»Dein eigener Tod ist deine größte Angst?«, fragte der Fremde, klang gleichzeitig interessiert wie abgeschreckt. Er legte den Kopf schief.

»Das bin nicht ich«, erklärte Genevieve, bevor ihre Stimme wegbrach und sie von einem Schluchzen erschüttert wurde. »Das ist Penelopé, meine Zwillingsschwester. Sie ist meine bessere Hälfte, mein Ein und Alles …« Kraftlos schüttelte Genevieve den Kopf.

Der Fremde sank zu ihr auf den Boden und sah ihr fest in die Augen. »Sie ist dein Ein und Alles und es wird ihr gut gehen. Weil sie in diesem Moment nicht hier ist und dieses Labyrinth auch sehr wahrscheinlich nie von innen sehen wird.«

Genevieve wischte sich die Tränen aus den Augenwinkeln, suchte nach Stärke, wo nur Schwäche war, und nickte. Dennoch kam sie nicht umhin, noch einen letzten Blick auf ihre tote Schwester zu werfen. Sie so daliegen zu sehen, reglos und mit einer Brust, in der kein Herz mehr schlug, machte ihr bewusst, wie sehr sie sie vermisste und wie einsam sie sich fühlte.

»Hast du Geschwister?«, fragte sie ihren Begleiter und ließ sich von ihm abermals hochziehen.

Für den Bruchteil einer Sekunde schien er nachzudenken, dann sagte er: »Mercy ist meine Familie. Lass uns weitergehen.«

Genevieves Beine fühlten sich wie Pudding an, aber irgendwie schaffte sie es, dem blassen Unbekannten zu folgen. Nach einer Zeit gelang es ihr, einen Teil der Einflüsse auszublenden und sich auf den Weg zu konzentrieren.

»Kannst du mir etwas über den Eispalast erzählen?«, bat sie den Fremden, der ihr einen schnellen Blick über die Schulter zuwarf.

»Es ist ein großes Schloss mit vielen Gängen und Türen, aber wenig Leben«, erklärte er und ließ die Schultern hängen. »Jedes Mal, wenn ich da bin, fühle ich mich schrecklich allein.«

*Mehr allein als in der Einöde?*

»Ich mag große Räume nicht, wenn sie mit nichts gefüllt sind als unausgesprochenen Gedanken und leeren Versprechungen. Ich bin nicht gern im Palast.«

»Und wenn du da bist ...«, wagte Genevieve zu fragen. »Aus welchem Grund passiert das?« Noch immer saß ihr der Schreck über Penelopés Leiche in den Knochen, aber das Gespräch schaffte es, sie ein wenig abzulenken.

»Nun ja ...« Der Fremde vergrub seine Hände in den Taschen seines Mantels. »Manchmal führe ich junge Frauen in das Schloss.«

Zum ersten Mal sah Genevieve so etwas wie ein Lächeln auf seinen Lippen.

»Und sonst? Was treibt dich sonst in den Eispalast?«

Unverwandt sah sie ihn an – dann wurde ihre Aufmerksamkeit von etwas eingefangen, das sich direkt hinter ihm manifestierte.

# 16

Die Mädchen waren in unterschiedliche Richtungen davongestoben, um den Palast zu erkunden und hinter seine Geheimnisse zu kommen. Inessa und Penelopé hielten sich noch in der Etage auf, auf der sich auch der Speisesaal befand, und sahen sich unentschlossen um.

»Was sollen wir tun, wenn wir ihm begegnen?«, fragte Inessa aufgeregt. Eine verstohlene Röte hatte sich auf ihre Wangen geschlichen, die sie jünger wirken ließ. »Was soll ich nur sagen?«

»Deinen Namen«, meinte Penelopé knapp. »Dein Alter vielleicht und etwas über deine Familie. Er muss uns schließlich kennenlernen, oder?«

Inessa lächelte. »Du bist so selbstbewusst. So unerschrocken. Ich wünschte, ich hätte etwas von deiner Kühnheit.«

Penelopé ließ den Schlüssel von einer in die andere Hand wandern und dachte über Inessas Worte nach. In Wahrheit war sie alles andere als kühn, was den Umgang mit dem anderen Geschlecht anging. Aber da sie sowieso kein Interesse am Schneekönig hegte, konnte sie auch selbstbewusst sein.

»Hast du … bereits Erfahrungen gesammelt?«, erkundigte Inessa sich neugierig und zwirbelte eine Strähne ihres Haares.

Penelopé verschränkte die Arme vor der Brust. »Ich … war mal mit einem Mann … verbunden, aber er hat mich sitzen gelassen. Seit diesem Zwischenfall hat es in meinem Leben keine Beziehung mehr gegeben.«

»Das tut mir leid«, ereiferte sich Inessa und machte Anstalten, Penelopé in ihre Arme zu schließen, aber die Prinzessin wich zurück.

»Lass uns lieber das Schloss erkunden. Wer weiß, vielleicht finden wir den Schneekönig ja wirklich.«

Genau daran glaubte sie aber nicht. Der Monarch kam ihr wie ein Phantom vor, das es gar nicht wirklich gab. Doch das konnte ihr egal sein, sie hatte ohnehin anderes vor.

Vyris hatte nicht zu viel versprochen. Der Schlüssel passte in jedes Schloss, egal wie groß oder unförmig dieses aussah. Erwartungsvoll öffneten Penelopé und Inessa alle Türen, die ihren Weg kreuzten, doch fanden nichts, das ihr Interesse weckte. Hier unten gab es ein Ankleidezimmer, einen Ballsaal, eine Bibliothek und eine Waffenkammer, doch nichts an diesen Räumen schien besonders. Geschweige denn, dass sich jemand darin aufhielt.

Obwohl sich so viele Mädchen im Schloss bewegten und ihr Lachen durch die Gänge schallte, machte der Palast einen verlassenen Eindruck. Auch die Räume auf der Etage, auf der die

Kandidatinnen untergebracht waren, erwiesen sich als Enttäuschung.

Inessa verschränkte die Arme vor der Brust. »Irgendwie habe ich mir das Ganze spannender vorgestellt.«

»Noch haben wir nicht alles gesehen«, hielt Penelopé dagegen und weigerte sich, aufzugeben.

Jedes Mal, wenn sie einen neuen Raum betraten, rezitierte sie in Gedanken ihr Rätsel, in der Hoffnung, dass es sie auf neue Ideen brachte. Seit sie den Eispalast erreicht hatten, war sie von neuer Zuversicht erfüllt und bereit, alles zu geben, um hinter den Sinn der kryptischen Worte zu kommen.

Gerade befand sie sich mit Inessa in einem weitläufigen Empfangsraum, in dem das hellblaue Sofa und der hölzerne Tisch beinahe untergingen. Der Boden war erneut mit dem Schachbrettmuster ausgelegt, das sich durch das gesamte Schloss zog, die Wände waren hoch, sodass sich Penelopé unbedeutend vorkam.

Während Inessa sich eine Malerei anschaute, die an einer der Wände hing, kämpfte die Prinzessin gedanklich mit Unentschlossenheit. Schließlich gab sie sich einen Ruck und trat auf das blonde Mädchen zu. »Darf ich dich bei einer Sache um Rat fragen?«

Inessa drehte sich zu Penelopé um und nickte. »Aber natürlich.« Noch immer hingen ihre Augen an der Malerei, die eine Sonnenblume mitten im Schnee zeigte.

»Ich trage seit meiner Kindheit ein Rätsel mit mir herum«, flunkerte Penelopé, noch nicht bereit, Inessa die ganze Wahrheit anzuvertrauen. »Dieses Rätsel beinhaltet den Eispalast und seit wir hier sind, will es mir nicht mehr aus dem Kopf gehen.«

Inessa stemmte eine Hand in die Hüfte und runzelte die Stirn.

*»Zwei Seelen,*
*getrennt und verirrt,*
*müssen sich erst finden –*
*im Schloss, das über die Kälte herrscht.*
*So entsteht Feuer im Schnee –*
*durch Liebe und das Band der Ewigkeit«*, trug Penelopé vor. »Ich habe keinerlei Ahnung, was es bedeuten soll, aber da es sich wie ein Echo in meinem Kopf festgesetzt hat, wollte ich dich fragen, ob du etwas mit den Zeilen anfangen kannst.«

Die Prinzessin merkte, wie ihre Stimme brach.

»Es klingt wie eines dieser Liebesgedichte, die immer mal auf dem Marktplatz vorgetragen werden«, war Inessas erste Idee.

»Liebesgedicht?«, hakte Penelopé nach und folgte dem blonden Mädchen, das sich auf einen der Stühle gesetzt hatte und undamenhaft die Beine übereinanderlegte.

»Zumindest ist mir das direkt durch den Kopf geschossen. Es geht um zwei verirrte Seelen, also zwei Menschen, die nicht viel im Leben haben und auf der Suche nach etwas sind. Sie verlieben sich ineinander … offensichtlich in diesem Schloss.«

»Mh.« Penelopé zog die Augenbrauen zusammen. »Und die Stelle mit dem Feuer im Schnee?«

Inessa zuckte mit den Schultern. »Vielleicht steht das Feuer für die Liebe, die entflammt, wenn die beiden sich sehen. Getragen durch das Band der Ewigkeit.«

Inessa lächelte scheu, doch in Penelopés Blick lag Anerkennung. Sie konnte nicht leugnen, dass die Worte des Mädchens schlüssig waren. Vielleicht war sie nicht ohne Grund in den Palast gekommen. Vielleicht war ihr Rätsel direkt mit dem Wettbewerb des Schneekönigs verbunden. Des Schneekönigs, dessen Seele kalt und einsam war und der sich nach einer Person an seiner Seite sehnte.

»Eventuell ist es meine Aufgabe, den König zu verkuppeln«, schoss es aus Penelopé heraus, noch bevor sie sich die Hand vor den Mund pressen konnte.

»Deine Aufgabe?« Verwirrung zeichnete sich auf Inessas ebenmäßigem Gesicht ab.

»Äh ... nein.« Penelopé zupfte an ihrer Unterlippe. »Ich meine ... darum geht es in dem Rätsel. Der Schneekönig ist einsam und sucht nach einer verwandten Seele.«

»Möglich, aber solche Zeilen sind meistens viele Jahre alt. Wahrscheinlich älter als der König selbst.«

Penelopé nickte und war nicht unglücklich, als Inessa das Thema fallen ließ und aufstand. Ihre Freundin hatte sie auf neue Gedanken gebracht, die sie, so gut es ihr möglich war, nutzen würde.

Ein kleines Lächeln schlich sich auf ihre Lippen – sie hatte einen neuen Anhaltspunkt.

Nachdem sich die Räume in den ersten beiden Etagen als Enttäuschung herausgestellt hatten und der Eispalast langweilig anmutete, entschieden Penelopé und Inessa, die oberen Zimmer in Augenschein zu nehmen. Dafür mussten sie Treppen erklimmen, die, je höher sie kamen, immer ungepflegter aussahen und nicht häufig in Gebrauch schienen.

Penelopé graute es davor, das staubige Geländer anzufassen, und Inessa stolperte über ihre eigenen Füße, als die Stufen unterschiedlich groß wurden. Sie nahmen die Treppe auf der anderen Seite des Schlosses und nicht die, die Penelopé mit Katlin erklommen hatte, um den Palast zu erkunden.

»Mein Vater hat immer gesagt: *Geheimnisse versteckt man dort, wo nicht geputzt wird*«, sagte Inessa und nieste geräuschvoll.

Die Treppe schien kein Ende zu nehmen, Dutzende Stufen lagen noch vor ihnen.

Penelopé schritt voran, aber auch sie musste langsam und bedächtig gehen, um nicht zu fallen. »Entweder das«, kommentierte sie Inessas Worte, »oder hier oben gibt es genauso wenig wie auf dem Dachboden, auf dem ich mit Katlin war.«

»So viele Geschichten ranken sich um den Eispalast … in Wahrheit besteht er nur aus leeren Räumen und Staub.« Inessa lächelte, doch es trug eine traurige Note davon.

Endlich waren sie oben angekommen. Der Flur, in dem sie sich befanden, unterschied sich maßgeblich von den anderen Etagen. Hier oben fehlte nicht nur das Schachbrettmuster, die Wände waren so niedrig, dass Penelopé beinahe an die Decke reichte. Ein muffiger Geruch lag in der Luft, der, gepaart mit den Spinnweben, die die Ecken verunzierten, der gesamten Etage etwas Ungepflegtes verlieh. Inessa quiekte, als ihr Schuh eine daumengroße Spinne berührte, die leblos auf dem Boden lag. Ertappt sprang sie zur Seite und schlang schaudernd die Arme um ihren Oberkörper.

»Wollen wir uns aufteilen?«, schlug Penelopé vor, als ihre Freundin den Ekel abgeschüttelt hatte. »Wenn es hier oben genauso wenig zu sehen gibt wie auf den anderen Etagen, reicht es, wenn jedes Zimmer einmal untersucht wird.«

Inessa blickte noch immer auf die Spinne, nickte aber. Dann steuerte sie auf die Tür zu, die sich rechts von ihr befand und sich knarrend öffnete, nachdem sie den Schlüssel ins Schloss gesteckt hatte.

Penelopé lief bis zum Ende des Gangs, an dem sich eine Art Tor befand, das sie nur auf den zweiten Blick als solches ausmachen konnte. Zunächst wirkte es wie eine Wand aus Stein, aber die Klinke und die Tatsache, dass die Tür einen Spaltbreit offen stand, straften Penelopés Gedanken Lügen. Sie musste ihr gesamtes Gewicht gegen die Steinwand pressen, um sie öffnen zu können.

Die Tür führte in einen Raum, der in vollständiger Dunkelheit lag. Waren die anderen Zimmer von kaltem Licht beschienen, sah man hier nicht einmal die Hand vor Augen. Der viele Staub brachte Penelopé zum Niesen. Sie hätte eine Kerze mitnehmen sollen, ansonsten würde sich die Suche als fruchtlos herausstellen. Um zumindest ein bisschen Licht zu generieren, lehnte sie sich erneut gegen die Steintür – und zuckte zusammen, als diese mit einem lauten Knall zufiel und Penelopé in eine Kammer der Finsternis einsperrte.

Panisch suchte sie in ihrer Kleidtasche nach dem kleinen Schlüssel und ertastete in der Dunkelheit das Loch in der Tür. Bisher hatte man ihn nur in das Schloss stecken müssen, um sie zu öffnen, aber das schien für diese nicht zu gelten. Penelopé spürte Angst in sich, die rasend schnell anwuchs und ihr Schweißausbrüche bescherte.

Wieso passte der Schlüssel nicht? Wütend presste sie die Lippen aufeinander, dann ballte sie die Hand zur Faust und schlug kräftig gegen die steinerne Tür. »Inessa?«, schrie sie. »Inessa, ich bin eingesperrt!«

Ihre eigene Stimme hallte laut in ihren Ohren wider, aber sie erhielt keine Antwort. Noch einmal schlug sie gegen die Tür – so fest, dass ihre Hand zu bluten begann und ein stechender Schmerz durch ihre Finger schoss –, aber auf eine Reaktion wartete sie vergebens. Ihr Atem ging hektisch und unregelmäßig, all ihre Sinne standen auf Panik.

Penelopé hasste es, eingesperrt zu sein, nachdem sie sich als Kind beim Versteckspielen aus Versehen in einem Schrank verbarrikadiert hatte, der nicht mehr zu öffnen gewesen war. Über eine Stunde musste sie in der Dunkelheit und Enge verharren, bis ihre Zofe sie endlich gefunden hatte. Seitdem war es der Prinzessin wichtig, einen Ausgang zu kennen.

Ihre Schwester Genevieve hatte ihr die Furcht vor abgeschlossenen Räumen nehmen wollen, indem sie ihr einredete, dass es so etwas wie Angst gar nicht gab, sondern nur eine vom Körper hervorgerufene Reaktion war, mit der man beliebig umgehen konnte. Penelopé hatte ihr glauben wollen – und genau das versuchte sie auch jetzt, aber ihr Herz hämmerte weiterhin wild gegen ihre Rippen.

Man würde sie finden, redete sie sich ein. Inessa würde ihr Fehlen bemerken und alle Hebel in Bewegung setzen, um sie aufzuspüren. Außerdem war sie nicht weit weg verloren gegangen, hielt sich noch auf derselben Etage auf wie ihre Freundin. Es musste nur jemand kommen, der in der Lage war, diese Tür zu entsperren.

Penelopé atmete mehrmals tief ein und aus, was es ihr ermöglichte, wieder klarer zu denken. Mittlerweile hatten sich ihre Augen an die Dunkelheit gewöhnt, sodass sie erste Schemen und Schatten ausmachen konnte.

Der Raum schien nicht sonderlich groß zu sein. In der Mitte stand ein Tisch, um den sich vier Stühle gruppierten. Dahinter entdeckte die Prinzessin einen Flügel. Auf der linken Seite erkannte Penelopé einen offen stehenden Kleiderschrank. Rechts stand ein roter Sessel.

Die Prinzessin wagte sich ein paar Schritte nach vorn und ertastete sich ihren Weg. Gut möglich, dass es sich bei dem Zimmer um eine Abstellkammer handelte, die nicht mehr genutzt wurde, weswegen der Zugang durch den Schlüssel auch nicht möglich war.

Allmählich beruhigte sie sich. Bestimmt hatte Inessa ihr Fehlen schon bemerkt und Vyris informiert.

Weil es nichts in der Kammer gab, das ihr Interesse weckte, ließ sie sich auf den Sessel sinken, legte den Kopf in den Nacken und verschränkte die Arme vor der Brust. Wenn dieser Raum doch wenigstens ein Fenster hätte – oder irgendetwas, das ihr signalisierte, dass die Welt dort draußen real und nicht nur ein Gespinst ihrer Gedanken war.

»Warum passieren mir nur immer wieder solche Dinge?«, murmelte Penelopé und schüttelte den Kopf.

»Welche Dinge meinst du?«

Die Prinzessin erstarrte, als die männliche Stimme, die dunkel, aber nicht unfreundlich klang, zu ihr durchgedrungen war. Instinktiv presste sie sich enger an die Lehne des Sessels und hielt den Atem an. »Wer ist da?«, rief sie ängstlich, während ihr Blick den Raum nach einem zweiten menschlichen Wesen absuchte.

»Wie bist du hier reingekommen?«, wollte die fremde Stimme wissen. Sie klang nicht wütend oder aufgebracht, vielmehr neugierig.

Noch immer konnte Penelopé niemanden sehen und beinahe glaubte sie, sich die Stimme einzubilden.

»Nun?«

»Ich …« Nervös trommelte sie mit den Fingerspitzen auf die Sessellehnen. »Die Tür stand offen, da bin ich hereingekommen.«

»Die Tür stand offen?«, war die überraschte Erwiderung.

»Ich würde diesen Raum gern wieder verlassen, aber er ist verschlossen«, stammelte sie.

»Nun, eigentlich war er das schon die ganze Zeit«, merkte die fremde Stimme an. Sie klang nicht mehr so weit weg, was Penelopés Unwohlsein intensivierte.

»Wer bist du?«, wiederholte sie ihre Frage und nachdem sie einige Sekunden im Nichts gehangen hatte, wurde sie beantwortet.

»Ich bin Kjell, der König über dieses Schloss und Prunaea.«

»Der Schneekönig?«, fragte Penelopé verblüfft.

Ihr unsichtbarer Gesprächspartner lachte. »Diesen Spitznamen werde ich wohl nicht los, was? Wann begreifen die Menschen endlich, dass ich gar nicht über den Schnee regieren kann? Dass er eine Naturgewalt ist, auf die wir keinen Einfluss haben?«

Penelopé wusste nicht, was sie antworten sollte. Überhaupt fiel es ihr schwer, die Situation einzuordnen. »Wo bist du?«, fragte sie in die Stille hinein. »Wieso kann ich dich nicht sehen?«

»Weil ich noch nicht gesehen werden will«, war seine knappe Antwort.

»Aber … deine Auserwählten halten sich im Schloss auf. Ist es nicht an der Zeit, sie kennenzulernen?« Penelopé drehte ihren Kopf, doch den König sah sie dadurch nicht.

»Ich habe meine Quellen«, erwiderte Kjell. »Wenn die Zeit gekommen ist, werde ich mich persönlich vorstellen.«

»Und solange versteckst du dich in dieser Kammer? Wir haben alle einen Schlüssel von Vyris bekommen, der Zugang zu allen Räumen gewährt. Viele sind auf der Suche nach dir und …«

»Warst du auch auf der Suche nach mir?«, unterbrach er sie. Kjells Stimme war so intensiv, dass sie ihr ein Schaudern bereitete und für einen Moment gedankenlos werden ließ.

»Ähm … ich … Eigentlich …«, stammelte sie und zwirbelte eine Strähne ihres roten Haares.

»Sorge dich nicht um die anderen Mädchen, sie werden mich nicht finden. Ihre Schlüssel können keine Steine verschieben.«

Penelopé runzelte die Stirn. Ein Windhauch traf sie. War der Schneekönig unsichtbar und gerade an ihr vorbeigelaufen? Weil sie die Ungewissheit nicht ertrug, stand sie auf und sah sich in der kleinen Kammer um.

»Du wirst mich nicht finden«, erriet Kjell ihr Vorhaben. »Vorerst werde ich nur eine Stimme für dich sein.«

»Wieso?«, entschlüpfte es der Prinzessin. »Kannst du mich sehen?«

»Meine Augen sind ausgezeichnet, falls du darauf anspielst. Und ja, ich sehe dich. Du läufst gerade um den Tisch und fährst mit deinen Fingern über die Blume in der Vase.«

Erschrocken zuckte Penelopé zusammen und hielt in der Bewegung inne. Ihr gefiel es nicht, beobachtet zu werden, sich mit jemandem zu unterhalten, der nur eine Stimme, aber keinen greifbaren Körper besaß. »Wie komme ich wieder nach unten?«, erkundigte sie sich. »Die Tür lässt sich nicht öffnen.«

»Willst du denn nicht bleiben und mich kennenlernen?« Aufrichtiges Erstaunen mischte sich in seine klare Stimme. »Deswegen bist du doch gekommen, oder? Um die Frau an meiner Seite zu werden?«

Penelopé schwirrte der Kopf. »Ich würde es bevorzugen, diesen Raum zu verlassen«, sagte sie dann. »Die anderen suchen mich bestimmt schon.«

»Sie werden dich aber nicht finden, weil es zu diesem Raum keinen Durchgang gibt«, warf Kjell ein. Seine Stimme vibrierte, hörte sich entschlossen und überzeugt an.

»Natürlich gibt es einen Durchgang. Wie bin ich denn sonst hereingekommen?« Penelopé ließ sich wieder auf den Sessel sinken.

»Das ist mir selbst ein Rätsel«, entgegnete der Schneekönig leise.

»Und … es gibt keine Möglichkeit, dass ich diesen Raum verlasse? Aber … du musst doch auch …«

»Natürlich gibt es eine Möglichkeit. Ich selbst bin es, der diese Kammer kontrolliert. Ich entscheide, wer sie sieht und wer eindringen kann. Für gewöhnlich.«

»Dann kannst du mich auch wieder hinauslassen?« Penelopé versuchte, ihren Kopf in die Richtung zu drehen, aus der sie die Stimme vermutete.

»Wenn es dein Wunsch ist.«

Die Prinzessin hatte sich ihre Antwort bereits zurechtgelegt, aber das war gar nicht nötig. Sie spürte, wie ein Beben durch ihren Körper drang, Kälte ihre Haut für eine Sekunde benetzte und das Knallen einer Tür sie zusammenfahren ließ. Sie blinzelte, weil ihr Sichtfeld verschwommen war, dann erkannte sie den staubigen Gang, auf dem sie sich eben noch befunden hatte. Direkt vor ihr stand Inessa, die sie mit offenem Mund anstarrte.

»Wo bist du gewesen?«, fragte ihre Freundin perplex.

Penelopé drehte sich um, wollte auf die Tür deuten, durch die sie in die Kammer gelangt war, aber alles, was sich vor ihr ausbreitete, war eine massive Steinwand, die keine Klinke besaß.

»Ich … Es hat ein Zimmer gegeben«, nuschelte sie und fing Inessas besorgten Blick auf. »Ich schwöre, da war gerade eine Tür hinter mir.«

»Eine Tür im Stein?«, hakte Inessa nach, schob sich an Penelopé vorbei und legte ihre Hand gegen die kalte Wand. »Es sieht nicht so aus, als würde es hier einen Raum geben. Was hast du denn gesehen?«

Ein Teil in Penelopé wollte sich mitteilen und Inessa von der sonderbaren Begegnung erzählen. Ein anderer Teil musste das, was sie erlebt hatte, erst verkraften.

»Ich glaube, ich brauche einfach ein bisschen Schlaf«, wand sich die Prinzessin aus der Affäre. »Anscheinend haben mir meine Sinne einen Streich gespielt.«

Penelopé lächelte unverfänglich, doch runzelte die Stirn, als sie ein Leuchten einfing. Es strahlte direkt von ihrem Armband aus, das einen Amethyst umfasste, der in regelmäßigen Abständen blinkte.

# 17

## Genevieve

Genevieve sog scharf die Luft ein und griff reflexartig nach der Hand ihres Begleiters. »Wir müssen hier weg … und zwar schnell«, raunte sie.

Der Kopf des Fremden drehte sich nach links, dann sah auch er die Flammen, die meterhoch züngelten und in allen möglichen Rottönen strahlten. Ein Teil von Genevieve wusste, dass auch dies nur eine Illusion war, der andere wurde an den Tag erinnert, an dem Estelle von Rania in einem brennenden Stall eingesperrt worden war. Unnachgiebig zog die Prinzessin am Mantel ihres Begleiters, bis er sich endlich in Bewegung setzte.

»Wir müssen nach links und dann eine Weile geradeaus«, rief er, während er schon lief.

Ängstlich warf Genevieve einen Blick über ihre Schulter und sah die Flammen züngeln und wachsen. Das Feuer breitete sich so schnell aus, dass sie seine Hitze spüren konnte. Bisher war sie immer der Meinung gewesen, dass Illusionen nur schwache

Bilder der Wirklichkeit darstellten, aber das Feuer war so real, dass es ihr Schwindel bereitete. Der rationale Part in ihr hätte gern angehalten, um die Flammen, die ihr laut ihrem Begleiter nichts anhaben konnten, zu berühren, der panische Part trieb sie weiter zur Eile an.

»Das Labyrinth ist in Zonen eingeteilt«, rief ihr Begleiter ihr zu. »Wir müssen nur genug Strecke hinter uns bringen, dann verschwindet das Feuer.«

Genevieve nickte atemlos und steigerte noch einmal ihr Tempo. Immerhin sorgten die Flammen dafür, dass der Weg vor ihr erleuchtet war und sie sich nicht mehr in völliger Dunkelheit zurechtfinden musste. Da das Feuer jedoch einer Illusion glich, vertrieb es die Kälte in ihr nicht.

Je weiter sie vorankamen, desto kühner wurde sie. Auch wenn das Feuer ihr Angst bereitete und sie im ersten Moment bewegungsunfähig gemacht hatte, erkannte sie allmählich, dass es ihr nichts anhaben konnte.

Nach einer Weile des Laufens blieb sie automatisch stehen und warf einen Blick nach hinten. Die Flammen waren erloschen, das Labyrinth lag wieder in Dunkelheit da.

Keuchend wischte sich die Prinzessin den Schweiß von der Stirn und stemmte die Hände auf die Knie. Sie war es nicht gewohnt, so lange Strecken zu laufen. Als sie den Blick hob, sah sie, dass ihr Begleiter ebenfalls stehen geblieben war und schmunzelte.

»Lachst du mich aus?«, japste Genevieve.

Mercy kam zu ihnen gelaufen und strich um ihre Füße.

»Das würde ich nie«, meinte der Fremde großspurig und lächelte erneut. »Lass uns weitergehen. Die Hälfte müssten wir geschafft haben.«

*Immerhin.*

Am liebsten hätte Genevieve den dicken Mantel ausgezogen, der sie nun ins Schwitzen brachte, aber sie wusste, dass mit der Kälte nicht zu spaßen und ihr Hitzeanflug nur vorübergehend war.

»Wenn jemand allein in dieses Labyrinth kommt«, startete sie ein Gespräch, »und nicht weiß, dass die Gefahren nicht echt sind … können sie ihm dennoch nichts anhaben, oder?«

Der Fremde klopfte auf seinen Oberschenkel, um Mercy zu sich zu rufen. »Körperlich können sie ihm nichts anhaben, das stimmt. Weder der Bär noch das Feuer sind in der Lage, ihn zu verletzen.«

»Das heißt, er kommt verängstigt im Schloss an?« Genevieve runzelte die Stirn.

»Das wäre nicht Sinn der Sache, was?«, war die einzige Antwort ihres Begleiters.

»Was passiert mit ihm?« Neugier war schon immer ein Charakterzug der Prinzessin gewesen, auch wenn ihr Vater ihr diese hatte austreiben wollen. »Verirrt er sich?«

»Oh ja, das tut er. Wie gesagt, ohne Hilfe oder einen erstklassigen Orientierungssinn kommt hier niemand heraus. Aber das ist nicht das Einzige: Dieses Labyrinth kann jeden Menschen mit seiner größten Angst konfrontieren. Oft weiß man vorher nicht, worum es sich bei dieser handelt, erkennt es aber, wenn man ihr begegnet. Die Menschen werden von vielen kleinen und großen Gefahren gejagt, aber an ihrer einzigen wahren Angst gehen sie zugrunde.«

Ein harter Zug legte sich um seine Lippen, der Genevieve ein Schaudern entlockte. »Was meinst du damit … sie gehen zugrunde?«, hauchte sie und wagte es kaum, in sein steinernes Gesicht zu sehen.

»Menschen können auf unterschiedliche Weisen sterben, Genevieve. Dafür müssen sie nicht krank sein oder körperlich angegriffen werden. Angst ist ein ebenso effektiver Mörder.«

»Das heißt, sie ängstigen sich zu Tode?«

»Das heißt es wohl.« Der Fremde zog sich die Mütze tiefer ins Gesicht und ging voran.

In den nächsten Minuten war er sehr schweigsam. Obgleich Genevieve hier und da versuchte, ein Gespräch einzuleiten, antwortete er ihr nur knapp und ging nicht auf ihre Bemühungen ein. Der Prinzessin blieb also nichts anderes übrig, als sich in den Tiefen ihrer eigenen Ängste zu verlieren.

Wovor fürchtete sie sich am meisten? Sie war kein typisches Mädchen, das beim Anblick einer Spinne Panik bekam oder engen Räumen auszuweichen versuchte. Sie hatte nie Angst vor den Monstern unter ihrem Bett oder den Geschichten besessen, die ihr Onkel erzählt hatte, um sie zum Gruseln zu bringen. All die Ängste, die Genevieve mit sich herumtrug, waren nicht auf greifbare Phänomene gerichtet, sondern drehten sich um Lebenslagen, vor denen sie sich fürchtete. Sie hatte Angst davor, den Fluch nie brechen zu können oder ihre Schwestern zu verlieren. Angst, ihren Vater schon das letzte Mal gesehen zu haben. Und ... sie hatte auch Angst vor der Macht, die durch ihre Adern pulsierte und sie immer wieder überwältigte.

Während ihr Begleiter sich in Schweigen hüllte und sie stumm das Labyrinth durchquerten, kreuzten kleinere Gefahren Genevieves Weg. Mal war es eine Ratte, mal eine Kröte, aber nichts, was ihr ernsthaft Angst bereitete. Allein die weißen Gestalten, die durch sie hindurchflogen und an Geister erinnerten, riefen ein Schaudern in ihr hervor.

Vielleicht – so kam ihr der Gedanke – gab es diese eine große Angst in ihr gar nicht. Vielleicht wollte das Labyrinth sie auf mehreren Ebenen fürchten. Außerdem zuckte sie schon lange nicht mehr zusammen, wenn sie ein Geräusch hörte oder etwas ihre Schulter streifte. Es war ohnehin nicht real.

Es geschah, als sie um eine Ecke bogen und beide ihren Gedanken nachhingen. Genevieves Augen hatten sich auf den schneebedeckten Boden gerichtet, als ein Säuseln ihre Aufmerksamkeit weckte. Angezogen von dem komischen Geräusch, das wie ein Surren durch ihren Körper drang, hob die Prinzessin den Kopf und erstarrte. Und während sie auf die Gestalt blickte, die sich vor ihr aufgebaut hatte und von einem giftgrünen Licht umgeben war, musste sie beinahe lachen.

Nein, so leicht würde sie sich nicht unterkriegen lassen! Wenn Rania ihre größte Angst darstellen sollte, würde sie mit ihr klarkommen.

Genevieves Miene verfinsterte sich. Mutig schoss sie an ihrem Begleiter vorbei, der sie mit einem verwunderten Blick taxierte.

»Du magst dir wünschen, dass du meine größte Angst bist, aber da hast du dich getäuscht«, schrie Genevieve und hetzte auf Rania zu.

Ihre Stiefmutter schwebte ein paar Zentimeter über dem Boden, trug ein Kleid aus schwarzen Rabenfedern und hatte die Augen in einem dunklen Ton geschminkt. Ihre Lippen waren nur eine schmale Linie, aber das feine Lächeln bereitete der Prinzessin Unbehagen.

Genevieve merkte, wie sich die feinen Härchen auf ihren Oberarmen aufstellten und ihr Atem hektisch ging. Entschieden schluckte sie das ungute Gefühl herunter und baute sich vor Rania auf. »Du wirst mir keine Angst machen!«, wetterte sie. »Du bist ja nicht mal real.«

»Genevieve«, flüsterte ihr Begleiter, dessen Stimme auf einmal ganz anders klang. Tiefer, gedämpfter.

Aber die Prinzessin ignorierte ihn. »Ich bin vielleicht nicht so stark wie du«, begann sie und reckte das Kinn. »Aber ich werde diesen schrecklichen Fluch brechen, in dem ich mich befinde – und du hinderst mich nicht daran!«

Neue Energie durchflutete sie wie eine Quelle der Kraft. Sie fühlte sich unbesiegbar und stark, wie eine Furie, die ihre Macht aus der Dunkelheit schöpfte.

»Verschwinde!«, zischte sie, dann beugte sie sich nach vorn und setzte zum Sprung an. Mit voller Wucht schoss sie auf Rania zu und wartete auf den Moment, in dem sie ihre Hülle durchdrang. Stattdessen prallte sie gegen ihren Körper.

»Genevieve!«, japste ihr Begleiter. »Das ist eine Falle – sie ist echt!«

Auf einmal ging alles ganz schnell. Die Prinzessin fiel auf den Boden und rieb sich den schmerzenden Kopf. Ängstlich blickte sie zu Rania auf, die über ihr thronte und schallend lachte. Auf ihrer rechten Hand bildete sich eine grüne Flamme, die sich zu einem Ball formte. Mit erschreckender Leichtigkeit schleuderte sie Genevieve das magische Gebilde entgegen.

Die Prinzessin schrie, konnte sich nicht auf ihre eigenen Kräfte konzentrieren und sah sich dem Feuerball schutzlos ausgeliefert. Sie wollte sich schützend die Hände vor das Gesicht legen, doch dafür war es zu spät. Das Flammengemenge sauste auf sie zu, doch verwandelte sich kurz vor ihrer Nasenspitze in einen weißen Ball, der in tausend Flocken auf ihrem Gesicht zerbarst.

»Schnee?«, murmelte Genevieve und wischte sich die Wassertropfen von den Wangen. »Wieso …«

Sie hob den Kopf, aber es war nicht mehr Rania, die über ihr stand. Stattdessen sah sie in ein Paar grauweißer Augen, die sie besorgt ansahen.

»Alles in Ordnung mit dir?«, fragte ihr Begleiter und reichte ihr die Hand.

»Was ist geschehen?«

Verwirrt ließ sich Genevieve von ihm hochziehen und sah sich nach Rania um. Doch der Schnee schien frisch und unberührt.

»Wo ist sie?«, fragte sie. Mercy strich ihr beruhigend um die Beine. »Habe ich sie mir eingebildet?« Panisch blickte sie ihren Begleiter an, der ihre Sorgen mit einem Kopfschütteln zunichtemachte.

»Eingebildet hast du sie dir nicht, das war ja das Komische. Diese Person war im Gegensatz zu den anderen Gefahren im Labyrinth real und sie hatte nichts Gutes im Sinn.«

In sein helles Gesicht mischte sich so viel Dunkelheit, dass Genevieve ihn für einen Moment nicht wiedererkannte.

»Was ist mit der Flamme geschehen? Wieso … hat sie sich in Schnee verwandelt?«

»Ich habe dir doch gesagt, dass dieses Labyrinth dazu da ist, Eindringlinge abzuwehren. Immer wieder kommen unliebsame Wesen nach Prunaea, um … uns zu schaden. Daher ist es wichtig, dass wir uns zu verteidigen wissen.«

Genevieve nickte, auch wenn sie es nicht ganz verstand. Was hatte ihr Begleiter getan, um Rania abzuwehren? Konnte er ebenfalls Magie wirken? Tausend Fragen manifestierten sich in ihren Gedanken, aber sie hatte keine Zeit, auch nur eine einzige von ihnen zu stellen.

»Wer war diese Gestalt?«, fragte der Fremde mit den Schneeaugen. Sein Blick war aufrichtig und beinahe sanft. In diesem Moment beschloss Genevieve, dass sie ihm vertrauen würde.

»Das war Rania, meine Stiefmutter. Sie ist der Grund, weswegen ich mich an diesem Ort befinde und nicht nach Hause komme. Von ihr stammt das Rätsel, das ich lösen muss.«

Ihr Begleiter legte den Kopf schief. »Möchtest du mir die ganze Geschichte erzählen?«, bot er an.

Genevieve zögerte nur kurz, dann seufzte sie. Ihr Herz war so schwer, es würde guttun, einen Teil des Gewichts loszuwerden. Er kannte nur einen Schnipsel der Geschichte.

Während sie erzählte, war ihre Stimme zunächst zaghaft und dünn, doch wurde mit der Zeit sicherer. Sie vertraute dem Fremden ihr Leben an, erwähnte sowohl die Zeit vor dem Rätsel als auch die danach.

»Verstehst du, wieso ich unbedingt nach Hause muss?«, schloss sie ihre Erzählungen.

»Von all den Orten, an die sie dich hätte schicken können, hat sie sich ausgerechnet diesen ausgesucht«, erkannte ihr Begleiter und zupfte an seiner Unterlippe. »Sie hat dich mitten in der Einsamkeit freigelassen.«

Genevieve nickte. »Ich hatte die Hoffnung schon lange aufgegeben – zumindest habe ich mir das eingeredet. Aber dass ich jetzt hier bin – so nah am Schloss –, das gibt mir neue Zuversicht. Auch wenn ich immer noch keinen Schimmer habe, was das Rätsel zu bedeuten hat.« Sie zuckte mit den Schultern.

»Verrätst du es mir? Das Rätsel? Ich bin schon mein Leben lang hier … möglicherweise kann ich dir helfen.«

Dankbar nickte die Prinzessin und schloss kurz die Augen, um sich auf den Wortlaut zu konzentrieren, den sie kurz darauf rezitierte.

*»Der Weg durchs ewige Eis*
*wird von Federn getragen.*
*Die Kraft, die in dir wohnt,*
*durchbohrt auch das kälteste Herz.«*

Kaum hatte sie zu Ende gesprochen, riss sie die Augen auf. Es stimmte ja gar nicht, dass sie noch immer nichts mit dem Rätsel anzufangen wusste! Wie es schien, hatte sie durch Libellas Transport bereits den ersten Teil erfüllt.

Ein warmes Gefühl durchflutete Genevieve. Endlich kam sie voran, endlich gab es wieder einen Grund, zu hoffen!

»Was ich dennoch nicht verstehe, ist der zweite Teil des Verses.« Überfordert sah sie ihren Begleiter an, der seine Handschuhe zurechtzupfte.

»Die Kraft, die in dir wohnt«, wiederholte er und bedachte sie mit einem durchdringenden Blick. »Kannst du etwa …?«

»Vielleicht spielt es auf eine innere Gefühlslage an. Einen … Zustand oder so«, unterbrach Genevieve ihn. Sie wollte nicht, dass er sie auf vermeintliche magische Kräfte ansprach, auch wenn sie den Gedanken, dass davon die Rede sein könnte, schon lange mit sich herumtrug. Dennoch wollte sie es nicht wahrhaben – außerdem war das Erbe ihrer Mutter etwas, das sie lieber in sich verborgen trug.

Sie hatte den Blick scheu auf den Boden gerichtet und sah erst wieder auf, als der Fremde weitere Mutmaßungen anstellte.

»Vielleicht … musst du jemanden … erweichen. Du sollst ein kaltes Herz durchbohren … ihm die Kälte nehmen … durch das, was in dir steckt … Möglicherweise durch deinen Großmut?«

Genevieve runzelte die Stirn. Aus diesem Blickwinkel hatte sie ihr Rätsel noch nie betrachtet, aber es schuf eine neue Perspektive auf die Dinge.

»Aber … das kälteste Herz …«, fing sie an und legte den Kopf schief. »Müsste es nicht das des Schneekönigs sein? Des Herrschers über das Eis?«

Irgendetwas an ihrer Aussage stimmte ihn missmutig. »Nur weil man in einer kalten Welt lebt, heißt das nicht, dass man kein Herz für die schönen Dinge hat«, wusste er mit einer Stimme, die keine Widerrede duldete.

Auf einmal sah sein Gesicht so verschlossen aus, dass Genevieve nicht wusste, wie sie ihn noch erreichen konnte. Sie presste die Lippen aufeinander.

Mercy kam schwanzwedelnd auf die beiden zugelaufen.

»Es ist nicht mehr weit«, sagte ihr Begleiter, als er den Wolf erblickte. »Den schlimmsten Teil haben wir hinter uns.« Er kratzte sich an der Nase.

Erleichtert lächelte Genevieve. Zwar hatte sie die Gefahren unbeschadet überstanden, aber das bedeutete nicht, dass sie sich gern in diesem Labyrinth aufhielt. Es war undurchsichtig und groß, dunkel und unheilverkündend … sie hatte nichts dagegen, endlich freizukommen.

»Sag mal, wie ist es eigentlich …«, begann sie, als ein Beben ihre Ohren erreichte. Blitzschnell drehte sie sich um, sah gerade noch den Feuerball, der durch die Luft geschleudert wurde und ihren Begleiter traf, der unter einem Ächzen zu Boden ging.

Genevieve schrie, sprang zurück und blickte sich panisch um. Aus dem Schatten löste sich eine Gestalt.

»Rania«, zischte die Prinzessin.

Sie war nicht gegangen, sondern hatte nur auf den rechten Moment gewartet, um erneut zuzuschlagen. Wie ein böses Omen kam sie auf die Prinzessin zugeflogen, nicht schnell – die wahre Bedrohung verbarg sich in ihrer Langsamkeit.

Genevieve wusste nicht, was sie tun sollte. Die Angst pulsierte ihn ihr und erschwerte ihre Gedanken. Abwechselnd schaute sie zwischen Rania und ihrem Begleiter, der stöhnend am Boden lag, hin und her. Ihre Stiefmutter hatte sie beinahe erreicht, auf ihren Lippen lag ein böses Lächeln, das ihr durch Mark und Bein drang. Wie festgefroren stand Genevieve da.

»Du wirst es nie nach Hause schaffen«, zischte Rania, lachte schallend und breitete die Arme aus. Ein dunkler Nebel löste sich aus ihrem Körper, der kontinuierlich wuchs und auf Genevieve zu waberte. Schon bald nahm sie seine verweste, toxische Note in sich auf.

Mehr aus Reflex streckte sie Rania beide Handflächen entgegen und spürte, wie die Kraft, die in ihr wohnte, sich dieses Mal zu ihren Gunsten einsetzen ließ. Ein Schwall weißer Farbe schoss aus Genevieves Händen, durchdrang den Nebel mit Leichtigkeit und berührte Ranias Haut, sodass diese laut aufschrie und sich in Luft auflöste.

Mit offenem Mund blieb die Prinzessin stehen. Mercy beschnupperte aufgeregt den Platz, wo Rania eben gestanden hatte.

»Sie ist weg«, flüsterte Genevieve. Und dann, als die Angst zu einem Teil wurde, den sie kontrollieren konnte, sank sie zu ihrem Begleiter auf den Boden, der sich zu einer Kugel zusammengerollt hatte. »Wo hat sie dich getroffen?«, fragte sie und legte ihre Hand auf sein Gesicht, das trotz der Kälte glühte.

Der Fremde sah sie aus schmerzverzerrten Augen an und rang nach Atem.

»Kannst du sprechen?«, erkundigte sich Genevieve besorgt.

Er schaffte es gerade so, den Kopf zu schütteln.

Mercy rannte auf die beiden zu und stupste ihr Herrchen mit der Schnauze an.

»Hör zu«, sagte Genevieve mit Nachdruck in der Stimme. »Du musst unbedingt wach bleiben, ja? Wir müssen dieses Labyrinth verlassen. Es ist zu gefährlich, hierzubleiben. Gut möglich, dass Rania auch ein drittes Mal zuschlagen wird. Ich kümmere mich um deine Wunden, sobald wir draußen sind.«

Anstatt einer Antwort erhielt sie nur ein gequältes Stöhnen. Schmerz zuckte durch den Körper des Verwundeten. Unter Anstrengung versuchte Genevieve, ihn hochzuziehen, doch seine Hand hatte nicht genügend Kraft, um ihre zu ergreifen.

»Verflixt!«, fluchte die Prinzessin. Der Schrecken saß tief in ihr. Noch immer spürte sie Ranias Präsenz. Wie ein dunkler Schatten schwebte sie über ihr und beobachtete sie bei allem, was sie tat.

Überfordert sah sie auf den Fremden mit den Schneeaugen hinab, die mit jeder Sekunde lebloser wurden. Mercy winselte traurig, schien zu wissen, wie schlecht es ihrem Herrchen ging. Gedankenverloren kraulte Genevieve ihre weißen Ohren und biss sich auf die Unterlippe.

Sie würde es niemals schaffen, den Verwundeten hochzuheben und aus dem Labyrinth zu tragen. Er wog sicherlich neunzig Kilo und sie war weit entfernt davon, als stark zu gelten. Hinzu kam, dass er bewegungslos am Boden lag und nicht mithelfen konnte.

Wie lange würde es dauern, bis Rania wieder zuschlug?

Schutz suchend schlang Genevieve die Arme um ihren Oberkörper und legte den Kopf in den Nacken. Über ihr spannte sich ein wolkenverhangener Himmel, der die Dunkelheit in ihr nach außen trug.

»Was sollen wir tun, Mercy?«, flüsterte sie und sah den Wolf an, der ihren Blick neugierig erwiderte. Er wich nicht von der Seite seines Herrchens, war ihm treu ergeben. Doch helfen konnte er ihm ebenso wenig wie Genevieve. »Ich muss unbedingt weiterziehen«, erkannte die Prinzessin. »Ich darf keine Zeit verschwenden. Aber … ich kann ihn nicht hier liegen lassen. Nicht nach allem, was er für mich getan hat. Er war für mich da, als es mir ebenso schlecht ging wie ihm jetzt. Ich schulde es ihm.«

Genevieve atmete tief durch, dann sank sie abermals auf die Knie.

»Wach auf!«, schrie sie ihren Begleiter an, der längst die Augen geschlossen hatte. »Wach auf, du musst mir helfen!«

Doch es war, als prallte ihre Stimme an ihm ab wie das Echo an einer steinernen Wand. Unter einem Ächzen wollte Genevieve ihn auf die Seite drehen, aber sein Körper, der eigentlich dünn und drahtig war, bewegte sich keinen Zentimeter.

Wütend trat Genevieve mit dem Stiefel auf den Boden. Sie konnte unmöglich warten, bis er aufwachte, denn sein Körper heilte nicht so schnell von selbst und die Kälte war erbarmungslos. Sie musste handeln – und zwar schnell! Aber was konnte sie tun?

Aus den Augenwinkeln sah Genevieve, wie Mercy sich aufrichtete und eine Pfote hob, die sie auf ihrem rechten Arm platzierte. Verwirrt betrachtete die Prinzessin den majestätischen Wolf, dessen Augen so klar und ohne Zweifel waren, dass sie glaubte, in ein menschliches Gesicht zu blicken. Mercys Berührung war fest und beständig – intensivierte sich zunehmend. Überfragt schaute Genevieve auf ihren Arm hinab.

»Was meinst du damit?«, hauchte sie.

*»Du weißt genau, was ich meine«,* antwortete der weiße Wolf und ließ Genevieve erstarren. Aus aufgerissenen Augen sah sie Mercy an.

»Du … Ich …«

*»Ich weiß nicht, woran es liegt, aber ich kann mit dir reden«,* fuhr Mercy fort. Ihre Stimme war sanft und weiblich, wie ein zartes Flügelschlagen. Die Prinzessin nahm sie nicht durch ihre Ohren wahr, sie glich eher einer Melodie tief in ihrem Innersten.

Vielleicht lag es daran, dass sie auch mit Libella reden konnte. Vielleicht trug Genevieve die Fähigkeit in sich und wusste sie lediglich nicht immer einzusetzen.

*»Es gibt einen Weg, ihm zu helfen«,* sagte der weiße Wolf bestimmt. *»Und er ist tief in dir verborgen.«*

Noch einmal berührte Mercy mit ihrer Pfote Genevieves Arm und da verstand die Prinzessin, was der Wolf von ihr verlangte. Sie sollte ihre Kräfte einsetzen. Aber nicht, um Tod und Verderben zu bringen, sondern um ein menschliches Leben zu retten, das beinahe verloren war.

»Ich weiß nicht, wie ich sie gebrauchen soll. Sie sind unkontrolliert und wild. Meine Mutter …«, stammelte Genevieve, doch Mercy brachte sie mit einem Bellen zum Schweigen.

*»Alles, was du können musst, trägst du in dir. Du musst nur dir selbst vertrauen.«*

Genevieve tauschte einen zweifelnden Blick mit ihr. Es war nicht das erste Mal, dass andere Menschen ihr mehr zutrauten als sie sich selbst. Dennoch wollte sie sich eine Chance geben, wollte es zumindest versuchen. Daher stand sie wieder auf und stellte sich direkt vor ihren Retter.

Genevieve schloss die Augen, um sich besser konzentrieren zu können, und breitete die Arme aus, obwohl sie sich nicht sicher war, ob man das tun musste. Sie atmete tief durch – und tatsächlich: Da war das altbekannte Prickeln, das in ihren Adern pulsierte.

Anstatt die Kraft abzuwehren, gab sich Genevieve ihr dieses Mal hin, kostete sie aus und ließ sie zu einem Teil von sich selbst werden. Hitze ergriff von ihr Besitz, setzte ihren Körper in Flammen, sodass sie den Schnee um sich herum nicht mehr spürte. Genevieve ballte instinktiv die Hände zu Fäusten und ließ sie wieder locker. Diese Geste wiederholte sie drei Mal, dann öffnete sie die Augen.

Japsend holte die Prinzessin Luft. Ihr Begleiter lag nicht mehr am Boden, sondern schwebte in der Luft. Sein schlanker Körper wurde von einem hellen Licht umgeben, das es schwer machte, ihn zu erkennen.

»Was passiert hier?«, fragte Genevieve mit stockender Stimme und sah Mercy an, die nicht minder verwundert wirkte.

*»Du solltest dir einfach ein bisschen mehr zutrauen«,* sprach sie sanft.

Genevieve aber fühlte sich überfordert und wusste nicht, welche Art von Handeln diese Situation verlangte.

Der Fremde mit den Winteraugen bewegte sich nun nach Norden und obgleich er die Augen fest geschlossen hatte, war es Genevieve, als würde er den Weg durch das Labyrinth kennen. Unentschlossen sah sie Mercy an, die im Gegensatz zu ihr genau zu wissen schien, was zu tun war. Mit wedelndem Schwanz lief sie ihrem schwebenden Herrchen hinterher, sodass auch Genevieve nichts anderes übrig blieb, als sich den beiden anzuschließen.

Die Angst, die sie vorher potenziellen Gefahren entgegengebracht hatte, richtete sich nun auf den verletzten Fremden, über den sie keine Kontrolle mehr besaß. Zwar bewegte er sich im schwebenden Zustand nicht schnell voran, aber konnte sie im Ernstfall doch nichts für ihn tun.

*»Es wird schon alles gut gehen«*, sprach Mercy ihr sanft zu. *»Er bringt uns hier raus.«*

»Und danach?«, traute Genevieve sich zu fragen. »Wie soll es danach weitergehen? Was mache ich mit ihm, wenn er in diesem Zustand bleibt und ich ihn gar nicht mehr erreiche?«

Ihre Stimme klang unsicher und klein, aber auch dieses Mal fand der weise Wolf die richtigen Worte.

*»Du selbst hast ihn in diesen Zustand gebracht, also wird es dir auch gelingen, ihn wieder davon zu lösen.«*

»Ich hoffe es sehr«, flüsterte Genevieve und verschränkte die Arme vor der Brust. Sie hatte es noch nie gemocht, die Kontrolle zu verlieren, aber es schien, als müsste sie sich dieser Situation haltlos hingeben.

# 18

## Penelopé

Neun Mädchen saßen im Speisesaal und tuschelten aufgeregt miteinander. Das zehnte dachte noch immer über das nach, was es am Vormittag erlebt hatte, und wusste nicht, ob es mit jemandem darüber sprechen wollte.

Inessa hatte sich unterdessen mit einer anderen Kandidatin angefreundet – Aurora. Beide stammten aus ähnlichen Kreisen und konnten ausgelassen miteinander reden. Anfangs hatte Penelopé versucht, sich an den Gesprächen zu beteiligen, doch immer waren ihre Gedanken zu der sonderbaren Begegnung abgeglitten.

Der Schneekönig hielt sich mitten unter ihnen im Palast auf, aber aus irgendwelchen Gründen wollte er sich nicht zeigen. Er bevorzugte es, in einem dunklen Zimmer mutterseelenallein auf etwas zu warten, das Penelopé nicht näher definieren konnte.

Die Prinzessin schob die Unterlippe vor und wurde erst aus ihren angestrengten Überlegungen gerissen, als Vyris den Saal betrat. Doch im Gegensatz zu seinen ersten Besuchen war er dieses Mal nicht allein gekommen, sondern hatte drei Frauen im Schlepptau, die nicht nur auf den ersten Blick wie Drillinge aussahen. Ihre Gesichter waren weiß wie der erste Schnee an einem Wintermorgen, ihre Augen eisblau, der Blick durchbohrend und neugierig. Um sich voneinander abzugrenzen, trugen sie Kleider in drei unterschiedlichen Farben: Flieder, Taupe und Mintgrün.

»Meine Damen, darf ich euch die Cousinen des Königs vorstellen?«, eröffnete Vyris das Gespräch und verbeugte sich vor den Drillingen, die sich an die lange Seite des Tischs gestellt hatten und die Auswahl prüfend musterten.

Penelopé fiel sofort auf, wie adrett sie angezogen waren, wie perfekt ihre hellblonden Haare lagen und dass nicht eine Unreinheit ihre Haut bedeckte. Beinahe wirkte es, als wären sie einem Bilderbuch entsprungen. Doch Penelopé bemerkte auch ihre kühlen Blicke, mit denen sie die Anwesenden musterten. Begeisterung sah anders aus.

»Das sind Safira, Mela und Alura«, stellte Vyris die Damen vor. »Bevor ihr die Möglichkeit habt, den König persönlich kennenzulernen, müsst ihr die Gunst der Drillinge erwerben. Dafür werdet ihr euch einer Befragung unterziehen. Eure Antworten werden aufgeschrieben und schließlich ausgewertet.« Er räusperte sich vernehmlich. »Safira, Mela und Alura entscheiden, wer im Wettbewerb bleiben darf und wer den nächsten Schlitten nach Hause nimmt.«

»Wie viele müssen gehen?«, erkundigte sich eine Kandidatin, von der Penelopé mittlerweile wusste, dass sie Mariella hieß. Sie reckte den Kopf und zupfte ihr rosafarbenes Kleid zurecht.

»Das können wir im Voraus noch nicht sagen, das hängt von euren Antworten und dem Engagement ab, das ihr an den Tag legt«, antwortete die Cousine im fliederfarbenen Kleid. Ihre Stimme klang nasal und passte zu ihrem aufgebauschten Aussehen.

»Vielleicht schaffen es alle, vielleicht nur zwei«, ergänzte ihre Schwester in Grün. »Daher gebt euch Mühe.«

Die dritte Dame war es, die in die Hände klatschte und den Kandidatinnen verdeutlichte, aufzustehen. »Wir haben uns schon im Voraus mit euch Mädchen beschäftigt«, erklärte sie, »und euch in Gruppen eingeteilt. So müsst ihr die Befragung nicht allein über euch ergehen lassen. Mein Name ist Alura und ich bitte Penelopé, Inessa und Undine, mir zu folgen.«

Penelopé hörte Inessa aufatmen. »Immerhin sind wir nicht allein«, flüsterte ihre Freundin.

Während die anderen Gruppen verkündet wurden, folgten Penelopé, Inessa und Undine Kjells Cousine aus dem Saal hinein in einen kleinen Raum, in dem sich ein Sofa, zwei Sessel und ein länglicher Tisch befanden. Auf einem der Sessel saß ein alter Mann mit eingefallenem Gesicht und Federkiel in der Hand, der den Blick hob, als die Frauen den Raum betraten.

»Das ist Frasen«, erklärte Alura und deutete auf den Mann, auf dessen Schoß mehrere Blätter Pergamentpapier lagen. »Er wird eure Antworten protokollieren, damit ich sie anschließend mit meinen Schwestern auswerten kann.«

Penelopé schenkte Frasen nur einen schnellen Blick, dann wurde sie gebeten, auf dem Sofa Platz zu nehmen. Inessa setzte sich rechts neben sie, Undine beanspruchte die andere Seite für sich. Gespannt sahen sie die bleiche Frau an, die sie ebenso unverhohlen musterte und sich schließlich auf dem zweiten Sessel niederließ.

»Bisher kennen wir euch alle nur sehr oberflächlich«, eröffnete sie das Gespräch. »Natürlich reicht das nicht. Daher werden wir heute in die Tiefe gehen, um einen besseren Eindruck von euch zu bekommen.« Sie spreizte die Finger und warf dem Schreiber neben sich einen flüchtigen Blick zu.

Penelopé gefiel ihre aufgeblasene Art nicht, erinnerte sie sie doch an jene Adlige, die sich zu viel auf ihren Titel einbildeten und deswegen arrogant wurden. Dennoch gab sie sich Mühe, gerade zu sitzen und unentwegt zu lächeln, denn wenn sie in diesem Palast bleiben wollte, musste sie sich anstrengen. Noch immer hatte sie keine Ahnung, worum genau es in ihrem Rätsel ging.

»Nun schön«, meinte Alura. »Wir fangen mit einer kleinen Vorstellungsrunde an. Erzählt mir etwas über euch!«

»Irgendetwas?«, hakte Undine nach.

Ihr Zwischenruf wurde prompt von Frasen protokolliert, was das Mädchen zusammenzucken ließ.

»Etwas, das es sich zu erzählen lohnt«, lautete Aluras nicht sehr eindeutige Antwort. »Fangen wir mit dir an.« Sie deutete auf Inessa.

Penelopé atmete erleichtert aus. Immerhin konnte sie so ihre Vorstellung der von Inessa angleichen.

»Mein Name ist Inessa«, fing ihre Freundin an. »Ich bin sechzehn Jahre alt und wohne schon mein ganzes Leben lang in Frigus, einem kleinen Dorf …«

»Ich weiß, was Frigus ist«, mischte sich Alura ein.

Inessa nickte schnell und fuhr fort: »Meine Familie ist nicht sehr reich, weswegen ich dies als eine Chance sehe. Außerdem war ich noch nie richtig verliebt und …«

Als Alura ein Gähnen vortäuschte und kurz die Augen schloss, wurde Penelopé von Wut erfasst. Was bildete sie sich ein? Glaubte sie, nur weil sie eine Haut aus Porzellan und Kleider aus Seide besaß, wäre sie etwas Besseres? Inessa sah mittlerweile völlig verängstigt aus, weswegen Penelopé nach ihrer Hand griff und sie drückte.

»Die Nächste«, meinte Alura gedehnt und deutete auf Penelopé.

Diese tat sich mit dem Lächeln sichtlich schwer und funkelte Kjells Cousine für einen Moment böse an. Natürlich wurde auch dieses Verhalten postwendend von Frasen protokolliert.

»Mein Name ist Penelopé«, begann sie schließlich. »Ich bin siebzehn Jahre alt und wohne ebenfalls in Frigus. Ich …« An dieser Stelle unterbrach sie sich, weil sich ihre beiden Existenzen in Gedanken miteinander vermischten.

Wie viel durfte sie verraten? Was wollte sie über sich sagen? Was stellte sie in einem guten Licht dar?

»Das ist nicht gerade sehr interessant«, wertete Alura. »Aber schön. Es war zu erwarten, dass die Vorauswahl auch langweilige Mädchen umfasst.« Sie wandte sich nun Undine zu.

Verwirrt sah Penelopé sie an. »Ich war noch nicht fertig, ich wusste nur nicht …«, stammelte sie, aber Alura nahm sie kaum zur Kenntnis. »Ich möchte meine Chance bekommen«, ereiferte Penelopé sich und spürte die Hitze in ihren Wangen. »Ich habe doch bloß nachgedacht …«

»Schreib bitte auf, dass sie vorlaut ist und keinerlei Manieren hat«, zischte Alura Frasen zu, der sofort den kratzenden Federkiel über das Pergament gleiten ließ.

Penelopé war kurz davor, den Raum zu verlassen, wollte aber ihren schlechten Eindruck nicht noch intensivieren. Daher zwang sie sich, ruhig zu atmen und sich statt auf ihren Zorn auf Undine zu konzentrieren. Sie schaute sie von der Seite an und erkannte, dass sie viel reifer wirkte als der Rest der Kandidatinnen.

»Ich heiße Undine, bin einundzwanzig Jahre alt und komme aus einer Provinz in Malin.« Ihre Stimme war tief und sanft zugleich, ließ die Prinzessin an flüssige Schokolade denken. Im Gegensatz zu Inessa saß sie aufrecht und wirkte nicht im Geringsten nervös. »Meine größte Leidenschaft gilt der Malerei und sie war es, die mein Interesse am Eispalast und seinen Bewohnern geweckt hat. Schon als kleines Kind habe ich meiner Fantasie freien Lauf gelassen und Bilder des Schlosses gemalt. Die Sehnsucht nach dem Unbekannten ist mit der Zeit gewachsen, weswegen ich dankbar für diese Chance bin.« Sie beendete ihre Vorstellung mit einem perfekten Lächeln, das auch Alura zustimmend nicken ließ.

»Wunderbar, es sind wohl doch nicht alle hoffnungslose Fälle«, kommentierte Kjells Cousine und klatschte zweimal in die Hände. »Jetzt, wo ihr euch vorgestellt habt, werden wir euch ein paar Fragen stellen. Wir bitten euch, diese wahrheitsgemäß und knapp zu beantworten. Es geht nicht darum, uns einen Roman aufzutischen, sondern die Relevanz in der Kürze zu finden.«

Frasen räusperte sich und förderte das Pergamentpapier zutage, das auf seinem Schoß zuunterst lag. Es war von beiden Seiten dicht beschrieben.

Als Alura Inessas überforderten Blick einfing, grinste sie. »Ja, wir wollen eine Menge über euch wissen, aber das ist nötig, um einschätzen zu können, ob ihr an König Kjells Seite bestehen könnt. Fangen wir an. Ich werde euch gleich die erste Frage stellen, die ihr nacheinander beantwortet. Wir nehmen dieselbe Reihenfolge wie eben.«

Penelopé spürte, dass Alura Inessa absichtlich als Erste antworten lassen wollte, um ihre Unsicherheit auf den Gipfel zu treiben. Neugierig blickte sie auf das Pergamentpapier, konnte aber keine der Fragen entziffern.

»Frage Nummer eins«, fing Alura an und griff nach dem Papier. »Welcher Moment in deinem Leben hat dich nachhaltig geprägt und dich zu der gemacht, die du heute bist?« Geradeheraus blickte sie Inessa an, die ihre Gedanken offensichtlich erst ordnen musste.

»Äh …«, stammelte sie, um Zeit zu schinden. »Also, ich …« Sie zupfte an ihrer Unterlippe und schien von Sekunde zu Sekunde blasser zu werden. »Ich …«

»Dir fällt also nichts ein? Nun, dann wird *mir* die Auswahl später leichter fallen. Penelopé, bitte!«

Obwohl die Prinzessin noch immer zornig über Aluras unangemessenes Verhalten war, verstand sie langsam, worauf es bei diesem Spiel ankam. »Der Tod meiner Mutter«, sagte sie geradeheraus. »Er hat mich gelehrt, dass nichts im Leben sicher ist und alles von jetzt auf gleich vorbei sein kann.«

Alura schürzte die Lippen, nickte aber. »Undine!«, forderte sie das Mädchen mit den braunen Locken auf, die so kraus waren, dass kein Kamm der Welt sie würde bändigen können.

»Ich bin mir sicher, dass dieser Moment noch kommen wird und mit König Kjell zusammenhängt«, sagte die braunhaarige Schönheit geheimnisvoll.

Alura nickte zufrieden. »Frage Nummer zwei: Was unterscheidet euch von den anderen Mädchen hier? Was macht euch einzigartig?« Ihre aufmerksamen Augen ruhten auf Inessa.

»Ähm … mein Name«, sagte sie, offensichtlich weil ihr nichts Besseres eingefallen war. »Niemand sonst, den ich kenne, heißt Inessa.«

Missfallen zeichnete sich auf Aluras Gesicht ab, auch Frasen schüttelte den Kopf. Penelopé widerstrebte die Art und Weise, wie ihre Freundin vorgeführt wurde. Inessa schien immer kleiner zu werden und ihr mühsam aufgebautes Selbstbewusstsein zerbrach.

»Penelopé, was unterscheidet dich von den Mädchen hier?«

Bei der Erwähnung ihres Namens zuckte die Prinzessin zusammen und dachte nach. Da sie aber genau dafür keine Zeit hatte, sprudelte etwas aus ihr heraus, das sie sogleich zurücknehmen wollte.

»Mein Motiv.«

Alura runzelte die Stirn, während Penelopé ertappt an ihrem Zeigefinger zog. Frasen hielt im Schreiben inne.

»Diese Antwort musst du weiter ausführen«, befahl die Cousine des Königs.

Penelopé war sich Inessas aufmerksamen Blicken gewiss, die ihre eigene Unruhe steigerten. »Viele sind hier, um reich zu werden. Um einen Titel zu erlangen und sich Ansehen zu erarbeiten. Das ist nicht meine Motivation. Ich bin … einzig und allein wegen des Königs hier.« Beinahe schüchtern blickte sie in Aluras hellblaue Augen.

Glücklicherweise wandte sich Kjells Cousine Undine zu, deren Antwort wie immer tadellos war. »Meine Besonnenheit unterscheidet mich von den anderen Mädchen. Mein Handeln ist überlegter und strukturierter. Diese Eigenschaften sehe ich auch in einer zukünftigen Königin.«

Penelopé konnte sich ein Stöhnen nicht verkneifen, was dazu führte, dass Aluras ohnehin schon gehegte Antipathie gegen sie nur noch anstieg. Verbissen blickte sie auf das Papier mit den Fragen. Würde es ewig so weitergehen? Hätte Undine immer die richtigen Antworten parat und sie und Inessa blamierten sich?

Entmutigt verschränkte sie die Arme vor der Brust. Ihr kam es vor, als hätte Alura sich ihre Meinung schon gebildet und nichts konnte sie mehr von ihrem Standpunkt abbringen. Penelopé konnte nur hoffen, dass das Glück auf ihrer Seite war.

»Kommen wir nun zur letzten Frage«, meinte Alura und entlockte den Mädchen ein erleichtertes Aufatmen.

Seit über einer Stunde saßen sie in dem beengten Raum und mussten sich einem Kreuzverhör unterziehen. Es hatte Fragen über die Kindheit gegeben, die Familie und den Beruf, aber auch über Zukunftsvisionen, Lieblingsbücher und charakterliche Eigenheiten.

Penelopé war es nicht gelungen, bei allen Themen bei der Wahrheit zu bleiben. Überhaupt wollte sie der schnippischen Frau nicht ihr Leben unterbreiten. Inessa war im Laufe der Fragen aufgetaut, während Undine irgendwann die Konzentration verloren hatte.

»Stell dir dein Leben als Königin vor. Wovor fürchtest du dich am meisten?«, las Alura vom Pergament ab und blickte neugierig in die Runde.

»Die Einsamkeit«, brach es aus Inessa heraus. »Ich werde mich definitiv an die einsamen Tage und Nächte gewöhnen müssen.«

»Die Liebe«, fiel Penelopé ein – aufrichtig und schonungslos. »Wie soll ich einen Mann lieben lernen, den ich … nicht einmal richtig kenne?«

Ihre Frage hing eine Weile kommentarlos im Raum, dann meldete sich Undine zu Wort.

»Es gibt keine Ängste«, wusste sie, »nur Chancen und Möglichkeiten, über sich hinauszuwachsen. Diese werde ich ergreifen.« Ein aalglattes Lächeln erschien auf ihren Lippen.

Frasen notierte die Antworten, dann reichte er den Stapel Pergamentpapier an Alura weiter.

»Ich danke euch für eure Zeit. Meine Schwestern und ich werden nun eure Antworten auswerten und danach unsere Entscheidung verkünden. In der Zwischenzeit bekommt ihr im Speisesaal ein Mittagessen serviert.«

Mit diesen Worten verschwand sie aus dem Raum, Frasen im Schlepptau, und ließ die Mädchen allein.

Penelopé nahm einen Schluck von der hellblauen Limonade. Obwohl das Essen wie immer köstlich aussah, konnte sie sich nicht darauf konzentrieren. Im Geiste ging sie die Fragen durch, die ihr gestellt worden waren, und dachte über ihre – nicht immer passenden – Antworten nach.

Welchen Eindruck hatte sie hinterlassen? War des Königs Cousine gewillt, ihr noch eine Chance zu geben?

Ein Blick auf Inessa verriet, dass ihre Freundin sich mit ähnlichen Sorgen herumschlug. Appetitlos rührte sie in ihrer Fischsuppe.

Als die Drillinge endlich wieder den Raum betraten, schien eine Ewigkeit vergangen zu sein. Penelopés Körper spannte sich an und sie richtete sich auf.

Wie viele Mädchen würden die nächste Runde erreichen? Wie viele mussten nach Hause fliegen?

Alura, Mela und Safira nahmen vor Kopf Platz und musterten die Kandidatinnen. Aus ihrer Mimik wurde Penelopé nicht schlau, aber wahrscheinlich beabsichtigten sie das. Nervös trommelte sie mit den Fingerspitzen auf die Tischplatte.

»Wir danken euch für eure Geduld«, begann Mela im mintgrünen Kleid und nickte den Mädchen zu. »Die Auswahl ist uns nicht leichtgefallen, da wir eine Vielzahl an Faktoren berücksichtigen mussten. Dennoch haben wir uns entschieden.«

Inessa hielt neben Penelopé die Luft an und auch die Prinzessin spürte ihre Angespanntheit mit jeder Sekunde deutlicher.

»Nach unserer Entscheidung sind noch fünf Mädchen im Rennen. Wir haben uns für die entschieden, die sowohl Aufrichtigkeit vorweisen als auch Durchhaltevermögen und Individualität. Nicht immer waren wir uns einig, aber unsere Entscheidung steht.«

Mela schaute ihre Schwester Safira in Flieder an.

»Folgende Mädchen sind weiterhin im Rennen und dürfen schon bald König Kjell kennenlernen«, verkündete sie mit glockenheller Stimme. Auf ihr sonst so starres Gesicht trat ein Strahlen. »In der nächsten Runde sind Inessa, Malaika, Undine, Aurora und Liva.«

Penelopé wartete auf ihren Namen, aber er kam nicht. Sie wartete noch, als Safira längst zu Ende gesprochen hatte und Beifall für die Auserwählten klatschte.

»Es tut mir so leid«, flüsterte Inessa und fasste sie an der Schulter.

»Wir entschuldigen uns bei denen, für die es heute nicht gereicht hat«, meldete sich Alura zu Wort. »In manchen Fällen hat nur eine einzige Antwort den Unterschied gemacht. In anderen war die Sache eindeutiger.«

Obwohl sie kein bestimmtes Mädchen anschaute, spürte Penelopé ihren eisigen Blick auf sich. Und während diejenigen, die weitergekommen waren, sich um den Hals fielen und ihre Erleichterung äußerten, wurde der Prinzessin das bewusst, was Inessa schon früher erkannt hatte. Sie war nicht länger Teil des Wettbewerbs. Sie hatte es nicht geschafft und musste zurück nach Frigus. Zurück in eine Stadt, in der sie fortan auf ewig festsitzen würde, weil es dort keine Lösung für ihr Rätsel gab.

Tränen traten in ihre Augen, auch wenn sie sich dafür schämte. Sie war an der Situation ja selbst schuld und es brachte nichts, über die eigene Unfähigkeit zu weinen. Verstohlen wischte sie sich eine Träne aus dem Augenwinkel und räusperte sich.

»Die Mädchen, die es nicht geschafft haben, sollen nun auf ihre Zimmer gehen und sich für die Reise fertig machen. Der Schlitten fliegt in einer Stunde los. Außerdem benötigen wir die Schlüssel, die nicht als Geschenk, sondern als Leihgabe zu verstehen waren.«

Alura schaute die Mädchen der Reihe nach an.

Das Loch, in das Penelopé fiel, wurde immer größer und erwies sich als bodenlos. Wie im Delirium stand sie auf, legte den Schlüssel, der sich in ihrer Kleidtasche befunden hatte, auf den Tisch und verließ den Raum fluchtartig.

Sie hatte ihre einzige Chance verspielt.

# 19

## Genevieve

Genevieves Herz schlug ihr gegen die Rippen, als sie dem schwebenden Fremden durch das Labyrinth folgte. Mercy war ihr dicht auf den Fersen, dennoch hatte sich die Angst in der Prinzessin festgesetzt.

Was sollte sie tun, wenn wieder eine Gefahr im Verborgenen lauerte und sie nicht mehr nur ihr eigenes, sondern auch sein Leben beschützen musste? Konnte sie ihn retten, so wie er es getan hatte?

Während Genevieve durch das Labyrinth ging, betrachtete sie den Fremden genauer. Sein Gesicht hatte etwas an sich, das ihr gefiel. Vielleicht lag es an seiner glatten Haut, die sich wie Alabaster über die Knochen spannte, oder an seinen dichten Wimpernkränzen, die wie ein Halbmond unter den Augenlidern ruhten. Gern hätte die Prinzessin mehr über ihn erfahren, aber er schien seine Geheimnisse zu hüten.

*»Du bist seit langer Zeit das erste Mädchen hier«*, sagte Mercy und streckte die Schnauze in die Höhe.

»Aber … hat er nicht gesagt, dass es so viele Feinde gibt? Und man daher das Labyrinth gebaut hat, um sie fernzuhalten?« Genevieve blickte in die klugen Augen des weißen Wolfs.

*»Die Feinde sind nur Vorboten und deuten auf den einen großen Gegner hin, der kommen und alles vernichten wird.«*

»Was soll das für ein Gegner sein?«, erkundigte sich Genevieve und bog rechts um eine Ecke.

*»Wir wissen nicht, in welcher Form er sich zeigen wird. Doch wenn er kommt, haben wir beinahe schon verloren.«* Mercy senkte den Blick, was Genevieve nur mehr verwunderte.

»Aber was wird dieser Feind tun?«, hakte sie beharrlich nach, weil sie sich mit den kryptischen Worten des Wolfes nicht zufriedengeben wollte.

*»Er wird alles zerstören, was wir uns aufgebaut haben. Einfach alles.«*

Mit diesen Worten stob Mercy davon, wirbelte Schnee unter ihren Pfoten auf und war in Sekundenschnelle verschwunden.

Genevieve wollte den Wolf zurückrufen, weil sich die Einsamkeit im Labyrinth jetzt umso deutlicher bemerkbar machte, aber das war nicht nötig. Sie ging ein Stück geradeaus, drehte sich nach links und sah … den Ausgang. Mercy wartete bereits vor den Mauern auf sie.

»Wir haben es geschafft«, flüsterte Genevieve, die es im ersten Moment nicht fassen konnte. »Wir haben es wirklich geschafft!«

Schnell warf sie einen Blick auf ihren Begleiter, der weiter nach Norden schwebte.

»Wohin will er?«, fragte Genevieve den Wolf, der abwartend den Kopf schief legte.

*»Das kann ich dir nicht sagen, aber ich weiß, dass wir auf dem Weg zum Schloss an einer kleinen Hütte vorbeikommen, in der du dich um seine Wunden kümmern kannst.«*

Abwesend nickte Genevieve, dann folgte sie dem schlafenden Fremden. Das Labyrinth lag hinter ihr und sie hoffte, es nie wieder betreten zu müssen. Zwar schneite es nun wieder heftiger, aber immerhin handelte es sich dabei um einen Zustand, der ihr nicht fremd war und mit dem sie klarkam.

Mercy lief voran, ihr weißes Fell ging im Schnee beinahe unter. Ihre Fußspuren waren nur für eine Weile zu sehen und schon bald mit einer neuen Ladung Schnee bedeckt.

»Wie viele Menschen leben im Palast?«, fragte Genevieve, als sie den Wolf eingeholt hatte.

Mercy hielt in der Bewegung inne und schüttelte den Kopf. *»Das kann ich dir nicht genau sagen, ich war lange nicht mehr dort.«*

»Und … dein Herrchen? Besucht er den Palast von Zeit zu Zeit?«

*»Er kennt das Schloss, ja. Aber schau mal, dort vorn ist die Hütte, von der ich gesprochen habe. Lass uns dort rasten.«*

Genevieve hob den Blick und erkannte ein kleines Häuschen am Rande ihres Sichtfeldes. »Wer hat dieses Haus gebaut? Mitten im Nirgendwo, wo es doch niemand braucht?«

*»Nun ja, wir brauchen es«*, verbesserte Mercy sie und schüttelte den Neuschnee von ihrem Fell. *»Das Haus erfüllt seinen Zweck. Man kann Kraft tanken und rasten. Im Labyrinth ist das kaum möglich, aber in der Hütte sollten wir sicher sein.«*

Sie hatten das kleine Holzhaus beinahe erreicht. Erst da merkte Genevieve, wie hungrig sie war und dass sie auch etwas zu trinken gebrauchen konnte. Mit gesammelten Kräften schob sie den Eisenriegel zur Seite, der die Tür verschlossen hielt. Mercy rannte als Erste in die Behausung, dann schob sich Genevieve durch den schmalen Eingang. Ihr Begleiter passierte diesen als Letzter und fiel sanft auf den staubigen Boden.

»Gibt es hier drinnen Licht?«, fragte Genevieve mehr sich selbst und tastete die Umgebung im Dunkeln ab.

Die Hütte verfügte nur über ein kleines Fenster, das die Finsternis nicht vertrieb. Tatsächlich fand Genevieve eine Kerze und Streichhölzer in einem Schränkchen. Sie schloss die Tür, um den Sturm nicht hereinzulassen, und entzündete den Wachsstummel. Notdürftig leuchtete sie damit das Innere der Hütte ab, das sich als Enttäuschung entpuppte. Offensichtlich konnte niemand an diesem Ort für eine längere Zeit überleben, dafür gab es zu wenig.

In einer Ecke fand Genevieve eine durchlöcherte Decke, außerdem einen Tisch und einen Küchenschrank, dessen Türen so weit offen standen, dass sie sich gar nicht auf die Suche nach etwas Essbarem begeben musste.

Immerhin war es nicht so kalt wie draußen.

Die Prinzessin stellte die Kerze am Boden ab und schlang sich die Decke um den frierenden Körper. Mercy bettete sich zu ihren Füßen.

»Wie soll ich ihn wieder gesund machen?«, erkundigte sie sich überfordert. »Ich habe meine Kräfte nicht unter Kontrolle und keine Ahnung, wie ich sie einsetzen soll.«

*»Vielleicht ist es weniger schlimm, als du denkst.«* Mercy legte den Kopf schief.

Die Prinzessin seufzte. »Das kann ich mir schwer vorstellen. Er sieht aus, als würde er sich im Delirium befinden. Seine Wunde ist schwarzer Magie gezollt und ich weiß nicht, wie man sie heilen soll.«

*»Für den Anfang würde es genügen, wenn du sie dir erst einmal anschaust«*, bemerkte der Wolf sanft und stupste Genevieves Hand mit der Schnauze an.

Genau davor fürchtete sie sich aber. Was würde geschehen, wenn sie erkannte, dass die Verletzung all das, was sie konnte, überstieg und sie machtlos war?

*»Na los, hab keine Angst«*, redete Mercy ihr gut zu und brachte sie immerhin dazu, ihrem Begleiter den Mantel auszuziehen und seinen Pullover nach oben zu schieben.

Von außen sah man ihm seine Verletzung nicht an, es floss kein Blut und auf den ersten Blick wirkte sein Körper gesund. Dennoch hielt Genevieve die Luft an, als sie einen Blick auf die weiße Haut warf, die von tiefen Furchen durchzogen war. Vorsichtig ließ sie ihre Finger darüber gleiten und zuckte zusammen, weil die Haut zu brennen schien.

*»Was ist mit ihm? Kannst du etwas erkennen?«*, fragte Mercy aufgeregt. Die Sorge um ihr Herrchen stand der Wölfin ins Gesicht geschrieben.

Genevieve beantwortete ihre Frage nicht, sondern fuhr weiter den Körper des Fremden ab. Irgendetwas war anders an ihm, doch sie erkannte nicht, was es war. Nachdenklich schob sie die Lippe vor. »Sein Brustkorb«, hauchte sie. »Es sieht aus, als würde er wachsen.«

Mercy beugte sich über sein Herrchen und legte die Ohren an. *»Es sieht aus, als würde etwas in ihm festsitzen. Ein Gegenstand.«*

Vorsichtig schob Genevieve den großen Wolf zur Seite und legte ihre Hand auf die Brust des Fremden. Im selben Moment begann der Smaragd an ihrem Armband zu leuchten. Die Prinzessin kniff verwundert die Augen zusammen, dann platzierte sie den Edelstein direkt auf dem Brustkorb ihres Begleiters. Von jetzt auf gleich war der Raum in gleißend helles Licht getaucht, das sich auf der Brust des Fremden bündelte. Aus aufgerissenen Augen sah Genevieve, wie sich feine Risse durch seine weiße Haut zogen, aus denen ein Loch entstand, das freie Sicht auf ein paar Knochen gab.

Angewidert von diesem Anblick presste Genevieve sich die Hand vor den Mund und musste würgen. Sie war zu schockiert, um irgendetwas tun zu können. Das Loch wurde immer größer und irgendwann erkannte die Prinzessin, dass sich ein Fremdkörper in ihm befand, der sie auf den ersten Blick an schwarzen Nebel erinnerte.

*»Ich bin mir sicher, das hat die Hexe in ihm platziert«,* meinte Mercy und knurrte.

»Was ist das?«, fragte Genevieve angewidert.

Ihre Arme zitterten, weswegen es ihr schwerfiel, das Band weiterhin aufrechtzuerhalten. Gefährlich langsam bewegte sich der schwarze Nebel aus dem Körper, formte sich in der Luft zu einer Kugel, die sich direkt auf den Smaragd legte. Für den Bruchteil einer Sekunde verfärbte er sich schwarz, dann verpuffte Ranias dunkle Magie, als wäre sie nie da gewesen.

Nach und nach bildete sich eine neue Schicht Haut auf dem Körper des Fremden. Genevieve konnte gerade noch seinen Pullover herunterziehen, dann öffnete er unter einem Husten die Augen.

»Was ist geschehen? Wo bin ich?«, fragte er und blickte orientierungslos umher. Seine Stimme klang, als hätte er eine lange Zeit geschlafen.

»Du hattest im Labyrinth eine Begegnung mit Rania«, erklärte Genevieve und beugte sich über den Verletzten. »Sie hat dich mit ihren schwarzen Kräften getroffen und wahrscheinlich unter einen Bann gestellt, aber …«

»Aber was?« Unter einem Stöhnen richtete er sich auf und strich sich durch das silberweiße Haar. »Wieso fühlt es sich so an, als hätte man mir die Haut bei lebendigem Leib abgerissen?« Er stöhnte.

»Du … Ich …«, stammelte Genevieve und sah Mercy Hilfe suchend an, doch die Wölfin wollte anscheinend in Gegenwart ihres Herrchens nicht mehr mit ihr kommunizieren.

»Wie kommt es, dass ich wieder …«

Genevieve holte leise Luft und blies die Wangen auf, weil sie nicht wusste, was sie sagen sollte. Sie blickte auf ihre Hände hinab und dann direkt in die grauweißen Augen des Fremden. »Als Rania den Magieball auf mich geschleudert hat und er sich in einen Schneeball verwandelte … das warst doch du, oder?« Sie legte den Kopf schief.

Ihr Begleiter räusperte sich und nickte. »Ich kann mich verteidigen«, meinte er.

»Du meinst, du beherrschst Magie?«, hauchte Genevieve.

»Magie, Zauber, Talente – wie auch immer du es nennen magst«, erwiderte er unbestimmt.

Genevieve legte den Kopf in den Nacken und flüsterte: »Ich auch.«

»Und im Gegensatz zu mir scheinst du es nicht zu genießen«, schloss der Fremde zu ihrer Linken.

Die Prinzessin schaute ihn direkt an, blickte in ein Gesicht, das so viel Verständnis zeigte, dass ihr schwindelig wurde. Genevieve faltete die Hände im Schoß und rückte näher an ihn heran. »Ich hasse es«, gestand sie ihm. »Mein Leben lang habe ich mir nichts anderes gewünscht, als normal zu sein. Aber das war aufgrund zweierlei Dinge nicht möglich. Erstens bin ich eine Prinzessin –damit habe ich mich irgendwann abgefunden. Aber zweitens – und dagegen kann ich nichts tun – gibt es Fähigkeiten in mir, die ich nicht ablegen kann, ganz gleich, wie sehr ich es versuche.«

Betrübt ließ sie den Kopf hängen. Eigentlich hatte sie nicht vorgehabt, ihm von ihrem Geheimnis zu erzählen – nicht einmal ihre Schwestern wussten davon –, aber in diesem Moment fühlte es sich richtig an.

»Gibt es nichts, was dir daran gefällt? Man kann so viel Gutes tun. Heilen, Frieden bringen, Unglück abwenden. Nicht alles muss der Dunkelheit gezollt sein.«

»Ich weiß.« Sie nickte. »Aber da ist Dunkelheit in mir und gegen die komme ich nicht an. Manchmal ist das Bedürfnis in mir so stark, dass ich es nicht kontrollieren kann. Manchmal muss ich …«, sie drosselte die Lautstärke ihrer Stimme, »töten.«

Sie hatte mit allem gerechnet – aber nicht damit, dass er seinen Arm um ihre Schultern legte und sie sanft an sich zog. »Du musst aufhören, Angst vor dem zu haben, was du in dir trägst. Du musst lernen, es als einen Teil von dir zu akzeptieren.«

»Und wenn ich das nicht will?« Ihre Stimme brach.

Er drehte den Kopf zu ihr. »Vielleicht musst du es wollen. Manchmal gibt es nur einen Weg, und es ist einfacher, diesen zu akzeptieren, als gegen ihn zu rebellieren. Auch in der Dunkelheit versteckt sich von Zeit zu Zeit Schönheit.«

»Ach ja?« Genevieve schniefte und wischte sich über die Augen. Die Tatsache, dass er ihr so nah war und unwiderstehlich nach Tannenholz und Frost roch, machte sie nervös. Sie wusste nicht, was seine intensiven Blicke bedeuteten oder wieso er sie noch immer nicht losgelassen hatte.

»Was vermisst du hier am meisten?«, fragte er sie.

»Mein Zuhause. Brahmenien. Meine Familie. Irgendetwas, das mich an die Vergangenheit erinnert.«

»Schau mir in die Augen, Genevieve. Und nun denk an all das, was du verloren glaubst.«

Verwirrt erwiderte die Prinzessin seinen brennenden Blick. Kurz tauchte der Palast in Brahmenien vor ihren Augen auf, dann blinzelte sie. Der Fremde ihr gegenüber schien zufrieden.

»Nun schließ deine Augen«, trug er ihr auf und weil sie müde und der Reise satt war, hörte sie auf ihn. »Berühre mit deiner Hand den Boden«, hauchte er, als sie eine Weile blind gewesen war.

Die Prinzessin ließ sich von seiner Stimme leiten und fuhr mit ihren Fingern über den hölzernen Untergrund der Hütte. Nur dass es da kein Holz mehr gab, sondern … Sand?

Genevieve keuchte und riss die Augen auf. Blinzelte zweimal, weil sie das, was sie sah, nicht glaubte und sich zu nahezu einhundert Prozent sicher war, dass sie unter Wahnvorstellungen litt.

»Wie kann das … Das ist doch …«, stammelte sie, dann blickte sie ihren Begleiter neben sich an, der lächelte.

»Ich kann dich nicht nach Hause bringen«, sagte er, »aber meine Kräfte erlauben es mir, deine Heimat nach Prunaea zu holen. Zumindest einen Teil davon.«

Unter einem Ächzen stand er auf und reichte der Prinzessin seine Hand. Genevieve – noch immer überrumpelt, doch voller Sehnsucht für das große Schloss, das direkt vor ihr stand – ergriff sie und ließ sich von ihm hochziehen.

»Woher weißt du, wie es bei mir zu Hause aussieht?«, wollte sie wissen.

»Ich weiß es nicht«, sagte er kopfschüttelnd. »Aber meine Kräfte erlauben es mir, direkt in deine Erinnerungen zu schauen und daraus ein Bild zu projizieren. Dieses Schloss ist nicht echt, es ist nur eine Illusion, aber vielleicht hilft es dir, dich besser zu fühlen.«

Genevieve ließ seine Hand los und ging auf den gigantischen Palast zu, der so viele Jahre ihr Zuhause gewesen war. Ein Gefühl der tiefen Verbundenheit durchströmte sie, als sie ihre nackte Hand gegen die Wand presste.

»Wenn ich hineingehe … werde ich meine Familie sehen?«, fragte sie den Fremden.

Bedauernd schüttelte dieser den Kopf. »Ich kann keine Menschen projizieren und du wirst auch dieses Schloss nicht betreten können. So weit reichen meine Kräfte nicht. Aber vielleicht hilft es dir ja trotzdem … es zu sehen und dich an seinem Anblick zu erfreuen.«

Genevieve nickte, während Tränen ihre Wangen hinabliefen. »Ich danke dir«, sagte sie aufrichtig. »Ich glaube, das ist das Schönste, was je jemand für mich getan hat.«

Zum ersten Mal sah sie ihn schmunzeln. »Wie gesagt, Magie muss nicht immer etwas Böses sein. Und aus der Dunkelheit kann manchmal Licht wachsen.«

Mit seinen Worten löste sich der Palast auf und obwohl Genevieve bei seinem schwindenen Anblick traurig wurde, überwog die Zufriedenheit, die sie tief in sich empfand. Der Gedanke an ihr Zuhause hatte ihr neue Kraft geschenkt. *Er* hatte ihr neue Kraft geschenkt.

Als die Hütte nicht mehr als ein kleines, staubiges Holzhaus war, drehte sie sich zu ihm um und griff nach seinen Händen. »Ich weiß immer noch nicht, wie du heißt«, murmelte sie und gestattete sich den Blick in seine hellen Augen. Direkt dazwischen hatte er ein Muttermal, dessen Form Genevieve an eine Schneeflocke erinnerte.

*Wie passend.* Sie lächelte.

»Ich heiße Pale«, verriet der Fremde ihr – und der Prinzessin war es, als hätte er ihr ein Geheimnis anvertraut.

»Pale«, wiederholte sie leise und nickte. »Der Name passt zu dir.«

»Genevieve passt nicht zu dir«, erwiderte er und stimmte sie nachdenklich. »Er ist zu lang und zu förmlich für einen Wirbelwind wie dich.«

Seine Bemerkung brachte sie zum Grinsen. Noch immer hielt sie seine Hände fest. »Meine Schwestern nennen mich Ginny«, verriet sie Pale dann, der zufrieden nickte.

»Ginny«, wiederholte er, »viel besser. Schön, dich kennenzulernen.«

# 20

## Penelopé

Inessa stand neben ihr, als sie planlos durch das Zimmer lief und kein einziger ihrer Gedanken mehr Sinn zu ergeben schien.

»Es tut mir so leid, dass du gehen musst. Vor allem, bevor du den Schneekönig gesehen hast«, meinte Inessa betreten und wollte Penelopé in den Arm nehmen, aber diese war ihr entwischt, bevor sie eine Chance dazu bekam.

Es musste doch noch etwas geben, das sie tun konnte. Etwas, das sie daran hinderte, den Palast zu verlassen und bis zu ihrem Tod in Frigus zu bleiben.

»Inessa …«, sagte sie und schaute die junge Frau flehend an. »Ich kann noch nicht nach Hause, das geht nicht.«

Ihre Freundin lächelte mitfühlend. »Das verstehe ich. Mir würde es auch nicht leichtfallen, gehen zu müssen …«

»Das meine ich nicht«, unterbrach sie das Mädchen barsch. »Ich *kann* noch nicht nach Hause. Es geht einfach nicht.«

»Wieso nicht?«

»Weil …«

Penelopé betete um eine Eingebung, fand aber keine. Sie betete für ein Wunder, doch nichts geschah. Konfus lief sie aus dem Zimmer, so schnell, dass Inessa ihr nicht würde folgen können. Sie wollte nach draußen an die frische Luft, um nachzudenken.

Wann würde der Schlitten kommen? Gab es eine Möglichkeit, sich im Schloss zu verstecken und weiterhin nach der Lösung des Rätsels zu suchen?

Blindlings rannte Penelopé durch die Gänge, nahm mal eine Treppe nach oben, mal eine nach unten. Es konnte nicht schon vorbei sein, das war unmöglich! Es musste doch noch eine Möglichkeit geben, ihren Aufenthalt zu verlängern.

Als sie am Ende des Ganges angekommen war, blieb sie stehen und blickte auf die Steinwand vor sich. Gleichzeitig begann der Amethyst auf ihrem Armband zu leuchten.

Penelopé senkte den Blick, dann schaute sie wieder nach vorn – und erkannte, dass es in der Steinwand jetzt eine Tür gab. Beherzt drückte sie die Klinke hinunter und stahl sich in die Dunkelheit, die auf sie wartete.

Sie wusste nicht, ob Kjell wieder da sein würde. Sie wusste nicht, ob es sinnvoll war, sich hier zu verstecken. Aber in Anbetracht der Alternativen fiel ihr nichts Besseres ein.

»Ich muss mich wohl an deine Besuche gewöhnen, was?«, drang seine einnehmende Stimme an ihr Ohr.

Penelopé zuckte zusammen, nahm aber dennoch auf dem erstbesten Stuhl Platz, den sie in der Dunkelheit gefunden hatte. »Bist du den ganzen Tag hier?«, fragte sie und schaffte es nicht, die Wut aus ihrer Stimme zu bannen.

»Ich bin hier, wenn es sich anbietet«, lautete seine Antwort.

Obwohl Penelopé sich im Raum umsah, ahnte sie schon, dass sie ihn auch dieses Mal nicht zu Gesicht bekommen würde.

»Wie war dein Tag?«, fragte er sie geradeheraus, als wären sie mehr als zwei Fremde.

»Nicht besonders gut«, nutzte Penelopé die Gunst der Stunde und verschränkte die Hände im Schoß. »Ich habe deine Cousinen kennengelernt und wie es aussieht, waren sie nicht sehr angetan von mir.«

»Wie kommst du darauf?«

Seine Stimme klang so nah, dass die Prinzessin zusammenzuckte. Doch sie wollte sich von seiner Präsenz nicht einschüchtern lassen, auch wenn sich die feinen Härchen auf ihren Armen aufstellten.

»Ich bin nicht mehr Teil des Wettbewerbs und der magische Schlitten wird mich gleich nach Hause bringen.«

Seine Antwort bestand aus unausgesprochenen Worten und bleierner Stille. »Was tust du dann noch hier?«, erkundigte er sich nach einer viel zu langen Weile.

»Ich weiß es nicht.«

»Willst du denn bleiben?«

Sie nickte, auch wenn sie sich nicht sicher war, ob er es sehen konnte.

»Wieso willst du bleiben, Penelopé?«

Die Tatsache, dass er ihren Namen kannte, intensivierte die Gänsehaut auf ihren Oberarmen. Wie viel er wohl über sie wusste? Ihr schwirrte der Kopf.

»Ich will bleiben, weil ich noch nicht die Möglichkeit hatte, mich zu beweisen«, sagte sie.

»Du lügst.«

»Was?« Penelopé blickte orientierungslos umher. »Wieso sollte ich lügen?«

»Das weiß ich nicht.«

Sie schnaubte.

»Wieso willst du bleiben?«, bohrte er weiter. Ehrliches Interesse lag in seiner Stimme.

»Weil ich … Ach, ich weiß auch nicht.«

»Erzähl mir etwas über dich. Etwas, das mich überrascht.«

»Und wozu soll das gut sein?« Penelopé zwirbelte eine Strähne ihres roten Haares und schnaubte.

»Das sage ich dir, wenn es so weit ist.«

Er klang geduldig und ruhig – vielleicht waren es genau diese beiden Attribute, die die Prinzessin in den Wahnsinn trieben.

»Nun gut, dann fange ich eben an«, beschloss er, als keine Antwort von ihr kam. »Ich kann nur mit links schreiben. Ich würde unfassbar gern mal eine Orange essen. Meine Lieblingszahl ist die Drei.«

Penelopé dachte gar nicht daran, sich auf dieses Spiel einzulassen. Stattdessen stand sie auf, klopfte unsichtbaren Staub von ihrem Kleid und ging auf die Tür zu.

»Ich mag es nicht, wenn Menschen mir die Hand zur Begrüßung geben. Bei einer Unterhaltung bin ich immer der Erste, der den Blick senkt. Ich habe riesige Angst vor dem Ende, weil es das Einzige ist, das ich nicht beeinflussen kann.«

Penelopés Hand ruhte schon auf der Klinke, als sie stehen blieb.

»Meine Lieblingstiere sind Löwen, aber ich kenne sie nur aus Büchern. Ich sehe in der Nacht ebenso gut wie am Tag, aber das, was ich erblicke, ermüdet mich. Ich habe diesen Wettbewerb ins Leben gerufen, weil ich die Einsamkeit nicht mehr ertrage. Gleichwohl bin ich mir sicher, dass es da draußen niemanden gibt, der freiwillig mit mir allein sein will.«

Penelopé drehte sich von der Tür weg und ging einige Schritte in den Raum hinein.

»Ich liebe es, Schach zu spielen. Niemand hat mich je geschlagen. Auch im Leben denke ich gern vier Züge im Voraus und weiß meist schon lange vorher, was meine Mitmenschen zu tun gedenken. Aber genau darin liegt das Problem, denn Mitmenschen sind so ziemlich das Einzige, was ich nicht habe. Zumindest nicht dauerhaft.«

Penelopé nahm ihren Platz wieder ein und lehnte sich im Stuhl zurück.

»Ich habe Probleme mit dem Einschlafen – aber auch mit dem Wachwerden, weil ich dann nicht mehr träumen kann.«

Er verstummte und alles, was er gesagt hatte, lastete nun auf Penelopé, die nervös an ihren Fingern spielte und in die Stille lauschte. Sie benötigte drei Anläufe, um den Mund zu öffnen und etwas zu sagen.

»Ich habe eine Zwillingsschwester. Ich bin mit meinen ein Meter achtundsiebzig zu groß für die meisten Männer. Als kleines Kind habe ich mir meine Haare abgeschnitten, weil ich dachte, sie würden in einer anderen Farbe nachwachsen.«

Sie holte Luft, doch es war Kjell, der fortfuhr: »Es treibt mich in den Wahnsinn, dass unsere Welt so groß ist und ich in meinem Leben nur einen Teil von ihr sehen kann. Ich würde gern mal Schlittschuh laufen – nachts unter dem Sternenhimmel.«

»Ich bin schon einmal Schlittschuh gelaufen«, fiel Penelopé ein. »Da war ich elf Jahre alt und mein Vater hat den Winter in unser Land gebracht, in dem die Sonne an jedem Tag scheint. Der Schnee war nicht echt und ist schon nach weniger als einer

Stunde geschmolzen, aber ich kann mich an das Gefühl erinnern, über Eis zu gleiten.«

Sie schloss die Augen, um die Erinnerung lebendig zu halten. Schon seit vielen Jahren hatte sie nicht mehr daran gedacht.

»Ich mag keine Kreise. Nichts, was perfekt rund ist und keinen Anfang oder kein Ende hat«, fiel Kjell ein.

»Ich habe früher unter dem Bett geschlafen, damit die Monster keinen Platz mehr haben.« Penelopé lächelte angesichts der Erinnerung.

»Ich denke zu viel und fühle zu wenig.«

»Ich fühle genug, aber meine Gedanken bringen mich nirgendwohin.«

»Was hat dich dann in diesen Raum gebracht?«, fragte er eindringlich.

Penelopé schaute auf ihr Armband hinab, aber eigentlich glaubte sie nicht, dass das Schmuckstück verantwortlich für ihren Ausflug in den sonderbaren Raum war. Daher zuckte sie nur mit den Schultern.

»Wieso haben sich meine Cousinen gegen dich entschieden, Penelopé? Was hat ihnen an dir nicht gefallen?«, wollte Kjell wissen.

»Sie haben mir Fragen gestellt. Es muss also an meinen Antworten gelegen haben«, meinte Penelopé.

»Nicht immer liegt es an dem, was du sagst. Manchmal findet sich die Lösung in dem, was nicht ausgesprochen wird.«

Die Prinzessin legte die Stirn in Falten.

»Es hat mich gefreut, mit dir zu reden«, sagte König Kjell auf einmal und machte damit das Ende der Unterhaltung deutlich.

Mit wirrem Kopf stand Penelopé auf. Sie hatte nicht gedacht, dass sie noch unwissender sein konnte als vorher – aber genauso fühlte es sich an.

Dieses Mal drückte sie die Klinke nach unten und fand sich Sekunden später auf dem Gang wieder. Sie musste sich nicht umdrehen, um zu erkennen, dass es hinter ihr keine Tür gab und nur eine Wand aus Stein auf sie wartete.

Penelopé war auf ihr Zimmer gegangen und hatte sich ihren Mantel, einen Schal, Handschuhe und Stiefel übergezogen. Obwohl sie mittlerweile geübt im Verabschieden war, fiel ihr die Trennung von Inessa schwer. Sie wünschte ihr, dass sie es schaffte, das Herz von König Kjell zu erweichen und an seiner Seite über Prunaea zu regieren. Vielleicht würde die endgültige Entscheidung des Monarchen ja sogar bis nach Frigus durchdringen.

Penelopé ging die Treppe hinunter, die sie nach draußen brachte. Der magische Schlitten wartete schon auf sie. Ungeduldig scharrten die Rentiere mit ihren Hufen, bereit zum Flug. Vyris unterhielt sich derweil mit den anderen ehemaligen Kandidatinnen, die alle schon anwesend waren.

Penelopé sah, dass Luna Tränen über die Wangen glitten, die sie mit einem Taschentuch wegwischte. Sie selbst fühlte sich … verwirrt, ernüchtert, traurig, verzweifelt … und all das zur selben Zeit. Sie zog den Schal enger um ihren Hals und ging auf den großen Schlitten zu. Als Vyris sie bemerkte, sprang er vom Kutschbock und reichte ihr die Hand.

»Penelopé«, begrüßte er sie wie eine langjährige Freundin. »Was machst du hier draußen?«

Die Prinzessin lächelte kurz, wahrscheinlich erlaubte er sich einen Spaß mit ihr. »Ich muss die Heimreise nach Frigus antreten«, sagte sie dann.

»Nein, das musst du nicht«, erwiderte Vyris und nicht der kleinste Zweifel schwang in seiner Stimme mit.

Penelopé wollte nicht mit ihm diskutieren und die unschöne Situation, in der sie sich befand, noch mehr ausschlachten. Daher ignorierte sie Vyris und kletterte in den Schlitten, auf dem die anderen Mädchen bereits saßen.

Sie nahm ganz am Rand Platz und kapselte sich absichtlich von den anderen ab, um sich nicht an Gesprächen beteiligen zu müssen. Einen jedoch konnte sie nicht abschütteln, und das war Vyris, der ebenfalls auf den Schlitten geklettert war und nun direkt vor ihr stand. In der Hand hielt er ein schmales Blatt Pergamentpapier, das er ihr unter die Nase hielt.

»Hier sind die Namen der Mädchen, die ihre Heimreise antreten müssen«, sprach er. »Deiner steht nicht darauf.«

Penelopé wollte keinen Blick auf das Papier werfen, sie wollte einfach nach Hause und das Rätsel für immer vergessen. Doch Vyris war unnachgiebig, klopfte auf den Schrieb und brachte sie schließlich dazu, ihn sich doch anzusehen. Drei Namen standen darauf – ihrer nicht.

»Das muss ein Fehler sein«, kommentierte Penelopé. »Kjells Cousinen haben mir gesagt, dass ich gehen muss.«

»Im Eispalast gibt es keine Fehler«, sagte Vyris kurz angebunden, faltete das Papier und ließ es in seiner Hosentasche verschwinden. »Jetzt bitte ich dich, den Schlitten zu verlassen und uns nicht länger aufzuhalten.«

Überfordert stand Penelopé auf und folgte Vyris' hektischen Handbewegungen, bis sie wieder sicheren Boden unter ihren Füßen hatte. Der Schlitten wurde zur Abreise fertig gemacht, die Rentiere erhielten das Kommando zum Abflug und Sekunden später zogen sie den Schlitten in die Höhe. Penelopé blieb vor dem Schloss stehen, auch dann noch, als das Gefährt schon lange nicht mehr zu sehen war und sie zu frieren begann.

Waren ihre Gebete erhört worden? Hatte sich gerade ein Wunder ereignet? Oder befand sie sich in einem schönen Traum, aus dem sie jederzeit erwachen konnte? Wieder und wieder schüttelte sie den Kopf, weil sie nicht begreifen konnte, was geschehen war.

Langsam ging sie die Treppe hoch, die ins Innerste des Eispalasts führte, und war auf dem Weg in ihr Zimmer, als eine Stimme sie aus den Gedanken riss. Sie gehörte zu keiner real greifbaren Person, war keinem Urheber zuzuordnen und dennoch berührte sie die Prinzessin auf eine seltsame Art und Weise.

»Gib nicht zu viel auf meine Cousinen. Manchmal treffen sie die falschen Entscheidungen.«

# 21

## Genevieve

Seit ihr Begleiter einen Namen hatte, fiel es ihr so viel leichter, mit ihm zu reden. Die Barriere, die am Anfang alle Konversation erschwert hatte, gab es nicht mehr. Sie waren nicht länger die Prinzessin und der Fremde, sondern Ginny und Pale, zwei junge Menschen, die sich gemeinsam auf einer Reise befanden.

Pale wirkte aufgetaut, weniger distanziert, und auch wenn Genevieve keine Antworten auf all ihre Fragen bekam, schien er seine anfängliche Skepsis abgelegt zu haben.

»Kennst du den Schneekönig?«, fragte die Prinzessin geradeheraus, während Pale Mercy, die zu weit nach vorn gerannt war, zu sich zurückrief.

»Was willst du über ihn wissen? Ob das Bild, das du dir von ihm gemacht hast, wahr ist und sich hinter seinem Antlitz ein Tyrann verbirgt?« Seine Miene schwankte zwischen Belustigung und Ernsthaftigkeit.

»Ich denke, ich bin einfach nur neugierig«, gab Genevieve ehrlich zu. »In Frigus habe ich so viel über ihn gehört, aber aus Erfahrung weiß ich, dass meist an Gerüchten nicht viel dran ist. Ich dachte, wenn du ihn persönlich kennst, dann …«

Pale senkte den Kopf. »Kjell ist … sonderbar. Er hat eine spezielle Art an sich, die man mögen muss.«

»Welche Art von speziell?«

Genevieve war verwundert darüber, wie schnell und präzise Pale sich fortbewegen konnte. Es wirkte nicht so, als wäre er erst vor wenigen Stunden Ziel eines magischen Angriffs gewesen. Scheinbar war er härter im Nehmen, als sie zunächst gedacht hatte.

»Mein Bruder hat eine sonderbare Art, das Leben zu sehen. Er ist …«

»Warte mal!« Genevieve blieb stehen und sah Pale aus riesigen Augen an. »Hast du gerade gesagt, dass er dein Bruder ist?«

Ihr Begleiter mit den Schneeaugen grinste. »Dieses Detail habe ich dir wohl bisher verschwiegen.«

»Unfassbar!«, stieß die Prinzessin aus. »Aber … wieso wohnst du nicht bei ihm im Palast? Dann bist du doch auch von adligem Blut, oder? Seht ihr euch oft? Versteht ihr euch gut?«

Bevor sie weitere Fragen stellen konnte, presste sie sich selbst eine Hand vor den Mund. Schon ihre Zofe hatte ihr immer vorgehalten, dass sie einfach nicht wusste, wann Schluss war.

Pale schien ihr den kleinen Anfall jedoch nicht übel zu nehmen. »Eins nach dem anderen, Ginny«, meinte er lapidar. »Wir sind Zwillinge. Kjell ist einige Minuten älter als ich und damit der Erstgeborene und der, der Anspruch auf den Thron hat. Das ist mir nur recht, ich selbst habe nämlich keinerlei Interesse an Regierungsgeschäften.«

»Und wieso wohnst du nicht bei ihm im Palast?«, hakte Genevieve nach, nachdem sie seine Antwort verdaut hatte.

»Bei Kjell und mir ist es so: Wir lieben die Einsamkeit, auch wenn sie uns nach und nach zerstört.« Er runzelte die Stirn über seine eigenen Worte, so als wüsste er nicht, ob sie der Wahrheit entsprachen. »Wir lieben es, allein zu sein und unseren eigenen Gedanken nachzuhängen. Während ich stundenlange Spaziergänge mit Mercy durch Eis und Schnee mache, sitzt er in seinem Palast und … Mh, so genau weiß ich gar nicht, was er tut. Wir sehen uns von Zeit zu Zeit, aber es reicht meistens, wenn wir wissen, dass es dem anderen gut geht.«

»Und wieso … zerstört euch die Einsamkeit?«, wiederholte Genevieve seine Aussage.

Pale verzog den Mund. »Es ist einfacher, wenn alles so bleibt, wie es ist. Wenn wir jahrelang kaum menschlichen Kontakt haben und einfach unter uns bleiben. Dann kennen wir es nicht anders und sehnen uns nicht nach mehr.«

»Aber?« Genevieve sah ihn von der Seite an.

»Aber …«, griff Pale ihr Wort auf, »seit einigen Tagen spüre ich die Einsamkeit besonders stark. Und das nur, weil ich auf einmal nicht mehr einsam bin. Oder zumindest nicht mehr allein. Das macht das Ganze viel schwerer.«

Genevieve wusste nicht, wie sie auf seinen unerwarteten Gefühlsausbruch reagieren sollte, und wandte den Blick ab.

»Manchmal bin ich so lange allein, dass ich vergesse, dass es andere Menschen gibt«, gestand er sich ein.

»Aber … der Palast? Da müssen doch …«

Bevor sie eine Chance hatte, zu Ende zu sprechen, schüttelte Pale den Kopf. »Du kannst den Eispalast nicht mit einem gewöhnlichen Schloss vergleichen. Mein Bruder hat eine sehr kleine Dienerschaft, die an wenigen Händen abzuzählen ist und sich nur selten zeigt. Das liegt zum einen daran, dass er das Alleinsein schätzt, zum anderen tut es niemand sonst.« Er verzog den Mund.

»Ich weiß, wie es ist, lange Zeit allein zu sein«, flüsterte Genevieve und fing eine Schneeflocke auf ihrem Handschuh auf. Sie spürte Pales interessierten Blick auf sich, dann hörte sie seine Stimme, die die Kälte durchdrang.

»Mit Verlaub, Ginny, aber du weißt gar nichts. Du bist in einem Umfeld aufgewachsen, das das Leben feiert, und in einem Schloss, in dem Menschen keine Besonderheit, sondern der Standard sind. Du weißt nicht, wie es sich anfühlt, allein zu sein.«

Betreten senkte die Prinzessin den Blick und schluckte, weil seine Worte sie überraschend trafen. Versteckt in den langen Ärmeln des Mantels ballte sie die rechte Hand zur Faust. »Es gibt nicht nur eine Form der Einsamkeit«, verkündete sie dann, weil sie seinen Kommentar nicht auf sich sitzen lassen wollte. »Man kann sich auf viele Weisen einsam fühlen. Auch dann, wenn man von zahlreichen Menschen umgeben ist und ein auf den ersten Blick schönes Leben führt. Einsamkeit hat nichts mit den äußeren Umständen zu tun, sie zeigt sich ganz unterschiedlich und kann einen sogar in einer Menschenmasse überkommen. Einsamkeit ist ein innerer Zustand, kein äußerer.«

Sie ging weiter, doch Pale griff nach ihrer Hand. Durchdringend sah er sie an und es lag so viel Wahrheit in seinem Blick, dass es ihr vorkam, als würden sie beide nun ein Geheimnis teilen.

»Du hast recht«, stimmte er ihr zu und blinzelte. »Auf diese Weise habe ich das Ganze noch nie betrachtet, aber es stimmt.«

Genevieve fand beinahe so etwas wie Anerkennung in seinem Blick.

»Ich bin die einzige meiner Schwestern, die magische Kräfte hat«, fuhr sie fort, weil es guttat, mit ihm zu reden, und er sie auf eine Weise zu verstehen schien, wie es keinem anderen je gelungen war. »Meine Schwestern sind durch und durch menschlich, Mutter hat ihre Fähigkeiten nur an mich weitergegeben. Im Gegensatz zu dir fiel es mir schwer, die Gabe als etwas Gutes anzusehen, weswegen ich sie immer versteckt und dagegen angekämpft habe. Sie als einen Teil von mir zu akzeptieren, war nie eine Option, aber mittlerweile glaube ich, dass ich gar nicht stark genug bin, um mich weiterhin dagegen zu wehren.« Sie biss sich auf die Unterlippe und wurde schneller, ging so weit, bis sie Mercy erreicht hatte, die auf die beiden wartete. »Meine Fähigkeiten machen mich zu einer Außenseiterin unter meinen Schwestern, auch wenn ich mich als solche nie gefühlt habe. Dennoch bin ich anders und alles in mir kämpft dafür, diesen *Fehler* auszumerzen.«

Entgeistert schüttelte Pale den Kopf. »Wenn Anderssein ein Fehler wäre, wäre ich wohl der fehlerhafteste Mensch auf der ganzen Welt. Nein. Anderssein ist kein Makel, es ist vielmehr eine Chance, *mehr* zu sein.«

Genevieve lächelte. Die Art und Weise, wie er sie aufzumuntern versuchte, gefiel ihr.

Sie konnte nur ahnen, wie lange es noch dauern würde, bis sie den Palast erreichten. Der Schnee war endlos, wie eine riesige weiße Decke – und auch am Horizont erkannte sie nichts, das auf ein Schloss hindeutete. Sie legte den Kopf in den Nacken … und hielt verdutzt inne.

»Was ist das?«, murmelte sie, sah Pale kurz an und deutete auf das Firmament, das auf einmal so dunkel war, als hätte man es mit schwarzer Farbe angemalt. »Zieht ein Gewitter auf?«

Sie merkte, wie sich Pales Körper anspannte. Blitzschnell legte er einen Arm um ihre Hüfte und drehte sie so, dass sie ihn ansehen musste. In der Luft lag ein süßlicher Geruch, der sie würgen ließ.

»Pass nun gut auf, Ginny«, raunte er. »Wie es aussieht, haben es die Feinde durch das Labyrinth geschafft. Das geschieht selten, aber von Zeit zu Zeit kommt es vor. Schaffst du es, im Mantel zu laufen?«

Verwirrt nickte Genevieve, wusste nicht, wie sie seine Worte zu verstehen hatte, leistete aber seinem Befehl Folge. So schnell es ihr möglich war, rannte sie über den Schneeboden, Pale neben ihr. Aus den Augenwinkeln sah sie, wie Mercy die Ohren anlegte, und hörte ein Knurren, das durch ihren Körper drang.

Was waren das für Feinde, von denen Pale gesprochen hatte? Was hatte die Farbe des Himmels mit ihnen zu tun?

Während sie rannte, schaute sie erneut auf das unheilverkündende Firmament, das immer dunkler wurde und seinen süßlichen Geruch bis in ihre Nasenspitze verbreitete. Ein Donnern war zu hören, dann löste sich ein schwarzer Schwall vom Himmel und krachte auf die Erde.

Genevieve schrie und sprang zur Seite. Ihr Herz schlug wild. »Was war das?«, japste sie.

Pales eben noch besonnenes Gesicht hatte sich in eine grimmige Miene verwandelt. »Der Feind ist uns ganz nah«, zischte er und schaute sich um. »Wir müssen uns verstecken, los!«

Überfordert sah Genevieve ihn an. Wie sollten sie sich auf einer weitläufigen Fläche verstecken, auf der es nicht mal einen

Baum gab, geschweige denn eine Höhle? Sie konnten nirgends unterkriechen und zurück zur Hütte zu gehen, kam ebenfalls nicht infrage, da diese mittlerweile viel zu weit entfernt war.

Entschlossen griff Pale nach Genevieves behandschuhter Hand und zog sie mit sich. Schweißtropfen standen auf seiner Stirn, sein ganzer Körper konzentrierte sich auf die Flucht.

»Wie sehen die Feinde aus? Sind sie die schwarzen Schemen am Himmel?«, rief Genevieve und ließ sich mitziehen.

»Das sind die Vorboten, die sie schicken. Deine Haut verätzt, wenn das Zeug dich berührt, du musst höllisch aufpassen!«

Bekümmert richtete die Prinzessin ihren Blick gen Himmel, an dem noch immer ein Großteil des schwarzen Rauchs festhing. »Aber … wer sind dann die Feinde? Wie sehen sie aus?«, wollte sie im Laufen wissen und fasste Pales Hand fester, sodass er sie nicht versehentlich losließ. Bei seiner Geschwindigkeit würde sie niemals mit ihm Schritt halten können, daher war es wichtig, dass er sie weiterhin festhielt.

»Die Wesen zeigen sich in unterschiedlichen Formen und können auch wie ein Mensch aussehen. Der Vorteil an dieser Landschaft ist, dass wir die Feinde sofort sehen, wenn sie kommen. Der Nachteil: Sie sehen uns auch. Sie sind sehr schnell und zielsicher. Wenn sie dich einmal ins Visier genommen haben, entkommst du ihnen nicht mehr.« Pale rang nach Atem. Seine Wangen waren gerötet.

Genevieve lief unbeirrt weiter, auch wenn ihr mittlerweile der Schweiß die Achseln herunterlief und ihre Brust heftig stach.

»Aber … was wollen sie von mir? Was wollen sie von dir?«, sprudelte es aus ihr heraus. Sie hatte Mühe, Pales konfusen Erläuterungen zu folgen, war aber dankbar, dass er überhaupt mit ihr sprach.

»Eigentlich sind sie die Feinde meines Bruders. Sie wollen ihn stürzen und die Macht an sich reißen. Aber sie sind nicht sonderlich klug, was vor allem daran liegt, dass sie keine Menschen sind, und deshalb können sie den einen großen Feind, also meinen Bruder, nicht von anderen Wesen unterscheiden.« Er zog noch heftiger an ihrer Hand und richtete immer wieder besorgt den Blick auf das Firmament.

Genevieve schluckte schwer. Tief in sich verspürte sie eine Angst, die auf etwas gerichtet war, das sie nicht kannte. »Wohin laufen wir?«, erkundigte sie sich und merkte, dass ihre Stimme vom ständigen Schreien wehtat.

Pale drehte sich kurz zu ihr um. »Ich kenne nur eine Möglichkeit, wie wir uns vor den Wesen schützen können. Ich muss uns beide unsichtbar machen. Aber das kann ich nicht allein, dafür brauche ich einen Serpentinenbaum, unter dessen Blätter wir uns verkriechen können.«

»Hier ist weit und breit kein Baum«, wusste Genevieve und hielt sich die freie Hand vor den schmerzenden Hals.

»Hier nicht«, gab Pale zu, »aber wenn wir durchhalten, sollten wir in fünf Minuten einen finden.«

*Fünf Minuten.*

Wie viel doch fünf Minuten waren, wenn man sie damit verbringen musste, bei ohnehin schon schlechter Kondition keuchend durch den Schnee zu rennen, verfolgt von einem Wesen, das weder ein Gesicht noch eine greifbare Form hatte. Genevieve biss die Zähne zusammen, rannte immer weiter, bis ihre Lungen kurz vor dem Bersten standen und der Schwindel ihren Körper in die nächste Dimension befördern wollte.

»Nicht aufgeben«, keuchte Pale, »wir haben es fast geschafft.«

Tapfer nickte die Prinzessin und wollte noch einmal schneller werden, als ein Brummen, das den Boden erbeben ließ, sie aus der Konzentration riss. Genevieve blieb ruckartig stehen, verlor Pales Hand und blickte nach hinten.

Eine Gestalt befand sich direkt in ihrem Sichtfeld und riss die blickleeren schwarzen Augen auf, als sie sie erspähte. Das Wesen war in dunkle Fetzen gekleidet und hatte ein Gesicht, das als solches kaum zu erkennen war.

Ein Schrei durchbrach die Stille – unnatürlich und so hoch, dass er der Prinzessin durch Mark und Bein drang. Sie wusste nicht, wo Pale war, wusste nicht mehr, wie man sich bewegte, und auch ihre magischen Kräfte erschienen einmal mehr wie ein Klotz am Bein. Aus bangen Augen nahm sie wahr, wie das Wesen sich nach vorn beugte, durchdringend schrie und wie ein Tornado auf sie zuschoss.

Die Prinzessin wusste, dass sie etwas tun musste, um nicht zum Ziel der Gefahr zu werden. Stattdessen blieb sie stehen und betrachtete die Gestalt. Ihr Maul war so weit geöffnet, dass schiefe, spitze Reißzähne zum Vorschein kamen. Aus den Mundwinkeln lief Speichel.

Das Monster war nur noch wenige Meter von der Prinzessin entfernt und buckelte schon, um erneut zu einem Sprung anzusetzen, als der Schrei, den es ununterbrochen ausgestoßen hatte, auf einmal verstummte. Abrupt blieb die Gestalt stehen und kippte vornüber auf den Boden. Mühsam kämpfte sie sich auf, nur um erneut nach vorn zu sinken und die Hände auf den Schnee zu pressen.

Genevieve musste nicht eins und eins zusammenzählen, um diese Geste zu verstehen – sie hatte sie tausendfach am Hof ihres Vaters gesehen, wo sie ihr natürlich vorgekommen war.

Umso grotesker erschien es, dass das Wesen sich vor ihr verneigte, wo es doch vor wenigen Augenblicken noch versucht hatte, sie zu töten.

Wieder und wieder berührte die dunkle Gestalt den Schneeboden, so als würde sie darauf warten, dass die Prinzessin sie aus dieser Geste entließ. Überfordert drehte sich Genevieve um und sah Pale, der in einigem Abstand zu ihr wartete und das Szenario aus ängstlichen Augen betrachtete.

»Was passiert hier?«, flüsterte die Prinzessin und blickte abwechselnd von der hässlichen Gestalt zu Pale und wieder zurück.

Ihr Begleiter streckte ihr die Hand entgegen. »Ich weiß es nicht«, flüsterte er, »aber wir sollten den Moment nutzen und abhauen.«

Genevieve, die wieder Herr ihrer Sinne war, nickte und ergriff Pales Hand. Bereitwillig ließ sie sich von ihm mitziehen und stolperte über die Schneelandschaft. Die Gestalt hinter ihr rührte sich nicht, wie sie durch Schulterblicke erkannte. Demütig kauerte sie auf dem Boden, so als wartete sie auf Erlösung.

»Da vorn ist der Baum«, rief Pale und deutete auf einen dicken Stamm, an dem kahle Äste hingen, auf denen eine dünne Schicht Schnee lag.

Genevieve nickte und wurde schneller.

»Erst wenn der Himmel wieder klar ist, können wir sichergehen, dass sich keine Feinde mehr verstecken«, erklärte Pale und zeigte zum Firmament, das noch immer mit schwarzer Farbe bedeckt war.

»Wie machst du uns unsichtbar?«, fragte Genevieve außer Atem und rang nach Luft.

Mittlerweile hatte sie den traurigen Baum erreicht und weil Pale ihre Hand losließ, fiel sie vornüber auf den Schneeboden. Erst daran merkte sie, wie erschöpft sie war und welche zusätzliche Anstrengung das Laufen für sie darstellte.

Von unten sah sie, wie Pale aus seiner Jacke schlüpfte. »Wir müssen uns beide unter ihr verkriechen«, trug er seiner Begleiterin auf. »Wir können nur unter ihr unsichtbar werden.«

»Aber sie ist doch viel zu klein«, fiel der Prinzessin ein.

Pale wollte ihr gerade antworten, als ein Schrei an ihre Ohren drang. Blitzschnell drehte Genevieve sich um.

»Hinter dir«, schrie sie und deutete auf ein weiteres schwarzes Wesen, das sich ihnen näherte.

Pale riss den Kopf herum und reagierte sofort. Er sank auf die Knie, rutschte nah an Genevieve heran und spannte den Mantel über sie, sodass er ihre beiden Köpfe bedeckte.

»Es reicht, wenn man unsere Gesichter nicht sieht, das macht automatisch unseren gesamten Körper unsichtbar«, erläuterte er gepresst.

Von jetzt auf gleich war Genevieve von seiner Wärme umgeben, die sie im ersten Moment schwindlig machte. Nie zuvor war sie einem Mann so nahe gekommen.

Auch Pale, sonst selbstbewusst und kühn, schaute sie einen Moment schüchtern an. So als brauchte er ihr stummes Einverständnis, ihr den Arm um die Schultern legen zu dürfen. Genau das tat er jetzt. Der Mantel fungierte über ihnen wie ein Dach.

»Sind wir schon unsichtbar?«, flüsterte die Prinzessin und winkelte ihre Beine an.

Pale nickte. »Ja, das sind wir. Wir selbst können uns und alles andere noch sehen und hören, die Wesen aber nehmen uns nicht mehr wahr.«

Erstaunt nickte Genevieve und blickte hoch zu dem Mantel, der sie bedeckte. »Liegt es an der Jacke oder sind es deine Fähigkeiten?«, fragte sie, hauptsächlich um Konversation zu betreiben und weil sie sich vor dem, was in der Stille verborgen war, fürchtete.

»Beides«, wusste Pale. »Nicht jeder Mantel eignet sich für einen Unsichtbarkeitszauber und nicht jeder Mensch kann einen aussprechen.«

»Oh Gott!«, stieß Genevieve aus, als das Wesen den Baum erreicht hatte und sich direkt vor ihnen positionierte.

Aus der Entfernung wirkte es noch gruseliger als aus der Distanz, was ebenfalls mit den röchelnden Lauten zusammenhing, die es ausstieß. Genevieve zitterte so stark, dass Pale sie kurz an sich drückte.

»Bist du dir sicher, dass es uns nicht sehen kann?«, stammelte sie. »Mir kommt es nämlich so vor, als würde es direkt auf den Grund meiner Seele schauen.«

Auf Pales Gesicht stand Entschlossenheit. »Es ist wie mit den Gefahren im Labyrinth. Jetzt, wo wir den Mantel haben, gibt es sie quasi nicht mehr.«

Genevieve fiel es schwer, zu glauben, dass die Gestalt, die sich direkt vor ihr positioniert hatte, nicht real war, doch sie nickte tapfer. »Wieso hat sich das Wesen vor mir verneigt?«, sprach sie das Thema an, das ihr keine Ruhe ließ.

Pale presste die Lippen zusammen und bedachte sie mit einem nachdenklichen Blick. »Ich habe nicht die geringste Ahnung. Aber wir sollten es herausfinden.«

# 22

Penelopés Herz vibrierte, als sie zurück auf ihr Zimmer ging und die überraschte Inessa in ihre Arme schloss. Erst dadurch spürte sie, wie erleichtert sie über die Entwicklung der Dinge war und wie stark es sie getroffen hatte, ausgeschieden zu sein.

»Falls du Fragen hast, ich kann dir nicht eine einzige beantworten«, gab die Prinzessin mit einem Lächeln zu. »Ich habe keine Ahnung, wieso, aber man hat mir eine zweite Chance gegeben.«

»Aber das ist doch wundervoll!« Obwohl weiterhin Erstaunen in Inessas Blick geschrieben stand, lächelte sie breit. »Ohne dich fühlt sich das Schloss schrecklich leer an.«

»Weißt du, wie es jetzt weitergeht? Was steht für heute auf dem Plan?«

Penelopé ließ ihre Freundin los und setzte sich auf einen der Stühle, die um den Tisch gruppiert waren. Noch immer konnte sie es kaum fassen, dass sie wieder zurück war, und ein Teil von ihr glaubte weiterhin, dass es sich um einen schönen Traum handelte und Vyris gleich die Tür aufreißen und sie auffordern würde, ihm zum Schlitten zu folgen.

»Heute Nachmittag gibt es eine Herausforderung«, sagte Inessa und zog die Augenbrauen zusammen. »Was genau damit gemeint ist, kann ich dir nicht sagen, das waren Vyris' Worte. Er meinte, jetzt, wo nicht mehr viele Mädchen in der Auswahl sind, würde es von Tag zu Tag härter werden.«

Penelopé kratzte sich am Kinn.

»Ob wir den Schneekönig je zu Gesicht bekommen werden?«, stellte Inessa die Frage in den Raum.

Die Prinzessin nickte. »Ich bin mir sicher, er wartet nur auf den richtigen Moment. Er liebt die Einsamkeit, wahrscheinlich ist ihm noch zu viel los.« Sie grinste unverfänglich, während ihre Gedanken Achterbahn fuhren, wann immer sie an König Kjell dachte.

»Ich hoffe nur, dass ich noch so lange im Wettbewerb bleiben werde, um ihn überhaupt mal sehen zu können«, äußerte Inessa ihre Bedenken und verzog das Gesicht. Sie setzte sich neben Penelopé und verschränkte die Arme vor der Brust.

Die Prinzessin musterte sie von der Seite. Vielleicht war Inessa die Richtige für König Kjell. Vielleicht bestand ihr Rätsel wirklich darin, die beiden zusammenzubringen. Vielleicht war das die Möglichkeit, wieder nach Brahmenien zu gelangen.

»Weißt du was?«, fragte Penelopé und setzte sich aufrecht hin. »Ich glaube an dich. Ich denke, dass du es schaffen kannst.«

Je länger sie darüber nachdachte, desto besser gefiel ihr der Gedanke. Inessas schüchterne Art würde dem selbstbewussten Herrscher guttun.

»Ich werde dich unterstützen … bei allem, was du tust«, verkündete Penelopé und beugte sich nach vorn, sodass sie Inessas Hände ergreifen konnte. »Wir werden diesen Wettbewerb nicht beide gewinnen können, aber versuchen wir, so lange wie möglich gemeinsam hierzubleiben, ja?«

Inessas missmutige Miene wurde von einem Strahlen ersetzt. »Sehr gern, Penelopé«, sagte sie. »Sehr gern.«

Neben Penelopé waren noch fünf andere Mädchen im Rennen. Inessa, Malaika, Undine, Aurora und Liva hatten es in die nächste Runde geschafft und musterten die zunächst ausgeschiedene Prinzessin mit einer Mischung aus Skepsis und Neugier, als sie ebenfalls auf dem Dachboden erschien, auf dem der nächste Teil des Wettbewerbs stattfinden sollte. Vyris wartete bereits auf sie und hatte sich auf eine alte, staubige Kiste gesetzt, von welcher er die Mädchen musterte.

Malaika nieste, als sie den staubigen Speicher betrat.

»Was sollen wir hier oben?«, erkundigte sich Undine mit von Skepsis getränkter Stimme.

Auch Penelopé sah sich neugierig um. Sie waren nicht auf dem Dachboden, den sie mit Katlin entdeckt hatte, auch wenn die Räume sich in ihren Grundzügen ähnelten. Hier oben gab es nicht mehr als einige Kartons, Spinnweben und eine Menge Dreck. Zudem stand ein muffiger Geruch im Raum, der in ihr das Bedürfnis weckte, nach draußen zu laufen und ihre Lungen mit frischer Luft zu füllen.

Inessa hustete.

»Wahrscheinlich wundert ihr euch, weswegen ich euch an einen solch seltsamen Ort bestellt habe«, sagte Vyris mit seiner tiefen Stimme. »Doch dafür gibt es einen guten Grund, denn der Speicher ist der einzige Platz im Haus, an dem wir eine Einsamkeitskammer simulieren können.«

»Einsamkeitskammer?«, hakte Liva nach und zog an einer ihrer blonden Locken. »Was soll das sein?«

Vyris klatschte sich auf die Oberschenkel und stand auf. »Die Einsamkeitskammer ist ein Experiment, dem ihr euch alle unterziehen müsst. Ihr werdet gleich in einen scheinbar leeren Raum geschickt, in dem ein anderes Zeitverständnis herrscht. Schon wenige Minuten werden euch wie ein ganzes Jahr vorkommen. Dennoch möchte ich, dass ihr euch nicht entmutigen lasst und so lange wie möglich in dieser Kammer bleibt. Als zukünftige Königin über Prunaea darf euch das Alleinsein nichts ausmachen, denn es wird euer täglicher Begleiter sein und euch durch gute und schlechte Tage führen.« Er räusperte sich und sah die Mädchen der Reihe nach an. »Dies ist nicht nur eine Aufgabe, um herauszufinden, wie gut ihr mit Einsamkeit umgehen könnt. Die Gewinnerin wird darüber hinaus einen wertvollen Preis erhalten.«

Vyris machte eine kunstvolle Pause, die sich in die Länge zog. Aufgeregt griff Inessa nach Penelopés Hand und drückte sie fest.

»Die Gewinnerin dieses Wettbewerbs wird exklusiv vor allen anderen König Kjell zu Gesicht bekommen und darf mit ihm eine Wolkenreise unternehmen.«

Während die anderen Mädchen quietschten, wild durcheinanderredeten und freudig auf und ab hüpften, fragte sich Penelopé, was sich hinter dem Begriff einer Wolkenreise verbarg. Doch der Kutscher ging nicht darauf ein. Stattdessen stellte er sich vor das kleine Fenster, durch das man in den Schlossgarten blicken konnte.

»Aus unserer Perspektive wird die Aufgabe nur wenige Minuten dauern«, wiederholte er seine Behauptung. »Während ihr in der Einsamkeitskammer seid, verspürt ihr keinerlei menschliche Bedürfnisse, ihr werdet nicht hungrig oder durstig.«

Als er geendet hatte, drehte er seine rechte Hand nach rechts.

Inessa keuchte, als sich das Fenster aus dem Nichts öffnete und ein kleiner weißer Gegenstand, der an ein Kästchen erinnerte, in den Speicherraum geflogen kam. Aurora fing ihn auf, drehte und wendete ihn in ihren Händen und reichte ihn dann schulterzuckend an Vyris weiter. Dieser lächelte geheimnisvoll, als er das Kästchen betrachtete. Das Fenster hatte sich mittlerweile wieder geschlossen.

»Dies, meine Damen«, sagte er theatralisch, »wird der Raum sein, in dem ihr euch aufhalten müsst. Die Größe stimmt zwar noch nicht ganz, aber darum werde ich mich kümmern.«

Gesagt, getan. Er warf das Kästchen auf den Boden und klatschte abermals in die Hände. Der Gegenstand vervielfachte seine Größe, bis er zu einem gigantischen durchsichtigen Kasten wurde, der einen Großteil des Speichers einnahm. Inessa konnte gerade noch rechtzeitig nach rechts ausweichen, sonst wäre sie erdrückt worden.

»Wer von euch möchte anfangen?«

Vyris schaute in die Runde und nickte zufrieden, als Liva die Hand hob und sich anbot. Er machte eine ausschweifende Geste und deutete auf die Tür, die in den Raum führte. »Der Kasten mag durchsichtig sein, aber sobald du ihn betreten hast, können wir dich nicht mehr sehen und auch du uns nicht«, erklärte der Kutscher.

Auf Livas Gesicht zeichnete sich Besorgnis ab, doch vor allem wirkte sie entschlossen. Beherzt griff sie nach der Türklinke.

»Bleib so lange drin, wie du es aushältst«, sagte Vyris. »Du kannst das Experiment zu jeder Zeit abbrechen.«

Liva nickte, dann öffnete sie die gläserne Tür und verschwand in der Einsamkeit. Neugierig reckte Penelopé den Kopf, doch sobald das Mädchen im Kasten verschwunden war, konnte sie es nicht mehr sehen.

Sie blinzelte einmal – dann wurde die Tür aufgerissen. Verwirrt blickte sie Liva an, die die Hand vor den Mund gepresst hatte und über deren Gesicht Tränen rannen.

»Ich kann das nicht«, brach es aus ihr heraus. Ihr Gesicht war aschfahl, die Hände zitterten unkontrolliert.

»Du warst nur wenige Sekunden weg«, kommentierte Undine.

Auch die anderen Mädchen sahen sie verwundert an. Nur Vyris nickte verständnisvoll und legte der aufgelösten Liva einen Arm um die Schultern.

»Uns ist es vorgekommen wie Sekunden, aber für dich hat es sich länger angefühlt, was?«, fragte er väterlich.

Liva nickte und wollte etwas sagen, doch ihr Mund klappte wieder zu, bevor sich Worte bilden konnten.

»Liva hat zwei Wochen in der Einsamkeit überlebt«, rechnete Vyris. Anerkennung schwang in seiner Stimme mit. »Für den Anfang ist das gar nicht schlecht. Undine, du sollst die Nächste sein.«

Penelopé betrachtete die Mädchen, wie sie nacheinander aufgerufen wurden und im Kasten verschwanden. Sie alle verband eine anfängliche Entschlossenheit, die sich in Verzweiflung verwandelte, sobald sie die Einsamkeitskammer wieder verlassen hatten. Manche weinten, andere zitterten und Malaika brach auf dem Dachboden zusammen. Sie hatte nur vier Tage in der Einsamkeit verbracht, Spitzenreiterin war Aurora mit einem knappen Monat.

Penelopé, die von Vyris als Letzte aufgerufen wurde, trat nervös von einem Fuß auf den anderen. Sie mochte es nicht, unvorbereitet ins Unbekannte geschickt zu werden. Außerdem wusste sie selbst nicht, wie sie mit Einsamkeit umgehen konnte, weil sie zeit ihres Lebens nie wirklich allein gewesen war. Doch es brachte nichts, schon vorher Trübsal zu blasen, daher griff sie beherzt nach der Klinke und betrat die Kammer.

Kaum hatte sie einen Fuß in den gläsernen Kasten gesetzt, lösten sich dessen Wände auf und präsentierten der Prinzessin eine schier endlose weiße Fläche, die vollkommen im Nichts lag. Penelopé blickte sich nach allen Seiten um und lief eine Weile geradeaus, doch verstand schnell, dass ihr Weg kein Ende nehmen und sie nicht auf ein Haus oder einen Baum stoßen würde.

Unverrichteter Dinge nahm sie schließlich auf dem Boden Platz und schloss die Augen. Im schlafenden Zustand ließ sich die Einsamkeit sicherlich besser aushalten.

Doch Penelopés anfängliche Gleichgültigkeit verschwand schnell. Sie spürte, wie ihr das Alleinsein auf die Brust schlug. Dadurch, dass die Zeit in diesem Kasten schneller verging, schien sie auch die Gefühle weitaus intensiver zu empfinden. Schon bald riss sie die Augen wieder auf und sah sich um.

Die Tatsache, dass sie nichts fand, dass da nichts war, an dem sie festhalten konnte, machte sie wahnsinnig. Penelopé spürte, wie sie zu weinen begann, wie Tränen ihr die Sicht verschleierten. Es war, als hätte sich ein zentnerschweres Gewicht auf ihre Brust gelegt, das sie allein nicht beseitigen konnte. Noch nie hatte sie sich so sehr nach einer menschlichen Stimme gesehnt, noch nie hatte ihr so die Berührung eines anderen Lebewesens gefehlt.

Penelopé stand auf, ging auf und ab, dachte an ihre Schwestern, doch merkte schnell, dass es das nur noch schlimmer machte.

Die Tür – das Einzige, was sie in dieser Welt aus Nichts sah – zog sie magisch an. Sie wollte durch sie hindurchtreten, wollte nach draußen und diesen schrecklichen Ort verlassen.

Wie lange sie wohl schon hier war? Es kam ihr wie eine Ewigkeit vor. Wie lange konnte sie es noch aushalten?

Hemmungslos schluchzte sie und presste sich die Hand vor den Mund, um die Gefühle nicht nach außen zu bannen. Ihr kam die Idee, Gespräche mit sich selbst zu führen, aber ihr Mund fühlte sich wie taub an, sodass nicht ein einziges Wort ihn verließ. Niemals könnte sie diesen Zustand bis in alle Ewigkeit aushalten – nicht, dass sie das vorhatte. Und dennoch musste sie so lange wie möglich in der eisernen Kammer bleiben, um im Wettbewerb eine Runde weiterzukommen. Vielleicht würde es ihr dann endlich gelingen, das Rätsel zu lösen und nach Brahmenien zurückzukehren.

Im Kopf wollte die Prinzessin bis hundert zählen. Doch die Einsamkeit zehrte so sehr an ihren Nerven, dass sie schon vor der Zwanzig kapitulierte. Keine Minute länger würde sie diesen Zustand aushalten. Sie musste hier raus – und zwar schnell.

Überstürzt rannte sie auf die Tür zu. Ihre Hand lag bereits an der Klinke – da hörte sie eine ihr inzwischen nur allzu vertraute Stimme.

»Dieses Experiment ist völliger Schwachsinn«, drang es an ihre Ohren und ließ Penelopé in der Bewegung innehalten. Die Anwesenheit einer menschlichen Präsenz erfüllte sie von jetzt auf gleich mit einer tiefen Wärme, die die Kälte vertrieb, die in ihr herrschte.

»Was machst du hier?«, fragte sie, als ihre Lippen sich wieder bewegen ließen und ihre Sinne nicht mehr auf Flucht standen.

Natürlich zeigte sich König Kjell auch dieses Mal nicht, aber seine Stimme war allgegenwärtig und hallte in ihr wider.

»Die Einsamkeit fühlt sich nicht so an, wie sie hier drinnen dargestellt wird. Diese Leere … gibt es nicht. Wir haben eine Menge Schnee und weite Felder, aber wir sind nicht in einem Raum aus Nichts gefangen.«

Penelopé drehte sich um, lief ein paar Schritte in den Kasten hinein und setzte sich wieder auf den Boden. Sie schloss die Augen und lauschte Kjells Stimme, die zur rechten Zeit gekommen war und den Anker darstellte, an dem sie sich festhielt.

»Außerdem wirst du nie so allein sein, wie es dieser Raum suggeriert. Du wirst mich an deiner Seite haben – zumindest einen Großteil der Zeit. Ein paar Bedienstete gibt es auch – ich habe sogar einen Bruder. Das Leben im Eispalast wird zwar nicht von menschlichen Kontakten dominiert, aber es ist nicht so schlimm wie in diesem Raum. Vor allem nicht, wenn wir zu zweit sind.«

Penelopés Tränen trockneten, sie atmete tief durch. Es tat gut, seiner Stimme zuzuhören, die, obwohl sie einem kalten Platz angehörte, so viel Wärme in sich barg. Und zum ersten Mal stellte sie sich vor, wie es wäre, als Schneekönigin über Prunaea zu regieren.

»Also mach dir keine Gedanken, Penelopé. Es wird viel geredet und behauptet, aber nicht alles davon muss stimmen.«

Damit verschwand er – und mit ihm das Gefühl der Zweisamkeit.

Dieses Mal schlug das Alleinsein Penelopé so hart auf die Brust, dass sie nicht mehr atmen konnte. Hektisch stand sie auf, schaffte es gerade noch zur Tür, öffnete diese und brach am staubigen Boden des Speichers zusammen. Erschöpft lag sie da und hörte die Mädchen über sich aufgeregt tuscheln.

»Wie lange war sie weg?«

»Wie hat sie das geschafft?«

»Kann sie zaubern?«

Penelopé bekam die Fragen nur mit einem Ohr mit. Umso deutlicher spürte sie Vyris, der seine schlanken Arme um ihre Mitte schlang und sie anhob. Inessa kam ihm zu Hilfe, um sie zu stützen. Mühsam schaffte es Penelopé, aufrecht zu stehen.

Zwar wusste der rationale Teil in ihr, dass sie nicht mehr allein war, aber ihrer emotionalen Seite fiel es schwer, das Gefühl der Einsamkeit zu vergessen.

»Ganz ruhig«, flüsterte Inessa und strich ihr über den Rücken. »Du bist hier sicher und musst nie mehr zurück.«

Nach und nach wurde Penelopé sich der Anwesenheit der anderen Mädchen bewusst, sodass sie verstohlen die Tränen aus ihren Augenwinkeln wischte. Ihre Hände zitterten wie Espenlaub und ihr kam es vor, als würde der kleinste Lufthauch sie in die Knie zwingen.

»Wie lange war ich dort drinnen?«, fragte sie, als sie sich wieder unter Kontrolle hatte.

Vyris' Blick ruhte eine Ewigkeit auf ihr, dann sagte er: »Vier Jahre.«

Die Mädchen schrien, Penelopé keuchte. »Vier Jahre?«, hakte sie perplex nach. »Aber … wie kann das sein?«

Vyris zuckte mit den Schultern. »Ich weiß vieles, das aber nicht. Deine Leistung ist beeindruckend. Ich war kurz davor, in den Raum zu treten und dich zu uns zu holen, weil ich mir nicht sicher war, ob die Einsamkeit dich am Leben gelassen hatte.«

Penelopé schauderte.

»Wie hast du das geschafft?«, erkundigte sich Undine und sah die Prinzessin aufmerksam an. »Ich hätte es keine Sekunde länger dort ausgehalten.« In ihrer Stimme schwang Furcht mit, aber auch Neugierde.

Penelopé dachte an Kjells Stimme – war sie die Einzige, zu der er gesprochen hatte? Entschlossen reckte sie das Kinn. »Man kann vieles schaffen, wenn man nur an sich glaubt«, sagte sie und sah die anderen bedeutungsschwer an.

Vyris nickte zufrieden, ein schmales Lächeln stahl sich auf seine Lippen. »Dieses Mal ist die Entscheidung einfacher«, weihte er die Mädchen ein. »Malaika – du hast es mit deinen vier Tagen am kürzesten in der Einsamkeit ausgehalten und musst den Wettbewerb heute verlassen. Penelopé, deine vier Jahre küren dich zur Gewinnerin. Heute Abend wirst du exklusiv vorab den König kennenlernen.« Anerkennend klatschte der Kutscher in die Hände.

Inessa und Aurora schlossen sich dem Applaus an, die anderen Mädchen versuchten, Malaika zu beruhigen, die in Tränen ausgebrochen war.

Penelopé wusste nicht, was sie empfinden sollte. Ihr kam es vor, als wäre in kürzester Zeit viel zu viel geschehen.

»Unglaublich, du wirst den König sehen«, sagte Inessa mit glänzenden Augen. »Wie er wohl sein wird?«

Der Gedanke an Kjell entlockte Penelopé ein Lächeln. Nur dank seiner Hilfe hatte sie es so lange in der Einsamkeit ausgehalten.

# 23

Das Wesen lauerte noch immer vor ihr, aber Genevieve empfand keine Angst mehr. Unter Pales Mantel fühlte sie sich sicher und geborgen und sein Körper war so warm, dass sie die Kälte um sich herum vergaß.

Sie drehte den Kopf nach links, sodass sie ihn direkt ansah. Nie zuvor hatte sie solch helle Augen gesehen, nie zuvor hatte jemand ihren Blick so offenherzig erwidert. Beinahe so, als böte er ihr an, all die Dunkelheit, die in ihm wohnte, sehen zu dürfen.

Genevieve schluckte, als sie Pales Atem auf ihrer Haut spürte. Von jetzt auf gleich verschwand die Welt um sie herum, sodass es nur noch sie beide und den Moment gab. Pale legte den Kopf schief und streichelte mit dem rechten Daumen über ihre Wange.

»Deine Haut ist so weich, als hätte ein Engel sie gemacht«, raunte er.

Seine Stimme löste ein Kribbeln in ihr aus, das ihr Hitzestöße bescherte. Sicherlich waren ihre Wangen rot angelaufen. Unter anderen Umständen hätte Genevieve scheu den Blick gesenkt, doch etwas an seinen Eisaugen fesselte sie, sodass sie nicht wegschauen wollte. Sie genoss den Moment, in dem ihr Herz schneller schlug und ihr abwechselnd heiß und kalt wurde.

»Die Einsamkeit wird mich verschlingen, wenn du weg bist«, hauchte Pale. Dann blinzelte er zweimal und ließ sie los. Neugierig blickte er nach draußen und drehte den Kopf so weit, dass er auch den Himmel in Augenschein nehmen konnte. Prüfend schaute er in alle Richtungen, dann nickte er. »Wir haben es geschafft, die Wesen sind weg.«

Schwungvoll riss er seinen Mantel von Genevieve, die noch immer im Zauber des Moments gefangen war. Sie brauchte mehr Zeit als üblich, um aufzustehen und sich den Schnee von den Schenkeln zu klopfen. Wie im Delirium nahm sie ihre Umgebung wahr. Erst der Gedanke an Pales Wolf brachte sie in das Hier und Jetzt zurück.

»Wo ist Mercy?«, fragte sie alarmiert. »Haben die Wesen …?«

Pale schüttelte den Kopf. »Tiere sind nicht interessant für sie.«

Er pfiff durch die Finger, kurze Zeit später erschien der große Wolf und hechelte freudig.

»Darf ich dir eine Frage stellen?«, tastete sich Genevieve vorsichtig an ein Thema heran, das mehr und mehr für Unverständnis sorgte.

»Fragen darfst du mich alles, aber ich weiß nicht, ob ich dir eine Antwort liefern kann«, erwiderte Pale diplomatisch und kratzte sich das Kinn.

In gemächlichem Tempo setzten sie ihre Reise fort.

»Was hat es mit diesen Gefahren auf sich? Wieso wird dein Bruder von den Wesen bedroht? Was hat er ihnen getan?«

Anstatt einer Antwort seufzte Pale. »Das wird eine lange Geschichte«, drohte er.

»Wie es aussieht, haben wir viel Zeit«, entgegnete Genevieve.

Dem konnte Pale nichts entgegensetzen, dennoch sah er nicht sonderlich begeistert aus. »Nun gut, ich werde dir alles erzählen, was ich weiß. Aber zuerst brauche ich etwas zu essen.«

Wie auf Kommando meldete sich auch Genevieves Magen. Sie wusste nicht, wie lange sie schon nichts mehr zu sich genommen hatte, doch die Gefahren hatten ihr Hungergefühl unterdrückt.

»Hast du noch etwas zu essen dabei?«, fragte sie Pale, der den Kopf schüttelte. »Wie sollen wir dann etwas auftreiben?«

Hier gab es ja doch nichts als Schnee und vereinzelte Tannen.

»Wenn die Kälte dein tägliches Brot ist und der Schnee nie aufhört, findest du einen Weg, um dir die Umstände zunutze zu machen. Nahrung gibt es überall, man muss sie nur finden.«

Überrascht zog Genevieve die Augenbrauen hoch und folgte Pale, der auf eine der Tannen zusteuerte. Waren Nadeln essbar? Doch genau denen schenkte Pale keine Aufmerksamkeit, sondern kniete sich vor den dünnen Stamm und begann, in der Erde zu graben. Mit den Handschuhen durchdrang er die dicke Schicht Schnee und formte ein tiefes Loch.

»Mir schmeckt Erde nicht«, sagte Genevieve, was ihr einen genervten Blick von Pale einbrachte.

»Geduld ist nicht deine Stärke, was?«, zog er sie auf.

Weil er im Graben nicht innehielt, hockte sich Genevieve zu ihm auf den Boden. Das Loch wurde immer tiefer und irgendwann zeichnete sich Zufriedenheit auf Pales Gesicht ab.

»Na bitte, da haben wir es.«

Er beugte sich über die Vertiefung und holte zwei ovale Früchte aus der Erde, die Genevieve entfernt an Kartoffeln erinnerten. Sie waren mit Dreck bedeckt und stanken fürchterlich, sodass die Prinzessin sich die Hand vor die Nase presste und angeekelt das Gesicht verzog. »Das soll ich essen?«

Pale legte den Kopf schief und sah sie von der Seite an. »Ich wusste gar nicht, dass du so empfindlich sein kannst. Bisher habe ich dich für eine unerschrockene Frau …«

»Gib schon her«, knurrte Genevieve und streckte ihre Hand nach der braunen Knolle aus.

»Das sind Steinfrüchte, man findet sie ganz tief in der Erde. Sie schmecken nicht besonders gut, dafür halten sie lange satt.«

Genevieve beäugte die erdbedeckte Frucht skeptisch, dann wischte sie sie an ihrem Mantel ab. »Und wie esse ich das?« Überfordert sah sie Pale an, der seine Steinfrucht ebenfalls säuberte.

»Nimm kleine Bissen und kau gut, denn man kann sich leicht verschlucken. Lass dich von dem seltsamen Geschmack nicht abschrecken, die Steinfrucht ist in keiner Weise giftig.«

Genevieve blies die Wangen auf. In Brahmenien hatte Essen immer mit Genuss in Verbindung gestanden, hier schien es die reine Befriedigung des Hungergefühls zu bedeuten. Sie betrachtete Pale, wie er kleine Stücke der Frucht mit seinen Zähnen abtrennte und in regelmäßigen Abständen schluckte.

Vorsichtig befühlte Genevieve das kartoffelähnliche Exemplar und war überrascht über seine feste Konsistenz. Unter Mühe riss sie ein Stück der Steinfrucht ab, knetete es zwischen ihren Fingern weich und steckte es sich schließlich in den Mund.

Sie kaute, so wie Pale es ihr aufgetragen hatte, und würgte postwendend.

»Ich habe nie gesagt, dass sie gut schmeckt«, rechtfertigte sich ihr Begleiter, bevor sie sich beschweren konnte.

»Ja, aber du hast mich auch nicht gewarnt, dass das Ding nicht nur Steinfrucht heißt, sondern auch wie ein Stein schmeckt.«

Sie musste sich regelrecht zum Schlucken zwingen. Ein Blick auf Pales Hände zeigte ihr, dass er bereits den Großteil der Frucht aufgegessen hatte.

»Bleib nicht zu lange am kalten Boden sitzen, sonst frierst du fest«, warnte er sie.

Genevieve nahm einen zweiten Bissen und stand mit der Frucht in der Hand auf. Ein staubiger Geschmack breitete sich in ihrem Mund aus, der sie zum Husten brachte.

»Irgendwann gewöhnst du dich daran«, meinte Pale und aß seine Frucht auf. »Rede dir einfach ein, sie schmeckt süß.«

Die Prinzessin zog die Augenbrauen hoch. »Tut mir leid, aber so weit reicht meine Fantasie nicht.«

Jeder weitere Bissen war eine Überwindung, zudem trocknete die Steinfrucht ihre Kehle so aus, dass sie sich nach etwas zu trinken sehnte.

»Wasser holen wir uns später«, sagte Pale, als hätte er ihre Gedanken erraten. »Aber lass uns weitergehen, der Schneefall wird schon wieder dichter.«

Genevieve warf einen Blick zum Himmel und nickte. Dunkle Wolken tummelten sich am Firmament und kündigten das Unwetter an. Tapfer aß sie weiter, in der Hoffnung, dass die Frucht zumindest sättigen würde. Pale war schon vorausgelaufen.

Er schenkte ihr einen langen Blick, als sie ihn eingeholt hatte, und räusperte sich. »Um zu verstehen, wieso mein Bruder so viele Feinde hat, muss man die Geschichte von Prunaea kennen«, begann er und klopfte sich den Staub der Steinfrucht von den Handschuhen. »Es ist ein besonderes Land, das mit keinem anderen zu vergleichen ist, denn es ist auf magische Weise entstanden.«

Überrascht hob Genevieve den Kopf. Die Kraft, die in ihr ruhte, begann sich zu regen und brachte ihre Unterarme zum Kitzeln.

»Der Ursprung Prunaeas liegt schon so weit zurück, dass mir alle Geschichten eher wie Legenden vorkommen«, fuhr Pale fort.

Seine Erzählstimme war angenehm und das, was er sagte, erschuf kristallklare Bilder in Genevieves Vorstellung.

»Einst, vor langer Zeit, als Magie noch anerkannt war und nicht totgeschwiegen wurde, lebte ein König mit seiner kleinen Tochter in Weykell. Das Kind war sein Ein und Alles, aber sterbenskrank. Der König suchte verzweifelt nach Heilung, doch seine Mediziner versagten. Von Tag zu Tag wurde das Mädchen schwächer, irgendwann konnte es sein Bett ohne Hilfe nicht mehr verlassen. Niemand wusste, was ihm fehlte, und der König verzweifelte über dem Schicksal seiner einzigen Tochter. Eines Nachts jedoch erschien ihm eine mächtige Fee, die anbot, ihn von seinem Unheil zu erlösen. Sie wusste, dass der Keim, der seine Tochter krank machte, in der Welt zu finden war, in der sie heranwuchs, und sie nie gesunden könnte, solange sie sich unter den Menschen aufhielt. Die Fee allerdings war in der Lage, eine zweite Welt zu erschaffen, die nichts von den kranken Einflüssen der ersten besaß und in der das Mädchen gesund und erwachsen werden konnte. Der König war sofort voller Begeisterung und bot der Fee alle Reichtümer an, die er besaß.«

Pale wischte sich mit der Hand über die Nase und sah Genevieve eindringlich an.

»Die weise Frau jedoch meinte, dass sie sein Gold nicht brauchte und die Bezahlung schon in der Sache an sich lag. Denn das Land, das sie erschuf, würde nicht ohne Gefahren sein. Zunächst wäre es nur klein, aber würde über die Jahre seine Fläche vergrößern. Dörfer würden in ihm wachsen, ebenso wie Städte und Provinzen. Ein Teil des Landes jedoch blieb abgetrennt von allem regen Treiben, und das war …«

»Der Eispalast«, komplettierte Genevieve seine Gedanken.

»Der Eispalast. Ganz genau«, nickte Pale. »Der Zauber der Fee erforderte es, dass eine Person über das neu entstandene Land regierte, dort oben im Eispalast, und diesen nie verließ, bis sie selbst starb und ihre Nachfolge an jemand anderen abgeben konnte. Der Eispalast musste dauerhaft besetzt sein und es sollte einen eindeutigen Herrscher geben, der die Regierungsgeschäfte in die Hand nahm. Diese Aufgabe beanspruchte der Vater des kranken Mädchens für sich. Das machte ihn zum ersten Herrscher oder – wie er von euch Außenstehenden genannt wird – zum ersten Schneekönig.« Pale hielt inne und fuhr sich über das Kinn. »Die Fee erschuf Prunaea, aber kein Zauber ist je im Gleichgewicht und keine magische Handlung kommt ohne ihren Preis. Die Fee warnte den Mann vor den Feinden, die kommen würden, um ihn zu stürzen. Um Prunaea zu vernichten. Denn durch ihren Schöpfungsakt hatte die Fee das magische Gleichgewicht aus dem Ruder gebracht.«

»Aber … für wen arbeiten diese Wesen? Sind sie einer bösen Fee unterstellt?« Genevieve sah ihn verständnislos an.

Pale lächelte. »So einfach funktioniert Magie nicht. Wahrscheinlich hat dich nie jemand in ihr unterrichtet. Ein Land zu erschaffen, das nicht der Menschenwelt angehört und aus dem Nichts entsteht, ist eine große magische Tat, die ihren Tribut fordert. Jedes Mal, wenn eine Magiebegabte einen solch großen Zauber spricht, wird dem Gleichgewicht geschadet. Die feindlichen Wesen werden automatisch mit erschaffen und haben als einzige Aufgabe, dieses Gleichgewicht wiederherzustellen. Dafür arbeiten sie. Die Fee warnte den Mann, dass Prunaea nicht auf ewig bestehen würde und dass die Zeit käme, in der der Schneekönig gestürzt wird.«

»Von dem einen großen Feind?«, schloss Genevieve.

Pale nickte. »Von dem einen großen Feind. Die schwarzen Wesen sind nur seine Vorboten. Doch der große Feind wird kommen, den Schneekönig töten und damit Prunaea dem Untergang weihen.«

»Was passiert dann?« Gänsehaut breitete sich auf Genevieves Unterarmen aus, so gefangen war sie von Pales Geschichte.

Dieser pfiff Mercy zu sich heran, dann meinte er: »Das Land wird sterben. Es wird verschwinden, und mit ihm all seine Menschen.«

»Das heißt …« Genevieve blinzelte verständnislos. »Frigus und alle anderen Dörfer und Provinzen wird es nicht mehr geben? Alle Menschen werden verschluckt?«

»Genau das bedeutet es.« Pales Gesicht hatte sich in eine starre Maske aus Zorn verwandelt. »Deshalb ist es so wichtig, dass mein Bruder die Stellung hält und nie seinen Posten verlässt. Und deshalb ist es auch so wichtig, dass wir schon die kleinen

Gestalten ernst nehmen, denn sie sind nicht nur gefährlich, sondern deuten auch auf den einen großen Feind hin.«

»Aber … weiß man, wann er kommen soll? Und steht es dann nicht ohnehin fest, dass er auftauchen und alles vernichten wird?« Genevieve machte ein verständnisloses Gesicht.

»So sagt es die Prophezeiung, ja«, bestätigte Pale und verschränkte seine Arme vor der Brust. »Wir wissen nicht, wann das Ende von Prunaea beginnt, aber die Wesen sind in den letzten Wochen mehr geworden. Wir wissen auch nicht, ob es eine Möglichkeit gibt, den Feind zu besiegen, aber … sobald wir akzeptieren, dass wir nichts tun können, drehen wir durch. Daher haben mein Bruder und ich schon früh alles getan, um in der Magie bewandert zu sein. Wir haben uns mit den kleinen Feinden eingehend beschäftigt, um durch sie auf den großen schließen zu können. Wir tun alles, um den Endkampf nicht zu verlieren.« Obwohl seine Worte Zuversicht vermittelten, klang Pale hoffnungslos. »Gleichzeitig kommt es mir lächerlich vor, gegen eine Prophezeiung anzuarbeiten«, schnaubte er. Etwas an seinem Blick weckte in Genevieve das Bedürfnis, ihn aufzumuntern.

»Prophezeiungen gibt es wie Sand am Meer. Man sollte ihnen nicht zu viel Bedeutung beimessen. Wahrscheinlich bewahrheitet sie sich gar nicht.«

Ihr freundlich gemeinter Kommentar brachte Pale lediglich dazu, die Augenbrauen hochzuziehen. »Mein Bruder darf dieses Land nie verlassen. Auch das war ein Teil des Fluchs, wenn du es so nennen magst. Er muss über den Eispalast herrschen.«

»Und du?«, hakte Genevieve nach.

Pale tat unbestimmt. »Ich könnte von hier weg, prinzipiell wäre es möglich. Aber ich fühle mich meinem Bruder verbunden und habe ihm versprochen, nicht von seiner Seite zu weichen. Schon gar nicht dann, wenn der Endkampf bevorsteht und er meine Hilfe braucht.«

»Also wählst du ein Leben in Einsamkeit aus freien Stücken«, schloss Genevieve. Bewunderung schwang in ihrer Stimme mit, die Pale durch ein Schulterzucken zunichtemachte.

»Ich habe Mercy. Viele wissen nicht, dass die Gegenwart eines Tieres ebenso tröstlich ist wie die eines Menschen.« Er setzte ein schiefes Lächeln auf.

Genevieve nickte nachdenklich. »Wie kommt dein Bruder damit klar … mit der Bürde, die ihm auferlegt wurde?«

Sie hatte damit gerechnet, dass sich sein Gesicht schmerzlich verzog, stattdessen grinste er. »Kjell lebt für die Einsamkeit. Er hat kein Problem mit dem Alleinsein. Eigentlich glaube ich sogar, dass er ganz zufrieden ist.«

»Unglaublich«, flüsterte Genevieve. »Ich könnte das nicht.«

»Oh doch, du könntest das auch«, hielt Pale dagegen und sah sie eindringlich an. »Obwohl es mehr eine Frage des Müssens als des Könnens ist. Der Mensch schafft viel mehr, wenn er keine Wahl hat.«

Genevieve schloss für einen Moment die Augen und gab sich der Illusion hin, die alleinige Herrscherin über den Eispalast zu sein und ihr Leben in Einsamkeit zu fristen. Schon die Vorstellung weckte ein Schaudern in ihr, das sich in einer dicken Schicht Gänsehaut manifestierte.

Heftig schüttelte sie den Kopf. Nein, das war kein Leben für sie.

»Wieso dürfen die Menschen nicht in den Palast?«, fragte sie Pale, weil das Schweigen um sie herum die Einsamkeit in ihr wachsen ließ.

»Die magische Barriere wurde vor vielen Jahren zur Sicherheit geschaffen. Wir können den Zauber zurücknehmen, aber es ist besser, wenn er bestehen bleibt. Die dunklen Wesen, die auf den Erzfeind hindeuten, gibt es nur in diesem Teil von Prunaea. Sie können nicht in die Städte oder Dörfer eindringen und die Barriere passieren. Es ist also ein Schutzmechanismus, um euch vor der Dunkelheit zu bewahren.«

Genevieve nickte. »Möglicherweise dauert es ja noch. Vielleicht kommt der Feind erst in vielen hundert Jahren.«

»Das kann sein«, stimmte Pale ihr zu. »Aber wir dürfen kein Risiko eingehen und müssen jederzeit vorbereitet sein.«

Er zog sich die Mütze tiefer ins Gesicht. Auf einmal wirkte er sehr verschlossen und wich Genevieves Blick aus.

Die Prinzessin fragte sich, wie weit es noch bis zum Eispalast war. Nach wie vor breitete sich nichts als Schnee vor ihren Augen aus. Über Pales Erzählungen hatte sie das Rätsel beinahe vergessen.

»Meine Mutter hat mir früher immer Geschichten vorgelesen. Darüber, wie schön der Schnee ist«, schnaubte sie und schaute anprangernd auf das wolkenbehangene Firmament, das Abertausende Flocken auf sie hinabfallen ließ.

»Aber das ist er doch auch«, hielt Pale dagegen. Obwohl er sein ganzes Leben in Prunaea verbracht und nie etwas anderes als dieses Wetter gesehen hatte, wirkte er nicht im Mindesten verbittert. »Ich liebe seine Ruhe. Die Sanftheit. Die unterschiedlichen Ausprägungen der Schneeflocken, die engelsgleich zur Erde gleiten.«

»Du klingst, als sei an dir ein Poet verloren gegangen«, frotzelte Genevieve. Als sie sah, wie er den Mund verzog, räumte sie ein: »All diese Eigenschaften habe ich anfangs auch am Schnee geschätzt. Ich war aufgeregt, ihn endlich einmal zu sehen, und habe meinen Fluch zu Beginn als weniger schlimm empfunden. Aber wenn man monatelang nichts sieht als das ewig währende Weiß … wird man verrückt.«

»Aber es ist nicht nur Weiß«, erwiderte Pale, drehte sich zu Genevieve um und blieb stehen. Seine Winteraugen bohrten sich in ihre und fesselten sie auf eine Art und Weise, die ihr neu war. »Schnee ist nie nur weiß. Er wirft Schatten, wenn es Nacht wird. Er funkelt im Licht, wenn die Sonne auf ihn scheint. Erstrahlt in neuem Glanz, wenn …«

»Aber es bleibt Schnee«, beharrte Genevieve und trat eine Ladung der weißen Pracht mit ihrem Stiefel weg. Tausende Flocken stoben auf, flogen in alle Richtungen und sanken wieder auf den Boden.

»Auch ich bin mit Geschichten groß geworden«, erzählte Pale. »Geschichten über Städte und Menschen. Geschichten über die Sonne, die so stark vom Himmel scheint, dass sie Wiesen austrocknet, für eine schlechte Ernte sorgt und Dörfer zum Brennen bringt.«

»Die Sonne muss nicht vernichtend sein«, hielt Genevieve dagegen und schüttelte überzeugt den Kopf. »Ihr Licht kann sanft sein und glücklich machen.«

»Und auch der Schnee ist nicht immer nur weiß, kalt und langweilig. Du musst dich nur auf ihn einlassen.«

Doch sie konzentrierte sich nicht auf den Schnee. Stattdessen schaute sie in Pales grauweiße Augen, die sich auch in der Dämmerung in hundert Partikeln brachen.

»Ich glaube, ich weiß, was du meinst«, hauchte sie.

Sein Blick verließ ihre Augen, wanderte ihr Gesicht hinab und blieb schließlich an ihren Lippen hängen. Genevieve spürte ein

Flattern – ganz tief in sich drin. Instinktiv trat sie einen Schritt auf ihn zu und atmete leise aus.

»Wusstest du, dass dein rotes Haar noch viel schöner wird, wenn sich Schneeflocken in ihm verfangen?«, hauchte er und hob seinen Daumen.

Sanft streichelte er ihr damit über die Wange und verwandelte das Flattern in ein Zittern, das ihren ganzen Körper befiel.

»Wusstest du, dass deine Lippen viel weicher aussehen, wenn der Schnee sie bedeckt hat? Und dass deine Wimpern von einem weißen Schimmer durchsetzt sind, der dich wunderschön macht?«

Genevieve schluckte. Sie schloss die Augen, weil sie sich der Situation nicht gewachsen fühlte. Aber weglaufen wollte sie auch nicht, weil Pales Präsenz sich auf eine verbotene Weise richtig anfühlte.

»Ginny«, flüsterte er so dicht an ihren Lippen, dass ihr ein Seufzen entwich. »Ich bin froh, dass du hier bist. Dass du mir eine Aufgabe gibst und mich aus der Routine holst.«

Sie spürte seinen Atem auf ihren Lippen, dann wandte er sich von ihr ab.

Keuchend riss Genevieve die Augen auf. Das war der schönste Beinahe-Kuss ihres Lebens gewesen.

# 24

## Penelopé

Obwohl Penelopé bereits zweimal mit dem König gesprochen hatte, verspürte sie vor ihrem Treffen eine gewisse Nervosität, die sie nicht richtig einordnen konnte.

Das Kleid, das sie trug und sich in einem Traum von eisblauer Seide zeigte, hatte sie von Vyris bekommen. Aurora, die eine Meisterin im Umgang mit Spangen und Bürsten war, hatte angeboten, ihr die Haare zu legen. Sie waren am Hinterkopf zu einer Banane gesteckt, einige Strähnen hingen ihr lose die Schultern hinab. Um ihren schlanken Hals lag ein silbernes Geschmeide, das im Licht schimmerte. Aurora puderte Penelopés Gesicht so stark, dass ihre Haut elfengleich wirkte und die grünen Augen mehr in den Vordergrund rückten.

»Wenn du den König siehst, kannst du ihn ja mal fragen, ob er sich uns jemals zeigen will«, meckerte Undine, die auf Penelopés Bett lag und die Arme vor der Brust verschränkt hatte. Sie trug ein einfaches Gewand, dessen Ausschnitt in Brahmenien als unschicklich gegolten hätte.

»Vielleicht ist er einfach schüchtern«, mutmaßte Inessa und richtete Penelopés Kragen.

»Wenn ich schüchtern wäre, hätte ich mir nicht eine Horde Mädchen ins Haus geholt«, kam es über Livas rot angemalte Lippen. Sie legte den Kopf in den Nacken und schüttelte ihre blonde Mähne. »Das Ganze kommt mir immer mehr wie eine Farce vor.«

»Du musst uns auf jeden Fall von dem Treffen erzählen«, sagte Aurora und platzierte eine silberne Spange in Penelopés Haaren. »Wir sind alle schrecklich neugierig, aber ich denke, das wärst du an unserer Stelle auch.«

Penelopé nickte und verlor sich in ihren eigenen Gedanken. Natürlich war auch sie neugierig. Bisher stellte König Kjell nicht mehr als eine Stimme dar, die zwar angenehm klang, aber keine physische Substanz besaß. Wie würde der dazugehörige Körper aussehen? War er ein großer Mann, von schlanker Gestalt? Welche Farbe hatte sein Haar?

Als Aurora Penelopés Spiegelbild zufrieden entgegenlächelte, sah auch die Prinzessin sich genauer an. Auroras Talent war nicht zu verhehlen, sie hatte das Beste aus ihr herausgeholt. Gleichzeitig durchfuhr Penelopé bei ihrem Anblick ein tiefer Schmerz, denn immer wenn sie sich sah, wurde sie an ihre Schwester Genevieve erinnert, die ihr wie ein Ei dem anderen glich. Reflexartig schlang sie ihre Hand um das dünne Armband.

»Bist du so weit, Penelopé?«, schallte Vyris Stimme durch den Raum.

Die Prinzessin zuckte zusammen, brauchte ein paar Sekunden, um in die Realität zurückzufinden, dann nickte sie. Vorsichtig, weil das Kleid aus abertausend Schichten Stoff bestand, richtete sie sich auf und präsentierte sich dem Kutscher.

Vyris war kein Mann vieler Worte, aber sein anerkennender Pfiff entlockte Penelopé ein Lächeln. Dann dirigierte er die Prinzessin aus dem Raum.

»Können wir mitkommen?«, fragte Undine, bevor sie das Schlafzimmer verlassen hatten.

»Tut mir leid«, antwortete Vyris. »Das Treffen ist exklusiv. Aber sicherlich werden einige von euch auch noch die Möglichkeit bekommen, den König kennenzulernen.«

»*Einige von euch*«, ahmte Liva ihn großspurig nach. »*Sicherlich.*«

Penelopé spürte, dass der Unmut unter den Mädchen immer größer wurde und sie sich nicht mehr lange abspeisen lassen würden. Sie beeilte sich, hinter Vyris aus dem Zimmer zu kommen.

Schweigend liefen sie über den langen Gang und gingen so viele Treppen nach unten, bis sie im Erdgeschoss des Schlosses angekommen waren.

Penelopé runzelte die Stirn, als Vyris sie nach draußen leitete. Sie hatte gerade noch Zeit, nach einem der Mäntel zu greifen, die an der Garderobe im ersten Korridor hingen.

Schwungvoll stieß Vyris die breiten Flügeltüren auf. Kalter Wind schlug ihnen entgegen, der Penelopé frösteln ließ.

»Du wirst nicht lange frieren.«

Sein Kommentar kam ihr in diesem Moment wie ein schwacher Trost vor. Vor allem, als sie den Schneesturm sah, der draußen tobte.

Vyris zupfte seine Mütze gerade und drehte sich zu Penelopé um. Unter einer angedeuteten Verbeugung meinte er: »Lady Penelopé, König Kjell erwartet Euch im Schlossgarten.«

Wie sie es bereits von ihm kannte, verschwand Vyris daraufhin wortlos und schloss die Palasttüren, sodass der Schnee keinen Weg nach drinnen fand.

Penelopé stand allein auf der Treppe und blickte auf den einsamen Garten. Der Schnee lag dort nicht sonderlich tief, außerdem hatte man einige Bäume herangezogen, die Schatten spendeten, auch wenn er gar nicht erforderlich war.

Betreten blickte Penelopé auf ihre gläsernen Schuhe hinab, die zum Tanzen geeignet waren, nicht aber dafür, sich einen Weg durch Schneemassen zu bahnen.

»Die Aussicht, mich zu treffen, scheint dich nicht besonders froh zu stimmen«, hörte sie auf einmal eine Stimme rechts von sich.

Penelopé zuckte zusammen und wirbelte herum, sah jedoch nichts als unzählige Flocken, die ihr vor dem Gesicht herumschwirrten.

»Dabei dachte ich, du hättest dich in der Einsamkeitskammer angestrengt.«

Jetzt kam die Stimme von links, was Penelopé erneut herumfahren ließ. »Bitte sag nicht, dass du schon wieder nur eine Stimme darstellst«, beschwerte sie sich. »Dann kommt es mir vor, als rede ich mit einem Geist.«

»Oh, ein Geist bin ich nicht«, erwiderte Kjell. »Mein Spiegelbild zeigt mir zumindest etwas anderes.«

»Und was zeigt es dir?«

Angestrengt blickte Penelopé geradeaus. Da sah sie eine Bewegung aus dem Augenwinkel. Nervosität ergriff von ihr Besitz, als sie sich erneut nach rechts drehte, nur dass sie dieses Mal nicht auf eine Stimme warten musste, sondern im Schneegestöber einen Menschen aus Fleisch und Blut erblickte. Nun ja, zumindest hoffte sie, dass Blut durch diesen bleichen Körper floss.

Penelopés Herz klopfte. Kjell stand nur wenige Meter von ihr entfernt und bedachte sie mit einem interessierten, aber freundlichen Blick. Er war etwas größer als sie und hatte graue Haare, die einen Silberstich aufwiesen. Sein Gesicht war markant, durch hohe Wangenknochen betont, und erinnerte Penelopé auf den ersten Blick an das Gemälde eines detailverliebten Malers. Kjell hatte dicke Augenbrauen und dichte Wimpernkränze, die seinem Gesicht etwas Filigranes verliehen. Er trug einen silbernen, wahrscheinlich maßgeschneiderten Anzug mit goldenen Ornamenten. Ein schlichter Ring zierte seinen Finger.

Weil er sich selbst nicht vom Fleck bewegte, trat Penelopé auf ihn zu. Die Kälte und der Schneesturm schienen vergessen, wie gebannt war sie von seinem Gesicht.

»Wieso hast du dich so lange vor mir versteckt?«, fragte sie geradeheraus.

Da lächelte er. Es war kein gewöhnliches Lächeln, nicht ein solches, wie sie es dutzendfach gesehen hatte. Es schien sein ganzes Gesicht mit Freude zu erfüllen und ließ ihn von innen heraus strahlen. »Ist eine Eigenheit von mir«, sagte er dann und zuckte mit den Schultern.

Penelopé war ihm nun so nah, dass sie das Tattoo, das einen Teil seines Halses bedeckte, sehen konnte. Fragend legte sie den Kopf schief.

»Es sind Schneeflocken«, kam Kjell ihr zuvor. »Und ja, ich weiß, das ist nicht sonderlich kreativ, aber ich liebe den Winter aus ganzem Herzen.«

»Kreativ ist es nicht«, stimmte Penelopé ihm lachend zu. »Aber wenn es für dich eine so tiefe Bedeutung hat, wird es immer richtig sein.«

»Hat Vyris dir erzählt, was wir heute machen?«, fragte Kjell.

»Er hat etwas von einer Wolkenreise gesagt, aber um ehrlich zu sein, habe ich keine Ahnung, was das bedeuten soll«, meinte Penelopé.

Kjell sah wissend auf sie herab. Seine Haut war so durchscheinend, dass man die Adern sehen konnte. Trotzdem wirkte er gesund und standhaft. »Lass uns reingehen«, meinte er.

Penelopé nickte und drehte sich um, doch Kjell fasste sie bei der Schulter und schüttelte den Kopf.

»Wir nehmen nicht diesen Eingang«, verkündete er, »da sieht uns ja jeder.«

»Und das wäre schlimm, weil ...?«

»Weil ich noch eine Weile Beobachter sein möchte, bevor ich mich zu erkennen gebe.«

Er schmunzelte. Dann stellte er sich neben sie, hob seine Hände, die in weißen Handschuhen steckten, und erschuf einen zweiten Eingang direkt neben dem ersten. Er sah etwas blasser aus und schimmerte leicht, weitere Unterschiede konnte Penelopé, die den Atem anhielt, nicht erkennen.

Der König war fähig, Magie zu wirken? Er konnte zaubern? Zu Hause in Brahmenien hatte es die weisen Frauen gegeben, die der weißen Künste mächtig waren, aber die hatte Penelopé nie so offenherzig ihre Magie einsetzen sehen. Umso erstaunter blickte sie Kjell an.

»Das Prinzip ist einfach«, erklärte dieser, als wäre es das Normalste der Welt, und ließ die Hände sinken. »Ich habe gerade ein Duplikat des Schlosses erschaffen. Das heißt, wir werden durch dieselben Gänge und Räume gehen wie auch alle anderen Bewohner, aber sie werden uns nicht sehen, weil wir uns in einer zweiten Welt bewegen. Einer Parallelwelt sozusagen.« Vielsagend schaute er Penelopé an, die noch immer verwirrt war. »Was hast du?«, wollte Kjell wissen. Seine Augen waren aufmerksam.

»Ich ... hatte keine Ahnung, dass du zaubern kannst«, gab sie zu und senkte den Blick, weil sie sich auf einmal naiv und kindisch vorkam.

»Nun ...« Kjell räusperte sich. »Ich glaube, wenn ich das nicht könnte, hätte ich mich nicht so lange vor euch verstecken können, oder?«

Penelopé schob die Unterlippe vor und erinnerte sich an den Raum, in dem sich der König offensichtlich unsichtbar gemacht hatte. Natürlich war er zu mehr fähig als ein gewöhnlicher Mensch, das lag auf der Hand. Doch ging er damit um, als wäre es etwas Alltägliches und keiner weiteren Erwähnung wert.

»Wir bewegen uns also in einer Parallelwelt«, griff Kjell ihr Gespräch wieder auf und Penelopé beschloss, sich darauf einzulassen, auch wenn ihr der Kopf schwirrte.

»Eine Parallelwelt? Meinst du damit eine zweite Dimension, die sich über unsere legt?«

Erstaunen zeichnete sich auf seinem ebenmäßigen Gesicht ab, als er nickte. »Exakt.«

»Als ich kleiner war, habe ich darüber mal ein Buch gelesen, aber ich hatte natürlich keine Ahnung, dass so etwas wirklich existiert.«

Penelopé starrte auf den zweiten Eingang, der nur darauf zu warten schien, dass sie ihn passierten.

»Oh, es existiert viel mehr, als man glaubt. Die Bücher verraten uns nicht mal einen Bruchteil davon.«

Er wirkte so selbstsicher. So überzeugt. Penelopé konnte sich kaum vorstellen, dass ein Leben aus Einsamkeit hinter ihm lag. Zumindest schien ihm der Umgang mit anderen Menschen nicht schwerzufallen.

»Aber lass uns keine Zeit verschwenden.«

Kjell hob seine rechte Hand, was die Tür aufspringen ließ und einen Blick in das Innere des Schlosses freigab. Penelopé zuckte zusammen, als sie Liva erblickte, die sich auf dem Gang aufhielt.

»Du bist dir sicher, dass sie uns nicht sehen kann?«, wisperte die Prinzessin.

»Und hören kann sie uns auch nicht«, entgegnete Kjell lachend. »Da musst du dir keine Gedanken machen. Und nun rein mit dir.«

Er machte eine auffordernde Handbewegung, der Penelopé Folge leistete.

»Wohin gehen wir?«, erkundigte sie sich.

Kjell schritt voran und sie hatte Mühe, ihn einzuholen. »Das siehst du, wenn wir angekommen sind«, rief er ihr über die Schulter zu und wurde noch schneller.

Penelopé runzelte die Stirn. Was sollte das werden? Ein Wettrennen? Wenn ja, würde sie gnadenlos verlieren.

Weil das Kleid sie am Laufen hinderte, hob sie die untere Lage Stoff an und versuchte, die Distanz zwischen sich und Kjell wettzumachen. Dieser hatte nämlich schon die erste Treppe erreicht.

Auf dem zweiten Flur wartete er endlich auf sie und grinste, als sie sich den Schweiß von der Stirn wischte und ihn keuchend erreichte.

»Mir hat niemand gesagt, dass ich Sport machen muss.«

Er bedachte sie mit einem amüsierten Blick.

Penelopé entdeckte Vyris auf dem Gang, der sich mit einem Mann unterhielt, den sie nicht kannte. Dem Gespräch, das sich um den magischen Schlitten drehte, konnte sie allerdings problemlos lauschen.

»Das hast du also die ganze Zeit gemacht?«, fragte Penelopé an den König gewandt. »Du bist durch das Schloss gelaufen und hast uns ausspioniert?«

»Ausspionieren würde ich es nicht nennen.« Kjell verzog das Gesicht. »Ich habe mich eher ... informiert.«

»Hoffentlich nicht in unserem Schlafzimmer.« Aufmerksam betrachtete sie ihn, aber er verzog nicht eine Miene.

»Nur weil ich in der Einsamkeit aufgewachsen bin, bedeutet das nicht, dass ich ein Hinterwäldler bin«, meinte er.

Penelopé war froh, dass er ihr nicht mehr davonlief, sondern sich ihrem gemächlichen Tempo anpasste. Sie nahmen noch eine Treppe nach oben und vor einer Tür, die die Prinzessin noch nie gesehen hatte, blieben sie schließlich stehen.

»Die Tür ist aber normalerweise nicht hier«, äußerte sie ihren Gedanken, woraufhin der König nickte.

»Das liegt daran, dass sie nur in meiner Welt existiert. Ich werde ungern beim Schlafen gestört. Aber du darfst heute mit in mein Zimmer kommen.«

Erneut reichte eine Handbewegung seinerseits, um das Schloss zu entsperren. Quietschend sprang die hölzerne Tür auf und bot Einsicht in einen quadratischen Raum, der nicht viel größer war als der, in dem Penelopé ihre Nächte verbrachte. Ein breites Bett stand in der Mitte, außerdem gab es einen Kleiderschrank, einen weißen Tisch und ein Bücherregal.

Fragend schaute Penelopé den König an. Was sollte sie hier, wo er seine Nächte verbrachte?

»Deine ausgezeichnete Leistung in der Einsamkeitskammer hat dich für die Wolkenreise qualifiziert«, sagte er. »Siehst du das Fenster dort vorn?« Er deutete auf eine beschlagene Glasscheibe über dem Bett.

Penelopé nickte.

»Dort wird alles anfangen.«

Freudige Erwartung stand auf Kjells Gesicht geschrieben, als er den Raum mit wenigen Schritten durchquerte und das Fenster aufriss. Der Schneesturm, der draußen wütete, wehte nun direkt ins Zimmer, was Kjell aber nicht zu stören schien. Ganz im Gegenteil: Er streckte seinen Kopf aus dem Fenster und genoss den Moment, in dem die Schneeflocken sein Gesicht berührten.

Weil Penelopé nicht unverrichteter Dinge vor der Tür stehen bleiben wollte, betrat sie das Zimmer. »Wie darf ich mir diese Wolkenreise vorstellen?«, fragte sie und wartete, bis Kjell ihr seinen Kopf zugedreht hatte. Er nahm auf dem Bett Platz und klopfte auf das Kissen neben sich. Erst als Penelopé saß, begann er zu berichten.

»Ich weiß nicht alles, was die Menschen über mich erzählen, aber ich ahne, dass viel geredet wird. Das Bild, das du dir von mir gemacht hast, kenne ich nicht und ich hoffe, dass du es mit der Zeit vielleicht anpassen wirst. So viel aber sei gesagt: Ich verlasse dieses Schloss nicht. Ich habe es nie verlassen und ich werde es nie verlassen. Der Eispalast ist in einer solch endgültigen Form mein Zuhause, dass mir manchmal ganz schwindlig wird. Die Einsamkeit nagt lange nicht so sehr an mir wie die Tatsache, dass ich nie ausbrechen kann, um die Welt zu sehen.« Sein Blick wurde sehnsüchtig und glitt durch Penelopé hindurch. »Allerdings gibt es eine Möglichkeit, wie ich der Einsamkeit für ein paar Stunden entfliehen kann.«

»Die Wolkenreise?«, mutmaßte die Prinzessin, woraufhin der König nickte.

Er setzte sich aufrechter hin. »Die Wolkenreise erlaubt es mir, jeden Ort auf der Welt zu sehen. Ich kann überallhin und mir alles angucken.«

»Wo ist der Haken?«

Kjell grinste. »Ich mag deine Skepsis, Penelopé, und in der Tat ist sie nicht unangebracht. Die Wolkenreise findet nämlich auch in einer zweiten Dimension statt. Wir fliegen durch und über viele Orte, sind aber nie wirklich anwesend. Wir können nicht mit den Menschen reden oder interagieren, nichts anfassen oder kaufen. Die Augen sind unsere einzigen Sinne, die funktionieren.«

»Und … das Ganze findet tatsächlich auf einer Wolke statt?« Den Gedanken nur auszusprechen, fühlte sich schon lächerlich an.

Doch Kjell nickte. »Eine Wolke, die alle äußerlichen Einflüsse abschirmt. Das heißt, selbst wenn wir durch die Wüste fliegen, werden wir nicht schwitzen. Genauso wenig frieren wir in Prunaca.«

Penelopé versuchte, die Informationen miteinander zu verknüpfen, aber ein großes Ganzes wollte sich noch nicht ergeben. Ratlos sah sie Kjell an, der aufstand und ihr die Hand anbot, welche sie zögernd ergriff.

Das Fenster stand noch immer offen. Penelopé sah, wie Kjell zweimal in die Hände klatschte. Eine Sekunde später erschien eine dicke rosafarbene Wolke direkt vor dem Fenster. Zufrieden lächelte der Schneekönig. »Unser Gefährt ist da.«

»Und wie sollen wir da raufkommen?« Penelopé dachte an ihren menschlichen Körper, der für eine solche Wolke viel zu massig und groß war. Von Kjells ganz zu schweigen.

»Damit wir die Wolke als Gefährt nutzen können, muss ich unsere Körpergrößen ein wenig verkleinern«, sagte er, als würde er eine Selbstverständlichkeit aussprechen. »Darf ich?«

Penelopé, die zu verdutzt war, um etwas zu erwidern, nickte. Dann bedurfte es nur eines weiteren Klatschens von Kjell und sie schrumpfte auf die Größe eines Bechers zusammen. Ein Schrei kam über Penelopés Lippen, aber Kjell versicherte ihr mit einem Lächeln, dass alles seine Richtigkeit hatte. Auch er war kaum noch größer als ein Löffel.

»Ich hoffe, das bleibt nicht auf ewig so«, äußerte die Prinzessin ihre Bedenken.

»Ob du es glaubst oder nicht, manchmal tut es gut, sich selbst klein zu schätzen. Dann erkennt man erst, wie groß die Welt wirklich ist.«

Wieder reichte er ihr seine Hand, dieses Mal, um sie über die Fensterbank nach draußen zu geleiten. Penelopé, der die Höhe ein wenig zu schaffen machte, zitterte angesichts des Blicks nach unten.

»Keine Angst«, sagte Kjell fürsorglich und schlang den Arm um ihre Hüfte. »Ich sorge dafür, dass du nicht fällst.«

»Sorgst du auch dafür, dass ich irgendwann wieder so groß bin wie ein Mensch?«

Er lachte. »Ja, auch dafür werde ich sorgen.«

Kjell ließ sich auf die Wolke fallen – und obwohl ein Teil von Penelopé schon damit gerechnet hatte, war sie überrascht, dass sie ihn trug. Ein Biologiebuch hatte sie gelehrt, dass Wolken aus Luft und Wasserstoff bestanden – also keine Kontur besaßen, die jemanden tragen konnte. Dennoch lag Kjell bequem auf ihr und machte nicht den Anschein, als würde er fallen.

Noch immer stand Penelopé auf der Fensterbank und blickte skeptisch nach unten. Das Vorhaben des Schneekönigs widersprach den Gesetzen der Physik. Andererseits war sie auch schon in einem magischen Schlitten geflogen, hatte mit einer körperlosen Stimme gesprochen und Zimmer entdeckt, die es gar nicht geben sollte. Vielleicht war die Wolkenreise nur der nächste Schritt in ihrem Leben voller Unmöglichkeiten.

Also fasste sie sich ein Herz und setzte den ersten Fuß auf das rosa Luftgemenge, das sich als erstaunlich trittfest erwies. Penelopé hielt den Atem an, schloss die Augen – und ließ sich fallen.

Ein bisschen war es, als würde man auf einem Trampolin springen, denn ihr Fall wurde abgemildert. Verwirrt rieb sie sich über den Kopf und drehte sich um, sodass sie Kjell in die Augen blicken konnte. »Normalerweise dürfte so etwas gar nicht möglich sein.«

»Sagt das Mädchen, das ich gerade in einen Zwerg verwandelt habe.«

Penelopé hatte schon den Mund geöffnet, um etwas zu entgegnen, dann aber verstummte sie. Er hatte ja recht. Auch wenn die Skepsis sie noch immer gefangen hielt, setzte sie sich neben ihn.

»Ist dir kalt?«, erkundigte sich der König, woraufhin sie den Kopf schüttelte.

Auch damit schien er recht zu behalten: Die Temperaturen machten ihr hier oben nichts mehr aus.

»Wohin fliegen wir?«, wollte sie wissen und beugte sich über den Rand der Wolke, um nach unten zu blicken. Sonderlich sicher fühlte sie sich nicht.

»Das ist deine Entscheidung. Du hast die Wolkenreise gewonnen und deswegen darfst du auch das Ziel bestimmen.«

Kjells Blick war offen und freundlich. Penelopé zog die Augenbrauen zusammen. »Du sagtest, man kann überallhin? Ich könnte also auch nach Hause fliegen?«

Sein Gesicht verdunkelte sich. »Wenn das dein Wunsch ist … natürlich kannst du auch nach Hause fliegen. Ich dachte aber, dass du zum Eispalast gekommen bist, um etwas anderes zu sehen als nur dein Zuhause.«

»Ich meine nicht Frigus«, sagte Penelopé schnell. »Frigus ist nicht mein Zuhause. Zumindest nicht der Ort, an dem mein Herz wohnt.« Ihre Stimme wurde sehnsüchtig. »Ich bin mir nicht sicher, ob dir Brahmenien etwas sagt?«

Von der Seite sah sie Kjell an, der bedauerlich den Kopf schüttelte. »Doch das macht nichts. Ich kenne nicht alle Orte dieser Welt – die Wolke aber schon. Also … ist das der Ort, den du sehen willst?«

Penelopé war kurz davor, zu nicken, als sie innehielt. Genevieve wollte schon immer die ganze Welt bereisen, doch als Prinzessin war es nicht leicht, sich der höfischen Etikette zu entziehen.

»Meland«, flüsterte die Prinzessin, dann nickte sie. »Der größte Wunsch meiner Schwester war es immer, Meland zu sehen.« Der Gedanke an Ginny ließ sie wehmütig werden.

Kjells Blick wurde forschend. »Und wieso willst du dorthin?«

Penelopé blickte auf ihr Kleid hinab und merkte, wie eine tiefe Traurigkeit sie befiel. »Vielleicht, weil ich sie so sehr vermisse und mich ihr näher fühlen werde, wenn wir in Meland sind.«

Kjell schwieg eine Weile, dann nickte er und klatschte in die Hände. »Auf nach Meland!«, rief er.

Penelopé stieß ein Keuchen aus, als die Wolke sich langsam in Bewegung setzte. Die ersten Meter bescherten ihr ein Schwindelgefühl, doch bald gewöhnte sie sich an die seltsame Art der Fortbewegung. Der Blick nach unten gewährte eine Sicht auf weitere Wolken. Landstreifen oder Städte konnte Penelopé nicht erkennen, dafür befanden sie sich zu weit oben.

»Ist deine Schwester noch in Frigus?«, drang Kjells melodische Stimme zu ihr herüber.

Erst jetzt merkte Penelopé, dass der Schneekönig auf sie zugerückt war, sodass sie dichter beieinander saßen. Seine hellen Augen ruhten auf ihr und erzeugten ein Gefühl der Vertrautheit, das ihr neu war.

Die Prinzessin schüttelte den Kopf. »Nein, sie war nie in Frigus. Ich bin allein dorthin gekommen.«

Kurz fragte sie sich, weswegen sie ihn anlog, aber sie revidierte ihre Antwort nicht. Schließlich musste er nicht sofort alles über sie wissen.

Kjell nickte nachdenklich. »Es ist nie einfach, von denen getrennt zu sein, die man liebt«, sinnierte er. Aus den Augenwinkeln sah Penelopé, dass sich sein Mund in einen geraden Strich verwandelt hatte. »Aber wenn du erst Königin bist, musst du lernen, damit klarzukommen.«

Obwohl der Inhalt seiner Worte düster war, musste Penelopé lachen. »Ich glaube nicht, dass ich Königin werde«, gab sie ehrlich zu – und presste sich die Hand vor den Mund, als sie realisierte, was sie gesagt hatte.

Kjell sah jedoch nicht zornig aus, vielmehr verwundert. »Bist du nicht genau deswegen hier?«

Nervös spielte Penelopé an ihrem Armband herum. Sie musste vorsichtig mit dem sein, was sie sagte. »Du kennst die anderen Mädchen noch nicht«, war das Erste, das ihr einfiel. »Sie sind wundervoll … du wirst begeistert sein.«

Kjell hüstelte. »Das klingt so, als siehst du dein Schicksal als besiegelt an.«

Nun kam Penelopé nicht umhin, den Blick zu heben und ihn anzusehen. Etwas in ihr regte sich, als sie in seine Schneeaugen schaute. »Niemand weiß, wie die Zukunft aussieht«, flüsterte sie.

Kjell nickte, doch sein Blick blieb neugierig.

Weil Penelopé sich nicht länger mit dem Thema befassen wollte, drehte sie sich vom König weg und blickte noch einmal auf die unter ihr dahinziehenden Wolken. Der Himmel war in Rosatöne getaucht, die am Horizont ein zartes Lila ergaben. Obwohl sie sich noch mitten im Winter befanden, war der Wind angenehm und ließ sie nicht frieren.

»Wie lange wird es dauern, bis wir ankommen?«, fragte Penelopé den König, der ihrem Blick gefolgt war.

»Das hängt davon ab, wie weit es bis nach Meland ist«, erwiderte er.

»Um ehrlich zu sein, habe ich keine Ahnung«, meinte Penelopé. »Ich weiß nicht, wo dieses Land liegt, geschweige denn, in wie vielen Tagesritten es zu erreichen ist.« Entschuldigend sah sie den König an.

»So oder so kann es nicht mehr allzu lange dauern. Ich bin mal nach Schneepitz gereist und dafür musste ich nicht mehr als eine Stunde entbehren.«

Penelopé staunte. Schneepitz war das kälteste Land, von dem sie je gelesen hatte, und so weit entfernt, dass eine Reise von Brahmenien dorthin nicht einmal in ihrer Vorstellung möglich war.

»Wie viel von der Welt hast du schon gesehen?«, erkundigte sie sich und ging abermals in seinen weißen Augen verloren, in denen so viel Weisheit steckte.

Kjell lehnte sich zurück und räusperte sich. »Mittlerweile war ich überall, wo ich hinwollte, mindestens einmal. Ich kenne Tausende Flecken Land, Aberhunderte Provinzen und unzählige Städte. Ich habe so viel gesehen – und doch kommt es mir so vor, als zählte all das nicht.« Er spielte an dem goldenen Ring, den er an der rechten Hand trug.

»Wie kommst du darauf?«, fragte Penelopé. Mittlerweile war die Wolke schneller geworden, dennoch hatte sich ihre anfängliche Furcht gelegt. Obwohl sie sich in vielen hundert Metern Höhe befanden, fühlte sie sich sicher.

»Eine Reise hat erst dann einen Wert, wenn man nicht nur sieht, sondern auch fühlt. Wenn man handelt, mit Menschen redet und einen Teil der fremden Kultur in sich selbst aufnimmt. Erst dann kann man wirklich davon sprechen, dort gewesen zu sein.«

Neugierig sah Penelopé ihn an. Es hatte sich eine Frustration in seine Stimme geschlichen, die nicht zu seinem Lächeln passte. In ihren Gedanken kramte sie nach etwas, das ihn aufmuntern würde, doch alles, was sie fand, war: »Und dennoch haben deine Augen so viel mehr gesehen als viele andere. Und du kannst von unzähligen Orten träumen, die andere nicht mal aus Büchern kennen.«

Nach und nach verschwanden die tiefen Falten auf Kjells Stirn und wichen einem Lächeln. »Vielleicht hast du recht«, sagte er. »Ich neige nur dazu, es ab und an zu vergessen.« Er holte tief Luft, dann wurde aus seinem Lächeln ein Strahlen. »Sieht ganz so aus, als wären wir angekommen«, verkündete er.

Penelopé zog verwirrt die Augenbrauen zusammen und beugte sich über den Rand der Wolke. Unter ihnen befand sich kein Himmel mehr, stattdessen sah sie spitze rote Türme, die in die Luft ragten. »Meland«, flüsterte sie, weil der Ort genauso aussah wie auf den Bildern, die Genevieve ihr gezeigt hatte.

Die Wolke flog tiefer, bis sie sich etwa auf Höhe eines Hauses befand.

»Und die Menschen können uns nicht sehen?«, erkundigte sich Penelopé.

Traurig schüttelte Kjell den Kopf. »Ich wünschte, sie könnten es, aber wir befinden uns in einer anderen Dimension, die von ihnen nicht erreicht werden kann.«

»Halb so schlimm«, meinte Penelopé. »Das Ganze hat auch seine Vorteile. Man muss sich nicht zurechtmachen oder den Menschen erklären, was zur Hölle eine fliegende Wolke zu bedeuten hat.«

Kjell grinste. »Aus dieser Perspektive habe ich das Ganze nie betrachtet.«

Der König blickte ebenfalls auf die Stadt hinab.

Meland war ein bunter, lebensfroher Ort, der verschiedene Kulturen miteinander verflocht und das Beste aus ihnen herausholte. Ein großer Marktplatz markierte das Herzstück. Auch aus der Entfernung konnte Penelopé einen Stand mit Zimtschnecken erkennen, der ihr das Wasser im Mund zusammenlaufen ließ und ihren Blick mit Sehnsucht färbte.

Unzählige Menschen waren auf den Straßen unterwegs, es herrschten ein geselliges Treiben und eine gute Stimmung. Im Gegensatz zu Prunaea war es angenehm warm – das spürte sie sogar auf der Wolke –, auch wenn Meland nicht die Temperaturen von Brahmenien erreichen konnte. Dennoch legte Penelopé genießerisch den Kopf in den Nacken.

»Mein größter Traum ist es, eines Tages von dieser Wolke zu springen, in der Stadt zu verschwinden und nie wieder zurückzukehren.« Ein Zittern lauerte in Kjells Stimme. Seine Hand hatte sich zur Faust geformt, etwas Schweres haftete seinen Zügen an.

»Wenn du möchtest, machen wir es jetzt«, schlug die Prinzessin leichtherzig vor. »Wir können auf eines der Dächer springen, zum Fenster hineinklettern und den direkten Weg nach draußen nehmen. Wir schlendern über den Marktplatz, kaufen uns frische Zimtschnecken und erkunden die Umgebung.«

»All das würde ich sofort tun«, schloss Kjell sich Penelopés Schwärmerei an. »Aber es ist nicht möglich.«

»Wieso nicht?«

»Weil meine Pflichten es mir nicht gestatten.«

Etwas an seiner Miene verbot Penelopé, nachzuhaken.

»Für den Moment muss das hier also reichen«, sagte er.

Die Wolke hatte wieder an Höhe gewonnen und ließ die bunten Gebäude hinter sich. Unweigerlich begann Penelopés Herz schneller zu schlagen. Würde sie nun endlich das sehen, nach dem sie sich ihr ganzes Leben lang heimlich gesehnt hatte? Nervös krallte sie ihre Finger in den Stoff des eisblauen Kleides.

Zwar hatte Genevieve es nie geschafft, sie vollständig mit ihrer Reiselust anzustecken, aber einen Ort gab es, von dem sie seit Jahren träumte.

»Das Meer«, stieß Penelopé aus, als der Ozean sich azurblau unten ihnen erhob.

Er war größer, als sie es sich je hatte vorstellen können, und schöner, als Zeichnungen ihn wiederzugeben vermochten. Sanft bewegten sich die Wellen auf und ab, in hundert Nuancen brach sich das Blau im Sonnenlicht. Penelopé spürte, wie sich die Luft veränderte, sie konnte das Salz auf ihrer Haut beinahe schmecken.

»Sieht ganz so aus, als wärst du noch nie am Meer gewesen«, kommentierte Kjell, als er Penelopés entzückten Blick einfing.

Die Augen der Prinzessin klebten noch immer an dem gigantischen Naturwunder, als sie den Kopf schüttelte. »Bei uns in Brahmenien gibt es unheimlich viel Sand und Sonne. Das Meer sucht man dort vergebens.«

Kjell nickte verständnisvoll. »Ich kann mich noch an mein erstes Mal erinnern«, sagte er und brachte Penelopé dazu, ihren Blick kurz von den Wellen zu lösen.

Eine Möwe flog kreischend über sie hinweg.

»Wasser ist in Prunaea keine Seltenheit, zumindest nicht in der gefrorenen Form. Aber das Meer habe auch ich in meiner Kindheit nie gesehen. Ich war siebzehn, als ich das erste Mal über einen Ozean hinweggeflogen bin. Und … ich habe mich nie so schlecht gefühlt.«

»Schlecht?« Penelopé sah ihn aufmerksam an. In ihr tobte eine ganze Palette an Gefühlen. Sie spürte grenzenlose Liebe für das weite Meer, Ergriffenheit, Stolz und Hingabe. Doch keine dieser Empfindungen weckte etwas Negatives in ihr.

»Ich sah das Meer«, fing Kjell an, »und realisierte zum ersten Mal, dass ich in einem Gefängnis lebe. Dass ich niemals in den Fluten untertauchen und die Schönheit der Unterwasserwelt bestaunen darf. Ich habe erkannt, dass ich umkehren muss und jede Reise mir letztlich nur all das zeigt, was ich nie haben werde.« Sein Blick wurde starr, dann holte der König tief Luft. »Verstehst du jetzt, wieso ich nicht auf ewig einsam sein kann, Penelopé? Wieso ich jemanden brauche, der die Leere in meinem Herzen füllt?«

# 25

Sie hatte sich fest vorgenommen, sich auf das Rätsel zu konzentrieren, alle Worte gedanklich noch einmal durchzugehen und sie mit dem zu verknüpfen, was sie neu über Prunaea gelernt hatte. Genevieve wusste, dass die Lösung irgendwo vor ihr lag und sie nur danach greifen musste.

Aber gerade das Denken wollte heute nicht recht funktionieren, denn jeder Versuch endete mit einem Blick in Pales Gesicht. Genevieve wusste selbst nicht, woran es lag, aber es kam ihr vor, als würde sie ihn zum ersten Mal sehen. Zum immer wieder ersten Mal. Wie dicht seine Wimpern waren, wie filigran das Lächeln, das seine Züge eroberte, wenn er mit Mercy spielte.

Selbst wenn sie die Augen schloss, riss sie sie doch einige Momente später wieder auf. Hing an seinen Lippen, die gar nichts sagten. Lauschte seiner Geschichte, die sich nur in seinen

Augen abspielte. Und bevor sie es sich recht versah, merkte sie, wie sich ein warmes Gefühl in ihrem ganzen Körper ausbreitete und sie beinahe schwerelos machte.

»Alles in Ordnung mit dir?«, riss Pale sie aus ihren Gedanken.

Genevieve zuckte zusammen, blinzelte mehrmals und wusste gar nicht, was sie sagen sollte. Verwirrt nickte sie.

»Woran hast du gerade gedacht?«, wollte er wissen.

*Daran, welchen Widerhall deine Stimme in mir auslöst.*

»Ich habe an das Rätsel gedacht. Und daran, dass ich immer noch nicht weitergekommen bin.« Schuldbewusst senkte Genevieve den Kopf – in Wahrheit aber, um seinem sanften Blick zu entgehen.

»Vielleicht werden die Dinge klarer, wenn wir erst den Palast erreicht haben«, meinte Pale.

Ja, aber was wäre dann? Würde er sie dort absetzen und wieder seiner Wege gehen?

»Magie kommt nicht selten mit Aha-Effekten daher«, fuhr Pale fort und rückte seine Mütze gerade. »Es kann sein, dass du das Schloss siehst und sofort weißt, was von dir verlangt wird.«

»Das wäre schön«, entgegnete Genevieve, »aber davon gehe ich nicht aus. Rania wäre nicht Rania, wenn sie es uns leicht machen würde. Ich hoffe nur, dass die Rätsel kein Verfallsdatum haben und der Fluch ewig währt.« Sie presste die Lippen aufeinander.

»Oh, da musst du dir keine Gedanken machen«, wusste Pale und pfiff Mercy zu sich heran, die zu weit nach vorn gelaufen war. »Magie ist nie etwas Dauerhaftes. Flüche können immer gebrochen werden.«

Genevieve wusste, dass er recht hatte. Warum fühlte sie sich dennoch so niedergeschlagen? Warum konnte er sie nicht aufmuntern? Missmutig starrte sie auf den Schnee zu ihren Füßen. Ein Glück, dass Pale sie begleitete. Sie selbst hätte schon dutzendfach die Orientierung verloren und die Hoffnung aufgegeben.

»Es ist nicht mehr weit«, versuchte Pale, sie aufzumuntern. Als sie zu ihm aufschaute, war sein Gesicht eine Mischung aus Vorfreude und Skepsis. »Wir dürften den Palast in wenigen Stunden erreichen.«

Wieso war sie nicht glücklich? Das Ziel ihrer Reise lag unmittelbar vor ihr ... und dennoch wütete nur Gram in ihr.

Genevieve strich sich eine Strähne ihres Haares aus dem Gesicht. Eben hatten sie eine Quelle gefunden, um ihren Durst zu löschen. Das Hungergefühl war durch die Steinfrucht ebenfalls verschwunden. Dennoch sehnte sie sich nach einer Speise, die wirklich schmeckte und nicht nur satt machte.

»Was hast du?«, erkundigte sich Pale, nachdem das Schweigen zwischen ihnen unerträglich geworden war. »Habe ich etwas gesagt, das ...?«

Dieses Mal blickte Genevieve ihm direkt ins Gesicht. »Es liegt nicht an dir. Ich habe nur gerade einen emotionalen Durchhänger, das ist alles.«

»Mh.« Pale griff nach ihrem Arm und zwang sie so, stehen zu bleiben. »Erzähl mir, was dich bedrückt.«

Zunächst tat sie unbestimmt, wollte nicht recht mit der Sprache rausrücken. Dann aber erkannte sie, dass sie ihm vertrauen konnte, und fasste sich ein Herz.

»Wir haben beide so viele Mühen auf uns genommen, sind seit Tagen unterwegs. Du handelst selbstlos, für dich springt nichts dabei heraus und dennoch hilfst du mir. Was ist aber, wenn alles umsonst ist? Wenn wir das Schloss erreichen und ich keine Ahnung habe, was ich tun muss?« Genevieve schluckte und wandte den Blick ab.

Eine Sekunde später spürte sie Pales behandschuhte Hände an ihrem Kinn. Sanft hob er es an und sah ihr in die Augen. »Es ist normal, dass man zweifelt«, wisperte er. »Aber weißt du was? Ich habe dich nicht als jemanden kennengelernt, der scheitert. Auch wenn du umfällst, stehst du immer wieder auf. Ich bin mir sicher, dass du es schaffen wirst … ganz gleich, was dieses Rätsel von dir verlangt.«

»Und wenn ich es gar nicht schaffen kann?«, äußerte sie ihre Bedenken.

»Was bitte sollst du nicht schaffen können?« Er zog die Augenbrauen hoch.

Die Selbstverständlichkeit, mit der er an sie glaubte, machte sie schwindlig. Nicht ein Zweifel haftete seiner Stimme an, nicht die kleinste Skepsis durchbrach sie.

Genevieve atmete tief durch und straffte die Schultern. »Ich danke dir.«

Pale lächelte leicht. »Jetzt lass mich dich zum Schloss bringen.«

Die Prinzessin nickte, auch wenn ein Teil von ihr noch immer traurig war. Schweigend ging sie neben ihrem Begleiter her, der die ganze Reise über nicht einmal von ihrer Seite gewichen war. In Brahmenien hatte sie sich genau so einen Menschen immer gewünscht, in Prunaea würde sie ihn irgendwann gehen lassen müssen.

Genevieve vergrub ihre Hände in den Manteltaschen und richtete den Blick auf den Boden. Mercys Pfotenabdrücke waren das Einzige, das die weiße Pracht durchbrach. Momentan schneite es nur wenig, doch der Himmel war wolkenverhangen und die Sonne versteckte sich.

»Prunaea mag dir kalt und herzlos vorkommen«, hörte Genevieve Pales Stimme. »Aber ab und zu zeigt dir das Land, dass es immer Grund gibt, Hoffnung zu haben.«

»Und wie?« Sie sah ihn nicht an, sondern taxierte weiterhin den Schnee unter sich.

»Indem es dir zeigt, dass auch aus der Kälte etwas Schönes entstehen kann.«

Bevor sie es sich versah, hatte Pale nach ihrer Hand gegriffen und sie mit sich gezogen. Genevieve wandte den Blick vom Boden ab und schaute geradeaus. Ihre Kinnlade klappte herunter.

Pale, der ihre Reaktion aus den Augenwinkeln gesehen hatte, grinste.

»Das ist nicht möglich«, stammelte Genevieve und blinzelte, weil sie ihren eigenen Augen nicht traute.

»Anscheinend schon, sonst würde er ja nicht da stehen.«

Pale zog weiterhin an ihrer Hand, aber die Beine der Prinzessin hatten sich in den Boden gebohrt. Wie gebannt starrte sie auf den Kirschblütenbaum, der nicht weit von ihr wuchs und in den schönsten Rosatönen blühte. Kühn hatte er sich den Weg durch den Schnee gekämpft und schien sich nicht um die Temperatur zu scheren.

»Das ist ein Wunder«, flüsterte Genevieve und schüttelte den Kopf. »Ein absolutes Wunder.«

Pale lächelte sanft. »Ich kann mir selbst nicht erklären, woher der Baum kommt, aber immer wenn es mir nicht gut geht und ich die Hoffnung verliere, zeigt mir die Natur, dass ich stark bleiben soll. Dass nichts unmöglich ist. Außerdem sind diese Bäume ein Zeichen dafür, dass etwas Gutes geschehen wird.«

Endlich schaffte es Genevieve, sich vom Anblick des Kirschblütenbaumes abzuwenden, und drehte sich zu Pale um. »Wie viele davon hast du schon gesehen?«

»Es müssen nicht immer Bäume sein«, tat er unbestimmt. »Manchmal sind es Blumen, einmal habe ich einen Kolibri entdeckt. Wir sind auf dem richtigen Weg, Ginny, das kannst du mir glauben.«

Und sie tat es. Beherzt griff sie nach seiner Hand und ließ sich von ihm mitziehen, direkt auf den bunten Baum zu, der Farbe in das ewige Weiß brachte, das sie beinahe erblinden ließ. Wenn man sich auf die Gesetze der Natur berief, konnte es den blühenden Baum gar nicht geben. Und doch stand er vor ihr, lebendig und echt, und als sie ihre freie Hand gegen seinen Stamm presste, schien er zu pulsieren.

»Das Leben in Prunaea ist nicht immer leicht«, sagte Pale, der ihre linke Hand noch immer umfasst hielt. »Aber wir können alles schaffen, wenn wir nur an uns glauben.«

Von neuer Zuversicht ergriffen, nickte Genevieve. Sie wollte an sich selbst glauben. Aber nicht nur an sich. Sie glaubte auch an ihn. Und daran, dass das Gefühl in ihrer Magengrube nicht irgendwo herrührte und sie ihm vertrauen sollte.

Mutig trat sie einen Schritt auf Pale zu und reckte das Kinn. Seine grauweißen Augen musterten sie abwartend. Aufregung ergriff von Genevieve Besitz, die ihre Hände zittrig und ihre Bewegungen fahrig machte. Dennoch hielt sie nicht inne.

»Als ich ein kleines Kind war, hat meine Mutter mir ihre Magie übertragen«, sprach sie und biss sich auf die Unterlippe. »Sie hat mich davor gewarnt, dass es schwierig werden wird und Zeiten kommen würden, die mir Angst machen. Aber eines hat sie mir von Anfang an klargemacht.«

Genevieve atmete aus und hielt inne. Wartete so lange, bis Pales Blick nur noch ihr galt und seine ganze Aufmerksamkeit ihr allein gebührte.

»Sie hat mir gesagt, dass ich auf mein Gefühl vertrauen soll. Dass ich mich nicht von meinen Kräften, sondern von meinem Herzen leiten lassen soll.«

Sie schluckte.

»Was sagt dir dein Herz in diesem Moment?«, hauchte Pale. Seine Lippen bebten, er wirkte noch blasser als sonst.

Genevieve nahm ihren ganzen Mut zusammen und überbrückte die letzte Distanz zwischen ihnen. »Es sagt mir, dass ich dich küssen will«, stieß sie hervor und schloss die Augen. Ein bisschen, weil sie Angst vor seiner Reaktion hatte. Ein bisschen aber auch, weil sie den Moment, der folgen würde, genießen wollte.

Seine Lippen waren kalt, beinahe eisig. Genevieve hielt überrascht den Atem an, als ihre Münder sich trafen. Sie wusste nicht, was sie tat, hatte ihre Gefühle noch nie zuvor mit einem Mann geteilt, aber sie gab nicht auf. Ihr Druck wurde fester, sie reichte Pale auch die zweite Hand, die er sogleich ergriff.

Eintausend Kirschblüten begannen in ihr zu blühen, als seine Lippen sich öffneten. Sein Seufzen wurde zu ihrem liebsten Geräusch, sein Geschmack nach Kälte und Schönheit machte sie süchtig. Pale ließ ihre Hände los, schlang sie um ihren Rücken. Legte den Kopf schief, um ihr näher zu sein.

Der Kuss dauerte höchstens fünf Sekunden und doch kam er Genevieve wie eine Ewigkeit vor. Ebenso lange würde sie von ihm zehren und an ihn denken – auch dann, wenn sie schon längst wieder in Brahmenien war und ihren alltäglichen Pflichten nachging.

Als sich ihre Lippen von seinen lösten, riss sie die Augen auf und presste sich die Hand vor den Mund. Pale blinzelte verwirrt und steckte seine Hände in die Taschen des dicken Mantels.

»Ich … Ich weiß nicht … was passiert ist …«, stammelte Genevieve, der das Ganze auf einmal nicht mehr wie eine gute Idee vorkam. Nervös kaute sie auf ihrer Unterlippe.

Für etwa drei Sekunden glich Pales Gesicht einer starren Maske, dann lächelte er. Trat noch einmal näher auf sie zu. »Ginny«, murmelte er und strich sich verschämt durch die Haare.

»Es tut mir leid, das war unüberlegt«, stammelte die Prinzessin und spürte die Röte, die ihr in die Wangen schoss. Umso überraschter war sie, als Pale den Kopf schüttelte.

»Wer sagt denn, dass die richtigen Dinge immer die sein müssen, die man vorher plant?«

Seine melodische Stimme brachte ihr Herz zum Vibrieren. Ein Kribbeln drang durch ihren Körper und machte sie bewegungsunfähig. Doch das war nicht einmal schlimm. Sie spürte Pales Finger, die ihr Kinn anhoben. Sah seine grauweißen Augen, die sie fesselten.

»Die ganze Sache mit dir war auch nicht geplant«, flüsterte er. Kleine Fältchen bildeten sich um seine Augen, als er lächelte. »Und doch sind wir jetzt hier.«

Mit dem Daumen strich er ihr über die Wange und schürte das Verlangen in ihrer Brust.

»Was nützt schon ein geplantes Leben, wenn doch kein Platz für Schönheit ist?«

Er ließ die Frage unbeantwortet, gewährte ihr keine Möglichkeit, etwas zu erwidern. Stürmisch presste er seine Lippen erneut auf ihre und entfachte ein Feuer in ihr, das sie überrumpelte und ihre gute Erziehung vergessen ließ. Besitzergreifend schlang sie ihre Arme um seinen Rücken und presste ihn fest an sich. Sie wollte seine Haut auf ihrer spüren, wollte ihm so nah sein, dass zwischen ihnen nicht einmal Raum für einen Lufthauch war. Sie wollte seinen Atem auf ihrer Haut, seine Gedanken in ihrem Kopf.

Wie er roch!

Wie er schmeckte!

Ein Keuchen drang über ihre Lippen. Ihre Zunge verband sich mit seiner, wurde gieriger und fordernder. Ihr ganzer kalter Körper stand in Flammen und während er sie küsste, musste sie lächeln. Dieser Fluch hatte ihr eine Menge Schrecken und Unheil beschert, aber dieser Moment machte vieles wieder wett. Dieser Moment war einer von denen, auf die sie zurückblicken würde, wenn sie alt und …

Verwirrt riss sie die Augen auf. Erst dann sah sie, dass Pale sie von sich gestoßen und den Blick auf den Boden gerichtet hatte. Sein Geschmack haftete noch auf ihren Lippen, sie musste mehrmals blinzeln, um in der Realität anzukommen.

»Ich … Wenn wir nicht aufhören, kann ich mich nicht zurückhalten«, stammelte Pale. So unsicher hatte die Prinzessin ihn noch nie erlebt. Verlegen trat er von einem Fuß auf den anderen und mied ihren Blick.

Obwohl die Enttäuschung in ihr wütete, nickte sie, weil sie insgeheim wusste, dass er richtig gehandelt hatte. Auch sie hatte sich voll und ganz dem Moment hingegeben und dabei jegliche Moral vergessen.

»Bring mich zum Eispalast«, beschloss sie, woraufhin er endlich den Kopf hob und ihr zunickte.

Mercy war zu ihnen gelaufen und wedelte mit ihrem buschigen Schwanz.

»Es ist nicht mehr weit«, meinte Pale. Auch seine Wangen waren gerötet und wenn Genevieve genau hinsah, erkannte sie, dass seine Lippen bebten. »Wir sollten es in ein paar Stunden geschafft haben.«

Das Lächeln, das ihr Gesicht beherrscht hatte, erstarb. Zu Beginn war ihr die Reise endlos vorgekommen, nun konnte sie ihr Ende in Stunden berechnen. Ihr Mund verwandelte sich in einen dünnen Strich, der Gedanke an die Zukunft bereitete ihr Unbehagen.

Von jetzt auf gleich war die Zweisamkeit mit Pale verschwunden, stattdessen verspürte Genevieve ein Gefühl, das eine alte Angst in ihr wachrief. In ihren Adern pulsierte es, als die dunkle Magie von ihr Besitz ergreifen wollte.

»Ist alles in Ordnung mit dir?« Pale schien ihre Veränderung bemerkt zu haben. Besorgt ruhte sein Blick auf ihr – und weil sie schon so viel mit ihm geteilt hatte, entschied sie sich auch dieses Mal für die Wahrheit.

»Kennst du das Gefühl, wenn die Kraft in dir zu groß ist, um sie verborgen zu halten? Wenn sie aus dir herausbrechen will?«

Pale dachte einen Moment nach, dann nickte er.

»Was tust du, wenn du dich so fühlst?«

»Ich lasse sie frei«, erwiderte er geradeheraus.

»Wenn ich sie freilasse, zerstöre ich irgendetwas«, gab Genevieve beschämt zu. Mit einem Schaudern dachte sie an die alte Waga.

Pale sah sie von der Seite an. »Hast du Angst davor, dass die Dunkelheit dich einnimmt? Dass du das Licht nicht mehr findest?«

Die Prinzessin nickte.

Entschlossen griff er nach ihrer Hand und drückte sie leicht. »Weißt du was? Als ich dich im Schnee gefunden habe, habe ich seit langer Zeit wieder etwas gesehen, an das ich schon gar nicht mehr geglaubt habe.«

»Was war es?«, fragte Genevieve neugierig. Ihr Herz schlug wild.

Pales Lippen verzogen sich zu einem hinreißenden Lächeln. »Die Sonne. Ich habe die Sonne gesehen. Und ich sehe sie jedes Mal, wenn ich in deine Augen schaue. Du bist im Licht geboren, Genevieve, und du wirst nie ein Teil der Dunkelheit sein.«

# 26

## Penelopé

Penelopé ließ den Blick über die verbliebenen Mädchen schweifen, die sich im unteren Flur versammelt hatten und auf Vyris warteten. Die einst dreißigköpfige Gruppe war auf fünf junge Frauen zusammengeschrumpft. Am Anfang war Penelopé der Wettbewerb endlos vorgekommen, nun musste sie sich eingestehen, dass es auf das Ende zuging.

Noch immer schwirrte ihr der Kopf von der gestrigen Wolkenreise und dem, was König Kjell ihr erzählt hatte. Es fiel ihr schwer, sich auf die Gegebenheiten zu konzentrieren. Auch als Vyris im Korridor erschien und auf seinem Gesicht ein wichtiger Ausdruck lag, schaffte sie es nicht recht, aus ihrem Gedankenkarussell auszusteigen.

»Meine Damen«, begrüßte Vyris sie und klatschte in die Hände. »Es freut mich, dass ihr alle hier seid und ich euch die nächste Aufgabe mitteilen darf.« Ein diebisches Lächeln stahl sich auf seine Lippen.

Penelopé schwante nichts Gutes. Dass der König sich endlich zeigte, daran schienen auch ihre Konkurrentinnen nicht mehr zu glauben. Inessa neben ihr trat nervös von einem Fuß auf den anderen.

»Ihr werdet heute an eure Grenzen gehen«, wusste der Kutscher und schien dabei eine Heidenfreude zu verspüren. »Die nächste Prüfung wird alles von euch abverlangen.«

Penelopé hörte Undine seufzen. Mit jedem Tag schien sie genervter zu sein und ein Teil von ihr konnte ihren Missmut nachvollziehen.

»Wieso muss es bei den Prüfungen in letzter Zeit immer um Leben und Tod gehen? Wieso können wir nicht einfach mal etwas über die Geschichte des Reiches lernen oder …«

Vyris unterbrach sie mit einer Handbewegung. »Glaub mir, theoretische Einblicke wird es noch genügend geben, wenn eine von euch erst Königin ist. Außerdem verspreche ich euch, dass dies die letzte körperlich fordernde Prüfung sein wird. Danach …« Er machte eine theatralische Pause und sah die Mädchen nacheinander an. »Nach dieser Prüfung wird uns noch ein Mädchen verlassen … und dann habt ihr es geschafft.«

»Was haben wir geschafft?«, mischte sich Aurora ein. Ihre Stimme erinnerte Penelopé an die einer Fee, so hell und klar war sie.

Vyris zupfte an seinen Handschuhen. »Die letzten vier von euch werden den König kennenlernen. Nach dieser Runde zeigt er sich.«

Undine sog scharf die Luft ein, Liva keuchte. Aufregung brach unter den Mädchen aus und Penelopé war die Einzige, die nicht von ihr angesteckt wurde. Sie wusste bereits, wie der König aussah. Zwar hatte sie ihren Konkurrentinnen von Kjell erzählt, aber es war etwas anderes, sich ein eigenes Bild von ihm zu machen.

»Versteht ihr nun, wieso es so wichtig ist, dass ihr diese Prüfung besteht? Gebt alles – und folgt mir!«

Mit diesen Worten drehte er sich um und wartete gar nicht darauf, dass die Mädchen ihm hinterherliefen.

Vyris durchquerte den Gang und verschwand in einem kleinen Raum, der sich als Ankleidekammer entpuppte. Penelopé zog die Augenbrauen hoch, als sie fünf riesige Pelzmäntel entdeckte, die an einer Kleiderstange hingen.

»Sag nicht, dass wir raus müssen«, zischte Liva. »Ich hasse den Schnee.«

Penelopé warf ihr einen zweifelnden Blick zu.

»Wie willst du hier dein Leben verbringen, wenn du die Kälte hasst?«, kam die Nachfrage von Aurora.

Liva zuckte mit den Schultern. »Wenn ich nur den König an meiner Seite habe, wird sich selbst der Schnee wie die wärmste Sonne anfühlen.«

Penelopé wusste nicht, ob sie angesichts ihrer Antwort lachen oder weinen sollte. Teilweise waren die Mädchen so naiv, dass es wehtat. Glaubte Liva wirklich, dass die sagenumwobene Liebe auf den ersten Blick sofort über sie hereinbrechen würde, wenn sie Kjell sah? Über ihre eigenen Gedanken schüttelte Penelopé den Kopf.

»Diese Prüfung bringt euch hinaus in die Kälte«, erklärte Vyris. »Ob ihr es euch eingestehen wollt oder nicht, der Winter wird in Zukunft eine nicht unerhebliche Rolle in eurem Leben spielen, sofern euch König Kjell als seine Braut auswählt. Ihr müsst lernen, die Kälte nicht zu fürchten, sondern mit und von ihr zu leben. Schnappt euch jeder einen der Pelze. Dort hinten im Kleiderschrank findet ihr Schuhe, Handschuhe, Schals, Mützen und, sofern benötigt, einen Gesichtsschutz.«

Zwar zeigte Penelopé ihre Abneigung nicht so offen wie Liva, aber auch ihr behagte die Aussicht nicht, nach draußen zu gehen. Zu sehr hatte sie sich an den Schutz des Palastes gewöhnt. Dennoch griff sie nach einem der Mäntel und schlüpfte hinein. Kaum hatte der Pelz ihren Körper umschlungen, begann sie zu schwitzen. Inessa reichte ihr eine Mütze und einen Schal.

»Hast du eine Ahnung, was wir draußen machen müssen?«, raunte sie ihr zu, woraufhin Penelopé nur den Kopf schüttelte. Schlitten fahren würden sie sicherlich nicht, so viel stand fest.

Schwerfällig zog sie sich Winterstiefel über und fand das letzte Paar Handschuhe im Inneren des Schrankes. Als Letzte verließ sie die Ankleidekammer.

Egal, wie warm man angezogen war, die Kälte gewann. Penelopés Zähne klapperten, sobald sie den Palast verlassen hatte und nach draußen getreten war. Den übrigen Mädchen schien es nicht anders zu gehen, nur Vyris' Lächeln blieb konstant. Guten Mutes schritt er voran und drehte sich nicht ein Mal um, bevor sie angekommen waren.

Es war ein sonniger, klarer Tag, an dem es immerhin nicht schneite. Über die tatsächliche Temperatur konnte Penelopé nur mutmaßen, aber sie musste im zweistelligen Minusbereich liegen. Der Schnee lag so hoch, dass sie mit ihren Stiefeln in ihm versank und jeder Schritt ihr Kraft abverlangte.

Eine Weile liefen die Mädchen schweigend hinter Vyris her, bis der Palast nur noch ein kleiner Punkt am Horizont war. Irgendwann – und es erschien Penelopé wie eine Ewigkeit –

blieb der Kutscher stehen. Seine Wangen waren gerötet, als er die Mädchen nacheinander ansah.

»Kälte ist ein unabdingbarer Teil dieses Reiches. Es wird kein Tag vergehen, an dem die zukünftige Königin den Schnee nicht sieht oder mit ihm in Berührung kommt. Sie muss lernen, mit ihm umzugehen und ihn für ihre Zwecke zu nutzen. Eure Aufgabe heute besteht darin, Essen zu suchen und daraus im Schloss eine Mahlzeit zuzubereiten.«

Penelopé sah, wie Undines Mund sich zu einer Erwiderung öffnete, aber Vyris kam ihr zuvor.

»Möglicherweise glaubt ihr, dass dies keine Aufgabe für eine zukünftige Königin ist, da dieser das Essen selbstverständlich zubereitet wird. Dennoch kann es zu Situationen kommen, in denen ihr allein – oder mit einer anderen Person – im Schnee unterwegs seid und für euch selbst sorgen müsst. Daher ist es wichtig, dass ihr lernt, wie ihr auch in der Kälte an Nahrung kommt.«

Penelopé ließ den Blick über die Landschaft schweifen, die sich vor ihr ausbreitete. Weit und breit gab es nichts außer kahlen Bäumen und ... Schnee. Ihr war schleierhaft, wie sie hier draußen etwas zu essen finden und daraus eine wohlschmeckende Mahlzeit zubereiten sollte.

Ein Teil von ihr erwartete, dass Vyris Informationen nachlieferte, der andere konnte den wortkargen Kutscher mittlerweile zu gut einschätzen, um genau damit nicht zu rechnen.

Daraufhin meinte Vyris: »Ihr habt zwei Stunden Zeit. Danach treffen wir uns wieder an diesem Platz und gehen gemeinsam zurück zum Schloss. Partnerarbeit ist ausdrücklich untersagt, jeder soll sein eigenes Gericht zubereiten.« Mit einem Nicken zeigte er, dass er zu Ende gesprochen hatte und die Suche eröffnet war.

Inessa und Penelopé tauschten einen überforderten Blick. Immerhin schienen die anderen Mädchen genauso wenig Ahnung zu haben. Undine, Liva und Aurora stoben in unterschiedliche Richtungen davon. Liva rannte so schnell, als würde es um ihr Leben gehen.

»Viel Glück«, wünschte Penelopé ihrer Freundin.

Inessa nickte, sonderlich zuversichtlich sah sie nicht aus. Dann aber entfernte auch sie sich vom Ort des Geschehens.

Penelopé wusste weder, wo sie nach etwas suchen sollte, noch, wie lange sie schon unterwegs war. Ihr Zeitgefühl schien bei Eis und Schnee abzusterben. Hielt sie sich bereits eine Stunde hier draußen auf? Oder waren erst wenige Minuten vergangen? Sie wusste es nicht. Was sie aber wusste, war, dass sie keine Ahnung hatte, wie sie an Essen gelangen sollte. Schnee selbst war nicht sonderlich nahrhaft und auf karge Äste als Vorspeise hatte sie ebenfalls keine Lust.

Ob sie einfach unter dem Schnee graben sollte? Weil ihr nichts Besseres einfiel, sank sie auf die Knie und begann, sich einen Weg nach unten zu bahnen. Schon bald liefen ihr Tränen der Anstrengung über das Gesicht und als sie endlich die Erde erreichte, war diese gefroren und undurchdringbar.

Erschöpft ließ sich Penelopé nach hinten fallen und stöhnte. Das Ganze war doch eine Farce, eine Chance, sie alle hinters Licht zu führen. Wie sollte im Schnee etwas wachsen? Dafür war es viel zu kalt.

Genervt wischte sie sich den Schweiß von der Stirn und hielt eine Weile inne, als sie weiter hinten, am Rande ihres Sichtfeldes, eine Gestalt erkannte. Falls es sich dabei um ein anderes Mädchen handelte, musste Penelopé es leider enttäuschen. Hier würde niemand etwas finden.

Doch als die Prinzessin die Augen zusammenkniff, erkannte sie, dass die Silhouette, die sich kontinuierlich auf sie zubewegte, größer und schlanker war als die übrigen Kandidatinnen. Und als sie schließlich vor ihr stand, bescherte sie ihr einen verwunderten Gesichtsausdruck.

»Kjell?«, kam es ihr über die Lippen.

Der Schneekönig hatte sie fast erreicht und grinste auf sie herab.

»Was machst du hier?« Ungelenk richtete Penelopé sich auf und fuhr sich durch die Haare, die wild aus ihrer Mütze hervorlugten. Sie musste ein schreckliches Bild abgeben.

Kjell streckte ihr seine Hand entgegen, die sie nach oben zog. »Mir war langweilig«, beantwortete er ihre Frage. Etwas Wildes lauerte in seinen Augen, das der Prinzessin ein Lächeln entlockte.

»Hast du keine Angst, dass die anderen dich sehen?«, erkundigte sie sich.

Kjell ließ ihre Hand los und schüttelte den Kopf. »Sie sind in andere Richtungen aufgebrochen«, meinte er lapidar. Dann blieb sein Blick an der Erde hängen, die Penelopé vom Schnee befreit hatte. »Du musst etwas zu essen finden, richtig? Vyris kommt schon auf komische Ideen.«

»Ist das Ganze vielleicht ein Test und wir können gar nichts finden?«, fragte Penelopé.

Kjell lächelte sanft, schüttelte jedoch den Kopf. »Nein, aber ich fürchte, dass ihr allesamt nichts finden werdet. Auch bei uns hat es eine lange Zeit gedauert, bis wir gelernt haben, dass auch der Schnee uns versorgen kann.«

»Und wie soll das gehen?« Penelopé klang noch immer missmutig.

»Vyris hat sicher nichts dagegen, wenn ich dir ein bisschen unter die Arme greife«, meinte der Schneekönig zwinkernd.

»Ist das nicht Betrug? Nicht, dass er mich aus dem Wettbewerb wirft und …«, äußerte sie ihre Bedenken, die Kjell jäh unterbrach.

»Dazu hat er kein Recht. Ich allein entscheide, wer geht und wer bleibt. Aber um kein Risiko einzugehen – verrate es ihm einfach nicht, in Ordnung?«

Kjell gab ihr keine Möglichkeit, zu antworten. Stattdessen zog er sie mit sich, so schnell, dass Penelopé im ersten Moment glaubte, nicht mithalten zu können. Übermütig lief der blasse Mann durch den tiefen Schnee, als wäre er eine einzige große Spielwiese. Penelopé rang nach Luft, aber ließ sich von ihm führen.

Sie rannten eine Weile, dann blieb Kjell vor einem der kahlen Bäume stehen und sah die Prinzessin bedeutungsschwer an. »Die meisten glauben, dass der Schnee keine Nahrung produzieren kann, und in vielerlei Hinsicht verstehe ich das«, fing er an.

Sein belehrender Tonfall erinnerte Penelopé an den hageren Lehrer in Brahmenien, der für ihre Schulbildung verantwortlich gewesen war. Schnell aber trat das altbekannte Lächeln zurück auf Kjells Gesicht.

»Bäume sind für uns überlebenswichtig. Das haben wir erst spät festgestellt, aber sie sind die Quelle, die uns auch im Winter Essen liefert.«

»Also doch Äste«, murmelte Penelopé und obwohl sie flüsterte, wurde ihr Kommentar mit einem schallenden Lachen quittiert.

»Nein, Äste schmecken mir nicht. Falls du sie probieren willst, kannst du das gern tun. Für alle anderen Fälle zeige ich dir, wie du an anderes Essen gelangst.«

Kjell sank auf die Knie und grub sich durch den Schnee, ebenso, wie Penelopé es vor wenigen Minuten getan hatte. Nur dass er dabei keinen hilflosen, sondern einen zielgerichteten Eindruck machte.

»Du musst so lange graben, bis die Wurzeln des Baumes freiliegen«, erklärte er Penelopé, die sich nach vorn gebeugt hatte, um besser sehen zu können. Kjell grub eine Weile, dann hellte sich sein Blick auf. »Na, was haben wir denn da?«

Penelopés Neugierde wuchs, weswegen sie sich neben den König in den Schnee kniete. Welch groteskes Bild sie abgeben mussten! Dort hockten sie, Prinzessin und König, dicht nebeneinander, nicht auf Etikette oder höfische Regeln achtend, und suchten im Schnee nach Nahrung.

Kjell grub weiter, dann steckte er eine Hand in das Loch, das entstanden war. Eine Sekunde lang war sein Gesichtsausdruck angespannt, schließlich grinste er. Die Spannung wich aus seinem Körper und er förderte eine rote Frucht zutage, die Penelopé die Augen aufreißen ließ.

»Ein Apfel?«, stieß sie hervor und konnte das, was sie sah, nicht glauben. Gierig streckte sie ihre Hand nach der Frucht aus.

Kjell gab sie ihr und schüttelte dann den Kopf. »Es ist kein Apfel. Um ehrlich zu sein, wissen wir nicht, wie diese Frucht heißt, und wir haben ihr auch nie einen Namen gegeben. Ihr Geschmack ist süß und aus ihrem Fleisch kann man allerlei Nützliches herstellen.«

Mit Staunen betrachtete Penelopé die rote Frucht, die einen Farbfleck in der weißen Winterlandschaft darstellte.

»Wenn du weiter gräbst, wirst du noch mehr davon finden. Pflück ein paar und geh dann zur Gruppe zurück, damit du nicht zu spät kommst.«

Penelopé drehte sich zu Kjell um, doch er war bereits aufgesprungen, warf ihr einen letzten Blick zu und verschwand in der Weite des Schnees. Schon bald war er nur noch ein kleiner Punkt am Horizont, der wenig mit dem stattlichen König gemein hatte.

Verwirrt blickte Penelopé auf die Frucht hinab. Sie konnte die Motive des Königs nur erahnen, aber es war offensichtlich, dass er sie noch eine Weile im Wettkampf behalten wollte. Ein Lächeln stahl sich auf ihre Lippen, begleitet von einem warmen Gefühl, das ihren ganzen Körper durchdrang.

Die Mädchen standen nebeneinander in der großen Schlossküche, in der sonst ihre Speisen zubereitet wurden. Vyris hatte ihnen erzählt, dass der magische Schlitten einmal im Monat in die umliegenden Dörfer und Städte Prunaeas flog, um Vorräte zu holen. Dennoch wäre es wichtig, auch mit den unmittelbaren Gegebenheiten zurechtzukommen und im Notfall auf eigene Faust überleben zu können.

Vor den Kandidatinnen befand sich eine lange Tafel, auf der das lag, was die Mädchen im Schnee gefunden hatten. Sonderlich vielseitig war die Auswahl nicht, belief sich auf welke Blätter, einzelne Stöcke, Steine und Undefinierbares. Wie ein Schatz lagen die falschen Äpfel vor Penelopé.

»Ihr habt nun eine Stunde Zeit, die Zutaten so zuzubereiten, dass aus ihnen eine Mahlzeit entsteht. Dafür dürft ihr euch alles aus der Küche nehmen, was ihr braucht. Zum Schluss werde ich das Essen kosten und meine Entscheidung verkünden.«

Penelopé konnte dem Kutscher seinen Mut nicht absprechen. Die Tatsache, dass er alles probieren wollte, beeindruckte sie und ließ ihn gleichzeitig lebensmüde wirken.

Inessa, die neben Penelopé stand, wirkte traurig. »Ich habe nichts außer Erde gefunden. Wie soll ich daraus denn etwas kochen?« Verzweiflung stand auf ihr Gesicht geschrieben, Hilfe suchend sah sie die Prinzessin an.

»Partnerarbeit ist verboten«, zischte Vyris und machte eine Handbewegung, die den Mädchen verdeutlichte, dass sie nicht so nah beieinanderstehen sollten. »Hier geht es nicht darum, wie gut ihr zusammenarbeitet, sondern darum, was die Einzelne schafft.«

In der folgenden Stunde konzentrierte sich Penelopé auf die falschen Äpfel und blendete alles andere aus. Sie war keine gute Köchin und im Zubereiten von Essen nie unterrichtet worden. Nun aber sah sie die Äpfel kritisch an, wusch sie in warmem Wasser und fand etwas, mit dem sie die harte Schale lösen konnte. Überrascht nahm die Prinzessin zur Kenntnis, dass das Fruchtfleisch sehr weich war und sich mit den Fingern leicht zerdrücken ließ. Sie sah sich nach einer Schüssel um, in die sie den geschälten Apfel legte, und zerquetschte ihn mit einer Gabel. Mit etwas Zucker süßte sie den Brei, der entstanden war, und rührte ihn mehrmals um. Eine Delikatesse hatte sie nicht erschaffen, aber für den Anfang sollte es reichen.

Als die Stunde vergangen war, trat Vyris zu den Mädchen und begutachtete die Produkte kritisch. Obwohl zunächst niemand daran geglaubt hatte, im Schnee etwas Essbares finden zu können, waren fünf unterschiedliche Gerichte entstanden, die zumindest optisch ansprechend aussahen.

Bedeutungsschwer griff Vyris nach Messer und Gabel und wandte sich der ersten Schüssel zu, die von Liva gefüllt worden war. »Bevor ich mich vergifte … was genau esse ich da?«

Liva konnte sich nur schwer das Lachen verkneifen. »Das sind Blätter«, erklärte sie prustend. »Gefüllt mit … Erde. Beinahe wie Teigtaschen.«

»Teigtaschen also, soso«, kommentierte Vyris.

Mutig griff er nach einem der gerollten Blätter und nahm einen ersten Bissen. Als seine Augen groß wie Murmeln wurden und er sich an die Kehle packte, musste auch Penelopé lachen.

»Pfui Teufel!«, schimpfte der Kutscher und spuckte den Rest der Teigtasche auf den Teller. »Was hast du dir dabei gedacht?«

Liva zuckte mit den Schultern. »In der Not isst der Teufel Fliegen, heißt es nicht so?«

Kopfschüttelnd ging Vyris weiter.

Nach und nach probierte er die anderen Gerichte. Undine hatte es geschafft, einen Strauch mit Beeren zu finden und diese als Süßspeise anzurichten. Aurora hatte eine Steinfrucht entdeckt, die verzehrbar war und ihr ein wohlwollendes Nicken von Vyris einbrachte.

»Und was ist das?«, fragte der Kutscher, als er vor Inessas Gericht stand.

Das Mädchen vergrub schüchtern die Hände in ihrer Kleidtasche und senkte den Blick. »Es tut mir leid, dass ich nichts anderes gefunden habe. Das ist eine warme Suppe, garniert mit Erde und Ästen.«

»Erde?« Eine Falte erschien auf Vyris' Stirn.

Inessas Unwohlsein war mit Händen greifbar. Nervös sah sie Penelopé an, die ihr ein Lächeln schenkte, welches aber nicht ganz überzeugen konnte, weil ihr beim Anblick der Erdsuppe selbst unwohl wurde. Dennoch nahm Vyris einen Löffel und kostete die bräunliche Flüssigkeit. Noch bevor sie seinen Gaumen erreicht hatte, brach er in bellendes Husten aus und hielt sich den Hals.

»Ihr solltet mir ein Essen zubereiten und mich nicht vergiften«, schimpfte er und funkelte Inessa böse an, die unter seinem Blick ganz klein wurde.

»Mach dir nichts draus«, raunte Penelopé und drückte ihre Hand. »Die Aufgabe war beinahe unlösbar. Wir hatten alle unsere Schwierigkeiten.« Dennoch musste sie sich eingestehen, dass das Gericht ihrer Freundin selbst im Vergleich zu den Teigtaschen erbärmlich wirkte.

Viel Zeit, um darüber nachzudenken, blieb ihr allerdings nicht, denn Vyris stand nun vor ihr und schaute sie zweideutig an. »Was ist das?«, wollte er wissen, als er auf die kleine Schale deutete, in der sich das Kompott befand.

Nach Penelopés Erklärung nahm er einen ersten Löffel, auf den schon bald ein zweiter und dritter folgten. Nachdenklich kaute er und nahm weiter von dem süßen Brei, bis die Schüssel bis auf den letzten Rest geleert war. Mit einer Papierserviette wischte er sich über den Mund.

»Alle Achtung, Penelopé. Ich hätte nicht gedacht, dass es einem von euch gelingen würde, die roten Früchte zu finden.«

Penelopé merkte, wie Hitze in ihre Wangen schoss und Inessas neugieriger Blick auf ihr ruhte.

Ihre Freundin hatte schon den Mund geöffnet, um etwas zu sagen, da ergriff Vyris erneut das Wort. »Ich danke euch allen für die Zubereitung der Gerichte. Einige von euch haben die Aufgabe gut gelöst, bei anderen besteht Übungsbedarf.« Unverhohlen musterte er Inessa und Liva. »Ich würde euch gern allen eine zweite Chance geben, aber die Regeln des Wettbewerbs sehen das nicht vor. Im Gegenteil: So wie die Dinge sich entwickelt haben und ich eure Fähigkeiten einschätze, müssen uns heute zwei Mädchen verlassen.«

Penelopé brauchte eine Weile, um das, was sie gehört hatte, zu verarbeiten. Ihr Herz schlug unregelmäßig und heftig, denn wenn es mit rechten Dingen zuging, würden Liva und Inessa den Wettbewerb verlassen müssen – jetzt gleich schon.

In ihrer Kehle wurde es eng. Der alleinige Gedanke, Inesssa Auf Wiedersehen sagen zu müssen, brachte sie fast um. Um den Tränen, die in ihr wüteten und nur darauf lauerten, auszubrechen, keine Macht zu geben, senkte sie den Blick.

»Liva und Inessa, es tut mir sehr leid, aber ihr müsst den Eispalast noch heute verlassen. Die Zeit mit euch war lehrreich und schön, es gibt viele wertvolle Erinnerungen, auf die ich zurück…«

Bevor Vyris zu Ende sprechen konnte, rauschte Liva an ihm vorbei. Ihre Schritte hallten von den Wänden wider und ihr Schluchzen vibrierte in Pennys Herz. Die Prinzessin drehte sich zu Inessa um. Ihr Herz schnürte sich zusammen, als sie ihre Freundin sah, die zwar nicht weinte, aber in deren Gesicht eine große Enttäuschung wütete.

»Ich danke euch allen für die Zeit«, murmelte sie, lächelte scheu in die Runde, dann verließ sie die Küche – sehr viel leiser als Liva.

Undine, Aurora und Penelopé sahen sich schweigend an. Obwohl sie im Grunde Konkurrentinnen waren, traf sie jeder Abschied.

»Willkommen in der nächsten Runde, ihr drei«, verkündete Vyris und breitete die Arme aus. »Schon morgen werdet ihr den König treffen.«

Während Undine und Aurora sich aus ihrer Trauer lösten und lächelten, fühlte sich Penelopé, als hätte man ihr einen schweren Stein in den Magen gesetzt. Wortlos ging sie aus der Küche, die Treppen hoch, hinein in das Zimmer, das sie sich mit Inessa teilte.

Ihre Freundin hockte auf dem Bett und ließ die Schultern hängen. Penelopé trat von hinten auf sie zu und legte ihr den Arm um die Schultern. »Wie geht es dir?«, flüsterte sie.

Inessa, aufgeschreckt durch die plötzliche Berührung, sah Penelopé aus großen Augen an, in denen Tränen schimmerten. »Ich wünschte, ich könnte sagen, dass es mir nichts ausmacht, aber das stimmt nicht«, schniefte sie und wischte sich mit der Hand über die Augen. »Wahrscheinlich habe ich mir einfach zu viele Hoffnungen gemacht.«

Penelopé drückte Inessa an sich und hauchte ihr einen Kuss auf den Kopf. Inessas Trauer tat ihr so weh, dass ihre Gedanken sich zu verselbstständigen drohten. Ein schlechtes Gewissen überkam sie, das sekündlich wuchs und sich schon bald nicht mehr ertragen ließ. Sie selbst war ohne Mühen eine Runde weitergekommen und wusste ihren Platz im Wettbewerb nicht einmal zu schätzen. Inessa trat mit den richtigen Motiven an, wünschte sich aus ganzem Herzen, ein Teil der Auswahl zu sein und …

»Weißt du was?«, schoss es aus Penelopé heraus, bevor sie weiter darüber nachdenken konnte. »Ich … verlasse den Wettbewerb an deiner Stelle.«

»Was?« Inessa sah sie ungläubig an, die großen Augen noch immer voller Tränen. »Sag so etwas nicht!«

Doch Penelopé nickte und die anfängliche Scheu, die sie befallen hatte, verschwand. Je länger sie über die Idee nachdachte, desto sicherer wurde sie sich. Rätsel hin oder her, mit ihrer Teilnahme am Wettbewerb stahl sie einem Mädchen mit aufrichtigen Wünschen seinen Platz. Und dazu hatte sie kein Recht.

Entschieden stand Penelopé auf.

»Was hast du vor?«, fragte Inessa schniefend.

»Ich werde zu Vyris gehen und ihm sagen, dass ich aussteige. Ich kenne den König schon und …«

Inessa schüttelte den Kopf. »Ich werde ganz sicher nicht zulassen, dass du deinen Platz aufgibst, nur damit ich eine Runde weiterkomme. Meine Leistung war die schlechteste und ich habe es verdient, rauszufliegen.«

Nachdenklich schaute Penelopé auf sie herab, aber ihr Einwand schaffte es nicht, sie vom Gegenteil zu überzeugen. »Wenn ich in deine Augen schaue, Inessa, sehe ich den Wunsch, den König kennenzulernen. Den Wunsch, von ihm erwählt und Königin zu werden.«

Mühsam stand Inessa auf und stellte sich vor die rothaarige Prinzessin. »Aber sind das nicht auch deine Wünsche?«, hauchte sie.

Penelopé zupfte an ihrem auberginefarbenen Kleid und ließ sich mit ihrer Antwort Zeit. »Ich weiß nur, dass ich mir in vielerlei Hinsicht gerade nicht sicher bin. Aber du hast diese Sicherheit. Daher ist es nur gerecht, wenn du meinen Platz bekommst.« Sie legte die nötige Überzeugungskraft in ihre Stimme und merkte, wie Inessas Blick nachgiebiger wurde.

»Ich bin mir nicht sicher, ob ...«, äußerte sie ihre Bedenken, doch Penelopé schüttelte entschlossen den Kopf.

»Dafür bin ich mir sicher. Komm mit.« Sie griff nach Inessas Hand und zog sie aus dem Zimmer.

Vielleicht würde sie es nie schaffen, ihr Rätsel zu lösen, aber in diesem Moment erschien ihr eine andere Sache sehr viel wichtiger.

# 27

Ihr Herz schlug wild, als sie sich durch den Schnee kämpften, und in ihrem Körper hatte sich eine Wärme ausgebreitet, die sie die Kälte um sie herum vergessen ließ. Genevieve musste sich auf die Unterlippe beißen, weil das Lächeln in ihrem Gesicht sonst zu groß geworden wäre. Einerseits wollte sie Pale anschauen, um seine Reaktion abzuschätzen, andererseits fürchtete sie sich vor seinem Gesichtsausdruck. Der Kuss und seine Worte hatten sie verletzlich gemacht.

Eine Weile bewegten sie sich schweigend fort, aber es war keine Stille, die sich seltsam oder unangenehm anfühlte. Ganz im Gegenteil: Genevieve kam sich geborgen vor.

Mercy strich aufgeregt um ihre Füße, lief mal an Pales, mal an Genevieves Seite, ganz wie es ihr gerade beliebte. Durch den Wolf wurde die Prinzessin an Libella erinnert und der Gedanke an ihre Freundin stimmte sie traurig. Noch immer wusste sie nicht, ob es der Eule gut ging. Sie konnte nur hoffen, dass sie unversehrt und an einem sicheren Ort war.

»Wir sind da«, sagte Pale in diesem Augenblick und blieb stehen.

Genevieve tat es ihm gleich, hob verwundert den Blick … und erstarrte, als sich nur wenige Meter vor ihr der Eispalast abzeichnete. Dadurch, dass sie ihre Augen kontinuierlich auf den Boden gerichtet hatte, war ihr das Schloss entgangen. Nun aber lag es vor ihr, majestätisch und still, wie ein unbewegliches Werk in einer Welt voller Trubel.

Genevieve war wie gelähmt, hatte den Blick auf das silberne Gebilde gerichtet, das bei Tageslicht beinahe durchsichtig schien.

»Darf ich vorstellen? Der Eispalast, das Zuhause meines Bruders Kjell.« Pale deutete eine Verbeugung an, die Genevieve zum Lächeln brachte.

Dennoch galt ihre Aufmerksamkeit weiterhin dem majestätischen Schloss, das in den Himmel emporragte. Es war eher lang als breit und wäre für eine ganze Adelsfamilie und ihre Dienerschaft zu klein, doch für einen einzigen Herrscher gerade richtig. Die Fassade des Schlosses war silbern, die Türme spitz und schmal.

»Es ist ganz anders als Brahmenien«, erkannte Genevieve, »dennoch erinnert es mich an mein Zuhause, weil es ebenso majestätisch ist. Es ist viel zu lange her, dass ich ein solches Anwesen betreten habe.« In ihre Stimme mischte sich eine Prise Nostalgie. »Es hat die Farbe von Schnee«, hauchte sie ergriffen.

Abenteuerlust machte sich in ihr breit, sie wollte die Räume des Schlosses erkunden. Stattdessen drehte sie sich zu Pale um.

»Danke, dass du mich hergebracht hast. Das ist nicht selbstverständlich und ich weiß, dass es mit mir nicht immer einfach war.«

Ihr Begleiter mit den Winteraugen machte eine wegwerfende Handbewegung. »Halb so schlimm, hab ich gern gemacht. Ich glaube, es ist ohnehin an der Zeit, dass ich meinem Bruder mal wieder einen Besuch abstatte. Aber keine Angst, ich werde dich in deinem Vorhaben keineswegs einschränken.«

Als er sein Lächeln vertiefte, entstanden kleine Falten um seine Augen, die ihm etwas Verletzliches verliehen. Genevieve ertappte sich dabei, wie sie ihn viel zu lange anschaute, und erkannte gleichzeitig, dass sie ihn *sehr gern* anschaute. Verlegen räusperte sie sich. Etwas lag in der Luft, das sie nicht näher bestimmen oder greifen konnte. Etwas, das ihr Angst machte, sie aber gleichzeitig beflügelte.

»Hör zu«, sagte Pale und trat einen Schritt auf sie zu. Eine Strähne seines weißen Haares hing ihm in die Stirn. »Mein Bruder rechnet nicht mit Besuch und sonderlich positiv steht er ihm auch nicht gegenüber. Du solltest dich nicht sofort zu erkennen geben.«

»Aber wie soll ich das machen? Ich weiß nicht, wo ich mich verstecken kann.« Genevieve blickte auf die doppelflügelige Tür, die den Eingang in den Palast darstellte. »Wird man mich überhaupt reinlassen?«, erkundigte sie sich, als plötzlich ein heftiger Schmerz durch ihren Arm drang. Genevieve verzog das Gesicht und sog scharf die Luft ein.

»Was hast du? Was ist los?«, erkundigte Pale sich besorgt und griff nach ihrem Arm, den die Prinzessin ihm jedoch entzog. Sie kannte diesen Schmerz. Sie wusste, woher er kam, aber nie zuvor hatte er sich so stark geäußert.

Mehrmals atmete sie tief ein und aus, dann brachte sie sogar ein Lächeln zustande und eine Lüge, die sie direkt an Pale richtete. »Mach dir keine Gedanken, das war sicherlich nur ein Krampf. Es ist schon vorbei.«

Aber das war es nicht und innerlich ächzte sie noch immer angesichts des Schmerzes, der in ihren Adern tobte. Das Bedürfnis in ihr, ihre Kräfte einzusetzen, um etwas zu zerstören, wurde immens und wuchs kontinuierlich an. Was hatte dieser Ort an sich, dass er solch eine Reaktion in ihr hervorrief?

»Bist du dir sicher, dass alles in Ordnung ist?«

Sie blinzelte, um wieder in der Realität anzukommen, und nickte mehrmals, obwohl sie wusste, dass die Glaubwürdigkeit dadurch nicht stieg. Auf Pales Gesicht stand ein besorgter Ausdruck.

»Was wolltest du mir eben sagen?«, ruderte die Prinzessin zurück. Sie bildete sich ein, dass der Schmerz weniger wurde, wenn sie das Schloss nicht anschaute, sondern sich auf das Gespräch mit Pale konzentrierte.

Eine Sekunde wirkte ihr Begleiter noch verwirrt, dann besann auch er sich. »Ich werde dir meinen Mantel geben, der dich unsichtbar macht. Auf diese Weise kannst du dich erst einmal frei durch die Räumlichkeiten des Schlosses bewegen, ohne dass mein Bruder dich sieht.«

»Was wird passieren, wenn er mich sieht?«, erkundigte sie sich.

»Keine Angst, dir wird kein Leid geschehen«, versicherte Pale ihr. »Ich dachte nur, dass du die Suche erst einmal allein starten willst.«

Schnell nickte Genevieve, denn eigentlich hatte sie genau das vor: den Palast zu erkunden und sich Gedanken über ihr Rätsel zu machen, ohne dass ihr jemand auf die Schliche kam.

»Dann möchte ich, dass du meinen Mantel im Gegenzug nimmst, sonst erfrierst du auf dem Heimweg.«

Pale grinste schief. »Eventuell werden meine Arme die Ärmel sprengen, aber ich nehme das Angebot gern an.«

Genevieve nickte, dann sah sie, wie ihr Begleiter aus seinem Mantel schlüpfte. Sie tauschten die Jacken und lächelten verstohlen. Auch wenn sie sich nicht berührt hatten oder einander nahegekommen waren, erschien der Tausch der Prinzessin sehr intim. Sie trug nun das, womit er sich gegen die Kälte schützte, und wurde von seiner Wärme eingenommen.

»Muss ich etwas Besonderes tun, um mich unsichtbar zu machen?«, erkundigte sie sich und zupfte am Pelzkragen.

Pale schüttelte den Kopf. »Nicht wirklich. Sieh zu, dass du deinen Kopf darunter verbirgst, sodass auch der restliche Körper unsichtbar wird. Das Übrige erledigen deine Kräfte.«

*Kräfte.*

Da war er wieder, dieser Schmerz, der ihr kurz den Atem raubte. Genevieve schluckte.

»Brauchst du sonst noch etwas von mir?«, wollte Pale wissen.

Abwartend schaute er sie an, wodurch der Prinzessin klar wurde, dass die Zeit des Abschieds gekommen war. Zu dem Schmerz in ihren Armen gesellte sich ein Stechen, das ihrem Herzen geschuldet war. Allzu gern hätte sie Pale weiterhin an ihrer Seite gewusst. Aber er hatte schon mehr für sie getan, als sie verlangen konnte, und daher durfte sie ihn nicht um einen weiteren Gefallen bitten.

»Ich habe alles, was ich brauche«, sagte sie und nickte zur Bekräftigung. »Danke für alles.«

Pales Unterlippe zitterte, auch er wirkte bedrückt. »Ich danke dir für unser kleines Abenteuer, Ginny. Erst im Nachhinein merke ich, wie viel Spaß ich hatte.« Mit dem Daumen unter seinem Handschuh strich er ihr über die Wange. »Mach's gut, Feuermädchen, und bleib auf der hellen Seite«, flüsterte er.

Der Kloß in Genevieves Kehle hinderte sie an einer Antwort. Alles, was sie ihm entgegenbringen konnte, war ein Nicken.

Als Pale zwei Schritte auf den Eispalast zutrat, distanzierte er sich nicht nur räumlich, sondern auch emotional von ihr. Dennoch wurde das Bedürfnis, ihn zu umarmen, immer größer.

Genevieve schluckte und schluckte, aber das Engegefühl in ihrer Kehle ließ sich nicht vertreiben. Sie sah, wie Pale die Hand zum Abschied hob und Mercy zu ihm lief.

»Mach's gut, Pale«, hauchte Genevieve, unsicher, wie lange er bei seinem Bruder bleiben und ob sie ihn jemals wiedersehen würde.

Erst als er verschwunden war und sie Zeit hatte, sich auf sich selbst zu besinnen, merkte sie, wie müde sie war und wie sehr die Reise an ihren Kräften zehrte. Erschöpft lief sie ein paar Schritte auf den Palast zu, wollte aber noch nicht hineingehen. Sie sehnte sich nach einer Pause und einem Moment für sich selbst. Schwer lag Pales Mantel auf ihrem Körper, der Abschied von ihm drückte sie zusätzlich nach unten.

Genevieve entdeckte in der Ferne einen Baumstamm, auf dem sie Platz nahm und ihre müden Gelenke streckte. Lange würde sie hier draußen nicht sitzen bleiben können, ohne sich zu bewegen, aber zumindest ein paar Augenblicke der Ruhe brauchte sie.

Die Prinzessin schloss die Lider und legte den Kopf in den Nacken. Wie gern hatte sie früher ihr Gesicht der Sonne zugewandt. Nun aber musste sie sich mit einem kalten blauen Himmel begnügen.

»Wie ich sehe, hat sich nichts geändert«, erklang plötzlich eine krächzende Stimme an ihrem Ohr, die sie zusammenzucken und die Augen aufreißen ließ. Kurz wähnte sie sich in einem Traum, dann aber wusste sie, dass sie hier draußen in der Kälte unmöglich schlafen konnte.

»Libella?«, fragte sie, erst leise, dann immer lauter. »Libella!«

Die Schneeeule hatte sich neben sie auf den Baumstamm gesetzt und musterte sie interessiert aus ihren Knopfaugen. Freude drang durch Genevieves Körper, machte sie taub für jedes schlechte Gefühl.

»Du lebst!«, rief sie. »Und du bist hier!« Übermütig beugte sie sich nach vorn und schloss die überraschte Eule in ihre Arme.

Libella gab Laute des Protests von sich, doch das kümmerte Genevieve nicht. Zu groß war die Freude, ihre alte Freundin wiederzuhaben.

»Du musst mir erzählen, wo du gesteckt hast«, sagte sie, »und wie es dir ergangen ist.«

Mühsam schaffte Libella es, sich aus Genevieves Klammergriff zu befreien. Mit einem Gurren flog sie in den Schnee und schaute die Prinzessin von unten an. »Wie es aussieht, bist du immer noch damit beschäftigt, Trübsal zu blasen«, kommentierte der Vogel.

»Um ehrlich zu sein, nein.« Genevieve richtete sich auf. »Wie du siehst, habe ich es bis zum Palast geschafft. Aber wie bist du hergekommen?«

Libella legte den Kopf schief und hüpfte ein paar Zentimeter nach links. »Ich wusste nicht, was mit dir geschehen ist und ob du sicher angekommen bist. Ich habe mir Gedanken um dich gemacht. Also bin ich noch einmal losgezogen, an einem Tag, an dem es kaum geschneit hat und der Himmel blau war.«

Libellas Aufopferung und die Sorge um ihren Verbleib trieben Genevieve die Tränen in die Augen. Ihr Vater hatte ihr immer gesagt, dass Tiere keine Freunde sein konnten, aber sie wusste es besser.

Vorsichtig streckte sie den Arm aus und zwinkerte Libella zu, ein Zeichen, dass sie sich auf ihr niederlassen sollte. Nach einem Moment des Zögerns breitete die Eule die Flügel aus und landete auf ihrem Arm. Ihr Anblick hatte etwas so Vertrautes, das Genevieve an ihr Zuhause denken ließ.

»Ich bin froh, dass du hier bist, Libella.«

Die Eule gurrte. »Wie gesagt, ich musste wissen, wie es dir geht. Und jetzt bist du tatsächlich hier. Warst du schon im Schloss?«

Genevieve biss sich auf die Unterlippe und wich Libellas bohrendem Blick aus. Sie könnte den einfachen Weg wählen und der Eule verdeutlichen, dass sie eine Pause brauchte und bald den Palast erkunden würde. Aber in diesem Fall entschied sie sich für die Wahrheit.

»Ich bin gerade erst angekommen. Es ist, als würde eine dunkle Aura den Palast umgeben. Als würde er etwas Böses ausstrahlen, vor dem ich mich fürchte.«

»Schwarze Magie?«, fragte Libella verblüfft, woraufhin Genevieve die Schultern zuckte.

Wenn sie das so genau wüsste. Doch der Schmerz in ihren Armen wurde heftiger, als sie das Schloss ansah.

»Vielleicht ist das auch nur ein Zeichen dafür, dass du deinem Rätsel immer näher kommst«, glaubte Libella.

»Ja, vielleicht.«

Genevieve schaute auf ihr Armband hinab, das ihre Mutter ihr vor ihrem Tod geschenkt hatte. Manchmal kam es ihr so vor, als würde ihr Leben nur aus Abschieden bestehen. Ihre Mutter hatte sie früh verloren, dann war sie durch Ranias Fluch gezwungen gewesen, ihre Schwestern und ihren Vater hinter sich zu lassen, und nun hatte sie auch Pale verloren.

War das normal? War es in Ordnung, so oft Lebewohl sagen zu müssen, ohne dass sich ein einziges Auf Wiedersehen daruntermischte?

»Ich nehme meine Worte von eben zurück«, riss Libella sie aus der Lethargie. »Du hast dich sehr wohl verändert. Deine Augen sind es, die dich verraten.«

»Meine Augen?« Genevieve blinzelte und hob den Blick. »Was ist mit meinen Augen?«

»Sie haben in den letzten Tagen eine Menge gesehen – und nicht alles davon war gut«, mutmaßte die weiße Eule. »Dein Horizont scheint sich erweitert zu haben. Außerdem gibt es etwas, das dich traurig macht.«

Genevieve versuchte nicht mehr, ihren Kummer zu verdecken. »Ich bin nicht gut darin, Menschen aus meinem Leben zu verbannen. Vor allem nicht, wenn ich sie so schnell in mein Herz geschlossen habe.«

Libella erwiderte nichts, aber ihr Blick verdeutlichte der Prinzessin, dass sie fortfahren sollte.

»Manchmal habe ich Angst davor, die falschen Entscheidungen zu treffen und schlussendlich ein unglückliches Leben zu führen.«

Libella nahm neben ihr auf dem Stamm Platz. Genevieve begann zu frieren, sie würde nicht mehr lange in der Kälte verharren können. Schutz suchend schlang sie die Arme um ihren Oberkörper.

»Mein Vater war ein weiser Mann«, krächzte ihre tierische Freundin. »Ich habe ihn nicht lange gekannt, aber vieles, was er gesagt hat, hallt noch heute in meinen Ohren nach.«

»Und was hat er gesagt?« Genevieve merkte, wie ihre Stimme immer emotionsloser wurde und jegliche Kraft aus ihr wich.

»Er hat gesagt, dass man sich voll und ganz auf sein Gefühl verlassen kann. Wenn es wehtut, ist es nicht richtig. Wenn es uns Kummer bereitet, war es falsch.«

Genevieve lachte freudlos auf. »Dann ist dein Vater sicher auch davon ausgegangen, dass wir immer eine Wahl haben, oder? Aber was ist mit der Pflichterfüllung? Wir sind doch nicht nur am Leben, um uns zu freuen!«

»Das vielleicht nicht«, räumte Libella ein. »Aber manchmal darf man auch auf sein Herz hören und den Kopf außer Acht lassen.«

Ob die Worte von Libellas Vater wirklich so weise waren, wie die Eule sie einschätzte, konnte Genevieve nicht sagen. Umso deutlicher fiel ihr aber wieder ein, dass sie eine Mission und etwas zu erledigen hatte.

Entschlossen stand sie auf, klopfte sich den Schnee vom Mantel und nahm den Palast in Augenschein. Sofort schoss ein brennender Schmerz durch ihre Unterarme. Verbissen presste sie die Lippen aufeinander. »Es wird Zeit, das Rätsel zu lösen«, sagte sie in Libellas Richtung. »Zeit, nach Hause zu gehen.«

# 28

Es war dunkel, als der Schlitten Inessa abholte. Penelopé hatte alles getan, um Vyris davon zu überzeugen, ihre Plätze zu tauschen, aber der Kutscher ließ nicht mit sich reden. Die einzige Option bestand darin, dass Penelopé ebenfalls aufgab. Inessa in den Wettbewerb zurückzuholen, war nicht möglich.

»Mach dir um mich keine Gedanken«, flüsterte ihre Freundin, als sie, eingepackt in einen dicken Mantel, im Schlitten saß und auf Vyris wartete. »Ich hatte vor dieser Sache ein Leben und das werde ich auch danach haben.« Zuversicht lag in ihren Worten, auch wenn ihre Stimme zitterte.

Mit schwerem Herzen trat Penelopé an den Schlitten und griff nach der Hand ihrer Freundin. »Hoffentlich werden wir uns wiedersehen«, hauchte sie und konnte die Tränen nicht zurückhalten. In Inessa hatte sie eine treue Seele gefunden, die sie in ihrem Leben nicht mehr missen wollte.

»Na, hoffentlich nicht«, erwiderte diese leichtfertig. »Denn das bedeutet, dass du zurück nach Frigus kommst und nicht Schneekönigin wirst.«

Traurig lächelte Penelopé.

Inessa stand auf und umarmte sie über den Schlitten hinweg. »Auch wenn es am Ende nicht für den Sieg gereicht hat, hatte ich eine wunderschöne Zeit hier. Ich bin oft an meine Grenzen gestoßen, weiß aber nun, dass ich über mich hinauswachsen kann, wenn ich nur an mich glaube. Ich danke dir, dass du immer zu mir gehalten hast und mir eine Vertraute warst.«

Penelopé drückte sich näher an sie heran und atmete ihren Duft ein, der so unschuldig war, dass es ihr die Kehle zuschnürte. Bestand ihr Leben nur aus Abschieden? Durfte sie niemanden, den sie lieb gewonnen hatte, an ihrer Seite behalten?

Es tat körperlich weh, Inessa loszulassen, und doch war es nötig. Als Penelopé sich von dem Mädchen löste, sah sie, dass auch seine Wangen nass geweint waren. Mit schwerem Herzen trat sie zurück und gebrauchte ihre letzte Kraft dafür, sich ein Lächeln auf die Lippen zu zaubern.

Aus den Augenwinkeln sah die Prinzessin, wie Vyris aus dem Schlosseingang trat, sich die graue Mütze tiefer ins Gesicht zog und behände auf den Schlitten sprang, vor dem schon zwei braune Rentiere auf den Abflug warteten. Vyris warf Penelopé einen Blick über die Schulter zu, der ihr unmissverständlich verdeutlichte, dass sie sich entfernen sollte.

»Leb wohl, Inessa«, flüsterte sie und wischte sich die Tränen aus dem Gesicht.

Ihre Freundin hob die Hand zum Abschied, dann griff Vyris nach den Zügeln, machte ein schnalzendes Geräusch mit der Zunge und trieb die Rentiere zum Flug an.

Schnee wurde aufgewirbelt, als der Schlitten sich in die Höhe hob. Penelopé zog den Schal fester um ihren Hals und wandte den Blick nach oben. Noch sah sie Inessa, aber schon bald war sie nur noch ein Schatten am Himmel, der sich zu den dunklen Stellen gesellte, zwischen denen die Sterne auf die Erde schienen.

Eine Weile stand die Prinzessin bewegungslos da und hing ihren Gedanken nach, dann ging sie zurück in den Palast, der auf einmal so viel kleiner und trauriger wirkte. Nur noch drei Mädchen bewohnten ihn und schon bald würde eines von ihnen die neue Königin werden. Der Wettkampf war an Penelopé vorübergezogen, ohne dass sie in ihrem Rätsel auch nur den kleinsten Schritt vorangekommen war.

Im Palast war die Nacht bereits eingekehrt, Undine und Aurora hatten sich schlafen gelegt. Traurig wanderte Penelopé durch die mit Kerzenlicht erhellten Gänge und versuchte, die Traurigkeit in sich zu bannen.

Mühsam stieg sie die Treppen hoch und wollte gerade in ihrem Zimmer verschwinden, um den Tag zu beenden, als eine sanfte Melodie sie in der Bewegung innehalten ließ. Penelopé spitzte die Ohren, drehte sich um und ging auf das Geräusch zu, bis sie erkennen konnte, dass es sich um ein Musikinstrument handeln musste. Ein Klavier.

Noch bevor sie angekommen war, erkannte sie, aus welchem Raum die Musik zu ihr drang. Es war das versteckte Zimmer, zu dem sie nur Zutritt erhalten hatte, weil ihr Armband es ihr erlaubt hatte. Heute aber hatte der Raum einen anderen Zugang, eine für alle sichtbare Tür, die knarrend aufsprang, als Penelopé die Klinke hinunterdrückte.

Die Prinzessin erblickte den großen Flügel in der Mitte des Raumes, der von Kerzenlicht erhellt wurde, das ihm eine sanfte, ruhige Atmosphäre verlieh.

Gebannt lag Penelopés Blick auf Kjell, der auf der Bank vor dem Flügel saß und ihr den Rücken zugedreht hatte. Flink flogen seine Finger über die Tasten. Er spielte ganz ohne Noten, schien aber genau zu wissen, was er tat. Die Melodie, die er in die Welt schickte, war langsam und traurig. Eine Schwere lag in ihr, die Penelopé in ihren Bann zog.

Noch immer stand sie unverrichteter Dinge in der Tür, traute sich nicht, eine Bewegung zu machen, weil sie nicht wollte, dass Kjell auf sie aufmerksam wurde. Viel mehr reizte es sie, stummer Zuschauer zu sein, ein Privatkonzert zu bekommen und sich ganz und gar der Musik hinzugeben.

Estelle, ihre älteste Schwester, liebte es, die Geige zu spielen. Sie war in einer anderen Welt, wenn sie den Bogen über die Saiten strich. Und auch Kjell schien kein Teil des räumlich Greifbaren zu sein, sondern sich in einer Sphäre zu befinden, zu der nur seine Musik Zugang gestattete.

Penelopé hatte schon immer gern Liedern gelauscht, aber nie war es einer Melodie gelungen, sie so von sich einzunehmen. Normalerweise bestand sie auf einen Text, denn sie wollte immer etwas Greifbares haben, einen Inhalt, der die Melodie zum Leben erweckte. Aber auf einmal merkte sie, dass das gar nicht nötig war. Denn auch Töne erzählten eine Geschichte. Und diese war hässlich und schön, groß und klein, herzzerreißend und heilend.

Penelopé blieb im Türrahmen stehen und schloss die Augen, ließ sich forttragen an den Ort, an dem sich Kjell befand.

Schon bald merkte sie, wie sich ihre Hülle auflöste, sie schwerelos wurde und ein Teil des Kummers, den sie mit sich herumgetragen hatte, von ihr abfiel. Sie bettete sich in die Tonfolge, umarmte die Oktaven und ging ganz in ihrem Klang verloren.

Und dann war es auf einmal vorbei. Die letzte Note wurde gespielt und brachte Penelopé zurück ins Hier und Jetzt. Als sie ihre Augen öffnete, erkannte sie, dass Kjell sie bemerkt hatte und sie musterte. Obgleich sie ihn belauscht hatte, entdeckte sie kein Missfallen in seinem Blick. Im Gegenteil: Seine kalten Augen waren warm.

»Komm zu mir«, bat er sie, weswegen sie die Tür hinter sich schloss und auf den Flügel zutrat.

Unschlüssig blieb sie dort stehen, bis Kjell neben sich auf die Bank klopfte. Die Prinzessin hob ihr Kleid an und nahm Platz. Im Kerzenlicht wirkte der Schneekönig jünger, seine Züge weicher. Obwohl sie ihn schon Dutzende Male angeschaut hatte, kam es ihr vor, als würde sie ihn zum ersten Mal sehen.

»Du bist unfassbar talentiert«, platzte es aus ihr heraus.

»Warum? Weil sich meine Finger schnell bewegen lassen?«, spottete er.

Übermütig schüttelte Penelopé den Kopf. »Das war das schönste Lied, das ich je gehört habe. Ich habe Musik noch nie so intensiv gespürt.«

Kjell senkte den Blick. »Jedes Mal, wenn die Einsamkeit mich übermannt, suche ich einen Weg, um mit ihr fertigzuwerden. Manchmal hilft eine Wolkenreise, aber heute musste ich mich in die Musik flüchten.« Er lächelte entschuldigend, dabei gab es nichts, wofür er sich schämen musste.

Penelopé rutschte näher an ihn heran und blickte auf seine schlanken Finger. Allzu gern würde sie ein zweites Lied hören.

»Du bist heute nicht die einzige einsame Seele hier«, sagte sie – und erstarrte.

*Zwei Seelen,*
*getrennt und verirrt,*
*müssen sich erst finden –*
*im Schloss, das über die Kälte herrscht.*
*So entsteht Feuer im Schnee –*
*durch Liebe und das Band der Ewigkeit.*

Konnte es sein, dass …? Nein. Entschieden schüttelte sie den Kopf und den Gedanken ab.

»Was bedrückt dich?«, fragte Kjell und sah sie aufmerksam an.

»Heute musste Inessa den Wettbewerb verlassen«, flüsterte Penelopé. »Sie war meine wichtigste Bezugsperson hier … meine einzige. Normalerweise schließe ich Personen nicht so schnell in mein Herz, aber sie hat mir gar keine andere Wahl gelassen. Nur Gott weiß, ob ich sie je wiedersehen werde.«

Die Prinzessin schämte sich für die Tränen, die schon wieder in ihr aufstiegen, weswegen sie ihren Blick auf den Boden richtete. Ihr Plan ging jedoch nicht auf, denn einen Wimpernschlag später spürte sie Kjells kalte Hände an ihrem Kinn. Sanft hob er es an und zwang sie so, ihn anzusehen.

Nervosität breitete sich in ihr aus. Zu deutlich war ihr bewusst, dass sie gerade ihr Innerstes nach außen kehrte und sich ihm ganz darbot. Ihre Unterlippe bebte, ein Zittern versetzte ihren Körper in Aufruhr. Kjells Augen waren so unergründlich wie zwei tiefe Seen. Sie wurde aus seinem Blick nicht schlau. Was würde er sagen?

Er sagte.

Nichts.

Stattdessen rückte er näher an sie heran, überbrückte die Distanz, bis ihre Oberschenkel sich berührten. Penelopé spürte seinen Atem auf ihrem Gesicht und war sich der Gänsehaut, die sich über ihren ganzen Körper ausbreitete, nicht bewusst. Zweimal schluckte sie, weil es in ihrer Kehle auf einmal so eng war.

Kjell hob ihr Kinn noch ein wenig an, dann schloss er mit seinem Zeigefinger ihre Lider, machte sie blind für alles, was um sie herum geschah. Ein Schaudern ergriff von Penelopé Besitz, das sie gleichzeitig ängstigte und freute. Sie suchte nach etwas, an dem sie sich festhalten konnte, weil sie ihrem Körper auf einmal nicht mehr traute. Ihr Herz klopfte bis zum Hals.

Und dann.

Spürte sie seine Lippen auf ihren. Zaghaft zuerst, so als suchte er nach ihrem stummen Einverständnis. Stürmischer dann, als er erkannte, dass sie nicht zurückwich.

Penelopé fühlte sich, als würde der Winter selbst sie küssen. Und auf einmal sah sie die Schönheit im Schnee, erkannte all die wundervollen Facetten, die ihr zuvor verborgen geblieben waren.

Während er sie küsste, schneite es. Und sie tanzte.

Seine Haare hatten die Farbe von Eis, seine Haut erinnerte an den Frost, aber nichts an diesem Kuss war kalt. Penelopé hatte nie gewusst, dass Feuer im Schnee entstehen konnte.

Als er sich von ihr löste und sie ihn ansah, glitzerten Tränen in seinen Augen. Sie tauschten einen einzigen Blick, dann drehte er sich von ihr weg und legte seine filigranen Finger auf die weißen und schwarzen Tasten des Flügels.

Die Melodie, die er spielte, schien direkt aus seinem Herzen zu kommen und obwohl sie ein Teil von ihm war, ließ er sie frei. Penelopé sah, dass er beim Spielen die Augen geschlossen hatte, dass er die Tasten nicht sehen musste, um die Musik zu erschaffen.

Noch immer saßen sie so nah beieinander, dass ihre Beine sich berührten. Doch das, was sie auch über die körperliche Ebene hinaus verband, war die Musik.

Penelopé lehnte sich an Kjells Schulter und schloss ebenfalls die Augen. Auf einmal war es nicht mehr schwer, sich fallen zu lassen, sondern ganz natürlich.

Sie hatte sich nie einem Menschen so nah gefühlt. Die Musik schaffte es, Mauern einzureißen, Barrieren in Luft aufzulösen und ein gemeinsames Verständnis zu schaffen.

Kjell hörte nicht auf, zu spielen. Auf das zweite Lied folgten ein drittes, ein viertes und ein fünftes.

Penelopé wollte die Zeit anhalten, in der Hoffnung, dass der Moment sich bis in die Ewigkeit ausdehnte und ein Teil von ihr wurde. Aber irgendwann war es vorbei. Kjell schlug die letzten Töne an, dann setzte er sich aufrecht hin und wartete, bis Penelopé es ihm gleichtat. Sein Blick hing in der Luft, war vielleicht noch immer in der Dimension, die die Musik für sie geöffnet hatte.

Er blinzelte mehrmals, fuhr sich durch die dünnen Haare und wirkte verwirrt. Penelopé wollte etwas sagen, aber sie wusste nicht, was, und Worte erschienen ihr ohnehin nicht ausreichend.

Als Kjell auf sie hinabblickte, konnte sie zum ersten Mal in ihm lesen wie in einem Buch. Tausende Gefühle kämpften hinter seinen Schneeaugen und scheinbar wusste er nicht, welchem er sich hingeben sollte. Sein Mund öffnete sich, um etwas zu sagen, aber was auch immer es war, es kam nie über seine Lippen. Penelopé sah, wie er abwechselnd die Hand zur Faust ballte und sie wieder hängen ließ. Sie spürte die Unruhe, die in ihm tobte.

»Es ist schon spät, Penelopé«, sagte er dann. »Wir sollten schlafen gehen.«

Zeit für eine Antwort gab er ihr nicht, stattdessen rannte er aus dem Zimmer, als wäre er auf der Flucht.

Penelopé schaute ihm hinterher, dann drehte sie sich selbst dem Flügel zu und ließ ihre Finger über die Tasten gleiten. Doch das, was sich bei Kjell melodisch und stimmig angehört hatte, glich bei ihr einem Durcheinander, bei dem man nicht wusste, wo oben und unten war.

Kurzerhand beendete sie ihr Spiel und schwang die Beine über die Bank. Kjell hatte recht, sie sollte schlafen gehen. Ohnehin gab es genug, über das sie nachdenken musste.

Ihre Nacht war durchsetzt von unregelmäßigen Träumen, die ihr eine Botschaft übermitteln wollten, die sie nicht verstand. Als sie am Morgen die Augen aufschlug, fühlte sie sich wie gerädert. Müde kämpfte sich Penelopé aus dem Bett, wusch sich schnell und schlüpfte in eines der schlichteren Kleider, die sie im Schrank fand. Ihr stand nicht der Sinn danach, sich aufzuhübschen.

Erst als sie am Frühstückstisch saß und ein süßes Hörnchen mit Butter vor ihr lag, wurde ihr bewusst, wie klein die Gruppe geworden war.

Abwechselnd sah sie Undine und Aurora an, die unterschiedlicher nicht hätten sein können. Auroras Antlitz war von Liebreiz geprägt, während Undine immer genau wusste, was sie wollte, und ein ehrgeiziges Ziel verfolgte. Wer von beiden würde das Rennen machen? Oder … entschied sich der König am Ende …?

Penelopé schüttelte den Gedanken ab und biss in ihr Hörnchen.

Normalerweise waren die Mahlzeiten geprägt von wildem Getuschel, heute aber sagte niemand ein Wort. Alle schienen nachdenklich, teilweise bedrückt. Das Ende des Wettbewerbs war mit Händen greifbar.

»Heute ist es also so weit«, sagte Aurora auf einmal und bedachte die anderen mit einem scheuen Blick. »Heute lernen wir ihn endlich kennen.«

»Und deshalb ziehst du ein Gesicht wie sieben Tage Regenwetter?«, kommentierte Undine pikiert.

»Nun ja …« Aurora schob ihr Brötchen auf dem Teller hin und her, ohne dass sie einen Bissen nahm. »Am Anfang fand ich die Tatsache, dass niemand weiß, wie er aussieht, und dass er sich vor uns versteckt, amüsant. Aber die Tage sind ins Land gezogen, ohne dass er sich je gezeigt hat. Und nun, wo wir alle kurz vor Ende des Wettbewerbs stehen, frage ich mich, wie er sein wird … und ob ich ihn überhaupt mag.« Scheu senkte sie den Blick.

»Aber was ist daran so wichtig?«, wollte Undine wissen und trank ihre Tasse Tee leer. »Man muss sich ohnehin erst kennenlernen und vieles ergibt sich mit der Zeit.«

»Was, wenn ich ihn scheußlich finde? Unausstehlich?« Auroras Stimme zitterte.

»Vielleicht hättest du an Livas Stelle den Wettbewerb verlassen sollen. Im Gegensatz zu dir war sie sich nämlich sicher.« Verächtlich betrachtete Undine ihre Konkurrentin.

In diesem Moment stolperte Vyris zur Tür hinein. Sein Haar stand wild in alle Richtungen ab, er wirkte getrieben und schlaflos.

»Ich entschuldige mich für die Verspätung«, hickste er, weshalb Penelopé vermutete, dass er einen über den Durst getrunken hatte. »Ich habe verschlafen«, meinte er, riss sich aber am Riemen und räusperte sich. »Heute werdet ihr König Kjell zum ersten Mal – oder in deinem Fall, Penelopé, zum zweiten Mal – treffen. Eure Hoheit freut sich schon sehr und hat sich für jede von euch etwas Besonderes überlegt. Aurora, du bist am Vormittag dran, für Undine hat König Kjell den Nachmittag reserviert und mit dir, Penelopé, wird er den Abend verbringen. Auf euren Betten liegen Kleider, die ihr anziehen dürft. Sie sind ein Geschenk des Palasts, weswegen ihr sie in jedem Fall behalten könnt.«

Aurora quiekte und auch auf Undines Lippen breitete sich ein Lächeln aus.

»Zieht euch um, macht euch fertig. Aurora, dich erwarte ich in einer halben Stunde vor dem Palast. Nach jedem Treffen hat der König zwei Stunden Zeit, um sich zu erholen. Danach ist die Nächste dran.« Vyris nickte – ein Zeichen dafür, dass die Mädchen den Raum verlassen konnten.

Übermütig stürzten Aurora und Undine davon. Penelopé ließ sich Zeit, schließlich war sie erst am Abend dran. Der Gedanke, dass die anderen Mädchen den König endlich kennenlernten, behagte ihr nicht. Ein seltsames Gefühl hatte sich in ihrer Brust festgesetzt.

Und die Erinnerung an das, was in der letzten Nacht geschehen war, prasselte nun auf sie ein, auch wenn sie den Gedanken daran meiden wollte.

Bisher hatte Penelopé in Kjell einen gut aussehenden Mann gesehen, einen König mit Tiefgang, dem die Einsamkeit mehr zu schaffen machte, als er sich selbst eingestand. Die letzte Nacht hatte dazu beigetragen, dass ihr Bild sich von Grund auf veränderte. Wenn sie nun an den König mit den Eisaugen dachte, spürte sie Wärme. Ihr Herz klopfte und ihre Lippen legten sich wie von selbst in ein Lächeln.

Penelopé stieß die Tür zu ihrem Zimmer auf und entdeckte auf ihrem Bett ein Kleid aus warmen Farben – Rot, Orange und Gelb, das einen mädchenhaften Schnitt hatte. In ihren Tagen im Palast hatte sich Penelopé an die blassen Farben gewöhnt – dieses Gewand zu sehen, war eine Wohltat für ihre Augen und ließ sie an den Frühling denken.

Ob Kjell es selbst für sie ausgesucht hatte? Oder war es Vyris, der sich um solche Sachen kümmerte?

Penelopé setzte sich auf das Bett, vorsichtig genug, um den Stoff nicht zu zerknittern. Nachdenklich sah sie auf das Kleid hinab.

Was hatte Kjell mit den anderen Mädchen vor? Würde er auch für sie auf dem Flügel spielen? Verlor er sein Herz an Auroras Liebreiz oder Undines Willensstärke?

Penelopé wollte ihre Gedanken nicht zu Ende führen, aber sie drängten sich ihr auf, bis sie keine Chance hatte, dagegen anzukommen.

Die letzte Nacht hatte alles verändert. Auf einmal gab es da eine Knospe in ihr, die unter allen Umständen blühen wollte. Aber wie jede andere junge Blume war sie sensibel und leicht zu zertreten.

Penelopés Erfahrungen mit der Liebe beschränkten sich auf einen arroganten Baron, der sie nach einigen Gesprächen sitzen gelassen hatte. Sie hätte es vielleicht schon früher merken können, denn jedes Mal, wenn sie sich mit ihm traf, ruhten seine Augen nicht auf ihr, sondern wanderten hungrig umher und blieben schließlich an ihrer Schwester Tatjana hängen. Bisher hatte Penelopé geglaubt, dass es früher oder später immer so enden würde, weswegen sie sich über amouröse Beziehungen nie viele Gedanken gemacht hatte.

Das Herzklopfen, das Gefühl, auf Wolken zu gehen … all das war ihr neu. Und es machte ihr Angst, weil ihre Verletzlichkeit auf einmal zu wachsen schien und die Hülle, die sie sich aufgebaut hatte, kurz vor dem Einsturz stand. Hinzu kam der Gedanke an ihr Rätsel, den sie ebenfalls nicht loswurde.

*Feuer im Schnee.*

Waren damit womöglich sie und Kjell gemeint? Ihr Temperament und ihr rotes Haar stellten das Feuer dar, während der König den Schnee symbolisierte. Sollte es das bedeuten oder interpretierte sie zu viel hinein?

Die Prinzessin seufzte. Sie war in den Palast gekommen, um ihr Rätsel zu lösen, doch mittlerweile ging es um so viel mehr.

Missmutig stand sie auf. Zum ersten Mal, seit sie Frigus überdrüssig geworden war, zog es sie hinaus in den Schnee. Sie musste frische Luft schnappen und einen freien Kopf bekommen. Er stand nämlich kurz vor dem Platzen.

Penelopé griff nach ihrem Mantel und zog sich die dicken Winterschuhe über. Auf der Fensterbank lagen ihre Handschuhe, die von gestern noch immer kalt und klamm waren. Gedankenverloren griff sie nach dem ledernen Stoff … und hielt verdutzt inne. Sie blinzelte zweimal, weil sie ihren eigenen Augen nicht traute.

Direkt hinter der Fensterscheibe, in der Nähe des Schlossgartens, hielt sich eine Frau auf, die ebenso feuerrotes Haar hatte wie Penelopé. Sie sah die Gestalt nur von hinten und konnte aufgrund des wuchtigen Wintermantels und der dicken Pelzmütze keine weiteren Details ausmachen, aber alles in ihr war wie gelähmt.

Die Frau da draußen … sah ihrer Schwester Genevieve zum Verwechseln ähnlich.

Penelopé schluckte. Halluzinierte sie nun schon am helllichten Tag?

Auf einmal setzte sich die junge Frau in Bewegung, entfernte sich vom Schlossgarten.

Penelopé wartete nicht lange, drehte sich um, öffnete die Tür und rannte über den Gang bis nach unten.

War ihre Schwester gekommen, um sie zu suchen? Der Gedanke an Genevieve beschwor hunderttausend Emotionen in ihr herauf, doch die Sehnsucht setzte alle außer Kraft. Wie sehr vermisste sie sie! Wie gern wäre sie nun bei ihr und würde über alles reden, was vorgefallen war.

Penelopé wurde schneller, hatte den Ausgang beinahe erreicht. Mit beiden Händen stieß sie die doppelflügelige Tür auf und hastete nach draußen. Die Tatsache, dass es wieder zu schneien begonnen hatte, berührte sie nur nebensächlich. Stattdessen suchten ihre Augen den Schlossgarten ab.

Wo war das sonderbare rothaarige Mädchen? In welche Richtung hatte es sich davongemacht? Penelopé traute sich nicht, den Namen ihrer Schwester zu rufen, zu grotesk erschien ihr die Tatsache, dass sie wirklich hier sein sollte.

Mühsam kämpfte sie sich durch den Schnee, bis sie den Schlossgarten erreicht hatte und an der Stelle angekommen war, an der sich auch die Gestalt aufgehalten hatte. Penelopé suchte die nähere Umgebung ab, aber von Genevieve fehlte jede Spur.

Penelopé stöhnte. Hatte sie vielleicht doch halluziniert? Projizierte sie Genevieves Abbild herauf, weil sie ihre Schwester so sehr vermisste?

Noch einmal schaute sich die Prinzessin um, aber sie war weit und breit das einzige menschliche Wesen.

# 29

Ein ungutes Gefühl ergriff von ihr Besitz, als sie in einem günstigen Moment durch die Palasttüren schlüpfte. Pales Mantel, mit dem sie sich jetzt erst unsichtbar gemacht hatte, sollte dazu beitragen, ihr Sicherheit zu geben, in Wahrheit ängstige sie sich davor, dass sie ihn verlieren und sichtbar werden würde.

Ihr Herz klopfte unregelmäßig und laut. Es war helllichter Tag, aber in der Nacht hatte sie keinen Zeitpunkt gefunden, zu dem die Tore offen gewesen waren.

Genevieve durchquerte den langen Gang, der vor ihr lag und sehr viel schmuckloser war als die Korridore in Brahmenien. Hier und da rüttelte sie an einer Tür, aber alle schienen verschlossen. Bald stand sie vor der Entscheidung, ob sie eine Treppe nach oben nehmen oder zunächst den Keller inspizieren sollte. Sie entschied sich für Zweiteres. Dabei kam ihr der Gedanke, dass es gar nicht nötig war, sich in diesem Schloss unsichtbar zu machen, denn nicht eine Gestalt lief ihr über den Weg.

Genevieve stieg die morschen Stufen hinab und schlang fröstelnd die Arme um den Körper, als die Temperatur immer weiter fiel. Der Keller bestand aus einem engen Gang mit je einer Tür links und rechts. Hinter der ersten verbarg sich eine Vorratskammer voller Kartoffeln, Eingemachtem und alkoholischen Getränken. Die andere führte zu einem kleinen Raum, der Alltagsgegenstände beherbergte, Utensilien zum Saubermachen und ausrangierte Kisten.

Bald wurde Genevieve klar, dass sie ihre Suche nicht fortführen musste, zumindest nicht hier unten. Was ihr recht war, denn der saubere Eindruck, den das Schloss auf den ersten Blick erweckte, wurde im Keller nicht bestätigt.

Sie schloss die Tür hinter sich und stieg die Treppe hoch. Gedankenverloren lief sie durch den Gang, als eine weibliche Stimme sie innehalten ließ. Genevieve zuckte zusammen und das Bedürfnis, sich zu verstecken, wuchs. An das Unsichtbarsein musste sie sich erst gewöhnen.

Hinter einer Säule suchte sie Deckung, dann erblickte sie eine junge Frau, etwa in ihrem Alter, mit braunem Haar und wachen blauen Augen. Sie trug ein Ballkleid aus roter Spitze, sah edel und vornehm aus.

Genevieve runzelte die Stirn. Hatte Pale nicht gesagt, dass der König allein wohnte und die Gesellschaft anderer Menschen nicht schätzte? Wer war also dieses fremde Mädchen?

Kurz überlegte sie, ihm zu folgen, entschied sich aber dagegen. Wer auch immer sich hinter der braunhaarigen Schönheit verbarg, sie würde warten müssen. Der Palast und das Lösen ihres Rätsels standen an erster Stelle.

Also wandte sich die Prinzessin ab und stieg die Treppen hoch, um in ein höheres Stockwerk zu gelangen. Nachdem sie hinter einigen Türen nichts Interessantes gefunden hatte, entdeckte sie einen Raum, der ihr sogleich ein ungutes Gefühl bescherte.

Die Prinzessin konnte nicht sagen, woran es lag, aber der alleinige Blick auf die Tür reichte aus, um sie zum Frösteln zu bringen. Alles in ihr wollte umkehren, eine weitere Treppe nach oben nehmen und auf der nächsten Etage ihr Glück versuchen.

Aber Genevieve hatte gelernt, dass es sich lohnte, unguten Gefühlen nachzugehen, und dass sie nicht verschwanden, wenn man sie ignorierte. Daher atmete sie tief durch und drückte die Klinke der Tür hinunter, die knarzend aufsprang.

Vor ihr erstreckte sich ein langer Saal, der mit blau-weißem Schachbrettmuster ausgelegt war. Bis auf einige Marmorstatuen, die sich in unregelmäßigen Abständen in der Mitte befanden, war er leer.

Dennoch wuchs die böse Vorahnung in Genevieve und ließ ihr keine Ruhe. Leise schloss sie die Tür hinter sich, dann ging sie in den Raum hinein, der so kalt war, als würde der Winter auch im Palast regieren.

Vor einer Statue, die links außen stand, blieb sie stehen. Es handelte sich um eine junge Frau mit lockigem Haar und dünnen Lippen. Ihre Augen waren blicklos, die Nase gerade gewachsen. Genevieve legte den Kopf schief, dann sah sie, dass das Armband an ihrem rechten Handgelenk leuchtete – ebenso wie ein Teil der Statue.

Verwirrt trat die Prinzessin näher an die Steinskulptur heran. Aus einem Impuls heraus hob sie die Hand und presste sie gegen den erkalteten Marmor. Ein Stich schoss durch ihren Körper, gefolgt von Dutzenden Bildern, die in ihrem Kopf lebendig wurden. Bilder und Stimmen. Beinahe wie ein Schauspiel.

*»Ich werde dir zeigen, wer dein Herr und Meister ist«, donnerte die Stimme. Sie gehörte zu einem groß gewachsenen Mann mit grauem Haar und hellen Augen. Sein Kinn bebte, in seiner rechten Hand hielt er ein Messer. »Du hast dich mir einmal zu oft widersetzt«, polterte er und kam der verschreckten Frau, die vor ihm stand, immer näher.*

*Während der Mann an Größe zuzunehmen schien, wurde sein Gegenüber immer kleiner und unsicherer.*

*»Du wirst für alles, was du getan hast, büßen!«, schrie er und rammte ihr das Messer mit voller Wucht in die Kehle.*

*Die Frau riss überrascht die Augen auf, dann spritzte das Blut fontänengleich aus ihrem Hals. Sie taumelte nach hinten, stolperte und brach zusammen. Mit einem lauten Poltern landete sie auf dem kalten Boden.*

*Der Mörder blickte emotionslos auf sie hinab, wischte das Blut vom Messer und verließ den Raum.*

Genevieve keuchte und presste sich die Hand vor den Magen. Die Bilder waren wieder verschwunden, aber die Erinnerung an die tote Frau raubte ihr den Atem.

Blitzschnell nahm sie die Hand von der Marmorstatue. Übelkeit stieg in ihr auf. Was war das gewesen? Hatte sie eine Vision gehabt? Einen Einblick in die Vergangenheit bekommen?

Genevieve zitterte und obwohl ihr Gefühl ihr riet, den Raum so schnell wie möglich zu verlassen, ging sie weiter und hielt vor einer anderen Statue inne, die ein kleines Mädchen zeigte.

Die Hand der Prinzessin zitterte, als sie sie auf den weißen Marmor legte.

Doch sie musste einfach wissen, ob es sich bei dem, was eben vorgefallen war, um einen Zufall handelte oder …

*Es war derselbe Mann wie aus der Vision zuvor, nur dass er sich auf einer überdimensional großen Wolke befand, die sein Gewicht mühelos zu tragen schien.*

Genevieve zog verwundert die Augenbrauen hoch.

*Ihm gegenüber saß ein kleines Mädchen, vielleicht zehn Jahre alt, das rosige Wangen und ein herzförmiges Gesicht hatte. Es wirkte aufgeregt und glücklich, doch die missmutig aufeinandergepressten Lippen des Mannes verhießen nichts Gutes. Seine Stirn war in Falten gelegt, die Augen kalt und erbarmungslos.*

*»Ich habe dich nicht ohne Grund auf die Wolkenreise mitgenommen«, sagte der Fremde zu dem Mädchen.*

*Aufgeregt drehte es sich zu ihm um, hing an seinen Lippen wie eine Ertrinkende an einem rettenden Stück Treibholz. »Wohin fliegen wir?«, fragte es und klatschte in seine kleinen Hände.*

*»Ich fliege nach Petua. Aber deine Reise wird eine andere sein.«*

*Ein diabolisches Lächeln legte sich auf die Lippen des Mannes, das so abgrundtief böse war, dass das Mädchen sich die Hand vor den Mund presste. Er überbrückte die zwischen ihnen herrschende Distanz und nahm schließlich neben dem Mädchen Platz.*

*»Wolltest du nicht auch schon immer mal wissen, wie es ist, zu fliegen?«, flüsterte er, dann fasste er das Kind am Kragen seines Kleides, nahm die zweite Hand zu Hilfe und schleuderte es von der Wolke.*

*Das Mädchen fiel und fiel und sein Schrei war es,*

der Genevieve das Herz zerriss und ihr Tränen über die Wangen schickte.

Nun kam sie nicht mehr umhin, sich das einzugestehen, was sie eben noch nicht hatte wahrhaben wollen: Der Mann aus den

Visionen war Pale wie aus dem Gesicht geschnitten, weshalb die Vermutung nahelag, dass es sich bei ihm um seinen Bruder Kjell, den Schneekönig, handelte.

Bisher hatte Genevieve Pales Erzählungen Glauben geschenkt und in dem Monarchen nur einen vereinsamten Mann gesehen, aber nun schien sich ihr erster Eindruck, dass er ein gefühlloses Monster war, zu bestätigen.

Genevieve schluckte, als sie an die junge Frau dachte, die sie eben durch den Schlosskorridor hatte eilen sehen. War sie sein nächstes Opfer? War sie nur hier, damit er sie hinrichten konnte?

Wut flackerte in Genevieve, heiß und klar. Trotz allem wollte sie nicht vorschnell handeln – was im Umkehrschluss bedeutete, dass sie alle Statuen anfassen und hinter ihr Geheimnis kommen musste.

Mit ungutem Gefühl trat sie vor einen Mann, der sie um mehrere Köpfe überragte und einen grimmigen Ausdruck auf dem Gesicht zur Schau trug. Nur mit den Fingerspitzen berührte sie seinen Rücken, aber es reichte aus, um die Vision zu erwecken.

*Der Mann mit den kalten Augen hatte die Arme vor der Brust verschränkt und starrte auf den Boden. Vor ihm hatte sich eine Blutlache ausgebreitet, die sonderbar grell im sonst so weißen Schnee wirkte. Grinsend blickte der blasse König auf den Körper hinab, der sich zu seinen Füßen befand. Er lebte schon lange nicht mehr – und genau das schien ihn zu erfreuen.*

*»Am Ende bekommen wir doch alle das, was wir verdienen, nicht wahr?«, murmelte er, dann spuckte er auf den toten Mann und lachte schallend.*

Als Genevieve die Vision abgeschüttelt hatte, zitterte sie wie Espenlaub. Ihre Beine konnten ihr Gewicht nicht mehr tragen, sie klappte zusammen und blieb wie ein Häufchen Elend am Boden liegen.

Wusste Pale, welches zweite Gesicht sein Bruder hatte? Kannte er die Menschen, die durch seine Hände gestorben waren?

Tränen der Erschütterung liefen ihr über die Wangen, der Mantel verrutschte so sehr, dass sie sich nicht mehr sicher war, ob sie gesehen werden konnte. Auch wenn sie sich vorgenommen hatte, alle Statuen zu untersuchen, wurde ihr bewusst, dass sie es nicht schaffen würde. Sie war hier und jetzt nicht stark genug dafür.

Eine Weile blieb die Prinzessin auf dem Boden liegen, dann rappelte sie sich auf und verbarg sich wieder unter dem Mantel, sodass niemand ihr Eindringen in den Palast bemerken konnte.

Genevieve wischte sich die Tränen aus den Augen und verließ den gruseligen Raum mit schnellen Schritten. Sie wollte gar nicht wissen, welche grausamen Geschichten sich hinter den übrigen Statuen verbargen.

Genevieve fand einen kleinen Raum, in den sie sich zurückziehen konnte. Er bestand aus nicht viel mehr als einem ramponierten Sessel und einem kleinen Tischchen davor, wurde wahrscheinlich gar nicht genutzt, aber das war ihr egal. Sie brauchte Zeit, um ihre Gedanken zu ordnen und zu verschnaufen.

Ob es eine gute Idee gewesen war, den Eispalast aufzusuchen? Was wäre, wenn sie hier nicht die Lösung für ihr Rätsel, sondern nur einen machtbesessenen Herrscher fand, der sie hinrichten würde, so wie er es mit vielen Unschuldigen zuvor getan hatte?

Auf einmal kam ihr nichts mehr sicher vor. Die Wände des kleinen Raumes schienen näher zu kommen und sie zu erdrücken.

Während der Reise mit Pale hatte sie gedacht, das nagende Gefühl der Einsamkeit abgelegt zu haben, doch nun brach es mit voller Wucht über ihr zusammen. Ihr Begleiter hatte es geschafft, sie wieder hoffnungsfroh zu machen und die dunklen Gedanken zeitweise aus ihrem Kopf zu vertreiben. Aber jetzt, wo sie sich allein wähnte und auf seine Hilfe nicht mehr zählen konnte, stand sie vor einem Berg voller Probleme, dessen Höhe sie nicht einzuschätzen vermochte.

Mit der Einsamkeit kam der Gedanke an Pales Berührungen. An seine warmen, vollen Lippen, die ein Feuer in ihr entfacht hatten, das noch immer brannte. Der Gedanke, ihn nie wieder zu sehen, brachte sie beinahe um, also ließ sie ihn nicht zu. Ohnehin gab es etwas anderes, das ihre Aufmerksamkeit erforderte.

Stimmen drangen an ihr Ohr, die eine hell, die andere dunkel. Genevieve stand auf, traute sich aber nicht, die Tür nach draußen zu öffnen, weil nur ihr Körper, nicht aber ihre Handlungen unsichtbar gemacht wurden. Stattdessen beugte sie sich vor, sodass sie durch das Schlüsselloch spähen konnte.

Ein kleines Sichtfeld ergab sich vor ihren Augen, das einen Teil des Korridors zeigte. Verschwommen nahm sie zwei Gestalten wahr, die eine groß, die andere etwas kleiner.

Es handelte sich um eine Frau und einen Mann, beide waren festlich gekleidet und liefen gemächlich nebeneinanderher. Das

Gewand der Frau war hellblau und bodenlang, ihr Begleiter hatte sich in einen silberfarbenen Anzug gehüllt, der seine schmale Silhouette betonte.

Als Genevieve einen Blick auf sein markantes Gesicht erhaschte, sog sie scharf die Luft ein, auch wenn sie schon beinahe damit gerechnet hatte.

Das also war Kjell, der König über Eis und Kälte. Aber wen stellte die Frau an seiner Seite dar? War sie sein neuestes Opfer oder hatte er mittlerweile eine Partnerin? Warum hatte Pale ihr nichts davon erzählt?

Sie trat noch näher an das Schloss heran, versuchte, mehr zu erkennen, und spitzte die Ohren, doch die Worte, die die beiden miteinander wechselten, waren zu leise, um vernommen zu werden.

Angestrengt betrachtete Genevieve den Schneekönig, bei dessen Anblick ihr ein Schaudern durch den Körper drang. Gänsehaut breitete sich auf ihren Armen aus und sie begann zu frieren, obwohl Pales Mantel die Hitze gefangen hielt.

König Kjell war ein stattlicher Mann, der eine gewisse Autorität ausstrahlte. Man sah ihm seine Erfahrung an und zweifelte nicht an seiner Rolle. Sein Gang war aufrecht und sicher, das Lächeln auf seinen Lippen fest und überzeugend.

Ob seine Begleiterin wusste, welche dunkle Seele sich hinter der hellen Fassade verbarg?

Genevieve hielt den Atem an, als ein Schmerz in ihrem Unterarm wütete. Je länger sie Kjell ansah, desto größer wurde der Hass, der in ihr entstand. Nur mühsam behielt sie die Kontrolle über sich.

Schwer atmend trat sie vom Türschloss zurück und nahm noch einmal auf dem Sessel Platz. Genevieve atmete tief durch. Sie brauchte definitiv einen Plan, sonst wusste sie nicht, wie es weitergehen sollte.

# 30

»Was hast du für einen Eindruck von ihm? War er dir sympathisch? Was habt ihr gemacht?« Aurora lehnte sich so weit über die Bettkante, dass sie ins Schleudern geriet.

Undine saß ihr mit zusammengekniffenen Lippen und gerunzelter Stirn gegenüber. »Er war nett und zuvorkommend«, sagte sie, »anders, als ich ihn mir vorgestellt habe, aber nicht im negativen Sinne. Ich mag den sanften Klang seiner Stimme und die Art, wie er spricht.«

»Ich habe es dir doch gesagt«, gluckste Aurora und klatschte übermütig in ihre Hände. »Er ist ein absoluter Traummann.« Noch immer trug sie das Kleid von ihrem Treffen und es sah nicht so aus, als ob sie es je ablegen wollte.

Penelopé saß in sicherem Abstand zu den beiden, kommentierte nichts, hörte dafür aber umso aufmerksamer zu.

Aurora hatte von Kjell eine Führung bekommen, erst durch den Schlossgarten, dann durch den Palast. Mit Undine war er zu einem Aussichtspunkt gewandert. Während Aurora von Kjells Präsenz hin und weg gewesen war, gab sich ihre Konkurrentin reflektierter und weniger verliebt. Dennoch lag auch auf ihren Lippen ein Lächeln, das zeigte, wie sehr sie den König schon jetzt ins Herz geschlossen hatte.

Während die beiden immer mehr Details über ihre Treffen preisgaben, wurde das unschöne Gefühl in Penelopés Brust größer. Anfangs hatte sie es sich nicht eingestehen wollen, langsam ließ es sich aber nicht mehr leugnen: Sie war eifersüchtig. Aus aberwitzigen, unglaubwürdigen Gründen wollte sie nicht, dass die anderen Mädchen Zeit mit Kjell verbrachten. Und dafür schämte sie sich so sehr, dass Röte ihre Wangen befleckte, wenn sie nur daran dachte. Absichtlich hatte sie sich daher aus der Konversation zurückgezogen.

»Ich muss gestehen, dass ich vor dem Treffen nervös war. Nicht unbedingt, weil ich Angst davor hatte, einen Fehler zu begehen, sondern vielmehr, weil ich nicht wusste, was mich erwarten würde. Man hört so viele Geschichten über den grausamen Schneekönig und …« Aurora schüttelte den Kopf.

»Nun, grausam ist er nicht«, bestätigte Undine. »Aber dennoch habe ich eine gewisse Distanz gespürt, die er mir entgegengebracht hat. Dies kann aber auch damit zusammenhängen, dass er sich erst Stück für Stück öffnen wird. Willst du dich eigentlich nicht am Gespräch beteiligen?«

Diese Frage war an Penelopé gerichtet, welche zusammenzuckte und blinzelte.

»Schließlich bist du auch ein Teil des Wettbewerbs«, ergänzte Aurora.

Ja, oberflächlich gesehen war sie das. Sie hatte es unter die letzten drei Kandidatinnen geschafft und damit siebenundzwanzig andere hinter sich gelassen. Und dennoch sah sie sich nicht als ein Teil des Ganzen.

Aus der Entfernung beobachtete sie Aurora und Undine, während sie sich fragte, für welche der beiden der König sich entscheiden würde. Sie waren gegensätzlich wie Tag und Nacht, laut und leise, emotional und rational. Welche Eigenschaften würden dem Herrscher besser gefallen?

Um ehrlich zu sein, wollte sie es gar nicht wissen.

»Es ist Zeit, dass ich mich für mein Treffen fertig mache«, sagte Penelopé daher, stand vom Stuhl auf und verließ den Raum, ohne die anderen eines Blickes zu würdigen. Das Getuschel hinter ihrem Rücken setzte augenblicklich ein, aber es war ihr egal.

Auf ihrem Bett lag das Kleid, das sie an die Sonne denken ließ und das aus unterschiedlichen Rot-, Gelb- und Orangetönen bestand. Es brachte Wärme in den Eispalast.

Mittlerweile war sie daran gewöhnt, sich selbst zurechtzumachen. Gern hätte sie Inessa dagehabt, die ihr die Haare legte, aber damit musste sie selbst zurechtkommen. Überhaupt erschien es ihr, als käme der Eigenständigkeit der Kandidatinnen eine hohe Priorität zu.

Vyris hatte ihr gesagt, sie solle sich zur ausgemachten Zeit vor dem Palast einfinden. Zehn Minuten vorher öffnete Penelopé die Tür, die von ihrem Schlafzimmer zum Korridor führte – und stieß mit Kjell zusammen, der direkt davor auf sie wartete. Ihr Kinn traf seine Brust, beide zuckten zusammen und taumelten nach hinten.

»Was machst du hier?«, fragte Penelopé verdutzt und musterte den großen Herrscher, der ebenso beschämt aussah, wie sie sich fühlte.

»Ich dachte, dass ich dich abhole …«, murmelte er und fuhr sich durch die Haare. »Ich … wollte nicht so reinplatzen und …«

Sein zerstreuter Blick trieb der Prinzessin ein Lächeln auf die Lippen. »Schon gut«, sagte sie und machte eine wegwerfende Handbewegung. Dann schälte sie sich neben Kjell durch die Tür und strich ihr Kleid glatt, das durch den Zusammenstoß Falten geworfen hatte.

Penelopé entging nicht, dass der König sie unverhohlen von oben bis unten musterte. Doch anstatt den Blick beschämt zu senken, sah sie dem Herrscher dieses Mal geradeheraus in die Augen.

»Gefalle ich dir in diesem Kleid?«, fragte sie und spürte, wie ihr Herz flatterte.

Kjell nickte, sein Adamsapfel bewegte sich nervös auf und ab. »Dieses Kleid hat meiner Mutter gehört«, sagte er mit belegter Stimme. »Sie war wie der erste Frühlingstag im tiefsten Winter.«

Penelopé schluckte, weil sie erkannte, welche Ehre ihr durch dieses Kleid zuteilwurde.

Entschlossen griff der König nach ihrer Hand und sah ihr tief in die Augen. »Du siehst noch hundertmal schöner aus, als ich es mir vorgestellt habe«, flüsterte er und bescherte ihr nicht nur den ersten warmen Tag, sondern gleich den ganzen Frühling.

Penelopé lächelte und ließ sich von Kjell die Treppen hinunterführen, bis sie sich in der großen Eingangshalle befanden. An einem Kleiderständer warteten ein Mantel, Stiefel und weitere warme Kleidung auf sie.

»Du lässt mich ein Frühlingskleid anziehen und scheuchst mich dann doch wieder nach draußen?«, fragte Penelopé verwundert und konnte nicht leugnen, dass der Anblick der Winterkleidung ihre Laune etwas drückte.

»Wenn der Frühling nicht nach draußen tritt, wie soll es jemals warm werden?«, fragte Kjell und obgleich es kitschig klang, freute sich Penelopé.

»Ich hoffe, du hast einen guten Grund, mich in die Kälte zu jagen«, murmelte sie, als sie sich den Mantel überzog und in die Stiefel schlüpfte.

Kjell zwinkerte ihr zu, sagte aber nichts. Stattdessen öffnete er die Tür für Penelopé, die das Gesicht verzog, als sie nach draußen trat und von der ersten Schneeböe erwischt wurde. Natürlich musste es nun auch noch stürmen.

»Was ist am Palast nicht gut genug?«, zeterte sie. »Da ist es warm und ich bin mir sicher, dass man auch dort seinen Spaß haben kann.«

»Oh, zweifelsohne«, stimmte Kjell ihr zu und zog sich die Pelzmütze tiefer ins Gesicht. »Aber das, was ich dir zeigen will, gibt es nicht in einem von Menschen errichteten Gebäude.« Er wandte seinen Blick gen Himmel und Penelopé sah, wie er die Stirn runzelte. »Wir müssen uns beeilen, sonst wird es zu spät.«

»Zu spät wofür?«, hakte sie nach, aber sie erhielt keine Antwort. Stattdessen zog er sie mit sich.

Der Himmel hatte sich verdunkelt, strahlte in einem tiefen Blauton auf sie herab und kündigte die bevorstehende Nacht an.

»Siehst du den Berg da vorn?«, rief Kjell im Laufen und deutete mit der freien Hand auf einen Hügel, den Penelopé aufgrund der Entfernung nur schemenhaft erkennen konnte.

»Ich weiß, wie ein Berg aussieht. Du musst ihn mir nicht zeigen.«

»Warum so missmutig?«, fragte Kjell.

Ein glockenhelles Lachen löste sich aus seiner Kehle – und Penelopé merkte, wie sehr sie seinen Klang mochte. Bereitwillig ließ sie sich von ihm führen, auch wenn die Schneeböen in ihr Gesicht peitschten und es eiskalt war.

Selbst als sie den Berg erreicht hatten, drosselte der König sein Tempo nicht, sondern trieb die Prinzessin immer weiter an. Ihre Stiefel versanken tief im Schnee, jeder Schritt kostete sie Kraft, aber sie blieb nicht stehen und atmete erst durch, als sie oben angekommen waren.

»Und was ist es jetzt, was du mir zeigen willst?«, keuchte sie und hielt sich die stechende Seite.

Kjell blickte zufrieden ins Tal hinab. »Wir haben es rechtzeitig geschafft«, sagte er. »Es geht gleich los.«

Verwirrt blickte Penelopé nach unten, aber Kjell schüttelte den Kopf.

»Es geht um den Himmel«, meinte er.

Die Prinzessin legte den Kopf in den Nacken, um den Anblick des Firmaments in sich aufzunehmen. Noch war es dunkelblau, beinahe schwarz, und nicht ein Stern zeigte sich. »Was soll ich da oben erkennen?«, fragte sie verwundert und wollte noch etwas hinterherwerfen, als sie innehielt.

Ein Kribbeln kroch ihren Hals hinauf, ein Gefühl der Wärme durchdrang ihren Körper. Penelopé drehte sich zu Kjell um, der seinen Arm um ihre Schultern gelegt hatte und ihr näher gekommen war.

»Schau nicht mich an, betrachte den Himmel«, flüsterte er, doch dieses Mal fiel es ihr schwer, den Blick abzuwenden.

Im Dunkel der Nacht, umgeben vom sanften Leuchten des Schnees, sah Kjell wunderschön aus. Der Winter hatte seine Züge weichgezeichnet, er wirkte gleichermaßen majestätisch und sanft.

»Es geht los«, sagte er auf einmal und endlich schaffte Penelopé es, den Himmel anzuschauen. Und als sie sah, was dort oben vor sich ging, riss sie die Augen auf.

Von jetzt auf gleich erstrahlte das Firmament in Abertausenden Farben. Die dunkle Wolkendecke verschwand und machte einem Spektakel aus Lila, Gelb und Orange Platz. In Brahmenien hatte es zu besonderen Anlässen ein Feuerwerk gegeben und genau daran wurde Penelopé erinnert.

»Was ist das?«, hauchte sie.

»Das ist die Schönheit des Winters«, antwortete Kjell nostalgisch. »So etwas kann nur entstehen, wenn es monatelang kalt war und die Natur sich mit so viel Eis aufgeladen hat, dass sie sprichwörtlich explodiert. Dadurch entstehen die Farben.«

Wie gebannt starrte Penelopé auf das bunte Spektakel, das so unwirklich war, dass sie nicht glauben konnte, dass die Natur selbst es erschaffen hatte.

»Penelopé«, drang eine Stimme an ihr Ohr.

Kjell löste den Arm von ihrer Schulter und drehte sich so, dass er ihr gegenüberstand. Ihr Blick verließ den bunten Himmel und wandte sich dem König zu, dessen Lippen zitterten – aber nicht der Kälte wegen.

»Penelopé …«, wiederholte er und schluckte.

»Kjell?« Sie war überrascht, wie dünn ihre Stimme klang.

Als er einen Schritt auf sie zutrat, tat sie es ihm gleich. Weil es sich richtig anfühlte. Kurz darauf landete seine rechte Hand in ihrem roten Haar, die linke umfasste ihr Gesicht, auf dem sich unzählige Schneeflocken gesammelt hatten.

»Ich kann nicht aufhören, an dich zu denken«, gestand er ihr. »Ich komme nicht dagegen an. Selbst als ich heute mit den anderen Mädchen zusammen war, galt jeder meiner Gedanken dir.«

Auf einmal wusste Penelopé nicht mehr, wie man atmete. Sie wollte etwas sagen, aber Kjell kam ihr zuvor.

»Ich habe mich so sehr auf diesen Abend gefreut … und gleichzeitig hatte ich Angst.«

»Wovor?«, krächzte sie.

In seinem Blick lagen alle Antworten verborgen, nach denen sie suchte. »Vor dem hier«, flüsterte er.

Schnee hatte sich in seinem Haar verfangen, wurde eins mit ihm. Kjell selbst, das verstand Penelopé in diesem Moment, war der Winter. Und sie war drauf und dran, ihr Herz an ihn zu verlieren.

»Du bist wunderschön. Ich glaube, ich war dir schon hoffnungslos erlegen, als ich dich zum ersten Mal gesehen habe.«

»Wieso ich?«, fragte sie ihn, auch wenn sie sich vor der Antwort fürchtete.

Kjell schluckte schwer, dann nickte er und nahm abermals ihre Hand. »Ich muss dir etwas zeigen.«

Auf dem Weg zurück zum Palast lernte Penelopé, dass ein Schweigen mehr erzählen konnte als viele Worte und dass manchmal das, was man nicht sagte, am wichtigsten war.

Sie wusste nicht, wohin Kjell sie führte, aber es kümmerte sie auch nicht. Ihre Gedanken hafteten noch immer dem Augenblick an, den sie geteilt hatten. Seinen Worten, die sie tief im

Herzen berührt hatten. Dem Gefühl, das ihr Herz tanzen und flattern ließ.

Im Palast blieb Kjell vor der Tür stehen, die in sein Schlafzimmer führte. Der König nahm Penelopés verwirrten Blick wahr, kommentierte ihn aber nicht, sondern holte einen Schlüsselbund aus seiner Manteltasche.

»Ich zeige dir nun etwas, das dir vielleicht im ersten Moment Angst machen wird«, warnte er sie. Ein ernster Ausdruck lag auf seinem Gesicht, der nicht zu der märchenhaften Stimmung passte, die sie eben noch miteinander geteilt hatten.

Mit einem Knarzen öffnete sich die Tür. Kjell stahl sich vor Penelopé in den Raum, der in vollständiger Dunkelheit lag. Kurze Zeit später wurde er von sanftem Kerzenlicht erhellt.

»Komm rein«, forderte er Penelopé auf.

Die Prinzessin, die nicht wusste, was sie von der Situation halten sollte, trat langsam über die Türschwelle. In der Zwischenzeit hatte Kjell eine Laterne entzündet, die er auf dem weißen Tisch abstellte.

Durch den Schein der Lampe erkannte Penelopé die Nervosität auf Kjells Gesicht. Seine Finger zitterten.

Die sonderbare Stimmung verstärkte sich, als Kjell die Tür hinter Penelopé schloss. Kam es ihr nur so vor oder wurde der Raum auf einmal kleiner?

»Setz dich zu mir, wenn du magst«, bot der König ihr an und klopfte auf den freien Platz neben sich auf dem Bett.

Zu Hause wäre es verpönt gewesen, sich auf die Schlafstätte eines fremden Mannes zu setzen, aber Brahmenien schien Welten entfernt. Penelopé nickte und nahm neben dem König Platz, wobei sie darauf achtete, dass ein gewisser Abstand zwischen ihnen gewahrt wurde.

Kjell faltete die Hände im Schoß, seine Haltung ließ ihn klein und unsicher wirken. »Es war Zufall, dass ich dich gefunden habe. Und doch habe ich mein Leben lang nach dir gesucht«, brach es aus ihm heraus. Verlegen fuhr er sich durch das silberne Haar, als Penelopé die Stirn runzelte.

»Was meinst du damit?«

Die Matratze quietschte, als Kjell aufstand, zu dem Regal ging und nach einem dicken Buch griff. Er schlug es in der Mitte auf, griff nach einer Seite, die offensichtlich lose war, und ging mit ihr und dem Buch in der Hand zurück zum Bett. Kommentarlos reichte er Penelopé das beigefarbene Papier, die es mit hochgezogenen Augenbrauen entgegennahm.

»Was soll ich damit? Was ist …« Verdutzt hielt sie inne. Blinzelte zweimal, weil sie das, was sie sah, nicht verstand.

Ihre Kehle wurde eng, als sie auf das gezeichnete Mädchen blickte, das ihr vom Papier entgegenlächelte. Es hatte pausige rote Wangen und einen herzförmigen Mund. Seine Haare lagen in dicken Locken – und waren, wie Penelopé nach einem Schlucken feststellte, tiefrot.

»Das bin ich«, erkannte die Prinzessin und konnte den Blick nicht von der Malerei lösen. »Da war ich vielleicht fünf Jahre alt.«

Als sie Kjell ansah, reichte der ihr ein neues Papier, das er dem Buch entnommen hatte. »Hier müsstest du etwa zehn sein, oder?«

Penelopé riss die Augen auf. Das Mädchen auf dem Bild war gewachsen, die Gesichtszüge gehörten nicht länger einem Kleinkind. Die Haare trug es zu einem Knoten am Hinterkopf.

»Woher hast du diese Bilder?«, fragte Penelopé.

Kjell hielt inne, das Buch in seinen Händen. Er nahm neben ihr Platz. Ohne sein Einverständnis abzuwarten, griff Penelopé nach den losen Blättern, die er ihr noch nicht gezeigt hatte. Und obwohl sie bereits ahnte, wer darauf zu sehen sein würde, verschlug es ihr doch den Atem.

Die Prinzessin entdeckte fünf weitere Malereien, die sie in verschiedenen Perioden ihres Lebens zeigten. Die letzte war so aktuell, dass sie kurz vor dem Fluch entstanden sein musste.

Verwirrt blickte sie Kjell an, der einen sonderbaren Ausdruck auf seinem Gesicht trug. »Woher kommen diese Bilder?«, fragte sie abermals.

Der Schneekönig nahm ihr die Malereien aus der Hand, legte sie zurück in das Buch und klappte es zu. »Als ich ein kleiner Junge war, hatte ich einen merkwürdigen Traum«, begann er und obwohl Penelopé unmöglich wissen konnte, in welche Richtung sich die Geschichte bewegte, spannte sich ihr Körper an. »Ich träumte von einem Mädchen mit lockigem roten Haar und grünen Augen. Einem Mädchen, dessen Haar im Schnee wie Feuer wirkte. Wie eine Flamme. Zunächst dachte ich mir nicht viel dabei, aber je älter ich wurde, desto öfter wiederholte sich der Traum. Ebenso wie ich wuchs auch das Mädchen heran und wurde zu einer wunderschönen, selbstbewussten Frau. Natürlich hielt ich sie für ein Gespinst meiner Gedanken und dennoch … ging mir ihr Anblick nicht aus dem Kopf. Also begann ich, sie zu malen. Es brauchte wohl eintausend Versuche, bis ich zufrieden war, aber irgendwann schaffte ich es, ihre Schönheit einzufangen. Die Träume sind nie ganz verschwunden. Irgendwann habe ich mich auf jede Nacht gefreut, in der Hoffnung, dass ich sie nicht allein verbringen muss.« Das Lächeln, das auf Kjells Lippen lag, war so traurig, dass es Penelopé das Herz brach. »Ich habe mich nach der namenlosen Frau gesehnt. Aber dass es sie wirklich gibt …« Fassungslos schüttelte er den Kopf.

»Wie ist das möglich?«, hauchte die Prinzessin.

»Ich habe nach einer Frau gesucht, weil ich die Einsamkeit um mich herum nicht mehr ertragen habe. Viele Jahre meines Lebens kam ich mehr oder weniger gut damit klar, aber die letzten Monate waren hart. Natürlich hatte ich die namenlose Frau in meinem Hinterkopf, als ich das Gesuch startete, aber ich wusste, dass sie nur eine Schablone für die Person sein würde, die die Leere in mir füllen könnte. Ich begab mich auf die Suche, klapperte jede Provinz von Prunaea ab. Bis ich auf Frigus stieß.« Kjell holte tief Luft, während Penelopé den Atem anhielt. »Als ich dich durch den Spiegel gesehen habe … ich dachte, ich drehe durch. Ich dachte, dass die Einsamkeit nun endgültig ihren Tribut fordert und ich in ein Irrenhaus gehöre. Ich hielt deinen Anblick für eine Einbildung, weswegen ich dich zuerst nicht in den Eispalast einlud. Und trotz der Zweifel, die mich einen Narren schalten, musste ich mich einfach davon überzeugen, ob es dich wirklich gibt. Also habe ich meine Meinung geändert und dich zusammen mit den anderen beiden Mädchen aus Frigus in den Schlitten gesetzt … und seitdem bist du hier.« Er presste die Lippen fest aufeinander.

Penelopé wusste nicht, was sie fühlen sollte. Sie fühlte zu viel. Es war, als würden die Emotionen in ihr ein schillerndes Fest feiern und alle gleichzeitig der Gastgeber sein wollen. Da waren Erstaunen, Verwirrung, Unglauben und vor allem Ergriffenheit. Aber als sie in Kjells helle Augen blickte und die Hoffnung eines ganzen Lebens darin liegen sah, war da vor allem eins.

Liebe.

Sie kämpfte nicht länger gegen die Gefühle in sich an. Sie wollte sie hier und jetzt zulassen.

Sie wollte ihn küssen.

Aber nicht vorsichtig, sanft oder mit Bedacht.

Penelopé ließ ihre ganze Leidenschaft frei, als sie ihre Augen schloss und ihre Lippen seine fanden. Gierig schlang sie ihre Arme um seinen Nacken, presste ihn fest an sich, bis sie ihn so nah bei sich spürte, dass sie zu einem Ganzen wurden.

Die Königin von Brahmenien hatte ihren Töchtern einmal erzählt, dass ein Kuss die Welt auf ein Minimum beschränkte. Dass es in einem solchen Moment nichts mehr gab als die beiden Menschen, die ihre Liebe miteinander teilten. Dass die Welt ausgesperrt war.

Bei Penelopé geschah das Gegenteil. Als sie Kjell küsste, wuchs die Welt. Sie wurde größer und schöner, vertrieb die Dunkelheit und machte Platz für das Licht. Für den Frühling.

Nie zuvor hatte sie sich so groß gefühlt.

# 31

Im Schloss war es dunkel geworden und auch Genevieve wurde von einer bleiernen Müdigkeit eingeholt, die ihre Augenlider nach unten drückte und sie unfähig machte, ihre Erkundungstour fortzusetzen. Im zweiten Stock fand sie ein kleines, unscheinbares Zimmer, wahrscheinlich eine Ankleidekammer, die man von innen abschließen konnte. Geeignet, um ein paar Stunden Schlaf nachzuholen und sich darüber hinaus Gedanken über einen Plan zu machen.

Die Prinzessin sorgte sich nicht darum, dass es in der Kammer abgestanden roch und es kein Fenster zum Lüften gab. Immerhin bedeutete das auch, dass die Kälte, die in anderen Teilen des Schlosses allgegenwärtig war, hier nicht eindringen konnte.

Weil es kein Sofa oder eine andere Schlafstätte gab, öffnete Genevieve den roten Schrank, warf ein paar Kleider achtlos auf den Boden, wo sie sich eine Matratze aus ihnen baute.

*»Je länger ich den Winter um mich habe, desto besser lerne ich ihn verstehen. Du zeigst mir seine Schönheit und dafür bin ich dir dankbar.«*

*»Nicht ich bin es, der dir seine Schönheit zeigt. Das ist der Winter selbst. Er offenbart sich nicht jedem, aber wie es aussieht, mag er dich.«*

Verwirrt schlug Genevieve die Augen auf. Ihren Traum konnte sie nur schemenhaft rekapitulieren, aber irgendetwas an ihm verwirrte sie und ließ sie mit einem Fragezeichen zurück.

Angestrengt schob sie die Unterlippe vor, als sie vom Flur Stimmen hörte. Reflexartig griff die Prinzessin nach ihrem Mantel und zog ihn sich so über, dass sie unsichtbar wurde. Dann spähte sie durch das Schlüsselloch.

Auf den ersten Blick lag der Korridor verlassen da und wurde nur spärlich von Flammen erleuchtet. Doch als Genevieve nach links schaute, erkannte sie zwei Menschen, einen Mann und eine Frau. Bei ihm wusste sie sofort, um wen es sich handelte, denn sein alleiniger Anblick bereitete ihr ein Schaudern.

Die Frau war ihr unbekannt.

War.

Ihr.

Unbekannt?

Genevieve presste sich die Hand vor den Mund, dennoch konnte sie einen Aufschrei nicht unterdrücken. Sie trat vom Schlüsselloch weg, blinzelte zweimal, weil ihre Augen ihr nicht mehr vertrauenswürdig vorkamen, und trat wieder an die Tür heran. Das Bild, das sich vor ihr ergab, hatte sich nicht geändert und ihr letzter Zweifel erstarb, als sie die Stimme hörte.

*Ihre* Stimme.

»Ich würde dir so gern einmal die Sonne zeigen. Aber nicht auf einer Wolkenreise, sondern dauerhaft«, sagte sie und ließ Genevieve vergessen, wie man atmete.

Das konnte nicht sein.

Das musste ein schlechter Scherz sein, ein Spiel, das man mit ihr trieb. Vielleicht war Rania sogar daran beteiligt und wollte ihr nun endgültig den Verstand rauben. Aber reichte ihre Hexenkraft aus, um ein realitätsgetreues Bild ihrer Schwester heraufzubeschwören?

Ihre Schwester, die so glücklich und unbeschwert aussah, wie es Genevieve schon lange nicht mehr erlebt hatte. Den strengen Zug um ihren Mund, der sich irgendwann in Frigus gebildet hatte, gab es nicht mehr, ebenso wenig wie die nachdenklichen Falten auf ihrer Stirn. Penelopé wirkte losgelöst – und hielt König Kjells Hand.

Jene Hand, durch die schon Dutzende Menschen gestorben waren. Jene Hand, die Unheil und Schrecken verbreitet hatte. Jene Hand, die sich nun von Penelopés löste und der Prinzessin über die Wange strich.

Genevieve schluckte. Das Bedürfnis, die Tür aufzustoßen und den König zu überwältigen, konnte sie nur mit Mühe niederkämpfen. Gleichzeitig wusste sie, dass sie so nicht weiterkommen würde.

Ein Mann, der für so viel Leid und Kummer verantwortlich war, ein Mann, der einen Raum voller Marmorstatuen seiner Opfer besaß, konnte kein gewöhnlicher Mensch sein. Und nur weil magisches Potenzial in Genevieves Adern schlummerte, bedeutete das nicht, dass sie einen Kampf gegen den König überleben würde.

Nachdenklich zupfte sie an ihrer Unterlippe, während ihr Herz alarmierend gegen ihre Rippen schlug. Durch das Schlüsselloch sah sie, wie ihre Schwester einen Schritt auf den König zu machte, ihre Hand in seinem Haar vergrub.

Alles in Genevieve spannte sich an – und ein schmerzhaftes Feuer wütete in ihren Armen. Mühsam unterdrückte sie einen Laut der Pein. Mehrmals atmete sie tief ein und aus, faltete die Hände zu einem stummen Gebet, dass der König ihre Schwester verschonen und noch eine Nacht leben lassen würde.

Als die beiden weitergingen und die Treppe erklommen, die in die nächsthöhere Etage führte, heftete Genevieve sich unbemerkt an ihre Fersen. Und während sie die beiden verfolgte, wurde ihr bewusst, wie grotesk die Situation war, in der sie sich befand. Pale hatte ihr seinen Bruder als einen Mann vorgestellt, der die Nähe zu anderen Menschen mied. Nun hatte Genevieve ihn bereits mit mehreren jungen Damen gesehen – und eine davon war ihre Schwester.

Ein nervöses Lachen löste sich aus ihrer Kehle. Eine unendlich lange Zeit hatte sie sich nach ihrer Schwester gesehnt und nun, wo sie wieder vereint waren, wollte sie sie loswerden – und zwar schnell.

Genevieve hastete hinter ihnen die Treppe hoch. Die eben noch andauernde Müdigkeit war vergessen.

Penelopé und der König gingen in ein Zimmer, das ein großes Bett beherbergte. Offensichtlich schlief der Monarch hier, aber was hatte ihre Schwester dort zu suchen?

Genevieve ließ die angestaute Luft in ihren Wangen frei. Die Tür öffnete sich nur für einen kleinen Moment, doch diesen nutzte sie, um in das Zimmer zu schlüpfen und sich in eine Ecke zu verkriechen. Ganz sicher würde sie Penny nicht mit diesem Monster allein lassen!

Sah so seine Masche aus? Verführte er junge Frauen, bis sie seinem Charme nicht mehr widerstehen konnten, und kesselte sie dann ein?

Der Hass wütete in Genevieves Adern und brachte ihr Blut in Wallung. Nur mühsam konnte sie stillhalten, aber genau das musste sie tun, wenn sie nicht erwischt werden wollte.

Genevieve presste sich an die Wand des kleinen Raumes und sah, wie ihre Schwester und Kjell auf dem Bett Platz nahmen. Sie wirkten so vertraut miteinander, dass es ihr einen Keil in das Herz trieb.

Obwohl das Feuer in ihr sie zu verschlingen drohte, schaute sie den König an. Noch immer wurde sie nicht schlau aus ihm, aber sie wusste, dass seine Aura ebenso schwarz wie die von Rania war.

Der Schneekönig lächelte – falsch und durchtrieben. Sein Blick ruhte auf Penelopé, die sich in seiner Gegenwart sicher und geborgen fühlte. Wie konnte sie nur so naiv sein? Hatte Ranias Fluch sie nichts über die Welt und die Menschen gelehrt, die sich in ihr bewegten?

Fassungslos schüttelte Genevieve den Kopf. Das Knurren löste sich wie von selbst aus ihrer Kehle.

Ertappt zuckte sie zusammen, aber da war es schon zu spät. Ruckartig hatte Kjell den Kopf gehoben – und stand vom Bett auf.

Die Prinzessin zitterte am ganzen Körper. Was, wenn er in der Lage war, durch Unsichtbarzauber hindurchzusehen? Verzweifelt drückte sie sich enger an die Wand und fing dabei seinen Blick auf.

In diesem Moment zeigte der König ihr sein wahres Gesicht. Seine weißen Augen zogen sich zusammen, bis nur noch Schlitze zu sehen waren. Kälte legte sich auf sein Gesicht, seine Züge verhärteten. Er griff mit der rechten Hand nach einem Buch, das sich im Regal befand, doch sein Blick war starr auf sie gerichtet.

*»Wer auch immer du bist, verlasse mein Schloss!«*, schrie er ihr in Gedanken zu, so laut, dass es ihre Ohren zum Klingeln brachte. *»Du hast kein Recht, hier zu sein! Ich habe dich nicht hierher bestellt!«*

Genevieve zitterte so stark, dass sie sich an dem Regal zu ihrer Linken festhalten musste. Als sie Kjell ein zweites Mal in die Augen sah, waren sie so rot, als würde das Höllenfeuer in ihnen brennen. Der König kam ihr bedrohlich nahe, dann aber wandte er sich ab, schlug das Buch auf und drehte sich um.

Genevieve nutzte den Moment, in dem er nicht auf sie konzentriert war, und lief an ihm vorbei. Möglichst geräuschlos öffnete sie die Tür, stahl sich durch den schmalen Spalt, der sich ergab, und brach auf dem Korridor zusammen.

Schweißtropfen sammelten sich auf ihrer Stirn, Schwindel erfüllte sie. Ihr Atem ging hektisch und unregelmäßig, Angst lähmte ihren ganzen Körper.

Der König hatte sie gesehen. Er wusste, dass sie da war – und stand ihrem Erscheinen alles andere als positiv gegenüber. Was sollte sie tun? Der Anblick des Königs hatte ihr eine Heidenangst eingejagt, sodass sie am liebsten alles abblasen und nach Frigus zurückkehren wollte. Aber nicht einmal das wäre ohne Weiteres zu bewerkstelligen, denn selbst wenn sie sich durch das Labyrinth gekämpft hätte, wüsste sie immer noch nicht, wie sie zurück in die Winterstadt kam.

Genevieve holte Luft. Sie kam sich wie eine Versagerin vor. War sie nicht hier, um ihre Schwester zu beschützen? Nun lieferte sie sie blindlings dem Monster aus. Sie musste Penny irgendwie warnen – aber wie? Den Mut, zurück ins Zimmer zu gehen und dem König erneut in die Augen zu blicken, hatte sie nicht.

Weil ihr nichts anderes einfiel, robbte sie weg vom Mittelteil des Korridors und lehnte sich an die Wand. Sie würde warten, bis das Gespräch mit Penelopé vorüber war – auf sie aufpassen, auch wenn sie sich nicht in einem Raum mit ihr befand. Sie konnte nur hoffen, dass der König sie noch eine Nacht am Leben lassen würde.

Schutz suchend schlang Genevieve die Arme um ihren Körper.

Irgendwann, als sie das Gefühl für die Zeit verloren hatte und ihr Körper so klamm war, dass jegliche Wärme aus ihm gewichen war, wurde die Tür aufgestoßen. Genevieve schreckte zusammen und presste sich gegen die Wand. Aus ängstlichen Augen sah sie, wie ihre Schwester auf den Korridor trat – offensichtlich unversehrt und an einem Stück. Der König stand neben ihr, auf seinen Lippen ein wissendes Lächeln. Seine Hand ruhte auf ihrem Rücken.

Innig verabschiedeten sich die beiden voneinander und Genevieve sah, wie ihre Zwillingsschwester den Korridor entlanglief und eine Treppe nach unten nahm. Erst als ihre schlanke Silhouette nicht mehr zu sehen war, erstarb das Lächeln auf König Kjells Lippen.

Beinahe gleichzeitig hatte er Genevieve entdeckt, die verzweifelt versuchte, sich tiefer in dem Mantel zu vergraben, aber mittlerweile realisiert hatte, dass er ihr keine Unsichtbarkeit verleihen würde.

Gefährlich langsam trat der Monarch des ewigen Eises auf sie zu, bis er ihr so nah war, dass sich ihre Fußspitzen berührten.

Genevieve schlotterte am ganzen Körper. Wieso konnte sie ihre Magie nicht in einem Moment wie diesem einsetzen? Warum war Angst das einzige Gefühl, das Raum in ihr hatte?

»Habe ich mich nicht deutlich genug ausgedrückt?«, zischte der König. Hass flackerte in seinen Augen. »Oder was hast du nicht daran verstanden, dass du *verschwinden sollst*?« Eine Zornesfalte hatte sich auf seine Stirn gegraben.

»Ich …«, murmelte Genevieve, aber das war auch das Einzige, das über ihre Lippen kam.

»ICH DULDE ES NICHT, WENN JEMAND MEINE PLÄNE ZUNICHTEMACHT!«, donnerte Kjell, die Hand zur Faust geballt.

So wie er über ihr thronte, sah er riesig aus, was dazu führte, dass sie sich nur kleiner fühlte. Genevieves Herz klopfte ihr bis zum Hals, ihre Zähne klapperten unkontrolliert.

»VERSCHWINDE AUS DIESEM SCHLOSS – UND KOMM NIE WIEDER!«, schrie Kjell.

Das Donnern seiner Stimme machte sie bewegungsunfähig.

»WENN ICH DICH NOCH EINMAL HIER SEHE, TÖTE ICH DICH!«

Der König presste die Lippen so fest aufeinander, dass sie eine schmale Linie bildeten. Seine ganze Mimik war dem Hass gezollt, Blitze zuckten in seinen Augen.

»Du willst wohl nicht gehen?«, wütete er und trat noch einen Schritt auf Genevieve zu, die wie ein Häufchen Elend an der Wand kauerte. Kjell stieß ein verächtliches Schnauben aus, das an ein boshaftes Lachen erinnerte. »Dann werde ich dir zeigen, wer hier der wahre Herrscher ist!«

Er streckte seine Hand aus und platzierte sie direkt über dem Kopf der Prinzessin. Diese sah, wie ein Eiszapfen sich auf ihr bildete, dessen Spitze sie das Fürchten lehrte. Kjell drehte das Gebilde in der Luft, dann schoss er es nach vorn, direkt auf Genevieve zu.

Das war der Moment, in dem sich der Körper der Prinzessin wieder daran erinnerte, zu funktionieren. Hektisch richtete sie sich auf, schaffte es gerade so, dem Eiszapfen auszuweichen, der sonst ihre Augen durchbohrt hätte, schob sich an Kjell vorbei, stand schließlich aufrecht und ergriff die Flucht.

Es war, als hätte man ihr Scheuklappen aufgesetzt. Sie sah nicht zurück, nicht nach links oder rechts, sondern nur geradeaus. Es verging keine Sekunde, bis sie Kjells Schritte in ihren Ohren hörte, die ein grausames Echo bildeten. Panisch erreichte sie die Treppe, nahm immer zwei Stufen auf einmal und sprang über die letzten fünf. Sie musste hier weg – und zwar schnell. Keinen weiteren Tag durfte sie in diesem furchtbaren Schloss verbringen.

Genevieve hastete durch den langen Korridor und atmete erleichtert aus, als sie die breiten Flügeltüren sah, die sie nach draußen führten. Zum ersten Mal, seit sie Frigus erreicht hatte, kam ihr der Schnee nicht wie ein Gefängnis, sondern wie eine Einladung in die Freiheit vor. Ihre Beine drohten zusammenzuklappen, doch sie rannte unaufhörlich weiter, stieß die Türen schließlich auf und flüchtete sich in die Kälte. Ihre Lungen drohten zu kollabieren, ihr Gehirn produzierte nichts außer Bilder des grausamen Monarchen, der starke magische Kräfte besaß, gegen die sie niemals ankommen würde.

Ihre Füße versanken im Schnee. Es war so schwer, voranzukommen. Der Schweiß lief ihr in Strömen, aber sie gab nicht auf. Mutig kämpfte sie sich ihren Weg durch die weißen Massen. Sie musste das Schloss so weit wie möglich hinter sich lassen, durfte nicht riskieren, dass der wütende König sie fand.

Der immer dichter werdende Schneefall erschwerte ihr die Sicht und früher oder später würde die Kälte zu einem Problem für sie werden. Verzweifelt presste sie die Lippen aufeinander. Kalte Tränen liefen ihr über das Gesicht.

Genevieve rannte, so weit sie konnte, aber bald schon merkte sie, wie ihr Körper an seine Grenzen stieß und ihr nicht mehr half. Ein schmerzhaftes Stechen drang durch ihre Seite, das Schwindelgefühl machte es ihr schwer, sich zu orientieren. Keuchend rang die Prinzessin nach Atem, doch schaffte es nicht mehr, sich auf den Beinen zu halten.

Eine Sekunde später fand sie sich auf dem Boden wieder, mitten im Schnee, dessen Kälte sich unbarmherzig um ihre nackten Hände legte. Und während sie sich im Delirium befand, kam ihr ein schrecklicher Gedanke, der all ihre Sinne betäubte und sich schon bald als grausame Wahrheit herausstellte.

Genevieve wusste jetzt, was das Rätsel von ihr verlangte.

Sie schaffte es nicht mehr, sich aufzurichten, auch wenn sie es unzählige Male versuchte. Mühsam robbte sie sich weiter nach vorn, aber alle Kraft war aus ihr gewichen. Genevieve merkte, wie ihr Körper aufgab, lange bevor ihr Gehirn nachzog. Schon bald blieb sie bewegungslos auf dem Boden liegen.

»Es wird langsam zur Tradition, dass ich dich rette, was?«

Die Prinzessin schlug die Augen auf und wurde von einem unbarmherzigen, viel zu hellen Licht getroffen, das von einer Laterne herrührte, die Pale ihr direkt über das Gesicht hielt. Orientierungslos blinzelte sie mehrmals. »Wo bin ich? Was ist geschehen?«, murmelte sie und hatte Mühe, die vorangegangenen Ereignisse zu rekapitulieren.

Pale stellte die Laterne neben ihr ab und strich ihr sanft über das Gesicht. Seine Finger fühlten sich wie Feuer auf ihrer kalten Haut an.

»Wo bin ich?«, wiederholte sie kraftlos.

Unter ihrem Kopf befand sich ein Kissen, außerdem war sie mit einem roten Plaid zugedeckt. Auf einem Bett lag sie jedoch nicht. Genevieve schauderte, als sie den Boden mit Schachbrettmuster unter sich sah.

Mit einem Schlag kehrten ihre Erinnerungen zurück. Das Übelkeitsgefühl, das durch den Schreck ausgelöst wurde, war so stark, dass sie sich die Hand gegen den Mund pressen musste, um sich nicht zu übergeben.

Besorgt sah Pale sie an. »Du musst keine Angst mehr haben, du bist in Sicherheit. Ich habe dich halb erfroren im Schnee gefunden. Ein Glück, dass ich mich noch nicht auf den Heimweg begeben habe.«

»Das ... Schloss ... Der ... König ...«, stammelte Genevieve, doch Pale machte ihr durch eine Handbewegung deutlich, dass sie schweigen sollte.

»Du brauchst viel Ruhe, dein Körper hat in den letzten Tagen einiges ertragen müssen. Wenn es dir besser geht, steht dort vorn auf dem Schränkchen etwas Milch und eine warme Suppe.«

Genevieve machte sich nicht die Mühe, nach dem Essen Ausschau zu halten, sondern fasste Pale am Arm. »Wir müssen weg. Wir dürfen uns nicht im Schloss aufhalten.« Ihre Kehle fühlte sich wie zugeschnürt an, jedes Wort, das über ihre Lippen kam, schmerzte. Entschlossen kämpfte sie dagegen an. »Dein Bruder ist böse«, brach es aus ihr heraus. »Er hat mich aus dem Schloss gejagt. Er ... kann ... Magie ... böse Magie ... und er hat meine Schwester!«

Genevieve wusste selbst, dass sie wie im Fiebertraum sprach, daher verwunderte es sie nicht, dass Pale sie nur verständnislos ansah. Mühsam richtete sie sich auf und legte so viel Überzeugung in ihren Blick, wie es ihr möglich war.

»Du kennst ihn nicht richtig«, flüsterte sie. »Du hast keine Ahnung, zu was er fähig ist.«

Tränen liefen über ihre Wangen. Der Gedanke an ihre Schwester brachte sie beinahe um. Die Tatsache, dass sie Penny in den Klauen eines Monsters gelassen hatte, nur noch mehr.

»Ginny, du fantasierst«, sagte Pale und legte seine Hand auf ihren fiebrigen Kopf. »Ich war doch eben noch bei ihm. Er wirkt vielleicht so auf dich, weil du ihn nicht richtig kennst, aber es geht ihm gut und er ist sicherlich kein Monster!«

»Nein, hör mir zu!« Genevieve griff nach seinen Fingern und sah ihn so fest an, bis sie sich seiner Aufmerksamkeit gewiss war. Dann erzählte sie ihm alles so detailliert wie möglich und machte auch vor den unschönen Stellen nicht halt. »Verstehst du nun, wieso er böse ist? Dass wir uns alle vor ihm in Acht nehmen müssen?«

Noch immer stand der Zweifel auf seinem Gesicht geschrieben, aber wenigstens nahm er sie ernst.

»Ich habe solche Angst um meine Schwester«, brach es aus Genevieve heraus. »Solche Angst, dass er sie längst getötet hat und ich ihr nicht helfen konnte.«

Ein Schluchzen erschütterte ihren Körper so sehr, dass Pale sie in die Arme nahm und ihr beruhigend über den Rücken strich. »Ich glaube, du hast schlecht geträumt. Mein Bruder mag manchmal etwas komisch sein, aber so etwas würde er niemals tun. Wenn deine Schwester wirklich im Palast sein sollte, hatte Kjell einen guten Grund, sie herzubestellen.«

»Ja«, schniefte Genevieve, wischte sich mit dem Handrücken über die Augen und sah Pale bang an, »damit er sie foltern und töten kann.«

Kjells Bruder antwortete nicht, stattdessen drückte er die Prinzessin noch etwas fester an sich. Sein mittlerweile vertrauter Geruch beruhigte sie ein wenig, auch wenn er die klamme Angst, die in ihrem Herzen saß, nicht vertreiben konnte.

»Ich muss wissen, was mit Penny ist«, hauchte sie.

Sanft drückte Pale sie von sich weg und sah sie aus seinen Winteraugen an. »Weißt du was? Ich habe nur kurz mit Kjell geredet. Sonderlich gesprächig ist er ja nicht. Deine Schwester habe ich auch nicht gesehen, aber ich werde noch einmal zu ihm gehen und nachfragen. Bestimmt lässt sich das Ganze schnell klären.«

Obwohl alles in Genevieve ihn zurückhalten wollte, damit er nicht Kjells nächstes Opfer wurde, nickte sie. »Bitte pass auf dich auf – er ist unberechenbar.« Ein Kloß bildete sich in ihrer Kehle, der kontinuierlich heranwuchs und ihr das Atmen erschwerte.

Als Pale sie losließ, war es, als würde ein schweres Gewicht auf sie niederbrechen. Von jetzt auf gleich fühlte sie sich mutterseelenallein.

»Was ist … Was ist … wenn«, stammelte sie, als ihr Begleiter schon aufgestanden war. »Was ist, wenn er mich in der Zwischenzeit findet und umbringt?« Ihre Stimme war ein heiseres Fiepen.

Pale drehte sich noch einmal zu ihr um und schaute auf sie herab. Noch immer sah sie, wie der Zweifel in seinem schönen Gesicht tobte. »Du bist hier unten sicher. Wir sind in einem Kellerraum, der ohnehin nicht oft genutzt wird. Außerdem kannst du ihn abschließen, dann wird Kjell nicht zu dir hereinkommen.«

Genevieve nickte zögernd. »Bitte bleib nicht so lange weg«, flehte sie.

Pale nickte. »Mach dir keine Gedanken. Es wird alles gut.«

Aber genau daran konnte sie nicht mehr glauben. Nicht jetzt, wo ihr wieder einfiel, welche Erkenntnis sie draußen im Schnee gehabt hatte.

*»Der Weg durchs ewige Eis*
*wird von Federn getragen.*
*Die Kraft, die in dir wohnt,*
*durchbohrt auch das kälteste Herz«*, flüsterte sie leise vor sich hin und lachte freudlos auf. Es war so einfach, es war so eindeutig. Wieso war sie vorher nicht darauf gekommen?

Tränen rannen ihre Wangen hinab.

»Es tut mir so leid, Pale«, hauchte sie, dann fiel sie abermals in einen tiefen Schlaf.

# 32

## Penelopé

Die Stimmung im Schloss hatte sich verändert, das spürte Penelopé, als die drei verbliebenen Mädchen am Frühstückstisch saßen und sich unverhohlen musterten. Auf einmal war der Konkurrenzgedanke, der am Anfang noch niemanden gekümmert hatte, allgegenwärtig. Penelopé sah, wie Undine und Aurora sie mit neugierigen Blicken beäugten, als ob sie einzuschätzen versuchten, inwiefern sie ihnen die Chance auf die Krone kaputt machen konnte. Von ihrem Treffen hatte sie den beiden nichts erzählt, dafür war es zu spät gewesen.

Nachdenklich rührte Aurora in der weißlichen Suppe herum und presste die Lippen aufeinander. Auch Undine zupfte nur an ihrem Brötchen.

Die Köpfe der Mädchen hoben sich, als die Tür geöffnet wurde. Schon rechnete Penelopé damit, Vyris zu sehen, stattdessen zeigte sich Kjell im Rahmen. Seine Haare waren wild und ohne jegliche Struktur, unter seinen Augen zeichneten sich dunkle Ringe ab – aber auf seinen Lippen lag ein Lächeln, das in Penelopé eintausend Schmetterling wach rief.

Doch nicht nur in ihr. Neugierig betrachtete sie Undine und Aurora, die den seltenen Gast ebenso anstrahlten wie sie.

Kjell trat an den Tisch und nahm vor Kopf Platz. »Guten Morgen«, sagte er gähnend. »Ich hoffe, ihr habt etwas länger geschlafen als ich.«

Undine verwickelte ihn sofort in ein Gespräch über ihre Träume, Aurora strahlte bis über beide Ohren … und Penelopé merkte, wie ihr beim Gedanken an letzte Nacht die Röte in die Wangen schoss. Sie schaffte es kaum, Kjell anzusehen, musterte ihn nur von der Seite und wollte verhindern, dass sich sein Blick auf sie heftete.

Wie konnte er so selbstbewusst dasitzen, so ganz ohne Scheu angesichts dessen, was in den letzten Stunden passiert war?

Penelopé nahm einen Löffel der Suppe, die heute Morgen sonderbar fad schmeckte. Aurora hatte mittlerweile den Platz gewechselt und sich auf den freien Stuhl neben Kjell gesetzt. Ihre Hand ruhte auf seinem Arm – und er schüttelte sie nicht ab, so als wäre die Berührung eine Selbstverständlichkeit.

Penelopé schluckte und hob den Blick. Wie groß war Kjells Interesse an den beiden tatsächlich? Würde er sie ihr vorziehen?

Die Prinzessin erstarrte in ihren Gedanken. Was war ihr da gerade durch den Kopf geschossen? Entschlossen tauchte sie den Löffel tiefer in die Suppe und blickte von ihr nicht auf, bis der Teller leer war. Am liebsten hätte sie das Geschnatter von Undine und Aurora ignoriert, aber es war so laut, dass es ihre Ohren zum Klingeln brachte.

»Was steht heute auf dem Programm?«, fragte Aurora neugierig.

Aus den Augenwinkeln erkannte Penelopé, dass sie den Kopf schief legte und Kjell von unten herauf ansah. Wollte sie damit Eindruck schinden?

Penelopés Hand krampfte sich um den Löffel.

»Ich möchte den heutigen Tag nutzen, um euch noch besser kennenzulernen. In kurzer Zeit werde ich meine Entscheidung fällen, daher ist es wichtig, dass sie nicht kopflos getroffen wird.«

Penelopé hob den Blick – Kjell streifte sie kurz, dann schaute er auf einen Punkt, der sich links neben ihr befand.

»Nach dem Frühstück habt ihr Zeit, um euch frisch zu machen, und danach würde ich euch zu einem Spiel in den großen Salon einladen.«

Kjell lächelte sanft, aber in Penelopé war nur Raum für Genervtheit. Ihr stand nicht der Sinn nach Spielen. Eigentlich stand ihr der Sinn nach gar nichts. Sie legte den Kopf in den Nacken.

»Müssen wir uns auf das Spiel vorbereiten?«, erkundigte sich Undine gewissenhaft.

Kjell schüttelte den Kopf. »Oh nein, es ist viel besser, wenn ihr euch ihm spontan stellt. Das macht es umso lustiger.«

Er grinste, dann griff er nach einem Brötchen, halbierte es und bestrich es dick mit einer Paste, die Penelopé an Marmelade erinnerte, dafür aber zu dunkel war. Genüsslich biss Kjell hinein, kaute und schluckte.

»Ich habe den gestrigen Tag mit allen sehr genossen. Es war erfrischend, eure Bekanntschaft zu machen. Ihr seid alle zauberhafte junge Damen, die so viele Qualitäten mit sich bringen, dass mir die Entscheidung wahrlich schwerfallen wird«, sagte er.

Seine Worte, die so freundlich und höflich waren, versetzten Penelopé einen Stich. Während Undine und Aurora den König verzückt anlächelten, fühlte sich die Prinzessin immer miserabler. Was hatte sie sich auch gedacht? Dass sie in einem Wettbewerb, in dem sie um eine Position als Königin kämpfte, Exklusivrechte besaß? Innerlich schnaubte sie.

»Wie auch immer meine Entscheidung ausfallen wird, ihr müsst wissen, dass ihr beeindruckende Frauen seid und …«

Nacheinander sah Kjell sie an und so sehr Penelopé sich auch anstrengte, sie konnte keinen Unterschied erkennen. Der Schneekönig brachte ihr die gleichen Gefühle entgegen wie den anderen Mädchen.

Als Penelopé klar wurde, wie viel sie ihm anvertraut und wie sehr sie sich ihm geöffnet hatte, wurde ihr übel. Das Ganze war doch nur eine Farce. Wahrscheinlich hatte er ein Kindheitsbild von jedem Mädchen und wollte mit der Geschichte nur Eindruck schinden. Und sie war auf ihn hereingefallen, hatte ihn geküsst und ihm mehr Nähe geschenkt, als guttat.

Unter dem Tisch ballte Penelopé die Hand zur Faust. Vor genau so einem liederlichen Verhalten hatte Estelle sie immer gewarnt. Und sie hatte sich kopflos in ein Abenteuer gestürzt, das ihr am Ende doch nur ein gebrochenes Herz und schauderhafte Erinnerungen bescheren würde. Abgesehen davon, dass sie eigentlich aus ganz anderen Gründen im Palast war.

Ihre Gedanken fuhren Karussell und ließen sich nicht mehr kontrollieren. Der Schmerz trieb sie schließlich in die Höhe, brachte sie dazu, den Stuhl laut über das Parkett zu schieben und die freundlichen Gespräche zu durchbrechen. »Bitte entschuldigt mich«, presste Penelopé hervor, dann rannte sie wenig damenhaft durch den Speisesaal und ließ die Tür krachend ins Schloss fallen.

Was wollte sie hier eigentlich? Dieser Wettbewerb war sinnlos, brachte sie nicht weiter und bereitete ihr ja doch nur Kummer. Kjell würde sich für eines der anderen Mädchen entscheiden, weil diese offensichtlich mehr Erziehung genossen hatten als sie.

Penelopé schluckte, rannte die Treppen hoch und fand den Weg in ihr Zimmer. Sie sollte zurück nach Frigus gehen, auch wenn es da keine Möglichkeit gab, das Rätsel zu lösen. Immerhin musste sie sich dort nicht mit ihren Gefühlen auseinandersetzen, die sie in mehr als einer Hinsicht überforderten.

Ein Teil von ihr wusste, dass kopflos getroffene Entscheidungen selten die besten waren, ein anderer Teil verleitete sie genau dazu.

Im Rausch drehte sie sich wieder um, hatte die Hand schon auf der Klinke, als die Tür gewaltvoll aufgestoßen wurde. Kjell stand im Rahmen, in seinen Augen ein loderndes Feuer. Instinktiv wich Penelopé einen Schritt zurück – und er kam einen auf sie zu. Mit einer Hand schloss er die Tür hinter sich, die andere schlang er um den Nacken der Prinzessin.

»Was auch immer du hast«, flüsterte er, »ich mache es wieder gut.«

Er sah sie eindringlich an. Und obwohl sie vor wenigen Sekunden noch wütend auf ihn gewesen war, starb ihr Widerstand mit seinem nächsten Blick. Gierig presste er seine Lippen auf ihre, drückte sie gegen die Wand und kesselte sie so ein, dass sie ihm nicht entkommen konnte. Sein heißer Atem bedeckte ihr Gesicht, seine Berührungen lösten jenes Schaudern in ihr aus, nach dem sie längst süchtig geworden war.

Penelopé wollte stark sein. Aber da war sein Geruch. Die feine Note nach Winter und Zimt. Da waren seine Finger, die ihren Körper schon jetzt besser kannten als je ein Mann zuvor. Da waren seine Augen, in denen sie nicht die kleinste Lüge entdecken konnte.

Und weil der Zauber manchmal einem einzigen Augenblick gehörte, gab sie sich ihm hin. Alles, was sie Kjell nicht sagen konnte, legte sie in diesen Kuss. Alle Worte, die ersterben würden, versuchten sie je, ihre Lippen zu verlassen, vertraute sie ihm an.

Seine Hände wurden fordernder, seine Zunge schneller, und Penelopé spürte, wie es in ihrem Unterleib heftig pulsierte. Er schlang seine Arme um ihre schlanke Taille und hob sie an. Penelopés Körper brannte überall dort, wo er sie berührte. Sekunden später fand sie sich auf ihrem Bett wieder. Kjell thronte über ihr und sah sie aus getriebenen Augen an. Doch zwischen all die Leidenschaft mischte sich Zärtlichkeit, die er zeigte, als er mit seinen Fingern ihr Gesicht entlangfuhr.

Penelopé wurde abwechselnd warm und kalt. Zum ersten Mal sah sie so etwas wie Farbe in Kjells Gesicht – und das Lachen, das auf seinen Lippen lag, ließ sie innerlich erblühen.

»Weißt du, dass ich nur noch intensiver von dir träume, seit du hier bist?«, hauchte er an ihr Ohr und strich ihr eine dicke Strähne ihres roten Haares aus dem Gesicht. »Weißt du, dass meine Gedanken die ganze Zeit nur bei dir sind?«

Penelopé keuchte, als er an den Bändern zog, die ihr Kleid zusammenhielten. In diesem Moment wusste sie, dass sie nie zuvor echte Leidenschaft verspürt hatte. Sie sehnte sich so sehr nach Kjells Berührung, dass ihr Herz sich zusammenzog.

Er bedeckte ihr Dekolleté mit hungrigen Küssen und zog weiterhin ungeduldig an den grünen Bändern. Penelopés Körper bäumte sich vor Lust auf, sie vergrub ihre Hände in seinem Winterhaar. Und gerade, als sie dabei war, sich ihm voll und ganz hinzugeben, meldete sich der Zweifel in ihr.

Sie versuchte ihn, so gut es ging, zu verdrängen, aber er nistete sich hartnäckig in ihrem Kopf ein, sodass sie Kjell unsanft von sich stieß, sich im Bett aufrichtete und ihr Kleid wieder an der Brust zusammenschnürte.

»Was ist los? Was ist geschehen?«, erkundigte sich Kjell besorgt. Seine Mundwinkel hatten sich ein ganzes Stück nach unten bewegt. Aufmerksam sah er sie an, seine Hand lag auf ihrem Rücken. »Habe ich etwas Falsches gemacht?«

Penelopé schüttelte den Kopf, dann nickte sie. »Du. Ich. Wir beide. Was machen wir hier?« Die Prinzessin versuchte, Ordnung in ihre Locken zu bringen, doch vergebens.

Kjell schaute auf seine langen Finger hinab. »Ich begehre dich, Penelopé«, flüsterte er und es klang so aufrichtig, dass es sie mitten ins Herz traf. »Du bist die schönste Frau, die ich je gesehen habe, und ich will … so vieles mit dir tun.«

Er ließ die Schultern hängen und wich ihrem Blick aus. Doch seine Aufmerksamkeit war es, die sie nun brauchte. Vorsichtig hob sie sein Kinn an und blickte in seine kalten warmen Augen.

»Wo führt das hin, Kjell? Sag es mir und ich kann dir eine Antwort liefern, aber bevor das nicht geklärt ist …« Sie brach ab wegen der Tränen, die sich in ihren Augen sammelten.

Als der Schneekönig nichts sagte, sondern nur an ihr vorbei durch das runde Fenster sah, setzte sie noch einmal an.

»Es gibt nicht nur mich. Undine und Aurora sind auch noch da. Und bevor du deine Entscheidung nicht getroffen hast, kann ich mich dir nicht hingeben. Das wäre … in mehr als einer Hinsicht fatal.« Penelopé presste die Lippen aufeinander. Noch immer wütete Hitze in ihrem Inneren. Sie ließ die Hand sinken, die Kjells Kinn umfasste, und seufzte. »Ich weiß nicht, was du Undine und Aurora gestern gesagt hast, und ich möchte dich auch nicht fragen, weil es mich nichts angeht. Aber … bevor es nicht klar ist, für wen du dich entschieden hast …« Sie schüttelte den Kopf und verschränkte die Arme vor der Brust. »Vorher dürfen wir das nicht tun.«

Es brach ihr das Herz, wie verletzt er aussah. Und es brachte sie beinahe um, als er sich sowohl körperlich als auch seelisch von ihr distanzierte.

Der Schneekönig schenkte ihr einen langen Blick, dann nickte er und stand auf. »Ich wollte dich nicht verletzen, Penelopé«, sagte er mit gebrochener Stimme. »Du hast nur keine Ahnung davon, wie einsam ich bin.« Für einen Moment sah es so aus, als würde er weinen. Dann aber fuhr er sich durch die Haare und räusperte sich. »Wir werden den Wettbewerb zu Ende bringen. Morgen früh fälle ich meine Entscheidung. Ich würde mich freuen, dich trotzdem gleich bei dem Spiel im Salon zu sehen.« Mit diesen Worten schloss er die Tür hinter sich.

Nun, wo Penelopé allein war, brach alles über ihr zusammen. Sie zog die Beine an den Körper und schloss die Arme darum. Bettete ihren Kopf auf die Knie und atmete tief durch. Zeit ihres Lebens hatte sie ihre Gefühle immer unter Kontrolle gehabt, aber gerade kämpften so viele Emotionen gegeneinander an, dass sie sie längst nicht mehr kontrollieren konnte.

Penelopé war in den Eispalast gekommen, um ihr Rätsel zu lösen. Um Frigus den Rücken zu kehren und zurück nach Brahmenien zu kommen. Nun klopfte ihr Herz, wenn sie Kjell nur sah, und das flaue Gefühl in ihrem Magen war allein ihm verschuldet. Das Rätsel war in den Hintergrund gerückt, stattdessen dominierten Eifersucht, Hingerissenheit und Leidenschaft ihre Gedanken. Wo war sie da nur hineingeraten?

Penelopé hatte die Augen geschlossen, als ein Klopfen sie aus ihrem Selbstmitleid riss. Verwundert hob sie den Kopf, denn das Geräusch kam nicht von der Tür aus, sondern vom Fenster. Sie musste zweimal hinsehen, um die Schneeeule ausmachen zu können, die auf der Fensterbank saß und ihren Schnabel gegen die Scheibe drückte.

Wollte sie hereingelassen werden? War ihr zu kalt?

Penelopé wischte sich die Tränen aus den Augen, stand auf und öffnete das Fenster. Eisig kalt schlug ihr der Wind entgegen. Dankbar hüpfte die Eule in ihr Zimmer und gurrte. Gedankenverloren strich Penelopé über ihr seidiges weißes Fell, dann fiel ihr auf, dass der Vogel einen Zettel um seine Klauen trug.

»Nanu, hast du eine Nachricht für mich?«, fragte sie und zerrte an dem kleinen Papier, das mehrmals um die Klaue geschlungen war. Es war durch die Kälte klamm geworden. Penelopé entfaltete den Zettel, auf den jemand eine Nachricht geschrieben hatte.

*Triff mich um Mitternacht im Schlossgarten. Pass auf dich auf!*

Zunächst war es der Inhalt, der sie verunsicherte, dann aber blieb ihr Blick an der Handschrift hängen. Sie kannte nur eine

Person auf der ganzen Welt, die die Anfangsbuchstaben der Wörter so verschnörkelte – und das war ihre Schwester Genevieve.

Den Plan, den Eispalast zu verlassen, hatte sie vorerst vergessen. Penelopé musste unbedingt herausfinden, ob die Nachricht tatsächlich von ihrer Schwester stammte oder ob es sich um einen unglücklichen Zufall handelte. Beim besten Willen konnte sie sich nicht vorstellen, wie Genevieve den Palast erreicht haben sollte – andererseits war ihre Handschrift unverkennbar. Hinzu kam die Gestalt, die sie im Schlossgarten gesehen hatte und die ihrer Schwester glich.

Die Prinzessin stand vor dem Spiegel und zupfte ihr dunkelrotes Kleid zurecht, das an der Hüfte ein wenig zu eng saß. Die nicht vorhandene Arbeit und das gute Essen hatten sie ein paar Kilo zunehmen lassen. Ihre Haare waren geflochten und standen nicht wie sonst in alle Richtungen ab.

Sie würde dem Spiel beiwohnen, auch wenn sie keine große Lust darauf verspürte. Dennoch wollte sie den Wettbewerb zu Ende bringen und dazu gehörte, dass sie sich seinen Herausforderungen stellte.

Penelopé warf ihrem Spiegelbild einen letzten Blick zu, dann reckte sie das Kinn und ging nach unten.

Aurora, Undine und Kjell hielten sich schon im Salon auf. Die Stimmung wirkte losgelöst. Es gab keine Tische, an denen man Platz nehmen sollte, und keine Stühle, sondern nur eine rote Decke mit Kissen, die vor dem Kamin lag, in dem ein Feuer flackerte.

Als Kjell Penelopé im Türrahmen entdeckte, winkte er sie zu sich. Von seinem losgelösten Äußeren war nichts mehr zu spüren. Er hatte sich die Haare gekämmt und trug ein hellblaues Hemd, das seiner Hautfarbe schmeichelte. Undine saß auf seiner rechten, Aurora auf der linken Seite, sodass Penelopé nichts anderes übrig blieb, als sich gegenüber von ihm zu platzieren. Neugierig blickte sie auf den Stapel Papierkarten, der vor ihm lag.

»Ich freue mich, dass ihr alle gekommen seid«, eröffnete Kjell die Runde ein wenig zu formell. »Ich möchte diesen Nachmittag noch einmal nutzen, um euch kennenzulernen, denn schon morgen früh teile ich euch meine Entscheidung mit.«

Aurora sog scharf die Luft ein und auch Undine wirkte verwirrt. »Morgen früh schon?«, hakte sie ungläubig nach.

Kjell nickte. »Ihr seid nur noch drei und ich möchte das Verfahren nicht mehr ewig hinziehen. Das wäre ungerecht euch gegenüber.«

»Heißt das, du weißt jetzt schon, für wen du dich entschieden hast?«, fragte Aurora mit einem Zittern in der Stimme. Erst als der König den Kopf schüttelte, atmete sie erleichtert aus.

»Es ist noch alles offen, außerdem mag ich es nicht, mich festzulegen. Vielmehr möchte ich unvoreingenommen in diesen Nachmittag hineingehen. In diesen Nachmittag … und in dieses Spiel.« Vielsagend deutete er auf den kleinen Papierstapel. »Das Ganze funktioniert folgendermaßen.« Er griff nach den Karten und mischte sie zweimal durch. »Jeder von uns zieht nacheinander eine Karte und entscheidet dann, ob er die Frage, die darauf steht, selbst beantworten oder einer anderen Person stellen möchte. Allerdings dürft ihr euch nur dreimal für jemand anderen entscheiden, also wählt weise.« Nacheinander sah er die Mädchen an, dann mischte er noch ein drittes Mal.

»Was sind das für Fragen?«, erkundigte sich Undine und reckte den Hals, um etwas auf den bunten Karten erkennen zu können.

»Sie sind sehr unterschiedlich«, antwortete Kjell und lächelte. »Mal möchten sie nur deine Lieblingsfarbe wissen, dann geht es um deine größte Angst und ab und zu musst du einen Satz vervollständigen.«

»Mh.« Undine zog die Augenbrauen hoch. Ihr gefiel nicht, dass sie sich auf das Spiel nicht hatte vorbereiten können.

Aurora wiederum wirkte motiviert, daher war auch sie die Erste, die nach einer Karte griff. »Wenn du jemand anderes sein könntest als der, der du momentan bist … wer wärst du dann?«, las sie mit stockender Stimme vor. Dann glitt ein Lächeln über ihr rosiges Gesicht. »Ich glaube, ich wäre gern eine Prinzessin«, sagte sie.

»Wenn du Prinzessin bist, kann ich ja die Königin sein«, zischte Undine und griff ebenfalls nach einer der Karten. »Sicherheit oder Freiheit – wofür entscheidest du dich?« Für den Bruchteil einer Sekunde runzelte sie die Stirn, dann nickte sie. »Ich wähle die Sicherheit. Denn niemand ist wirklich frei, wenn er nicht sicher ist.« Scheinbar zufrieden platzierte sie die Karte auf einem separaten Ablagestapel.

Penelopé spürte, wie drei Augenpaare auf sie gerichtet waren. Weil ihr nichts anderes übrig blieb, griff auch sie nach einer Karte, las die Frage … und spürte, wie ihr die Röte in die Wangen schoss.

»Was ist es? Was steht da?«, erkundigte sich Aurora neugierig und beugte sich vor, doch Penelopé ließ nicht zu, dass sie etwas erkannte. Stattdessen las sie die Frage noch einmal, dann reichte sie den Zettel an Kjell weiter.

»Du bist dran«, sagte sie und obgleich es selbstbewusst klingen sollte, bebte ihre Stimme.

Der Schneekönig griff verwundert nach der Karte – dabei berührten sich ihre Finger – und las sich die Frage durch. »Für wen schlägt dein Herz?«, sagte er und blickte für einen kurzen Moment auf den Boden. Dann schien ihm etwas einzufallen. »Ich habe einen Bruder«, sagte er. »Einen Zwillingsbruder. Er heißt Pale. Wir sehen uns nicht oft, weil wir beide unsere Freiheit brauchen – auch wenn wir sie manchmal verdammen. Doch jedes Mal, wenn ich ihn sehe, ist es so, als hätten wir uns nie getrennt.« Lächelnd legte er die Karte zu den anderen – und war gleich danach wieder an der Reihe.

Penelopé verschränkte die Arme um ihre herangezogenen Knie und betrachtete den Schneekönig aus sicherer Entfernung. Seine schlanken Finger schlossen sich um die nächste Karte.

»Welche ist deine Lieblingsjahreszeit?« Er lachte trocken auf und tauschte einen Blick mit den Mädchen. »Nun, sehr viel Auswahl habe ich hier nicht, also nehme ich den Winter. Auch wenn ich die Sonne allzu gern mal wieder sehen würde.«

So ging es Runde um Runde. Fragen wurden beantwortet, weitergegeben oder auf den Stapel gelegt. Undine und Aurora präsentierten sich von ihrer besten Seite, glänzten mit den richtigen Antworten und streuten Witze ein, wenn es passte. Kjell schien sich prächtig zu amüsieren. Penelopés Antworten fielen knapp aus – nicht weil sie unkreativ war oder sich keine Mühe geben wollte, sondern weil das Theater, das ihr Herz veranstaltete, ihr jegliche Möglichkeit zur Teilhabe raubte.

Während Aurora und Undine sich gegenseitig zu übertreffen versuchten und immer näher an Kjell heranrückten, konnte sie ihre Augen nicht von dem stattlichen König lassen, der etwas in ihr berührt, etwas freigelegt, etwas bewegt hatte. Es war, als hätte eine feine Schicht Schnee um ihr Herz gelegen, die nun langsam schmolz.

Warum wurde ihr warm, wenn sie ihn ansah? Warum glühten ihre Wangen, wenn er sprach? Warum konnte sie ihren Blick nicht von ihm abwenden und hasste es, wenn er Undine oder Aurora ansah?

»Penelopé, du bist dran«, drang Auroras Stimme an ihr Ohr.

Mechanisch griff die Prinzessin nach einem der Zettel. Drei Fragen hatte sie bereits weitergereicht, was bedeutete, dass sie diese in jedem Fall beantworten musste. »Was war der größte Fehler deines Lebens?«, las sie vor und spielte mit dem Papier zwischen ihren Fingern.

Penelopé hatte nie zuvor über diese Frage nachgedacht. Sie sah ihr Leben nicht in Fehlern, sondern in Erinnerungen. Nachdenklich kaute sie auf ihrer Unterlippe herum. Hätte sie den Fluch verhindern können? Hätte sie Rania stoppen können, bevor sie ihren Vater kennenlernte? Nein, all das lag nicht in ihrer Hand.

»Ich bin mir nicht sicher, ob ich den größten Fehler schon begangen habe«, sagte sie und taxierte Kjell kurz. »Alle Entscheidungen, die mich hergebracht haben …«

Sie brach ab, weil die Tür aufgerissen wurde. Verwirrt runzelte sie die Stirn, als eine zweite Version von Kjell den Salon betrat. Auf den ersten Blick unterschied die beiden nichts voneinander, auf den zweiten erkannte Penelopé, dass die Haare von Kjells Zwillingsbruder kürzer waren, weißer und seine Nase etwas schief stand.

Verwirrt schaute sich der Fremde im Salon um. Offensichtlich war er es nicht gewohnt, seinen Bruder mit einer Horde Frauen zu sehen.

»Pale?«, fragte Kjell verwirrt und stand von der Decke auf. »Was machst du hier?« Mit eiligen Schritten ging er auf ihn zu und umarmte ihn kurz.

Pales Aufmerksamkeit galt jedoch nicht seinem Bruder, sondern Penelopé, die er aus großen Augen musterte. Verwundert zog die Prinzessin die Brauen zusammen. Dann fing er sich. »Ich hoffe, ich störe dich nicht, Kjell. Hast du eine Minute für mich? Oder zehn?«

Penelopé wusste nicht, was er wollte, aber etwas in seinem Gesicht verdeutlichte ihr, dass es wichtig war.

Kjell zog die Schultern hoch, dann nickte er. »Wir waren sowieso so gut wie fertig.« Schwungvoll drehte er sich zu den Mädchen um. »Ihr habt den Rest des Tages frei. Morgen früh teile ich euch meine Entscheidung mit.« Er nickte abermals, dann sah er seinen Bruder bewegt an. »Was ist los?«, fragte er eindringlich, doch sein Gegenüber schüttelte den Kopf.

»Lass uns das woanders klären«, flüsterte er und deutete zur Tür.

# 33

Er glaubte ihr nicht. Niemand glaubte ihr. Die ganze Welt hatte sich gegen sie verschworen.

Zitternd saß sie in dem Kellerraum auf der Decke. Allein der Gedanke an den König sorgte dafür, dass Blitze durch ihre Adern schossen und ihren Körper in Flammen setzten. Noch nie hatte sie ihre Magie so deutlich gespürt, noch nie hatte sie ihr so deutlich gezeigt, wer der Feind war.

Hoffentlich würde ihre Schwester ihrer Einladung nachkommen und sie um Mitternacht treffen. Dann könnte sie ihr die Wahrheit sagen, sie von diesem schrecklichen Ort wegschaffen und … ihren Auftrag vollenden. Denn es gab nur einen Weg, wie sie ihr Rätsel lösen konnte, und der bestand darin, dass sie Kjell tötete.

Ein durchtriebenes Lächeln schlich sich auf ihre Lippen, das ihr Angst bereitete und sie gleichzeitig glücklich machte. Ihn zu ermorden würde sich wie eine Erleichterung anfühlen.

Pale hatte das Gespräch mit seinem Bruder gesucht und war nach einer guten Zeit zu Genevieve zurückgekehrt. Er hatte versucht, ihr die Angst zu nehmen, doch es damit nur schlimmer gemacht. Denn nun kannte sie den Grund, aus dem ihre Schwester im Schloss war. Sie wusste ob des Wettbewerbs, der organisiert worden war, um die nächste Königin – oder das nächste Opfer des Monarchen – auszuwählen. Nur drei Mädchen hatten es in die letzte Runde geschafft, unter ihnen Penelopé, die somit eine echte Chance auf den Thron hatte. Auf den Thron und all die Grausamkeiten, die mit ihm einhergingen.

Pale hatte ihr mit glänzenden Augen von seinem Bruder erzählt. Davon, wie er langsam auftaute, wie Hoffnung in seinem Blick lag und dass er ihm viel offener vorkam als früher.

Nun stand niemand mehr auf Genevieves Seite.

Das Essen, das Pale ihr organisiert hatte, stand unberührt da. In regelmäßigen Abständen krampfte sich ihr Magen zusammen, sodass sie ohnehin nichts würde verdauen können. Jede Minute, die sie hier unten sitzen und abwarten musste, war eine Qual. Doch sie durfte nicht kopflos handeln, denn der König war nicht dumm ... und Magie beherrschte er obendrein.

Wenn Genevieve ihr Rätsel gelöst hätte, könnte sie Penelopé vielleicht mit zurück nach Brahmenien nehmen. In jedem Fall aber musste sie sie beschützen ... vor den Händen des grausamen Monarchen, der in ihr nur sein neuestes Opfer sah.

Genevieve schauderte. Jedes Mal, wenn sie die Augen schloss und ihr Körper sie schlafen ließ, sah sie ihn vor sich. Sah seine langen Finger, die sich um die Kehle eines Unschuldigen legten. Hörte sein grausames Lachen, das alles in ihr erzittern ließ. Roch seinen eiskalten Atem, der sie benebelte.

Ein tiefer Schmerz saß hinter ihren Schläfen, der einfach nicht verschwinden wollte. Hinzu kam, dass sie sich in dauernder Alarmbereitschaft befand und jedes noch so kleine Geräusch sie zusammenzucken ließ. Sie konnte die Heidenangst, die sie vor ihm hatte, nicht verbergen.

Der Kellerraum besaß ein kleines Fenster, durch das sie erkennen konnte, wie weit die Nacht noch entfernt war und wann sie sich aufmachen musste, um ihre Schwester zu warnen.

## Penelopé

Es war nicht mehr das Rätsel, das ihr durch den Kopf ging. Es war der König. Wieder und wieder der König. Und vielleicht konnte man es Zufall nennen, dass die Prinzessin sich in dem Raum mit dem Flügel wiederfand, als die Nacht hereinbrach. Wahrscheinlich aber hatte sie genau das immer im Sinn gehabt.

Leise schloss sie die Tür hinter sich. Das Zimmer war in sanftes Kerzenlicht getaucht, das Schatten an Wände und die Decke warf. Kjell saß am Flügel, war in eine bittersüße Melodie versunken, die so geschickt zwischen Dur und Moll wechselte, dass Penelopé nicht wusste, ob sie lachen oder weinen sollte.

Vor dem Instrument blieb sie stehen und sah den Schneekönig an, der in seinem Musikspiel innehielt. Ein Lächeln glitt über sein wunderschönes Gesicht und von jetzt auf gleich fühlte sich Penelopé willkommen, aufgehoben und etwas weniger betrübt.

»Ich muss mit dir reden«, eröffnete sie das Gespräch und strich mit der rechten Hand über die glatte Oberfläche des Flügels.

Kjell legte den Kopf schief, dann nickte er, rutschte auf der Bank nach rechts und klopfte auf den freien Platz neben sich.

Penelopé hatte sich auf dieses Gespräch nicht vorbereitet, dennoch wusste sie, wie entscheidend es war. Und dass nicht nur sie ein Anrecht auf die Wahrheit hatte, sondern auch er.

Sie setzte sich neben ihn und zwirbelte eine Strähne ihres roten Haares, das ihr offen den Rücken hinabfiel. Zu so später Stunde trug sie schon ihr Nachtkleid – aber Kjell hatte sie in so vielen verschiedenen Situationen und Zuständen erlebt, dass es ihr gleichgültig war.

»Bevor du morgen deine Entscheidung fällst, muss ich dir etwas über mich erzählen«, begann sie und kämpfte gegen die aufsteigenden Tränen an. »Es ist nur gerecht, wenn du es weißt.«

Kjell sah sie einen Moment lang schweigend an, dann schloss er sie in seine Arme und strich ihr zärtlich über den Rücken. Ein Teil von Penelopé wollte sich gegen die Intimität wehren, die es ihr nur erschweren würde, aufrichtig zu ihm zu sein. Der andere versank in ihr.

Nach einer Weile ließ er sie los. »Was willst du mir sagen, Penelopé?«

Die Prinzessin schluckte. »Bevor du deine Entscheidung fällst, musst du wissen, warum ich in den Eispalast gekommen bin«, sagte sie. Ihr Hals schien sich zuzuschnüren, ihre Lippen versiegelten sich.

Seit wann waren Wörter so schwierig? Seit wann fand sie nicht die richtigen? Seine sanften Augen trieben sie in den

Wahnsinn, denn solange er sie so anschaute, würde sie gar nichts zustande bringen. Daher schloss die Prinzessin ihre Augen und atmete tief durch. Und bevor etwas oder jemand sie daran hindern konnte, rückte sie mit der Wahrheit heraus.

Sie erzählte ihm von dem grausamen Fluch, den eine eifersüchtige Stiefmutter über sie gesprochen hatte. Sie erzählte von ihren Schwestern, die ihr in die Dunkelheit gefolgt waren – aber in eine andere Version derer – und von denen sie keine Ahnung hatte, ob und wo sie noch am Leben waren. Sie erzählte von Genevieve, von Frigus, ihrem Rätsel und dem Tag, an dem sie von dem Wettbewerb gehört hatte.

Während sie sprach, traute sie sich nicht, ihn anzusehen. Nicht, weil sie sich vor seiner Wut fürchtete, sondern vielmehr vor seinem Kummer.

»Ich bin in diesen Palast gekommen, um das Rätsel zu lösen, und wurde Teilnehmerin eines Wettbewerbs, der mich zunächst nicht interessierte. Während ich immer frustrierter über Ranias Zeilen wurde, stieg mein Engagement, ein Teil des Wettkampfs zu werden. Ich habe nie mit der Möglichkeit gespielt, dass du dich für mich entscheiden könntest … eher wollte ich weit kommen, um Zeit für mein Rätsel zu haben, aber nicht die Letzte sein.«

Sie holte tief Luft. Ihre Stimme zitterte so sehr, dass sie nicht wusste, wie lange sie sie noch gebrauchen konnte. Dabei kam nun der wichtigste Teil – der, auf den es ankam und der ihr Angst bereitete.

»Während ich nach einer Lösung des Rätsels gesucht habe … bist du passiert. Du mit deinen großen weißen Augen und deinem Winterhaar. Du mit deiner Einsamkeit und deinem Schmerz, der meinem so ähnlich ist. Ich wusste nicht, wie mir geschieht, aber auf einmal kümmerte es mich, eine Runde weiterzukommen. Und es kümmerte mich, wenn du die anderen Mädchen anlächeltest und mit ihnen Abenteuer unternahmst. Es kümmerte mich … und das tut es noch immer.«

Ihr war unwohl zumute, als sie die langen Korridore des Schlosses durchquerte, die bei Nacht nur schauriger wirkten. Hoffentlich schlief der König bereits und trieb nicht sein Unwesen in den Gängen.

Sie beeilte sich, die großen Flügeltüren zu erreichen, und atmete durch, als sie von der kalten Winterluft getroffen wurde. Unter freiem Himmel fühlte sie sich sicherer. Langsam machte sie sich auf den Weg zum Schlossgarten, in dem sie hoffte, ihre Schwester zu finden. Noch hatte Penelopé Zeit. Genevieve war dafür bekannt, immer überpünktlich zu sein.

Mit den Handschuhen befreite sie eine Bank vom Schnee und nahm auf dem klammen Holz Platz. Schon jetzt fühlten sich ihre Wangen eiskalt an.

»Sie wird nicht kommen«, drang auf einmal eine Stimme an ihr Ohr.

Genevieve wirbelte herum, aber es war nur Libella, die sich neben sie gesetzt hatte. »Hat sie dir das gesagt?«, fragte die Prinzessin spöttisch.

»Ich habe sie gesehen. Mit dem König, vor wenigen Minuten. Glaub mir, sie wird nicht kommen.« Die Eule krächzte.

»Sie ist beim König?«, hauchte Genevieve und schlang die Arme um ihren frierenden Körper. »Woher weißt du das?«

»Weil ich beide eben durch das Fenster gesehen habe. Deine Schwester sah nicht so aus, als würde sie sich in Kürze auf den Weg begeben.«

Genevieve schluckte. Die Aussicht, Penelopé heute Nacht zu treffen und die Flucht mit ihr zu planen, war das Einzige, das sie den Tag hatte durchstehen lassen.

»Was hat sie gemacht? Was hat der König mit ihr gemacht?«, fragte die Prinzessin mit zitternder Stimme.

Libella spannte die Flügel und hüpfte von der Bank. Aus durchdringenden Augen sah sie die Prinzessin an. »Die beiden lieben sich. Sie wissen es vielleicht noch nicht, aber ich habe es sogleich erkannt.«

Genevieve schlug die Hände vor das Gesicht und weinte bitterlich.

Sie hatte schon eine Weile zu Ende gesprochen, dennoch wagte sie es nicht, den König anzusehen. Zu groß war die Angst vor seiner Reaktion. Bisher war Kjell ihr immer ebenbürtig vorgekommen, doch jetzt spürte sie, dass seine Macht sehr viel größer war als ihre und wie viel von seinem Urteil abhing.

Endlich hob Penelopé den Kopf. Es war keine Wut, die ihr entgegenschlug. Auch kein Verrat. Kjell lächelte traurig.

»Das Schicksal benutzt die seltsamsten Wege, das habe ich in meinem Leben schon oft erfahren müssen«, sagte er – seine Stimme war so weich, dass Penelopé sich in ihr verkriechen wollte. »Aber am Ende geschieht immer das Richtige. Zumindest ist es das, was ich glaube.« Er räusperte sich und rückte näher an die Prinzessin heran. Sein rechter Arm berührte ihr Bein. »Optisch betrachtet passen wir nicht zueinander. Wir sind grundverschieden, du mit deinem wilden roten Haar und ich mit meiner blassen Haut. Aber wenn du mir von dir erzählst, kommt es mir vor, als würde ich deine Seele kennen. Als würde ich sie verstehen.« Er rang mit sich. »Du hast mir gesagt, dass du ein Teil des Wettbewerbs bleiben willst. Dass du auch bei der letzten Entscheidung dabei sein möchtest. Aber ...«

»Aber was?«, flüsterte Penelopé und legte ihre Hand auf seine.

»Was ist, wenn ich mich für dich entscheide? Dein Zuhause ist an einem anderen Ort und im Gegensatz zu den anderen Mädchen willst du es wiedersehen. Du bist nicht hier, um dich in mich zu verlieben, sondern um deinen Fluch zu brechen.«

Aber genau das war passiert. Sie hatte sich in ihn verliebt. Rettungslos.

Penelopé senkte den Blick, spürte die Hitze, die ihre Wangen zum Glühen brachte. »Ich habe das Rätsel noch nicht gelöst«, sagte sie schließlich.

»Aber eines Tages wird es so weit sein«, hielt Kjell dagegen. Eine Spur der Bitterkeit schwang in seiner Stimme mit. »Was passiert dann? Wirst du mich allein lassen?«

Der Prinzessin wurde abwechselnd heiß und kalt. Sie ergriff Kjells Hand, bis ihre Finger sich ineinander verschlungen hatten. »Mein Herz … ist so schwer von all den Dingen. Seit ein paar Tagen weiß ich nicht mehr, was falsch und was richtig ist. Es kommt mir vor, als wäre ich auf einmal an zwei Orten zu Hause … und nicht mehr nur an einem.«

Kjell hauchte ihr einen Kuss auf die Stirn. »Welche Entscheidung ich morgen auch treffen werde … es ist mein Herz, das spricht«, versprach er ihr.

Sie verließ ihn, als ein heller Mond am Himmel stand und die Nacht schon Einzug gehalten hatte. Beschwingt von einer tiefen Euphorie, fiel es ihr schwer, sich auf etwas anderes zu konzentrieren. Jeder rationale Gedanke wurde von Kjells Antlitz durchbrochen.

Und dennoch hatte Penelopé noch etwas vor: Sie musste herausfinden, ob der sonderbare Brief wirklich von ihrer Schwester stammte und Genevieve sich in ihrer Nähe aufhielt.

Mit klopfendem Herzen begab sie sich zum Schlossgarten.

## Genevieve

Unverrichteter Dinge kehrte Genevieve in das Schloss zurück. Ihre Schwester war nicht erschienen, was bedeutete, dass sie ihre letzte reale Chance auf Flucht verspielt hatte. Von Pale wusste die Prinzessin, dass sein Bruder seine endgültige Entscheidung am nächsten Morgen mitteilen würde. Vielleicht hätten sie Glück und seine Wahl fiel nicht auf Penelopé. Aber selbst wenn ihre Schwester nicht die nächste Schneekönigin wurde, war sich Genevieve nicht sicher, ob er sie gehen lassen würde. Gut möglich, dass der Saal mit den Statuen schon frühere Kandidatinnen beherbergte.

Je tiefer Genevieve in das Schloss eindrang, desto schmerzhafter wurde das Stechen in ihren Adern. Die dunkle Präsenz des Königs war mit Händen greifbar und bohrte sich in ihr unschuldiges Fleisch. Gab es wirklich nichts, das sie tun konnte? War sie so unfähig, wie sie sich fühlte?

Genevieve befand sich auf dem Weg in den Keller, als sie etwas aus dem Augenwinkel bemerkte. Eine weiße Tür stand offen, die sie wie magisch anzuziehen schien. Nervös sah sich die Prinzessin um – sie trug zwar wieder Pales Unsichtbarkeitsumhang, aber der würde ihr nicht helfen, wenn der König selbst hier unten sein Unwesen trieb.

Doch der Gang lag leer und friedlich da, es gab keine Hinweise auf den Monarchen.

Genevieve huschte in den Raum und zog die Tür hinter sich zu. Sie war in einer Waffenkammer gelandet, die unterschiedliche Schwerter, Messer und Dolche beherbergte. Interessiert sah sich die Prinzessin das Inventar an, bis ihre Augen an etwas hängen blieben, das ihr ein vorsichtiges Lächeln auf die Lippen legte.

Der Dolch war klein, aber spitz, kennzeichnete sich durch einen schwarzen Griff und einen silbernen Klingenrücken. Andächtig hob die Prinzessin die Waffe aus der Verankerung. Sie war im Kampf nie geschult worden, aber das war für ihren Plan ohnehin unerheblich. Es reichte, wenn die Spitze die Haut des Königs nur berührte. Zumindest dann, wenn sie vergiftet war.

Der Hass auf den eisigen Monarchen wuchs kontinuierlich in ihr heran. Genevieve versteckte den Dolch in ihrem Mantel und verließ das Zimmer. Auf leisen Sohlen durchquerte sie den Gang und musste eine Weile suchen, bis sie schließlich eine Vorratskammer fand, in die sie sich zurückzog. Ihr Atem ging hektisch, die Angst, gefunden zu werden, war groß.

In der Waffenkammer hatte es eine Laterne gegeben, aber hier machte ihr das fehlende Licht zu schaffen, weswegen sie die Tür einen Spalt offen ließ, damit zumindest etwas Licht hineinfiel.

Genevieve entdeckte diverse Eimer, Schachteln und Regale, in denen sich Kartoffeln, Äpfel und Spültücher befanden. Auf dem Boden wurde sie schließlich fündig. Drei große Flaschen standen dicht nebeneinander. Zwei davon waren mit gewöhnlichem Wein gefüllt und daher für sie uninteressant. Die dritte aber spielte ihr genau in die Hände. Sie war kleiner als der Rest und bauchiger.

Gurana wurde hauptsächlich verwendet, um hartnäckige Schädlinge zu bekämpfen, lästige Flecken zu lösen und war so gut wie in jedem Haushalt zu finden. Genevieve wusste, wie giftig das Mittel war – spätestens seit sie in ihrer Kindheit Kräuterhexe gespielt, einen Trank daraus gebraut und ihrem Vater zum Verzehr hingestellt hatte. Wäre dieser nicht skeptisch gewesen, würde es ihn nun nicht mehr geben.

Genevieve schauderte, als sie erkannte, dass sie das Gift dieses Mal gezielt einsetzen würde. Einen Moment hörte sie in sich hinein, wartete auf ein schlechtes Gewissen. Aber alles, was sie spürte, war der grenzenlose Hass auf den König.

# 34

## Penelopé

Penelopé stand vor ihrem Fenster, als ein neuer Tag anbrach. Sie war dabei, als die Welt aus ihrem Schlummer erwachte und Leben in den Palast einkehrte. Es war ihr nicht gelungen, auch nur eine Minute zu schlafen. Ob es Aurora und Undine genauso ging? Ob ihre Augen ebenfalls tiefe Ringe zierten?

Das Treffen mit Kjell hatte sie ihre Schwester vergessen lassen und ein schlechtes Gewissen ergriff von ihr Besitz. Sie war zu spät gekommen, Genevieve war nicht mehr am vereinbarten Ort gewesen. Auf eigene Faust hatte die Prinzessin das Schloss durchkämmt, doch von ihrer Zwillingsschwester fehlte jegliche Spur.

Penelopé trat vom Fenster weg und begab sich auf den Weg in den großen Salon. Immerhin würde der König seine Entscheidung zeitnah verkünden und sie müssten nicht den ganzen Tag darauf warten.

Man hatte ihr für die letzte Etappe des Wettbewerbs ein Gewand aus weißer Seide zurechtgelegt, das sie entfernt an ein Brautkleid erinnerte. Es bestand aus mehreren Schichten Stoff und schimmerte im Licht golden. Dazu trug Penelopé silberne Schuhe und einen Haarschmuck in ebendieser Farbe.

Langsam stieg sie die Treppe hinab, ignorierte ihr immer schneller schlagendes Herz und die Zweifel, die sie innerlich zerfraßen. Kjells Entscheidung stand fest, sie konnte ohnehin nichts mehr daran ändern.

Die Tür zum Salon wurde ihr von Vyris aufgehalten, der sie mit einem breiten Lächeln begrüßte. Auch er sah feiner aus als sonst, ein weißer Anzug ließ ihn edel und exquisit wirken.

»Kjell wartet bereits auf dich«, eröffnete er Penelopé und deutete eine Verbeugung an.

Die Prinzessin trat durch die breite Tür. Man hatte den Saal hergerichtet, mit einem langen hellblauen Teppich ausgelegt. Ein Thron war am Ende des Zimmers platziert, neben dem Kjell stand und auf die letzten Kandidatinnen wartete.

Penelopé schluckte, als sie den Teppich betrat. Ein paar Schritte vor Kjell blieb sie stehen und knickste, weil es angemessen schien. Aurora und Undine waren noch nicht anwesend, weswegen Penelopé sich neben den König stellte. Nervös spielte sie an ihren Fingern herum und merkte, dass ihre Handflächen schweißnass waren. Aus den Augenwinkeln fing sie Kjells Blick auf, in dem so viel Ergriffenheit lag, dass sie sich zu ihm umdrehte.

»Du siehst wunderschön aus«, flüsterte er.

Obwohl sie wusste, dass er dasselbe gleich zu den anderen Mädchen sagen würde, lag Aufrichtigkeit in seiner Stimme. Kjell, dessen weißes Hemd silbern bestickt war und dessen graue Hose eng anlag, griff nach Penelopés Hand und drückte sie fest.

»Wo sind die anderen Mädchen?«, fragte die Prinzessin, weil sie ihre Nervosität nicht anders in Schach halten konnte. Jede Sekunde wurde zur Zerreißprobe. Aus großen Augen sah sie Kjell an. Sein Gesicht wirkte entspannt, ruhig und besonnen.

»Ich erwarte niemanden mehr«, sagte er dann.

Penelopé runzelte die Stirn, schenkte ihm einen fragenden Blick. Realisierte nicht, was er gesagt hatte.

»Aurora und Undine haben das Schloss noch gestern Nacht verlassen. Meine Entscheidung stand fest, ich wollte sie nicht länger quälen.«

Kjell ließ sie los. Verdutzt sah sie ihn an.

»Es ist keine Pflicht. Du musst nicht Ja sagen. Es ist deine freie Entscheidung. Aber ich habe dir versprochen, dass ich auf mein Herz höre … und das hat es mir gesagt.«

Bevor sie es sich versah, sank er vor ihr auf die Knie.

»Dies ist kein Heiratsantrag, Penelopé. Es ist eine Frage, geknüpft an ein Versprechen. Wenn du die neue Schneekönigin werden willst – meine Königin –, verspreche ich dir, dich so glücklich wie möglich zu machen. So glücklich, wie es mir möglich ist.«

Penelopé presste sich die Hand vor den Mund. Tränen rannen ihr über das Gesicht, als sie abwechselnd auf Kjell und den schlichten silbernen Ring starrte, den er ihr entgegenstreckte. »Ich …«

Kjell hob die Hand. »Du kannst darüber nachdenken. So lange, wie du willst. Du darfst dir Zeit lassen – Tage, Wochen, Monate. Ich werde dich nie zu etwas zwingen.«

»Warum ich?«, stammelte sie.

Kjell lachte – und es traf sie mitten in ihr Herz. »Weil es immer nur du warst. Ich habe meinen Träumen nie so viel Bedeutung beigemessen, aber jetzt weiß ich, dass sie mein Wegweiser waren. Und dass du das Ziel bist.«

Statt einer Antwort zog sie ihn hoch, bis er ihr gegenüberstand. Als sie ihm die Hand entgegenstreckte, zitterten ihre Finger. Der Ring passte ihr wie angegossen. Ergriffen schaute sie auf ihn hinab.

Seine Finger berührten das Schmuckstück und seine Lippen alsbald ihre. Es lag ein Hunger in seinem Kuss, eine Leidenschaft, die sie überwältigte, regungslos und starr machte. Es war eine Leidenschaft, die sie still dastehen ließ, während in ihr ein Feuer entfacht wurde.

Kjell löste sich von ihr – und öffnete seine Augen, in denen Tränen schimmerten. »Ich liebe dich, Penelopé«, sagte er.

Und nun, wo er es ausgesprochen hatte, wusste sie, dass sie genauso fühlte. Und mit einem Mal kam ihr alles andere – ihre Schwestern, Brahmenien und ihr Vater – unbedeutend und klein vor.

»Ich will deine Königin sein«, beschloss sie. Die Worte purzelten unkontrolliert über ihre Lippen, die noch immer von seinem Kuss brannten. »Ich will deine Königin sein«, sagte sie noch einmal und wiederholte es dann erneut. Mit jedem Mal fühlte sie sich freier, mit jedem Mal wurde die Erleichterung in ihrer Stimme größer, mit jedem Mal erschien es ihr richtiger.

Kjell schlang seine Arme um ihre Taille, hob sie an, als wöge sie das Gewicht einer Feder, und wirbelte sie im Kreis umher.

Penelopé lachte, weinte und fühlte. Bei Gott, sie fühlte so viel. Doch als er sie wieder am Boden absetzte, zerbrach ein Stück ihres Glücks.

Ein Zischen drang an ihre Ohren, gefolgt von einem Beben, das den Boden erzittern ließ. Penelopé wirbelte herum, Kjell breitete schützend seine Arme um sie aus.

»Was ist das?«, fragte sie ängstlich und schaute dorthin, wo das Geräusch hergekommen war. Scheinbar aus dem Nichts hatte sich ein großes Loch in den Boden gegraben, aus dem eine Treppe in die Tiefe führte.

Kjell runzelte die Stirn, trat näher an den Schauplatz heran, doch Penelopé kam ihm zuvor.

»Nicht!«, warnte sie ihn. »Wer weiß, wohin der Weg führt! Ich werde …«

Wie vom Donner gerührt blieb sie stehen, erstarrte noch in der Bewegung. Ein Blick nach unten hatte ausgereicht, um ihr zu zeigen, dass es sich nicht um eine gewöhnliche Treppe handelte. Sobald Penelopé in das Loch schaute, sah sie …

»Brahmenien«, brach es aus ihr heraus.

Dort unten, am Grund des Lochs, erkannte sie die spitzen Türme des Palastes ihrer Heimat. Ein Kloß bildete sich in ihrer Kehle und vergrößerte sich, als sie Kjells Blick auffing.

»Ich habe das Rätsel gelöst«, erkannte die Prinzessin.

»Was? Aber wie?« Der Schneekönig strich sich durch die Haare und schob die Lippe vor. »Wir haben doch gar nichts gemacht und …«

»Doch«, erkannte Penelopé und lachte freudlos auf. »Wir haben uns gefunden und das war die ganze Zeit das Ziel. Wir waren zwei verirrte Seelen, die sich erst für die andere öffnen mussten. Zusammen entfachen wir Feuer und Schnee … und nun sind wir miteinander verbunden … weil ich dir mein Wort gegeben habe.«

Ihre Stimme brach.

Kjell sah noch immer verwirrt aus. »Das heißt, du gehst nun nach Hause? Du … Du hast es geschafft!«

Die Art und Weise, wie er ein Lächeln zustande brachte und sich für sie zu freuen versuchte, brach ihr das Herz.

»Kjell, ich …«, flüsterte Penelopé, drehte sich von der Treppe weg und sah ihm tief in die Augen. »Ich werde …«

»Geh nach Hause«, trug er ihr auf. »Finde deine Schwestern, sprich mit deinem Vater und leg der Hexe das Handwerk. Du hast eine Familie, die auf dich wartet.«

Unschlüssig sah die Prinzessin zwischen der Treppe und Kjell hin und her. Brahmenien bedeutete Sicherheit für sie, ein warmes Heim, Menschen, die sie liebten. Es bedeutete Erinnerungen, Kindheit. Aber hieß es nicht immer, dass man genau diese hinter sich lassen musste?

Entschieden reckte die Prinzessin den Kopf und nahm Kjells Hände in ihre. »Im Leben jedes Mädchens kommt irgendwann der Zeitpunkt, an dem es seine Familie verlässt und eine eigene gründet. An dem es selbstständig wird und sich aus altbekannten Strukturen löst.«

»Wenn du bei mir bleibst, wirst du deinen Vater vielleicht nie wiedersehen. Ebenso wenig wie deine Schwestern«, erinnerte Kjell sie. Die Traurigkeit eines ganzen Lebens schimmerte in seinen Augen.

Penelopé straffte die Schultern, sah ihn entschlossen an. »Und wenn ich die Treppe nehme und nach Brahmenien gehe, werde ich *dich* niemals wiedersehen. Das Loch wird sich schließen, wenn ich einmal hindurchgetreten bin. So funktioniert Magie.« Sie räusperte sich. »Außerdem braucht man mich hier. Zu Hause bin ich Prinzessin, hier nennt man mich Königin.«

Und als sie ihn ansah, erstarb jeder Zweifel in ihr. Gleichzeitig wurde sie an die vielen Dinge erinnert, die sich in den letzten Tagen ereignet hatten, während sie damit beschäftigt gewesen war, sie geflissentlich zu ignorieren. Doch all das ergab nun einen Sinn: Als sie am Marktplatz von Frigus in die Vorauswahl zurückbeordert wurde und doch einen Platz im magischen Schlitten ergattern konnte, als Vyris sie auf dem Dachboden nicht nach Hause schickte, sondern ihr eine zweite Chance gab, als Kjells Cousinen sie aus dem Wettbewerb werfen wollten, sie es aber doch schaffte, im Palast zu bleiben. All diese kleinen und großen Dinge waren ein Zeichen dafür, dass sie an Kjells Seite gehörte. Und genau dort wollte sie bleiben.

Penelopé atmete tief durch und stellte sich auf die Zehenspitzen, um den Größenunterschied zwischen sich und dem König wettzumachen. »Du bist es wert«, flüsterte sie und presste ihre Stirn gegen seine.

# 35

## Genevieve

Sie hatte gesehen, wie zwei der Mädchen noch in der Nacht in einen gigantischen Schlitten gestiegen waren und das Schloss verlassen hatten. Sie wusste, dass Penelopé als Einzige übrig war und seine Wahl auf ihre Schwester gefallen war.

»Tu nichts, was du später bereust«, warnte Libella sie zum wiederholten Male.

»Ich werde es bereuen, wenn ich es nicht tue«, hielt Genevieve dagegen und steckte den Dolch so tief in ihr Dekolleté, dass man seine vergiftete Spitze nicht mehr sehen konnte.

Sie selbst war gegen Gurana immun, das hatte sie mit einem Zauberspruch bewerkstelligt. Überhaupt kam es ihr vor, als ließe sich ihre Magie auf einmal viel einfacher einsetzen. Plötzlich musste sie nicht mehr über Sprüche und Formeln nachdenken, sie wohnten in ihr und sie musste nur danach greifen. Eine Entwicklung, die sie gleichzeitig erfreute und ängstigte.

Vor etwa fünf Minuten waren Kjell und Pale nach draußen gegangen. Genevieve wusste nicht, wie lange sie wegbleiben würden, aber sie musste die Chance nutzen. Auch wenn sie winzig klein war.

»Ich muss meine Schwester finden«, sagte sie zu Libella. »Kannst du mir ihr Zimmer zeigen?«

Die Schneeeule zögerte, dann breitete sie ihre Flügel aus. »Ich flehe dich an, tu nichts Unüberlegtes«, ließ sie erneut ihre Warnung verlauten, die an Genevieve abprallte wie Hagelkörner an einer Fensterscheibe.

Blindlings folgte sie Libella durch den Palast, Treppen hoch und Korridore entlang, bis sie vor einer schlichten Tür stehen blieb, die einen Spaltbreit offen stand.

Genevieve atmete tief durch, dann nickte sie Libella zu. »Ich danke dir, alte Freundin.«

Sie wartete nicht darauf, dass sich der Vogel entfernte. Mit zitternden Händen stieß sie die Tür auf.

Ihre Schwester stand vor einem kleinen runden Fenster, gekleidet in einen Traum aus weißer Seide. Genevieves Herz zog sich schmerzhaft zusammen. Erinnerungen prasselten auf sie ein und intensivierten sich, als Penelopé sich umdrehte, verwirrt blinzelte, die Augen aufriss und ihre Arme ausbreitete. Übermütig rannte sie auf sie zu, schloss sie in sich ein und presste ihr heißes Gesicht gegen ihr kaltes. Genevieve spürte ihre Tränen, die sich miteinander vermischten, roch ihren vertrauten Duft nach Sorglosigkeit und einem gemeinsamen Leben. Und sie war glücklich und traurig und froh und verbittert – und all das zur selben Zeit.

»Wo kommst du denn her?«, schluchzte Penelopé und presste sich enger an sie. »Die Nachricht … also war sie doch von dir …

Ich habe an dem Abend die Zeit vergessen und … daran gezweifelt, dass du es wirklich bist … Oh Ginny!« Sie schniefte an ihrem Haar, vergrub sich in ihrer Wärme.

Für einen Moment verschwand der Hass, der in Genevieve wütete. Die Zornesfalte auf ihrer Stirn glättete sich und ihr Herz öffnete sich wieder. »Ich habe dich so vermisst«, flüsterte sie und strich ihrer Schwester durch das dichte Haar. »Du weißt gar nicht, wie sehr du mir gefehlt hast.«

»Wie bist du hierhergekommen?«, fragte Penelopé neugierig. Mühsam löste sie sich aus ihrem Klammergriff und sah sie aus feuchten Augen an.

Das war der Moment, der Genevieve an ihren Plan erinnerte. Sie biss sich auf die Unterlippe. »Ich muss mit dir reden, Penny. Du schwebst in großer Gefahr. Wir müssen das Schloss sofort verlassen.« Eindringlich drückte sie die Hand ihrer Schwester, die sie nur verwirrt ansah. »Ich weiß, dass du dein Herz an den König verloren hast. Aber er ist nicht gut für dich, er ist ein Monster. Er hat dir seine wahre Seite noch nicht gezeigt, aber er …« Genevieve keuchte. »Er hat das schon Hunderte Male gemacht. Er bestellt Menschen in sein Schloss und tötet sie, nachdem er sie grausam gefoltert hat.« Panik lag in ihrer Stimme, die ihr das Sprechen erschwerte. »Du musst mit mir fliehen, und zwar jetzt!« Energisch zog sie an Penelopés Hand, doch ihre Schwester rührte sich nicht vom Fleck.

»Was redest du da?«, fragte sie verwirrt, schaute Genevieve an, als wäre sie einem Irrenhaus entflohen und nicht mehr Herr ihrer selbst.

»Kjell … der König … er ist böse. Es war nur eine List … Au!«

Ein scharfer Schmerz schoss durch ihren rechten Unterarm, der mit den vorherigen nicht zu vergleichen war. Für einen Moment wurde alles schwarz um sie herum.

»Ginny, was ist mit dir?«, hörte sie die panische Stimme ihrer Schwester. »Was ist los?«

Genevieve atmete mehrmals tief durch, dann konnte sie wieder sehen. »Wir müssen weg von hier, Penelopé«, rief sie verzweifelt. »Vergiss die Rätsel, sie sind zweitrangig. Du musst dich vor ihm verstecken! Kjell hat das Schloss eben verlassen, jetzt ist unsere Chance, zu entkommen.«

Ein Blitzen zuckte durch ihren Kopf, das sie aufheulen ließ. Ihr brach der Schweiß aus.

»Ginny, mein Gott, setz dich bitte! Was passiert mit dir?« Penelopé legte ihren Arm um ihre Schwester, aber Genevieve schüttelte ihn ab.

»Wir haben keine Zeit«, presste sie hervor. »Wir sind schon viel zu spät.« Ihre Finger verkrampften sich, ihr ganzer Körper fühlte sich taub an.

»Ginny, sieh mich an!«, bat Penelopé.

Einen Moment schaffte sie es, ihren Blick zu erwidern.

»Ich weiß nicht, was auf deiner Reise hierher mit dir passiert ist, aber du brauchst dringend etwas Schlaf. Du musst dich ausruhen und wieder zu Verstand kommen. Mach dir keine Gedanken um mich. Kjell ist der liebenswürdigste Mensch, den ich kenne. Er ...«

Ihre Augen wurden schwärmerisch, aber das, was sie sagte, bekam Genevieve nicht mehr mit. Unkontrolliert zuckten ihre Arme, ihre Finger ließen sich nicht mehr bewegen und ihre Brust stach so heftig, dass es sie fast in die Knie zwang.

»Du verstehst nichts ... Ihr alle versteht nichts!«, schrie sie. »Niemand glaubt mir, dabei habe ich mit eigenen Augen gesehen, zu was er fähig ist!«

Der Schmerz ließ sie auf den Boden fallen, doch Penelopé fing sie auf. Hielt sie fest.

»Du machst mir Angst! Du warst doch sonst nie so!« Panik stand in ihrem Blick geschrieben. »Wie kann ich dir helfen, Ginny?«

Doch sie hörte nicht hin. Ihr Blick hatte sich auf die Fensterscheibe geheftet, durch die sie die zwei Männer sah, die sich auf das Schloss zubewegten.

»Verdammt!«, fluchte sie. »Es ist zu spät, wir haben unsere Chance verspielt.« Zorn flackerte durch ihren Körper, der sie dazu brachte, mit dem Fuß auf dem Boden aufzustampfen.

Was sollte sie tun? Wie konnte sie ihre Schwester retten?

Ihr Kopf glich einer Ansammlung von Ungereimtheiten, als hätte ein Künstler ein Bild gemalt, von dem er selbst nicht mehr wusste, was es ausdrücken sollte. In ihr herrschte das blanke Chaos … bis es sich auf einmal lichtete und sie zum ersten Mal an diesem Tag klar denken ließ. Der Schmerz, der ihren Körper malträtiert hatte, verschwand augenblicklich.

Überrascht riss sie die Augen auf – und als sie auf ihre Hände hinabblickte, wusste sie auf einmal, was sie zu tun hatte. Jahrelang war es ihr ein Rätsel gewesen, wie sie ihre Magie einzusetzen hatte, nun kam ihr der Prozess natürlich vor, beinahe wie ein Teil von ihr. Genevieve atmete tief durch, dann hob sie die rechte Hand und richtete sie zielgenau auf ihre Schwester.

»Was tust du da?«, japste Penelopé und bewegte sich reflexartig weiter nach hinten.

Genevieve sammelte die dunkle Kraft in ihrem Inneren und ließ sie frei. Der magische Kraftschwall bannte Penelopé auf ihr Bett, drückte sie hart gegen die Matratze. Ranken wuchsen aus dem Boden, die sich um ihren Körper schlangen und sich ineinander verknoteten.

Binnen weniger Sekunden war ihre Schwester gefesselt. Genevieve zauberte eine letzte Ranke herbei, die sich um ihren Mund legte, sodass sie nicht nach Hilfe rufen konnte. Es brach ihr das Herz, Penny jegliche Freiheit zu rauben, aber es war nötig, um ihren Plan zu Ende zu führen.

Zuletzt setzte sie ihre Kräfte ein, um ein Duplikat von Penelopés Kleid und ihren Schuhen an ihren Körper zu zaubern und ihre Haare ihrer Frisur anzupassen. Der Dolch ruhte nach wie vor in ihrem Dekolleté.

Entschlossen drehte Genevieve sich um, rannte durch die Tür und ließ sie scheppernd zufallen. Nun durfte nichts mehr schiefgehen.

Die Prinzessin spürte, wie die dunkle Seite in ihr immer mächtiger wurde und jegliches Licht verbannte. Der Hass in ihr wuchs auf eine Größe an, die sie selbst nicht mehr kontrollieren konnte. Sie war eine Geißel ihrer Gefühle.

Hastig rannte sie die Treppe hinab, bis sie sich in der Eingangshalle wiederfand. Genevieve zwang sich, stehen zu bleiben und tief durchzuatmen. Sie erinnerte sich daran, dass der König ebenfalls Magie beherrschte und sie weitaus besser einzusetzen wusste als sie. Sie durfte es nun nicht vermasseln und daher war es so wichtig, dass sie nicht kopflos handelte.

Genevieve wischte sich den Schweiß von der Stirn. Wartete auf den Moment, in dem die großen Türen geöffnet wurden und die Zwillingsbrüder den Palast betraten. Sie wirkten ausgelassen, schienen guter Laune zu sein und scherzten miteinander. Auch Genevieve legte ein besonnenes Lächeln auf.

Nun musste sie alles auf eine Karte setzen. Sie wusste, wie ähnlich sie Penelopé sah und dass ein Fremder unmöglich einen Unterschied zwischen ihnen erkennen konnte. Und dennoch hatte Pale Zeit mit ihr verbracht und Kjell mit Penelopé. Hoffentlich würden seine magischen Kräfte nicht dazu beitragen, dass er ihr falsches Spiel entlarvte.

»Kjell«, rief sie freudig, als sie den König erkannte. »Wo warst du?« Leichtfüßig lief sie auf ihn zu, ihre Schritte hallten laut auf dem Schachbrettmuster wider.

Zufrieden nahm sie wahr, wie der Schneekönig sie anlächelte und in eine Umarmung zog, sobald sie bei ihm war. Sein Geruch löste einen Würgereiz in ihr aus, aber sie durfte dem Drang nicht nachgeben.

»Ich habe dich vermisst«, flüsterte sie an seinem hellen Haar und legte ihren Kopf an seine Schulter. Aus den Augenwinkeln sah sie Pale, der die Szenerie aus der Distanz, aber ohne Zweifel musterte. Genevieve löste sich von Kjell und strahlte. »Ich bin froh, dass du wieder da bist!«

Der König drückte ihre Hand, dann drehte er sich zu seinem Bruder um. Es war nur ein Moment, aber er genügte, um den Dolch aus ihrem Ausschnitt zu befördern.

»Darf ich dir die Königin über Prunaea vorstellen?«, fragte Kjell seinen Bruder.

Blitzschnell verbarg Genevieve den Dolch hinter ihrem Rücken und lächelte wieder.

»Penelopé hat es bis ganz ans Ende des Wettbewerbs geschafft. Doch nicht nur ich habe mich für sie entschieden, auch sie hat mir ihr Wort gegeben.« Kjell legte seine Hand auf Genevieves Schulter, was ihr eine Gänsehaut verursachte. Ihr Griff um den Dolch verstärkte sich.

Pales Blick traf ihren. Sein Gesicht, gerade noch offen und ihr zugewandt, verwandelte sich in eine Miene des Zweifels. »Das ist nicht Penelopé, Kjell«, erkannte er. »Das ist Ginny, ihre Zwillingsschwester.«

»Was?« Kjell sah ihn verwirrt an, wollte seinen Einwand als Lüge abtun.

Genevieve wusste, dass nun der Zeitpunkt gekommen war. Sie zog den Dolch hinter ihrem Rücken hervor, die Klinge blitzte silbern auf. »Meine Schwester bekommst du nicht!«, schrie sie, dann raste sie auf Kjell zu, dessen Mund sich zu einem Entsetzensschrei geöffnet hatte.

Pale sprang zwischen die beiden, stürzte sich auf Genevieve, warf sich mit aller Macht gegen sie und riss sie zu Boden. Die Prinzessin schaffte es, den Dolch erhoben zu halten, sodass er nicht an Kjells Stelle seinen Bruder verletzte. Wütend knurrte sie Pale an, der sie im Klammergriff hielt.

Sie trat nach allen Richtungen, wand sich wie ein wildes Tier und biss ihm in den Arm. Jaulend ließ er sie los, nur für eine Sekunde, doch es genügte, dass Genevieve sich auf die Beine kämpfte und Kjell in Augenschein nahm. Er war ein paar Schritte nach hinten gestolpert, befand sich aber immer noch in ihrer Reichweite.

Genevieve brüllte, erhob den Dolch und raste wie eine Wahnsinnige auf ihn zu. Sie konnte nicht mehr denken, wurde nur von niederen Instinkten geleitet.

Kjell machte eine Drehung nach rechts, wich ihr geschickt aus. Wie ein Echo hallten Pales Schritte in ihren Ohren wider. Er war ihr dicht auf den Fersen. Genevieve preschte nach vorn, visierte die marmorne Säule an, hinter der sich Kjell zu verstecken suchte. Ein böses Lachen drang durch ihren Körper.

»Dieses Mal entkommst du mir nicht«, grollte sie und setzte zum Sprung an, doch Pale bekam sie abermals von hinten zu fassen.

Genevieve aber war schneller, wand sich aus seinem Griff. Wie eine Furie stürzte sie auf den Schneekönig zu, der verwirrt die Augenbrauen hob und nicht recht wusste, wie er die Situation einschätzen sollte. Voller Genugtuung nahm die Prinzessin wahr, dass er keine Waffe bei sich trug und auch sonst völlig ungeschützt war. Sie wurde schneller, hatte den König beinahe erreicht. Dieser jedoch wich ihr geschickt aus, lief an ihr vorbei und suchte in einem der Zimmer Deckung. Blitzschnell hatte er die Tür hinter sich zugezogen und von innen verriegelt, sodass Genevieve nur wütend an der Klinke rütteln konnte.

»Was zur Hölle tust du da?«, drang Pales Stimme zu ihr durch. Er war ihr ganz nah, aber sie registrierte ihn kaum.

Stattdessen hob sie die freie Hand, die nicht den Dolch umklammert hielt, und beschwor schwarze Funken hervor, die sich zu einem dichten Nebel formten.

»Ginny!«, schrie Pale. »Wer macht das mit dir? Das bist nicht du! Ginny, du musst aufhören!«

Die Prinzessin kniff die Augen zusammen, visierte das helle Holz der Tür an und schleuderte den Nebel zielsicher dagegen. Ein großes Loch bohrte sich in die Maserung, durch das sie steigen konnte. Sie lächelte böse, als sie Kjell erkannte, der ihr nun nicht mehr weglaufen konnte. Noch schien er keine Angst vor ihr zu haben, er stand aufrecht und blickte kühn, aber das würde noch kommen.

Wo waren seine magischen Kräfte nun? Schallend lachte sie und legte den Kopf in den Nacken. Er war ihr hilflos ausgeliefert – und der Dolch würde sein Übriges tun. Gegen dieses Gift wären seine Kräfte immun. Nichts und niemand würde ihren Plan vereiteln.

»Ginny, das bist nicht du!«, schrie Pale. »Lass nicht zu, dass die dunkle Seite ein Teil von dir wird!«

Aber genau das war längst geschehen. Finsternis hatte sich in ihrem Kopf gesammelt und staute sich immer weiter an, bis kein Platz mehr für das Licht blieb. Bis alles schwarz wurde und sie nur noch aus Hass bestand.

Siegessicher trat sie auf den König zu und versiegelte die Tür hinter ihr mit einem magischen Spruch, sodass niemand sie aufhalten konnte. Sie genoss es, die Angst in seinen weißen Augen zu sehen. Genoss die Schweißtropfen, die sich auf seiner Stirn sammelten und auf den Boden tropften. Je mehr er sich fürchtete, desto größer fühlte sie sich.

»Ich weiß, was du getan hast!«, grollte sie und machte zwei Schritte auf den zitternden König zu. »Ich habe es mit meinen eigenen Augen gesehen. Du magst deinen Bruder belügen können, vielleicht auch meine Schwester, aber nicht mich. Ich kenne deine schwarze Seele!«

Unendliche Macht flutete durch sie hindurch, ließ sie wachsen und sich unbezwingbar fühlen. Genevieve lachte, dann machte sie einen weiteren Schritt auf den König zu. Sie war ihm nun so nahe, dass sie seine Angst riechen konnte. Und genau das wollte sie. Er sollte sich vor ihr verneigen!

Pale hörte sie schon lange nicht mehr und auch alle anderen Geräusche hatte sie ausgeblendet. Wie gut es sich anfühlte, Kjell in Furcht zu wissen. Wie berauschend es war, ihn zu überwältigen.

»Das ist für alle, die du getötet hast! Für alle, die wegen dir ihr Leben lassen mussten! Es ist für die Frauen, die Männer und Kinder, die wegen dir …«

»GINNY!«

In der Bewegung hielt sie inne, ihr Kopf ruckte herum.

»Ginny, du darfst das nicht tun!«

Penelopé! Wie war sie freigekommen?

Wütend mahlte Genevieve mit den Zähnen. Sie sollte die Sache lieber schnell zu Ende bringen.

»Du bist stärker als die Dunkelheit, du musst ihr widerstehen!«

Penelopés Stimme drang ihr durch Mark und Bein, lähmte ihren Körper und machte sie für einen Moment bewegungsunfähig.

»Das bist nicht du! Jemand hat von dir Besitz ergriffen! Du musst stark sein, du darfst nicht nachgeben!«

Als Genevieve sich abermals umdrehte, war die Versiegelung der Tür nicht mehr intakt. Das klaffende Loch zeigte sich, durch das Pale und Penelopé sie voller Angst ansahen. Offensichtlich hatte er ihre Schwester von den Ranken befreien können. Blankes Entsetzen spiegelte sich auf Penelopés Gesicht wider. Ihr Blick war irgendwo zwischen Unglauben und Furcht angesiedelt.

Genevieve hatte nie gewollt, dass ihre Schwester so von ihren magischen Kräften erfuhr. Am liebsten hätte sie die Besonderheit auf ewig vor ihr verschwiegen. Aber dafür war es zu spät, ihre zweite Identität ließ sich nicht mehr leugnen.

Genevieve knurrte. »Lasst mich meine Sache zu Ende bringen … oder ihr seid die Nächsten!«

Blitzschnell wirbelte sie herum, umfasste den Dolch fester und fixierte Kjell, der noch immer hinter dem Tisch kauerte. Seine Augen waren vor Angst weit aufgerissen.

»Denk an Mutter!«, schrie Penelopé. »Denk an ihr Licht, an ihre Güte, denk an die Dinge, die sie über die Finsternis gesagt hat! Wir alle treffen unsere Entscheidungen selbst. Wir können im Licht bleiben, wenn wir es nur wollen!«

Genevieve atmete tief ein und aus. »Um das Licht zu erlangen, muss man die Dunkelheit besiegen«, knurrte sie und rannte auf Kjell zu.

Die Dolchspitze berührte beinahe seine Nasenspitze, da bildete sich ein Licht neben der Prinzessin, das so hell war, dass sie die Augen zusammenkneifen und blinzeln musste. Der helle Schein drang durch den ganzen Raum, machte sie blind.

Genevieve hörte Penelopé keuchen. Endlich erkannte auch sie etwas. Aus dem Schein, der das ganze Zimmer erfüllte, trat eine Gestalt, die in ein wallendes weißes Kleid gehüllt war und das gleiche rote Haar hatte wie die Zwillinge. Die Mimik der Frau war sanft und geduldig, der Körper schlank, aber nicht drahtig.

»Mutter!«, schrie Penelopé, lief auf sie zu und umarmte sie.

Genevieve, die nicht glauben konnte, was sie sah, hielt Abstand, konnte aber den Blick nicht von ihrer Mutter abwenden.

Die Königin über Brahmenien legte einen Arm um Penelopé, dann trat sie auf ihre andere Tochter zu und strich ihr vorsichtig über die Wange. Die Berührung, nach der sich Genevieve so sehr gesehnt hatte, ließ eine Träne aus ihrem rechten Augenwinkel purzeln.

»Mein Kind«, sagte ihre Mutter, in deren Augen so viel Licht lag, dass es alle Dunkelheit vertrieb. »Ich habe dir eine schwere Bürde mit auf den Weg gegeben, aber ich bereue es nicht. Du bist stark genug, gegen die Finsternis anzukämpfen. Stark genug, deinen eigenen Weg zu gehen und das Licht in dir zu finden.«

»Mama«, flüsterte Genevieve. Der Dolch fiel ihr aus der Hand und landete mit einem lauten Knall auf dem Boden.

Die Königin streckte ihren freien Arm aus, Genevieve vergrub ihr Gesicht an ihrer Schulter. »Mein liebes Kind, auch wenn es mich in deiner Welt nicht mehr gibt, werde ich immer bei dir sein und immer auf dich aufpassen. Du musst keine Angst haben, denn mein Schutz ist stets bei dir.«

Ihre Mutter roch nach Liebe und Geborgenheit, nach einem Zuhause, das sie verloren hatte.

»Ich … schaffe das nicht«, flüsterte Genevieve. »Die Dunkelheit ist so stark.«

Die Königin ließ ihre Töchter los und stellte sich so vor Genevieve hin, dass sie sie anschauen konnte. »Du bist stärker, mein Kind. Ich hätte dir diese Aufgabe nicht gegeben, wenn ich mir nicht absolut sicher gewesen wäre, dass du imstande bist, sie zu erfüllen.« Kleine Fältchen bildeten sich um ihre Augen, als sie lächelte. Dann aber verdunkelte sich ihre Miene. »Ich bin jederzeit bei dir, doch du selbst musst es sein, die die Dunkelheit negiert. Diese Entscheidung kann ich für dich nicht treffen.«

Genevieve schluckte und blickte auf den vergifteten Dolch, der auf dem Boden lag. »Mama«, stammelte sie, verschlang die Finger ineinander und ließ sie wieder los. »Ich muss Penelopé beschützen. Der König … Er ist ein Monster!« Sie drehte sich zu Kjell um, der das Spektakel sprachlos musterte.

Genevieve wartete auf den Schmerz, der ihre Adern durchzuckte, wann immer sie den Monarchen ansah, aber ihr Körper blieb ruhig. Verwirrt zog die Prinzessin die Augenbrauen zusammen und betrachtete Kjell, als würde sie ihn zum ersten Mal wirklich wahrnehmen.

»Schau ihn dir an«, trug ihre Mutter ihr auf. »Wie viel ist von dem Monster, das du in ihm zu sehen glaubtest, noch übrig?«

»Aber ... Aber ...«, beteuerte Genevieve. »Ich habe doch gesehen, was er getan hat. Ich ...« Überfordert blickte sie erst ihre Mutter, dann den Schneekönig an.

Die Königin machte ein bekümmertes Gesicht. »Das warst nicht du, mein Kind. Nicht du hast es gesehen, die böse Macht in dir hat es dir gezeigt. Rania war es. Sie hat sich im Labyrinth in dir eingenistet und dich dominiert. Sie hat dich halluzinieren und Sachen sehen lassen, die es nicht gibt.«

»Was?« Genevieve klappte die Kinnlade herunter, während sie ihre Mutter fassungslos ansah. »Bedeutet das ...?«

Die Königin schüttelte den Kopf, brachte sie damit zum Schweigen. »Meine Zeit in dieser Welt ist begrenzt, ich muss nun zurück. Etwas Böses ist in dir, das du unbedingt loswerden musst.« Sie legte ihre Hände an Genevieves erkaltete Wangen und sah sie eindringlich an. »Ich glaube an dich, mein Kind. Ich liebe dich über alles – dich und deine Schwestern.«

Voller Liebe breitete die Königin ihre Arme aus und schloss die Zwillinge fest in ihnen ein.

»Wohin gehst du? Wieso lässt du uns allein?«, schluchzte Penelopé.

»Ich brauche dich«, kam es von Genevieve.

»Ihr seid stark ohne mich – auch wenn ich immer über euch wachen werde. Doch in dieser Welt gibt es keinen Platz mehr für mich.«

Genevieve spürte, wie der Körper ihrer Mutter immer durchlässiger wurde und schließlich gar keine Substanz mehr hatte, an der sie sich festhalten konnte. Das Licht erstarb, sie stolperte nach vorn und fand Halt an einem hölzernen Regal.

Der Schmerz, der in ihren Adern tobte, war wieder da, aber nicht groß genug, um abermals die Kontrolle über sie zu bekommen. Genevieve keuchte, dann drehte sie sich um. Pale stand vor der Tür und musterte sie mit einer Mischung aus Angst und Neugierde. Ihr Blick glitt zu Kjell, der hinter dem Tisch hervorgetreten war und sich an Penelopés freie Seite stellte.

Genevieves Herz klopfte unkontrolliert, tausend Gedanken schossen durch ihren Kopf. Noch immer spürte sie die Dunkelheit in sich. Sie war nicht verschwunden, aber auf ein erträgliches Maß zurückgegangen. Es fiel ihr leichter, klarer zu sehen. Und was sie sah, war ein einsamer Mann, der ihre Schwester voller Liebe musterte und dessen Arm so eng um ihre Hüfte geschlungen war, dass er sie vor allem Bösen dieser Welt beschützen wollte.

Das Böse, das erkannte Genevieve in diesem Moment, das war sie. Aber das wollte sie nicht sein.

Abermals blickte sie auf den Dolch, der auf dem Boden lag. Hatte er sie eben noch angezogen, widerte er sie nun an. Der Gedanke an ihre Mutter verlieh ihr alle Kraft, die sie benötigte. Der Gedanke an ihre Mutter … und Pale, der langsam einen Schritt auf sie zutrat und ihre Hand ergriff.

»Ich wusste, dass du es schaffst«, flüsterte er und wollte sie in seine Arme schließen, doch sie wich zurück.

»Noch habe ich es nicht geschafft. Aber ich werde es«, verkündete sie.

# 36

## Penelopé

Genevieve schloss die Augen und breitete ihre Arme aus. Das Band an ihrem Handgelenk leuchtete hell auf, ein Zittern drang durch ihren Körper, gefolgt von einem Beben und Poltern. Die Prinzessin sah, wie sich das Gesicht ihrer Schwester schmerzhaft verzog und Tränen ihre Wangen hinabliefen. Ihr Körper wurde von Schluchzern geschüttelt, während sie verzweifelt die Lippen aufeinanderpresste.

»Ginny!«, schrie Penelopé und wollte auf ihre Schwester zulaufen, doch die Angst hielt sie zurück. Es schien, als hätte eine dunkle Kraft Macht von Genevieve ergriffen.

Ihre Schwester bäumte sich vor Schmerzen auf und schrie so elendig, dass Penelopé es kaum ertrug. Aus aufgerissenen Augen sah sie, wie sich Nebel im Raum manifestierte und Genevieve in seinen Schwaden einschloss. Für einen Moment waren nur noch ihre Schemen zu erkennen, dann verschwand sie ganz.

»Was passiert mit ihr?«, quiekte Penelopé zitternd. »Ginny!«

Als sich der Nebel lichtete, war Genevieve von einem hellen Licht umgeben. Ein Lächeln lag auf ihren Lippen, das in ein Strahlen überging und einen Teil von Penelopés Angst vertrieb.

»Ich befördere mich selbst zurück ins Licht«, sprach Genevieve sicher. »Ich möchte kein Teil der Dunkelheit mehr sein!«

Blitze zuckten durch ihren Körper, Genevieve wand sich und schwankte, bis sie in sich zusammenbrach.

Penelopé sprang nach vorn, wollte ihre Schwester vor dem Fallen retten, aber sie lag bereits auf dem Boden. »Ginny!«, rief sie in Panik und rüttelte an der Schulter ihrer Schwester, die sich nicht mehr rührte.

Als ein Zischen an Penelopés Ohren drang, schreckte sie zurück. Schwarzer Nebel waberte vor ihr, bündelte sich in der Luft und formte die Silhouette einer Gestalt.

Ranias Gesicht zeigte sich nur für den Bruchteil einer Sekunde, aber es genügte, um Penelopé eine Heidenangst einzujagen und sie begreifen zu lassen, dass es ihre böse Stiefmutter gewesen war, die die ganze Zeit in Genevieve gesteckt hatte. Die sie auf die dunkle Seite ziehen wollte und es beinahe geschafft hätte.

Kjell sog scharf die Luft ein.

Pale sank auf den Boden und strich Genevieve beruhigend über das rote Haar. »Es ist vorbei«, flüsterte er. »Du hast es geschafft.« Zärtlich presste er seine Lippen auf ihre Wange.

Nur wenige Sekunden später schlug die Prinzessin die Augen auf. Ihr Blick war zunächst verwirrt, dann aber lächelte sie. Mit Pales Hilfe richtete sie sich auf und auch Kjell gesellte sich zu ihr.

»Es war Rania«, brach es aus Penelopé heraus. »Ein Teil von ihr war in dir drin und hat versucht, dich zu kontrollieren.«

Genevieve presste sich die Hand gegen den Mund. Ihr Gesicht war aschfahl und sie zitterte am ganzen Körper.

Bedeutungsschwer sah Pale zuerst die beiden Prinzessinnen, dann seinen Bruder an. »Ich glaube, ich weiß nun, warum sich der Feind nach dem Labyrinth vor dir verneigt hat. »

Genevieve sah ihn verwundert an und Pale fuhr sich durch die Haare. Er sah zerknirscht aus und wollte zunächst nicht mit der Sprache herausrücken.

»Ich glaube, den Grund zu kennen. Du selbst warst der Feind, Genevieve. Du selbst bist gekommen, um meinen Bruder zu töten. Deswegen stand das grausame Wesen auf deiner Seite, deswegen hat es dir seinen Respekt gezollt.«

»Was? Ich verstehe nicht ...«, stammelte die Prinzessin.

Penelopé legte einen Arm um ihre Schultern und zog sie zu sich heran, weil es aussah, als würde sie jeden Moment umkippen. Mütterlich strich sie ihr über die kalten Wangen.

»Rania hat dich beherrscht und dich zu unserem größten Feind gemacht, den die Geschichte schon vor vielen hundert Jahren vorhergesagt hat. Doch du hast es geschafft, dich ihr zu widersetzen.« Stolz flackerte in Pales Augen. »Dadurch ist der Feind vielleicht nicht für immer gebannt und möglicherweise warst du nur eine Version von ihm, aber für den Moment hast du es geschafft, indem du der bösen Macht widerstehen konntest.«

Genevieve schüttelte betrübt den Kopf, Sorgen hatten sich wie tiefe Furchen auf ihr Gesicht gegraben. »Das alles, was ich getan habe, tut mir so schrecklich leid«, beteuerte sie. Es war Kjells Blick, den sie suchte. So gut es ihr möglich war, streckte sie ihre

Hand nach ihm aus. »Ich war nicht ich selbst und ich schäme mich für mein Verhalten. Keine Entschuldigung macht das wett, was ich imstande gewesen wäre, zu tun, aber …«

»Du musst mich nicht um Verzeihung bitten«, schnitt der Schneekönig ihr das Wort ab und ergriff ihre Hand. »Du kannst nichts dafür. Die Finsternis ist tückisch und wir gehen schneller in ihr verloren, als wir denken. Ich habe großen Respekt vor dir, dass du es geschafft hast.« Sein Lächeln war aufrichtig, dennoch presste Genevieve die Lippen aufeinander.

»Ich hätte dich fast getötet«, murmelte sie und schüttelte den Kopf, so als könnte sie das, was beinahe geschehen war, selbst nicht fassen.

»Richtig«, sagte Penelopé. »Du hättest ihn *fast* getötet. Rania hätte dich *fast* bekommen. Du wärest *fast* ein Teil der Dunkelheit geworden. Aber nichts davon ist je passiert, Ginny, und genau das ist es, auf das wir uns besinnen sollten.«

Penelopé war über die Maßen froh, ihre Schwester wiederzuhaben, und dennoch kam es ihr vor, als blickte sie in das grüne Augenpaar eines anderen Menschen. Stets hatte sie gedacht, Genevieve am allerbesten zu kennen, und doch war ihr nie aufgefallen oder überhaupt in den Sinn gekommen, dass sie magische Kräfte beherrschte.

Ihre Schwester hob den Blick. »Ich habe dich so sehr vermisst, Penny. So sehr.« Tränen sammelten sich in ihren Augen. »Ich werde den Fluch niemals brechen können. Mein Rätsel verlangt, dass ich Kjell töte … aber das werde ich niemals tun. Es wäre schlichtweg falsch.« Mit der rechten Hand wischte sie sich über das feuchte Gesicht. Penelopé wurde von einer tiefen Liebe ergriffen. »Aber nur weil es mir nicht gelungen ist, muss nicht das Gleiche für dich gelten. Wir werden noch einmal neu anfangen, als Schwestern, und zusammen schaffen wir es, hinter die Worte deines Rätsels zu kommen. Ich bin mir sicher, dass ... Was ist los, Penny?« Genevieve hielt inne und sah ihre Schwester aufmerksam an.

»Ich muss dir etwas zeigen, Ginny«, sagte Penelopé mit schwerer Stimme und wechselte einen Blick mit Kjell. »Kannst du laufen?«

Mit Pales Hilfe zog sie ihre Schwester hoch und schlang ihren Arm um Genevieves Taille. Langsam führte sie sie aus dem Zimmer heraus, durch den Flur, bis in den Raum, in dem sich das Loch gebildet und die Treppe gezeigt hatte.

»Ich habe mein Rätsel heute Morgen gelöst«, gestand sie ihrer Schwester, als sie vor der Spalte standen, die das Zimmer in zwei Hälften teilte.

Verwirrung zeichnete sich auf Genevieves Gesicht ab, aber nur so lange, bis sie näher auf das Loch zuging und sich Brahmeniens Silhouette vor ihrem Sichtfeld bildete. Penelopé sah, wie ihre Schwester sich die Hand vor den Mund presste.

»Du hast es geschafft?«, hauchte sie fassungslos. »Aber ... wie?«

Penelopé, die beim Anblick ihres Heimatlandes traurig wurde, zog Genevieve zu dem roten Sofa, das links neben dem Kamin stand. »Mein Rätsel bestand darin, mich in den König zu verlieben und mich für ihn zu entscheiden. Das habe ich geschafft.«

Genevieve runzelte die Stirn. »Das heißt, deine Gefühle für ihn sind nur entstanden, damit du das Rätsel lösen konntest?«

Betrübt lächelte Penelopé. »Nicht im Geringsten. Ich hatte ja nicht einmal eine Ahnung, worum es in dem Rätsel ging. Verliebt habe ich mich dennoch in Kjell. Leidenschaftlich und unwiderruflich.«

»Aber …« Ihre Schwester rückte näher an sie heran. »Was wirst du tun, wenn du zurück in Brahmenien bist? Ich habe zu Hause nie etwas von Prunaea gehört und bin mir nicht einmal sicher, ob dieser Ort überhaupt in unserer Welt liegt …« Sie verstummte.

Penelopé fuhr sich durch die Haare. Nun war der Moment gekommen, vor dem sie sich die ganze Zeit insgeheim gefürchtet hatte, weil sie wusste, dass er unweigerlich bevorstand. »Ginny«, flüsterte sie und wurde von Liebe für ihre Schwester erfüllt. Nie zuvor hatte sie sich einem Menschen so nah gefühlt, keine andere Person wusste so viel über sie. Das, was sie tat, würde ihr das Herz brechen … und dennoch war es nötig.

Die Stille um sie herum schien mit Händen greifbar, weswegen ihre Worte umso lauter tönten.

»Ich werde nicht nach Brahmenien zurückkehren«, eröffnete sie ihr. »Ich werde bei Kjell bleiben und die nächste Schneekönigin sein.«

Früher war ihre Zwillingsschwester ihr wie ein offenes Buch vorgekommen, nun aber wurde sie aus ihrem Blick nicht schlau.

»Das … meinst du nicht ernst«, war das Erste, das über Genevieves rote Lippen kam. »Wir haben einen Weg gefunden, nach Hause zu kommen, und du willst lieber hierbleiben? Vermisst du Vater gar nicht? Und was ist mit unseren Schwestern? Es könnte sein, dass sie mittlerweile zu Hause sind …«

»Sie fehlen mir wahnsinnig«, unterbrach Penelopé sie und rutschte näher an Genevieve heran. »Sie fehlen mir jeden Tag, in jeder wachen und schlafenden Stunde. Ich denke unablässig an sie.«

»Wieso willst du dann hierbleiben?« Ihre Stimme bebte, ebenso wie ihre Lippen.

»Weil ich meine Zukunft an Kjells Seite sehe. Weil ich spüre, dass es meine Bestimmung ist, über dieses Land zu regieren und ihm zu neuer Schönheit zu verhelfen.«

»Aber …«

Penelopé schluckte. »Ich habe diesen Fluch gehasst. Die ganze vermaledeite Zeit, in der ich nicht weitergekommen bin. Ich habe mein Leben verteufelt. Aber dann kam Kjell. Und er hat … alles geändert. Du musst mir glauben, dass ich Rania mit jeder Faser meines Körpers hasse, aber ihr Fluch war es, der sich für mich in einen Segen verwandelt hat.«

Lange Zeit sagte Genevieve nichts, dann räusperte sie sich. »Weißt du, ich habe mir immer gewünscht, dass du so glücklich wie möglich wirst. Dass die Sonne in deinem Leben scheint. Ich habe mir genau diesen Moment vorgestellt, in dem du mir erzählst, dass du deinen Zukünftigen gefunden hast und wie glücklich du mit ihm bist. Und Penny, ich freue mich für dich. Ich freue mich grenzenlos und über die Maßen, aber es ist auch ein weinendes Auge, das dich ansieht.«

Penelopé nickte. Nur zu gut konnte sie den Schmerz ihrer Schwester nachvollziehen, war er ihrem eigenen doch so ähnlich.

»Ich liebe alle unsere Schwestern, aber keine kann mir je so nahestehen wie du«, fuhr Ginny fort. »Das Band, das uns verbindet, ist so stark, dass …«

»Dass niemand es zerreißen kann«, vervollständigte Penelopé ihren Satz. Sie stand vom Sofa auf und kniete sich vor Genevieve. Flehend sah sie ihr in die Augen. »Und deswegen wird uns auch niemand trennen. Egal, wo du bist, egal, was du tust, ich werde immer bei dir sein, auch wenn wir uns nicht am selben Ort befinden.«

Genevieve schluchzte. »Also wird es wie bei Mutter sein?«

Penelopé schüttelte den Kopf, auch wenn der Gedanke an die Königin sie verunsicherte. Es hatte lange gedauert, bis sie mit ihrem Tod klargekommen war – und nun schien es so, als würde es sie noch irgendwo geben, an einem anderen Ort, fernab von allen, die sie erreichen konnten.

»Ich weiß nicht genau, was mit Mutter ist«, fing sie mit schwerer Stimme an. »Aber ich bin nicht tot. Mir geht es gut, ich stehe in der Blüte meines Lebens und …«

Genevieve presste sich die Hand vor den Mund, konnte ihre Gefühle nicht mehr zurückhalten. »Und dennoch fühlt es sich so an, als würde ich dich verlieren.« Sie zog ihre Nase hoch. »Ich will dich in deiner Entscheidung nicht beeinflussen, ich will sie nicht schlechtreden, aber kommst du mit all dem klar? Die Einsamkeit wird dich nicht nur einige Monate begleiten, sondern dein ganzes Leben lang. Du wirst nie wieder etwas anderes sehen als den Schnee. Dir wird immer kalt sein.« Genevieve brach ab, weil sie von einem Weinkrampf erschüttert wurde.

Penelopé legte ihr eine Hand auf die Schulter. »Ich werde nicht allein sein, Ginny«, beharrte sie. »Ich habe jemanden an meiner Seite, der die Einsamkeit aus meinem Herzen bannt.«

Ihre Schwester nickte, aber der Zweifel hielt ihre Mimik weiterhin in Schach. »Und wenn er mitkommt? Er ist ein König, unser Vater wird also nichts dagegen haben und …« Als sie sah, wie Penelopé den Kopf schüttelte, brach sie ab.

»Kjell hat ein Land, über das er regieren muss. Er ist durch ein Versprechen an Prunaea gebunden. Wenn es ihn nicht gibt, wird das Land nicht weiter existieren.«

»Auch nicht, wenn der Feind vernichtet ist?«, griff Genevieve nach dem letzten Strohhalm.

Penelopé zog die Schultern hoch. »Ganz unter uns: Kjell würde an einem anderen Ort nicht glücklich werden. Er ist hier aufgewachsen, er kennt nur den Winter und auch wenn er sich nach anderen Orten sehnt und diese gern erkunden würde, hängt sein Herz an Prunaea. Und meins an ihm.« Aufmunternd lächelte sie ihre Schwester an und endlich nickte Genevieve.

»Ich werde deine Entscheidung weder beeinflussen noch hinterfragen«, bestätigte sie. »Aber du wirst mir unendlich fehlen.«

Ein gigantischer Kloß entstand in Penelopés Kehle, ein Engegefühl lähmte ihre Atmung. Man hatte sie nicht für einen Moment wie diesen geschaffen. Und weil sie noch nicht bereit war, sich dem Ganzen zu stellen, schluckte sie ihre Angst herunter und sprach etwas an, das ihr aufgefallen war.

»Was ist mit dir, Ginny? Es sieht aus, als ob auch du jemanden kennengelernt hättest.« Ihr Lächeln misslang gründlich, aber das kümmerte sie nicht. Umso mehr interessierte sie der Ausdruck auf dem Gesicht ihrer Schwester, der irgendwo zwischen Trauer und Freude angesiedelt war.

Sie legte den Kopf in den Nacken. »Ein wenig grotesk ist das Ganze ja schon. Wir verlieben uns ausgerechnet in Zwillinge.«

»Verlieben?« Penelopé spitzte die Ohren, stand wieder auf und setzte sich neben ihre Schwester. »Hast du *verlieben* gesagt?«

»Das habe ich«, gab Genevieve zu. »Und genau das ist es auch. Eine Liebelei. Wenn ich ihn sehe, schlägt mein Herz, wenn ich an ihn denke, wird mir warm, aber es ist keine Liebe. Wir sind nicht miteinander verbunden, unsere Seelen nicht verwandt.«

»Und doch würdest du ihn gern küssen?«, spaßte Penelopé und stieß ihre Schwester neckend in die Seite.

»Oh, ich habe ihn geküsst«, eröffnete Ginny ihr. »Mehr als einmal. Genau das ist die Art und Weise, wie wir miteinander umgehen. Wenn es schwierig wird, küssen wir uns, weil wir dann zumindest nicht über unsere Probleme sprechen müssen.« Sie lachte. »Ich kann auch nicht verhehlen, dass ich ihn vermissen werde und an langen Abenden in Brahmenien den Gedanken an ihn nicht scheue. Aber das ist es. Das und nicht mehr.«

»Er schien mir einen sympathischen Eindruck zu machen«, sagte Penelopé.

Genevieve nickte. »Er ist sympathisch. Sympathisch und freundlich, großzügig und mutig. Er hat alle Eigenschaften, die es braucht, um ihn perfekt zu machen. Und dennoch glaube ich, dass er im Grunde seines Herzens allein bleiben will. Er kennt es nicht anders – und es scheint ihm zu gefallen.« Ihr Lächeln hatte etwas Schwermütiges.

Penelopé drückte ihre Hand. »Wenn du nach Hause kommst, sag Vater, dass ich ihn liebe. Dass es nie meine Absicht war, ihn zu verletzen, auch wenn ich genau das nun tue. Mach ihm meine Gründe verständlich, ohne ihn zu erzürnen. Und wenn du unsere Schwestern siehst, falls sie den Fluch gebrochen haben, sag auch ihnen, wie sehr ich sie liebe und dass sie für immer ein Teil von mir sein werden.«

Nun konnte sie nicht mehr gegen die Tränen ankämpfen. Wie Sturzbäche rannen sie ihre Wangen hinab. Früher hatte die

Prinzessin Weinen immer mit Befreiung verbunden, nun schmerzte es nur noch.

Genevieve breitete die Arme um ihre Schwester aus und strich ihr beruhigend über den Rücken. »Ich werde es ihnen ausrichten. Und ich werde ihnen von unserer Geschichte erzählen und dem Abenteuer, das wir erlebt haben.«

»Mir ist noch nie etwas so schwergefallen«, flüsterte Penelopé. »Noch nie hat etwas so wehgetan.«

Genevieve drückte sie enger an sich und hauchte ihr einen Kuss auf die Stirn. »Es tut nur so weh, weil wir einander so sehr lieben. Nur wer Liebe empfindet, kann auch Schmerz empfangen.«

Penelopé legte den Kopf auf Genevieves Schulter. Kein Körper war ihr so vertraut, kein Duft so bekannt. Würde irgendwann der Tag kommen, an dem sie nicht mehr wüsste, wie Ginny sich anfühlte? Der Gedanke zog ihr den Boden unter den Füßen weg und ließ sie erzittern.

»Pssst …«, flüsterte Ginny. »Es wird alles wieder gut.«

Penelopé wollte so sehr daran glauben, aber es fiel ihr schwer.

»Wir werden uns nie wiedersehen«, flüsterte sie – und die bittere Wahrheit auszusprechen war weitaus schlimmer, als sie lediglich wie ein Hirngespinst im Kopf mit sich herumzutragen. »Es ist beinahe unmöglich, den Eispalast zu erreichen, und wenn du wieder in Brahmenien bist, weiß ich gar nicht, ob du diese Welt überhaupt finden kannst.«

Penelopé merkte, wie Genevieve sich aufrecht hinsetzte und sich dann langsam von ihr löste. »Ich gebe dir ein Versprechen, PenPen«, sagte sie, benutzte den Namen, den sie in ihrer Kindheit hatte etablieren wollen, weil ihr Penelopé für ein kleines Mädchen viel zu steif erschien. »Du weißt nun, dass ich … magische Kräfte besitze. Ich bin nicht gut darin, sie einzusetzen, aber ich lerne mit jedem Tag dazu. Magie kann Zeit und Raum außer Kraft setzen. Ich verspreche dir, dass ich alles daransetzen werde, dich wiederzusehen.«

Penelopé wollte etwas sagen, aber Ginny hob mahnend den Zeigefinger.

»Ich werde nicht ruhen, ehe ich eine Möglichkeit gefunden habe, dich wiederzusehen. Das verspreche ich dir!«

Aus tränennassen Augen sah Penny sie an. »Ich hab dich so lieb, Ginny.«

Genevieve, der es weitaus besser gelang, die Fassung zu wahren, nickte. »Ich werde auch versuchen, der Sache mit Mutter auf den Grund zu gehen. Auch wenn wir damals ihren leiblichen Körper sterben sahen, scheint ein Teil von ihr noch lebendig. Ich werde mein Bestes geben, herauszufinden, was wirklich mit ihr ist.«

»Diese … Kräfte«, fiel es Penelopé ein. »Woher kommen sie? Hast du sie von der Kräuterfrau, die du als Kind immer besucht hast?«

Sie erinnerte sich an den Moment, in dem sie Genevieve hatte zaubern sehen, und ein Frösteln befiel sie. Bisher waren ihre Schwestern ihr durch und durch menschlich vorgekommen – ebenso ihre Mutter, aber das konnte sie nicht länger bestätigen.

Genevieve biss sich auf die Unterlippe, dann schüttelte sie den Kopf. »Die Kräuterfrau hat mir nur dabei geholfen, mit ihnen fertigzuwerden. Übertragen wurden mir die Fähigkeiten allerdings von Mutter.«

»Von Mutter?« Penelopé zog die Brauen hoch. »Also war sie mehr als ein gewöhnlicher Mensch?«

Genevieve nickte kaum merklich. »Sie wollte, dass ihr genau das in ihr seht. Sie wollte für euch ein gewöhnlicher Mensch sein. Wollte nicht, dass die Kräfte ihr Leben bestimmen. Aber irgendwann wurde die Magie so stark, dass sie sie an eine ihrer Töchter weitergeben musste, um nicht daran zu verenden. Ihre Wahl fiel auf mich.« Betreten senkte Genevieve den Blick.

»Das wundert mich nicht«, drang Pennys Stimme zu ihr durch. Als sie ihre Schwester ansah, funkelte etwas in ihren Augen. »Du bist die Stärkste von uns allen, das habe ich schon immer gewusst«, eröffnete sie ihr. »Wenn jemand mit solch einer Bürde leben kann, dann du.«

Genevieve schloss für einen Moment die Augen. »Wieso komme ich mir dann so schwach vor?«

»Genau deswegen«, wusste ihre Zwillingsschwester. »Weil sich der Starke nie eingestehen würde, dass er stark ist. Das tut nur der Schwache.«

Mit ihren Worten schaffte sie es, einen Teil der Dunkelheit, der sich auf Genevieves Gesicht festgesetzt hatte, zu vertreiben.

»Du weißt gar nicht, wie gesegnet ich bin, dich als meine Zwillingsschwester zu haben«, sagte Genevieve ergriffen, dann nahm sie Penny erneut in den Arm.

Die beiden Prinzessinnen teilten einen langen Moment, wollten nicht voneinander lassen, wussten aber, dass die Zeit dafür gekommen war.

Und irgendwann … ließen sie sich los.

Penelopé schluckte.

Genevieve schluckte.

Penelopé lächelte.

Genevieve lächelte.

»Egal, was passiert, ich werde dich immer lieben«, versprach sie ihr. »Doch bevor ich zurück zu unserem Vater gehe, muss ich mich noch von jemand anderem verabschieden.«

# 37

## Genevieve

Obwohl sie ihn erst seit ein paar Wochen kannte, hatte sie ihm eine Menge zu verdanken und sie wollte diese Welt nicht verlassen, ohne sich von ihm zu verabschieden.

Genevieves Herz war schwer von dem Gespräch mit ihrer Schwester, aber als sie Pale in dem Korridor stehen sah, die Hände in die Hosentaschen gesteckt, musste sie lächeln. Er war ihr nicht nur ein guter Begleiter gewesen, sondern auch zu einem Freund geworden.

Übermütig – und vielleicht etwas zu hastig – lief sie auf ihn zu und musste dabei ihr Kleid anheben, weil sie sonst über den vielen Stoff gestolpert wäre. Noch bevor sie Pale erreicht hatte, breitete dieser seine Arme aus und fing sie auf.

Sein Geruch würde ihr fehlen. Seine Wärme. Seine aufmerksamen Augen. Ja, sie würde sicherlich trauern. Aber das war in Ordnung.

»Wie viel hat Kjell dir erzählt?«, fragte sie außer Atem, als sie sich von ihm gelöst hatte.

Pale verschränkte die Arme vor der Brust. »Wenn du auf das große Loch im Boden anspielst und die Tatsache, dass du einen Weg gefunden hast, nach Hause zu kommen, dann alles.«

Genevieve nickte betreten. Auf einmal schienen ihr die richtigen Worte zu fehlen. Umso dankbarer war sie, dass ebendiese von Pale kamen.

»Du musst kein schlechtes Gewissen haben, nicht den Hauch davon. Freu dich, dass du endlich wieder nach Brahmenien kommst, denn genau darauf haben wir doch hingearbeitet.«

Als er sie anstrahlte, konnte Genevieve sein Lächeln erwidern. »Ich danke dir für alles, Pale. Ohne dich hätte ich das nie geschafft.«

Der Mann mit den Winteraugen machte eine wegwerfende Handbewegung. »Ach Blödsinn. Den wirklichen Gefahren hast du dich immer allein gestellt. Ich war nur zur Dekoration dabei.«

Gott, sein Lächeln war hinreißend! Und es verleitete sie dazu, die Arme um seinen Nacken zu schlingen, ihn an sich zu ziehen und stürmisch zu küssen.

Genevieve sah, wie Pale überrascht die Augen aufriss, aber das kümmerte sie nicht, denn eine Sekunde später war er ganz in ihr versunken. Wenn sie ihn schon nicht mitnehmen konnte, hatte sie immerhin genügend Erinnerungen gesammelt.

»Als ich dich damals im Schnee gefunden habe, habe ich gespürt, dass du besonders bist. Ich bin eigentlich niemand, der Fremden so schnell vertraut, und doch wollte ich dir unbedingt helfen«, gestand er ihr und grinste. »Ich kannte deine Absichten nicht, aber als ich in deine Augen geschaut habe, wusste ich, dass du nichts Böses im Schilde führst. Daher habe ich dir den Weg zum Palast gezeigt.« Pales Stimme haftete eine Mischung aus Nostalgie und Traurigkeit an. »Mach's gut, kleine Hexe«, flüsterte er dann, als sie sich gegenüberstanden und tief in die Augen sahen. »Bleib auf der hellen Seite.«

Genevieve nickte ergriffen. »Ich wünsche dir nur das Beste – das Beste für alle Zeiten. Grüß Mercy von mir.«

Bevor sie sich abwandte und ihn für immer verließ, prägte sie sich sein Gesicht in allen Details ein. In langen Nächten wollte sie es heraufbeschwören können, um die Einsamkeit zu vertreiben.

Dann ging sie durch die breiten Palasttüren, weil es noch jemanden gab, dem sie Lebewohl sagen musste. Sie war ihr in Frigus die erste Freundin gewesen und hatte ihr so viel über das Leben beigebracht.

Man sagte Eulen nicht umsonst den siebten Sinn nach. Genevieve hatte den Schlossgarten kaum betreten, da hörte sie ein Krächzen und spürte schließlich Krallen, die sich um ihre Schulter schlangen. Die Prinzessin drehte den Kopf so, dass sie sich an Libellas Gefieder schmiegen konnte. Auch das würde sie vermissen, aber sie schätzte den Moment, in dem sie es noch spürte.

»Sag nicht Lebewohl«, krächzte die Schneeeule. »Sag Auf Wiedersehen.«

»Das tue ich. Auf Wiedersehen, und danke, dass du mir so eine treue Freundin gewesen bist. Auch wenn mich deine Worte manchmal in den Wahnsinn getrieben haben.«

»Man sieht nicht gern ein, dass man im Unrecht ist, was?«, witzelte der Vogel, was Genevieve ein Lachen entlockte. Mit der rechten Hand griff sie nach Libellas weißem Gefieder und strich sanft darüber.

»Vielleicht gibt es irgendwann ja wieder mal ein Mädchen, das einsam ist«, fiel ihr ein. »Und wenn du ihm dann helfen kannst, wäre ich dir sehr dankbar.«

»Ich tue, was ich kann, Herrin«, erwiderte Libella gefügig.

»Seit wann bist du so willig?«, spaßte die Prinzessin.

»Seit du die Dunkelheit besiegt und einen Weg nach Hause gefunden hast. Ich bin sehr stolz auf dich.«

Ein wohliger Schauer durchflutete Genevieve. Nie zuvor hatte die Eule ihren Stolz so offensichtlich bekundet. Dabei war vieles, was geschehen war, gar nicht das Werk der Prinzessin.

»Ich hab dich lieb, Libella.«

»Komm gut nach Hause.« Die Krallen lösten sich von Genevieves Schulter, dann breitete die Eule die Flügel aus und flog davon.

Die Prinzessin sah ihr nach, wie sie durch den Schnee getragen wurde, und wandte den Blick erst ab, als sie nur noch ein kleiner Punkt am Horizont war.

Ihre Schwester, Pale und Kjell hatten sich bereits im Salon versammelt und begrüßten sie offenherzig, als sie den Raum betrat. Die Treppe, die nach Brahmenien führte, war noch immer da, und jetzt, wo Genevieve zur Ruhe kam und sich auf sich selbst besinnen konnte, hörte sie das leise Summen, das von dem Loch im Boden ausging und sie nach Hause rief.

Ja, es war die richtige Entscheidung. Sie musste zurück, musste sich ihrem eigenen Leben stellen, denn in Brahmenien gab es einiges zu tun. Außerdem wollte sie endlich erfahren, wie es ihren Schwestern erging, und den Kampf gegen Rania aufnehmen.

Penelopé ließ Kjells Hand los und trat auf ihre Schwester zu. »Komm heil an«, flüsterte sie und drückte sie noch einmal an sich.

»Wir werden dich vermissen, PenPen.«

Sie nickte ihr zu, dann trat sie auf Kjell zu, der für sie zu einem gewöhnlichen Mann geworden war. Da gab es keine Dunkelheit mehr, die ihn umgab, keine schwarze Aura. Sein Blick war klar und freundlich.

»Ich wünschte, wir hätten uns unter anderen Umständen kennengelernt«, gab Genevieve zerknirscht zu. »Ich habe auch meine guten Seiten.«

Kjells Lachen zerstob einen Teil ihres schlechten Gewissens. »Oh, da bin ich mir sicher. Und Penelopé wird mir genau davon erzählen. Ich freue mich, dich durch sie kennenzulernen.« Er deutete eine Verbeugung an, die Genevieve mit einem Knicks erwiderte.

Dann trat sie auf das Loch zu, neben dem Pale stand und bereits auf sie wartete. Sie würde ihn niemals darum bitten, sie zu begleiten, aber ein unvernünftiger Teil von ihr wünschte sich genau das. Die letzte Zeit hatte Genevieve vor viele Herausforderungen gestellt und gerade sehnte sie sich nach einem Begleiter, der sie durch die Finsternis lotste.

Über ihre eigenen Gedanken schüttelte sie den Kopf.

»Komm gut nach Hause, Prinzessin«, verabschiedete er sich von ihr. Sein Lächeln war hinreißend wie immer.

»Alles Gute für dich, Pale«, nickte Genevieve

Dann schlang sie die Arme um ihren Oberkörper und blickte nach unten in das tiefe, schier endlose Loch, dessen einziger Eingang in einer silbernen Treppe bestand. Ihr Blick glitt auf das schmale Armband, das ihr zeigte, dass sie nicht allein war, wohin sie auch ging und wie finster es auch werden mochte.

Entschlossen atmete sie durch, schaute nicht mehr nach hinten und setzte ihren Fuß auf die erste Stufe der Treppe. Ein Geländer, an dem sie sich festhalten konnte, gab es nicht, weswegen sie sich auf jeden Schritt konzentrieren musste. Bang blickte Genevieve nach unten. Es ging steil bergab, ein Ende war nicht in Sicht. Aber mit jeder Stufe, die sie nahm, wurde das blasse Bild von Brahmenien, das sich vor ihrem inneren Auge offenbarte, schärfer. Zunächst sah sie nur Schemen, die mit der Zeit deutlicher wurden und schließlich ein realitätsgetreues Abbild ihres Heimatlandes produzierten.

Genevieve wurde von einer tiefen Sehnsucht erfüllt, die mit jedem Meter mächtiger wurde. Sie war auf dem richtigen Weg. Unbeabsichtigt wurde sie schneller, wollte endlich ankommen, doch die Treppe schien kein Ende zu nehmen.

Sie ging immer weiter und starrte angespannt nach unten, aber die Dunkelheit erlaubte ihr nicht, etwas zu erkennen. Nach und nach fiel die Temperatur, es wurde immer kälter, sodass sich die Prinzessin nach dem Pelzmantel sehnte, der ihr in den letzten Wochen ein ständiger Begleiter gewesen war. Die Luft war so schneidend kalt, dass ihre Finger klamm wurden und ihre Zähne zitterten. Müsste es nicht eigentlich wärmer werden? In Brahmenien schien die Sonne an fast jedem Tag, Großteile des Landes bestanden aus Wüste und Sand.

Die Kälte gehörte nach Prunaea – aber dort hatte sich das Frieren anders angefühlt. Es hatte Genevieve immer nur äußerlich getroffen. Nun kam es ihr vor, als würde sie von innen erstarren. Es fiel ihr zunehmend schwerer, einen Fuß vor den anderen zu setzen und der Kälte zu trotzen. Zunehmend schwerer, das Gleichgewicht zu halten, weil der Wind, der an ihrem Körper riss, immer heftiger blies.

Wann nahm dieser Weg endlich ein Ende? Wann kam sie nach Hause?

Um nicht die Konzentration zu verlieren, zählte sie im Kopf die Stufen, die sie nahm. Sie war bei dreihundertzehn angekommen, als sie plötzlich festen Boden unter den Füßen hatte und die Temperatur sich wieder normalisierte.

Erleichtert atmete Genevieve durch. Das Schlimmste hatte sie überstanden. Glücklich bemerkte sie, wie ihre Finger wieder auftauten und die Kälte aus ihrem Körper wich. Als sie den Kopf hob, sah sie eine Fackel am Ende des Gangs, auf die sie sich zubewegte. Sie stand neben einer großen silbernen Tür, an der ein schmiedeeiserner Griff angebracht war.

*Wähle weise,* stand auf ihrem hellen Holz geschrieben.

Ohne weiter darüber nachzudenken, drückte Genevieve die Klinke nach unten und war erleichtert, dass die Tür sich öffnen ließ. Knarrend sprang sie auf – und offenbarte ihr einen zweiten Raum, der nur aus Finsternis zu bestehen schien.

Es hatte nur wenige Augenblicke gedauert, um sie durch den Fluch nach Frigus zu schaffen – wieso dauerte der Rückweg um ein Vielfaches länger?

Genevieve betrat den Raum – und zuckte zusammen, als die Tür hinter ihr ins Schloss fiel. Angst nistete sich in ihr ein, auch wenn es dafür keinen reellen Grund zu geben schien. Dennoch klopfte ihr Herz wie verrückt und ein ungutes Gefühl breitete sich in ihr aus.

Furchtsam sah sich Genevieve um, doch ihre Augen verweigerten ihr den Dienst. Ganz anders jedoch ihr Gehör. Zischende Stimmen drangen an ihre Ohren, jagten ihr eine Gänsehaut über den Rücken und ließen sie taumeln.

»Du törichtes Ding«, säuselte eine der Stimmen. »Müsstest nicht gerade du es besser wissen? Du läufst blindlings deinem Ende entgegen!«

Genevieve runzelte die Stirn, drehte sich in alle Richtungen, aber konnte den Urheber der Stimme nicht ausmachen. Instinktiv wurde sie schneller. Möglicherweise war der Weg nach Brahmenien eine weitere Prüfung, die sie bestehen musste.

Die Prinzessin richtete den Blick geradeaus und presste sich die Hände gegen die Ohren. Dennoch drangen die Stimmen zu ihr durch.

»Jeder Fluch ist individuell. Du kannst keine zwei miteinander vergleichen und schon gar nicht einen gegen den anderen austauschen. Dies hier ist der Fluch deiner Schwester … und nicht deiner.«

Unbeirrt rannte Genevieve weiter, immer tiefer in die Dunkelheit hinein, die kein Ende zu nehmen schien und mit jedem Meter dichter wurde.

»Es ist zu spät, du kommst hier nicht mehr raus«, ließ die Stimme verlauten. Die Stimme, die auf einmal einen Körper besaß und Genevieve an der Schulter fasste.

Abrupt blieb die Prinzessin stehen und richtete ängstlich den Blick nach oben.

»Törichtes kleines Ding«, lachte die Stimme, die so abgrundtief böse klang, dass sie ihr durch Mark und Bein drang.

Wieso war es nur so dunkel? Wieso sah sie nichts? Oder bildete sie sich das Ganze am Ende nur ein – genau wie im Labyrinth?

Genevieve schluckte, wollte einen Schritt nach hinten machen, aber das Wesen hielt sie zurück und drückte ihre Schulter so fest, dass sie sich nicht bewegen konnte.

»Willkommen in deinem Verderben, Genevieve!«

Und auf einmal wusste die Prinzessin, wer vor ihr stand. Dafür musste sie nicht ihr kantiges Gesicht sehen oder einen Blick in ihre blitzenden Augen werfen.

»Rania«, flüsterte sie, dann schlug ihr etwas so hart gegen den Kopf, dass sie auf den Boden knallte.

»Es muss hart sein, so kurz vor dem Ende zu scheitern«, meinte die böse Hexe abfällig.

Verzweifelt versuchte Genevieve, auf die Beine zu kommen, aber der Schmerz in ihrem Hinterkopf hinderte sie am Aufstehen. Schwindel hatte von ihr Besitz ergriffen, Orientierung besaß sie schon lange nicht mehr. Das Einzige, was ihr einen Anhaltspunkt gab, war Ranias dunkle Stimme – und ihr schallendes Lachen, als ihre Macht in Genevieve eindrang und ihr Herz zerquetschte.

# 38

## Penelopé

Traurig blickte Penelopé ihrer Zwillingsschwester hinterher, die mutig die Stufen hinunterging, die den Weg nach Brahmenien markierten. Nach ein paar Minuten war ein Zischen zu vernehmen, funkelnder Staub wirbelte in der Luft, der sich in kleinen Partikeln auf dem Boden wiederfand und das Loch versiegelte.

Obwohl Penelopé mit einer solchen Entwicklung gerechnet hatte, war es schwer, zu realisieren, dass der letzte Weg nach Hause verschlossen war. Ihr Kiefer begann zu beben, doch bevor sie sich ihren Gefühlen hingeben konnte, fasste Kjell sie sanft bei der Schulter und drehte sie in seine Richtung.

»Wir schaffen das«, sagte er.

Und als sie in seine Augen blickte, wusste sie, dass es nicht nur leere Worte waren, sondern ein Versprechen.

»Wir schaffen das«, stimmte Penelopé ihm zu. Dann sah sie sich nach Pale um, der noch immer dort stand, wo das Loch gewesen war, und gedankenverloren nach unten blickte. »Wird er es auch schaffen?«, erkundigte sie sich.

Als sie Kjell wieder ansah, nickte dieser. »Wir alle sehnen uns nach der Liebe und uns allen tut sie gut, aber manche sind mehr für sie geschaffen als andere.«

Penelopé glaubte zu verstehen, was er meinte. Sie sah, wie Pale die Schultern straffte, sich nach ihnen umdrehte, die Hand zum Abschied hob und schließlich aus dem Salon verschwand.

»Er sollte uns öfter besuchen«, fiel Penelopé ein. »Wenn die Abende zu lang werden und er sich in Gedanken verstrickt, die er nicht loswerden kann.«

Kjell sah seinem Bruder hinterher, dann nickte er. »Ich biete es ihm an. Aber sei nicht zu enttäuscht, wenn er die Einladung ausschlägt. Es macht ihm nichts aus, allein zu sein – zumindest glaube ich das. Außerdem könnte es ihm schwerfallen, sich hier länger aufzuhalten. Er hat ein Auge auf deine Schwester geworfen – da wird es für ihn umso schwieriger sein, dich zu sehen, gleichst du ihr doch wie ein Ei dem anderen.«

Er lachte kehlig, wartete noch, bis die Tür ins Schloss gefallen war, dann wandte er sich Penelopé zu.

Der Prinzessin wurde bewusst, dass dies der erste Moment war, den sie allein miteinander teilen durften. Immer hatte es andere Menschen im Palast gegeben, aber nun existierten nur Kjell und sie. Und als sie das Lächeln auf seinen Lippen sah, schmolz der letzte Zweifel, der noch in ihr gewütet hatte.

Kjell griff nach ihrer filigranen Hand und strich über den silbernen Ring. »Zum ersten Mal in meinem Leben freue ich mich auf die Zukunft«, gab er zu und es war, als würde ein zentnerschweres Gewicht von seinen Schultern fallen. »In der Einsamkeit haben wir nicht viel, aber immerhin uns beide.«

Penelopé nickte. Wie aus Reflex trat sie näher an ihn heran und stellte sich auf die Zehenspitzen, um einen Kuss von ihm einzufordern, doch Kjell hinderte sie daran.

»Nicht jetzt, ich muss dir zuerst etwas zeigen.«

Die Prinzessin legte den Kopf schief und machte einen Schritt zurück. Geheimnisvoll legte Kjell den Zeigefinger vor seinen Mund, dann machte er sich ebenfalls in Richtung Tür auf und warf der Prinzessin einen Blick über die Schulter zu.

»Kommst du?« Erwartungsvoll sah er sie an.

Penelopé nickte, hob ihr Kleid an und folgte ihm.

Sie liefen durch den Korridor, hoch in das zweite Stockwerk und blieben vor einer der Türen stehen, die der Prinzessin entfernt bekannt vorkam. Kjell öffnete sie und Penelopé erkannte den Raum wieder, in dem sich Dutzende Marmorstatuen befanden, die wie Schachfiguren auf dem karierten Boden standen. Geschickt bahnte Kjell sich einen Weg durch die steinernen Gebilde und winkte Penelopé zu, die ihm langsam folgte.

Im Gegensatz zu ihm blieb sie jedoch vor einer der Statuen stehen, vor dem kleinen Mädchen, das ihr schon beim ersten Mal so bekannt vorgekommen war. Angestrengt schob sie die Lippe vor. Kjell, der ihr Verharren bemerkt hatte, gesellte sich zu ihr.

»Alles in Ordnung mit dir?«

Zunächst wollte Penelopé den Gedanken abschütteln, dann aber besann sie sich eines Besseren. »Wenn ich diesen Raum betrete, muss ich frieren. Es wird eiskalt um mein Herz und ich glaube, dass es mit den Statuen zusammenhängt.«

Sie hatte mit einem sorglosen Lachen seinerseits gerechnet, doch Kjell wandte den Blick ab. »In diesem Raum steckt sehr viel Leid«, gab er zu.

»Erzähl mir davon«, bat Penelopé, woraufhin der Schneekönig nickte. Gedankenverloren sah er die Statue des kleinen Mädchens an, die so echt aussah, dass es Penelopé einen Schauder über den Rücken jagte.

»Hat Genevieve dir von dem großen Feind erzählt, der dieses Königreich vernichten wird?« Er wartete ihre Zustimmung ab, dann fuhr er fort: »Als dieser Feind noch nicht in deiner Schwester steckte, hatte er andere Möglichkeiten, zu uns vorzudringen.« Unwillkürlich schluckte der König. »Du weißt, dass es normalen Menschen nicht möglich ist, zum Eispalast zu kommen, sofern sie nicht zu einer Reise im magischen Schlitten eingeladen werden. Der Erzfeind kann die Menschen in den Provinzen von Prunaea nicht anrühren, solange ich an der Macht bin, aber …«

»Warte!« Penelopé hob die Hand. »Also ist Rania euer Erzfeind? Ist sie es die ganze Zeit gewesen?«

Kjell betrachtete sie einen Moment schweigend, dann schüttelte er den Kopf. »Es ist nicht Rania. Es ist nicht deine Schwester. Es ist das Böse und das kann in unterschiedlichen Formen auftreten«, erklärte er. »Jedenfalls hat der Erzfeind einen Weg gefunden, jene Menschen zu gebrauchen, die todkrank waren und nur noch wenige Tage zu leben hatten. Mit seinen dunklen Kräften drang er in sie ein und nutzte sie für sein finsteres Spiel. Er erschlich sich ihre menschlichen Hüllen und es gelang ihm, aus den Alten und Kranken tödliche Waffen zu machen und sie zum Eispalast zu bringen. Sie alle waren grundverschieden, doch lebten nur noch danach, mich zu stürzen und Verderben nach Prunaea zu bringen.«

Penelopé schauderte. Während Kjell sprach, hatte er den Blick ins Leere gerichtet. Er sah sie nicht an, er nahm sie nicht einmal wahr.

»Wir hätten diesen Kampf fast verloren. Die Menschen waren als solche gar nicht mehr zu erkennen. Ihre Gesichter glichen hässlichen Fratzen, sie bewegten sich gebückt, wie gewissenlose Monster. Niemand hätte ihnen mehr helfen können, alles Menschliche war ihnen geraubt worden. Ihre Familien merkten nicht, dass sie fehlten, sie blieben als menschliche Hüllen zurück und wurden tot in ihrem Zuhause aufgefunden. Unsere einzige Möglichkeit bestand darin, sie zu töten, damit sie zumindest in der Ewigkeit Frieden finden konnten.« Kjell seufzte.

»Aber ihr habt es geschafft«, wusste Penelopé. »Und seitdem sind keine Menschen mehr eingedrungen?«

Endlich sah Kjell sie an, wenn auch nur kurz. »Pale hat herausgefunden, dass der Erzfeind sich ein Loch in der Barriere zunutze gemacht hatte, um an uns heranzukommen. Mit einem Zauber gelang es uns, dies zu reparieren und die menschliche Welt endgültig von unserer zu trennen.«

»Und die Leichen?«, hauchte Penelopé.

Kjell breitete die Arme aus, fasste den Raum voller Statuen in seine Geste ein. »Sie zerfielen zu Staub, nachdem wir sie töteten. Ihre Hülle selbst blieb in der Menschenwelt. Dennoch wollte ich auf eine Art und Weise an sie erinnern, sodass ihre Existenz nicht umsonst war. Also schufen wir Statuen, die ihnen optisch glichen und für immer ein Teil dieses Schlosses darstellen sollten.« Kjell legte seinen Arm um Penelopés Schultern. »Dieser Raum dient ihrem Gedenken. Aber ich verstehe, dass du ein seltsames Gefühl bekommst, wann immer du ihn betrittst. Mir geht es nicht anders.«

Penelopé schluckte. Der Anblick des kleinen Mädchens ging ihr nicht aus dem Kopf und plötzlich wusste sie, woher sie es kannte. Sie hatte sein Gesicht auf dem Gemälde gesehen, das in

Herrn Celtens Wohnzimmer hing. Bei dem steinernen Mädchen handelte es sich um seine verstorbene Tochter Ela.

Zitternd hob sie ihre Hand und fuhr über den feinen Marmor. Der Saal war voller Statuen, Penelopé konnte ihre Anzahl nur schätzen, aber es musste Kjell das Herz gebrochen haben, all diese Menschen an die Dunkelheit zu verlieren.

»Ich mag den Gedanken, den du hattest«, sagte sie daher und lächelte ihn an. »Auf diese Weise war das Leben der Menschen nicht umsonst und es gibt einen Ort, an dem man ihrer gedenken kann.«

»Ich werde vor dir keine Geheimnisse haben, Penelopé«, versicherte Kjell ihr. »Ich werde dir all deine Fragen beantworten. Aber darf ich dir nun etwas zeigen?«

Ein zweites Mal bahnte er sich seinen Weg durch die Statuen und nun folgte Penelopé ihm. Vor einem Tisch, der am Ende des Raums wie ein Altar thronte, verharrte Kjell.

»Ich habe gedacht, dass dieser Moment niemals kommen würde«, gestand er ihr.

Neugierig sah sich Penelopé nach dem um, was er ihr zeigen wollte, aber da hatte Kjell den steinernen hellblauen Tisch bereits umrundet und war auf die Knie gesunken. Als er sich wieder erhob, balancierte er eine weiße Verpackung auf seinen Handflächen, die er auf dem Altar abstellte. Das Kästchen war mit Bändern verschlossen, welche er nach und nach löste, bis sich der Deckel anheben ließ.

Penelopé staunte, als sie die Krone sah, die zum Vorschein kam. Sie war silbern und so fein ausgearbeitet, dass sie beinahe gläsern wirkte. An der Spitze hatte man einen hellblauen Edelstein eingesetzt.

Vorsichtig nahm Kjell das Schmuckstück in die Hände und platzierte sich damit genau vor Penelopé. »Natürlich musst du sie nicht die ganze Zeit tragen, denn sie ist ziemlich schwer«, witzelte er. »Aber sieh sie als Symbol an, dass du nicht nur die Frau an meiner Seite, sondern auch die rechtmäßige Königin bist.«

Sanft nickte er, woraufhin Penelopé auf die Knie sank und den Kopf neigte. Vorsichtig setzte er ihr die Krone auf, dann griff er nach ihrer rechten Hand und zog sie nach oben.

»Meine wunderschöne Königin«, flüsterte er und machte sie glücklicher, als sie es je für möglich gehalten hätte. Sein Finger hob ihr Kinn an. »Ich werde dir ewig dankbar sein, dass du mich gewählt hast.«

Dann presste er seine Lippen auf ihre und ließ die Welt so groß werden, dass sie jegliche Einsamkeit aus Penelopés Herz bannte.

Regina Meißner wurde am 30.03.1993 in einer Kleinstadt in Hessen geboren, in der sie noch heute lebt. Als Autorin für Fantasy und Contemporary hat sie bereits viele Romane veröffentlicht. Weitere Projekte befinden sich in Arbeit.

Regina Meißner studiert Englisch und Deutsch auf Lehramt in Gießen. In ihrer Freizeit liebt sie neben dem Schreiben das Lesen, Nähen und ihren Dackel Frodo.

**Kontakt:**

- Facebook: www.facebook.com/reginameissnerautorin
- Instagram: www.instagram.com/regina_meissner_author

Unglaublich, nun hat diese Reihe schon vier Bände und eigentlich hat jede Prinzessin ihre Geschichte erzählt. Dennoch ist euch wahrscheinlich aufgefallen, dass noch nicht alles geklärt ist, dass offene Fragen bestehen und Rania noch immer auf freiem Fuß ist. Daher wird ›Der Fluch der sechs Prinzessinnen‹ in eine fünfte und finale Runde gehen, um der Reihe zu dem Ende zu verhelfen, das sie verdient. Ich freue mich schon wahnsinnig aufs Schreiben, denn die Prinzessinnen sind mir so sehr ans Herz gewachsen.

Ich hoffe, dass euch ›Eispalast‹ gefallen hat, dass ihr euch zusammen mit den Zwillingen freuen, ängstigen, aufregen und verlieben konntet. Wenn ja, habe ich alles erreicht, was ich wollte.

Auch dieses Mal hat mir der Schreibprozess große Freude bereitet. Je länger die Geschichten werden und je näher wir uns auf das Ende zubewegen, desto größer wird die Komplexität und man muss sehr viel im Hinterkopf behalten, damit die Geschichte in sich schlüssig ist.

Auch dieses Mal danke ich den vielen Menschen, die geholfen haben, ›Eispalast‹ zu etwas Besonderem zu machen! Ihr wisst, dass ihr gemeint seid. Was würde ich nur ohne euch machen?

Danke an alle Blogger, die meine Bücher lesen, rezensieren und weiterempfehlen. Danke an alle, die sich in meinen Geschichten verlieren … und sich dort auch wiederfinden. Ihr seid großartig.

Wir lesen uns in Teil 5!

## Kennst du schon die Geschichten der anderen verwunschenen Prinzessinnen?

Regina Meißner

**Der Fluch der sechs Prinzessinnen (Band 1): Schwanenfeuer**

1. Oktober 2017, Sternensand Verlag

354 Seiten, broschiert

€ 12,95 [D]

*Märchenadaption*

*Als Taschenbuch und E-Book*

*Am Tag ein Schwan, in der Nacht ein Mensch, gefangen an einem einsamen See mitten im Wald. Das ist das Schicksal der verwunschenen Prinzessin Estelle. Es erscheint ihr aussichtslos, den Fluch zu brechen. Der Sinn der rätselhaften Worte auf einem geheimnisvollen Pergament, das der einzige Schlüssel ist, bleibt ihr verborgen. Erst als der junge Jäger Ayden am Schwanensee auftaucht, erhält sie neue Hoffnung. Womöglich gelingt es mit seiner Hilfe, das Rätsel zu lösen und den Weg zu beschreiten, der Estelles Dasein als Schwanenprinzessin beenden könnte? Doch was wird dann aus ihren Schwestern, die ebenfalls von einem Fluch befallen zu sein scheinen?*

Regina Meißner

**Der Fluch der sechs Prinzessinnen (Band 2): Blütenzauber**

26. Januar 2018, Sternensand Verlag

446 Seiten, broschiert

€ 12,95 [D]

*Märchenadaption*

*Als Taschenbuch und E-Book*

*Kennt ihr das Schloss über den Wolken? Das Schloss, in welchem ein verwunschenes Biest wohnt? Und die Geschichte der Schönen, die sein Herz zu erweichen vermag?*

*Gefangen in einem Raum, der zu ebendiesem Schloss gehört, erwacht Prinzessin Tatjana. Der einzige Hinweis darauf, wie sie ihren Fluch brechen und wieder auf die Erde zurückkehren kann, ist ein Wort. Doch dieses ist eng mit dem Schicksal des Biests verwoben und lautet: Blütenzauber.*

Regina Meißner

**Der Fluch der sechs Prinzessinnen (Band 3): Diamantkäfig**

24. August 2018, Sternensand Verlag

400 Seiten, broschiert

€ 12,95 [D]

*Märchenadaption*

*Als Taschenbuch und E-Book*

*Gefangen in einem Turm, gepeinigt von ihrer Stiefmutter Rania … das ist Prinzessin Valyras Fluch. Es gibt kein Entrinnen, denn die Hexe zwingt die jüngste der sechs Schwestern, seltene Zutaten für einen Trank zu suchen, welcher Rania unendliche Macht verleihen wird.*
*Als Valyra eines Tages unverhofft auf einen Verbündeten trifft, könnte dies die Wendung ihres schrecklichen Lebens bedeuten. Doch wird es ihr gelingen, das Rätsel um ihren Fluch zu lösen? Wie viele Opfer muss sie dafür bringen, wie stark muss sie dazu werden? Und – bergen Diamanten wirklich falsches Leben?*

## Außerdem von der Autorin:

Regina Meißner

**Venturia (Band 1): Juwelen und Verfall**

14. Dezember 2018, Sternensand Verlag

364 Seiten, broschiert

€ 12,95 [D]

*Märchen*

*Als Taschenbuch und E-Book*

*Die siebzehnjährige Tiana führt ein beschauliches Leben im Schloss von Bel Aniz. In der Prinzessin glüht der Wunsch nach Freiheit und nach Antworten auf Ungereimtheiten, die ihr immer häufiger auffallen. Was ist das geheimnisvolle Land Venturia, über das niemand im Schloss reden darf? Warum ist der König so abweisend, sobald das Gespräch auf Magie gelenkt wird?*

*Doch statt Tianas Fragen zu klären, planen ihre Eltern sechs Bälle, um einen geeigneten Gemahl für ihre Tochter zu finden. Nachdem der erste Ball allerdings vollkommen anders als geplant verläuft, findet sich die Prinzessin auf einmal in einem Strudel aus Ereignissen wieder, der alles, was sie bisher geglaubt hat, als Lüge entlarvt und sowohl ihre Zukunft als auch ihre Vergangenheit infrage stellt.*

## Weitere Titel aus unserem Fantasy-Programm

J. K. Bloom
**Wächter der Runen (Band 1)**
28. September 2018, Sternensand Verlag
528 Seiten, broschiert
€ 16,95 [D]

*High Fantasy*
*Als Taschenbuch und E-Book*

Fanny Bechert
**Elesztrah (Band 1): Feuer und Eis**
3. November 2016, Sternensand Verlag
468 Seiten, broschiert
€ 12,95 [D]

*High Fantasy*
*Als Taschenbuch und E-Book*

Jasmin Romana Welsch
**Krieger des Lichts (Band 1): Nihil fit sine causa**
20. Oktober 2017, Sternensand Verlag
616 Seiten, broschiert
€ 16,95 [D]

*Urban Fantasy*
*Als Taschenbuch*

Carolin Emrich

**Elfenwächter (Band 1): Weg des Ordens**

15. Januar 2017, Sternensand Verlag

308 Seiten, broschiert

€ 12,95 [D]

*HIgh Fantasy*

*Als Taschenbuchund E-Book*

C. M. Spoerri

**Die Legenden von Karinth (Band 1)**

25. September 2016, Sternensand Verlag

448 Seiten, broschiert

€ 12,95 [D]

*High Fantasy*

*Als Taschenbuch, Hardcover und E-Book*

B. E. Pfeiffer

**Götterherz (Band 1)**

9. November 2018, Sternensand Verlag

362 Seiten, broschiert

€ 12,95 [D]

*Urban Fantasy*

*Als Taschenbuch und E-Book*

Besucht uns im Netz:

www.sternensand-verlag.ch

www.facebook.com/sternensandverlag